문학세계 연구논총 ―10

패러디 시학

정끝별 著

문학세계사

서 문

그러나 문학사는 스스로 되풀이하기를 저어하지 않는다.

이대 앞에는 옷가게가 많다. 나는 10년이 훨씬 넘도록 이대를 다녔지만 간단한 셔츠나 바지를 제외하고는 이대 앞에서 옷을 산 적이 별로 없다. 같은 옷을 입은 사람을 만나게 될까봐서이다. 내가 입은 옷과 똑같은 옷을 입은 사람을 만났을 때의 그 묘한 열패감이란.

일명 '모래시계 세대' 혹은 '386(30대이면서 80년대 학번을 가진 60년대산) 세대'인 내가 대학 시절 내내 그토록 자주 불렀던 <타는 목마름으로>.

신음소리 통곡소리 탄식소리 그 속에 내 가슴팍 속에/깊이깊이 새겨지는 네 이름 위에/네 이름의 외로운 눈부심 위에/살아오는 삶의 아픔/살아오는 저 푸르른 자유의 추억/되살아오는 끌려가던 벗들의 피묻은 얼굴/떨리는 손 떨리는 가슴/떨리는 치떨리는 노여움으로 나무판자에/백묵으로 서툰 솜씨로/쓴다.//숨죽여 흐느끼며/네 이름을 남 몰래 쓴다./타는 목마름으로/타는 목마름으로/민주주의여 만세

학교 앞에는 같은 이름의 주점까지 있었고 어떤 친구는 그곳에서 결혼식을 하기도 했던가. 그러나, 외국 시들에 관심을 갖기 시작할

무렵 처음 본 엘뤼아르의 <자유>라는 시는 어딘지 무척 익숙했다.

초등학교 학생 때 나의 노트 위에/나의 책상과 나무 위에/모래 위에 눈 위에/나는 너의 이름을 쓴다//내가 읽은 모든 페이지 위에/모든 백지 위에/돌과 피와 종이와 재 위에/나는 너의 이름을 쓴다//(중략)//그 한 마디 말의 힘으로/나는 내 삶을 다시 시작한다/나는 태어났다 너를 알기 위해서/너의 이름을 부르기 위해서//자유여.

엘뤼아르, <자유> 중

당혹스러움으로 다가오는 두 텍스트간의 유사성에 대해 나는 어떻게 설명해야 할지 막막했다. 시인 김지하는 엘뤼아르의 시를 알고 있었을까. 그리고 사람들은 엘뤼아르의 이 시를 알고 있는 걸까. 혼란스러웠다. 그러나 시읽기의 범위가 넓어질수록 이와 같은 예는 비일비재했다.

① 몇 개째를 집어 보아도 놓였던 자리가/썩어 있지 않으면 벌레가 먹고 있었다./그렇지 않은 것도 집기만 하면 썩어 갔다.//거기를 지킨다는 사람이 들어와/내가 하려던 말을 빼앗듯이 말했다.//당신 아닌 사람이 집으면 그럴 리가 없다고―.

김종삼, <園丁> 중

罪 바로 그것 손가락 끝이 닿기만 하면/아름다운 落下가 시작되는 거다.

아오키 하루미, <덫> 중

② 잘 있거라, 짧았던 밤들아/창밖을 떠돌던 겨울안개들아/아무것

도 모르던 촛불들아, 잘 있거라/공포를 기다리던 흰 종이들아/망설임
을 대신하던 눈물들아/잘 있거라, 더 이상 내 것이 아닌 열망들아

기형도의 <빈집> 중

잘 있거라,/나의 벗이여, 잘 있거라./사랑스러운 벗이여, 너는 나
의 가슴 속에 있다./운명적인 이별은 내일의 만남을 약속한다.//잘
있거라, 나의 벗이여, (중략) 이 인생에서 죽는다는 건 새로울 게 없
다./하지만 산다는 것도 물론 새로울 게 없다

예세닌, <잘 있거라> 중

시의 독창성이란 무엇인가. 텍스트간의 이같은 착종 현상을 어떻
게 보아야 할까. 그 유사성은 우연의 일치일까, 의도적 일치일까. 그
러한 일련의 회의와 물음 속에서 해결의 실마리를 처음 발견한 것
은 석사과정 때 접했던 비교문학에서였다. 그리고 이어 러시아 형식
주의자와 바흐찐, 바르트와 리파테르, 크리스테바 등을 접하면서, 서
로를 넘나드는 텍스트간의 착종 현상에 대해 개념 정리가 이루어지
는 듯했다. 여기서 간간이 튀어나왔던 단어가 바로 '패러디'였다. 게
다가 포스트모더니즘 이론이 소개되는 와중에서 눈에 띄었던 단어
이기도 했다. 그렇다고 위의 텍스트들이 패러디적 관계를 이룬다는
의미는 아니다.

막연하지만 패러디의 뿌리가 깊다는 것을 알게 됐고 그 개념부터
정리해야겠다는 필요성을 느꼈다. 발로 뛰는 작업이었다. 문학비평
사전과 독일문학, 러시아문학에서 많은 도움을 받았다. 고대에서부
터 신비평 · 러시아 형식주의 · 바흐찐 · 포스트모더니즘 등을 통해
그 개념의 변천사를 정리하면서 7, 80년대 시들을 중심으로 그 양상
들을 유형화하기 시작했다. 패러디에 대한 관심이 계속되는 동안 몇

몇 평문들과 패러디 이론에 대한 번역 소개가 이어졌으며, 두세 편의 학위논문들이 잇달아 발표되었다.

패러디는 현재를 과거와 닮은 익숙한 이미지로 변형시켜, 현재와 미래를 과거와 연루시켜 놓는 재기호화 형식이다. 말하자면 원텍스트에서 패러디스트의 관심을 읽어낸 후 그 원텍스트를 패러디 텍스트로 새롭게 구현해내는 반복 형식으로서, 한결같이 이미 존재하는 타인들의 언어(기호까지 포함)와의 관계 속에서 움직인다. 뿐만 아니라 패러디는 원텍스트와 패러디 텍스트가 놓인 두 겹의 텍스트 및 두 겹의 현실간의 '차이'에서 발생하는 '대화적인' 행위이다. 따라서 그 성패는 잘 알려진 원텍스트를 새로운 국면으로 형상화하는, 신선함과 익숙함과의 적절한 조화에 달려 있다 하겠다.

그러나 아쉽게도 우리가 흔쾌히 받아들여도 좋을 만한 패러디 개념이란 존재하지 않는다. 패러디란 개념 속에는 모든 혼돈과 모호함이 결합되어 있다. 각 시대나 장르의 특징에 따라 다양하게 정의되고 창작되었던 복수의 패러디 개념이 존재할 따름이다. 패러디는 단지 서양문화 전통에서만 혹은 포스트모더니즘 시학의 논의 속에서만 언급될 수 있는 표현 양식은 아니다. 패러디는 우리문화 전통에서도 구비문학의 전승 방법이나 창작 주체의 의도를 기존의 텍스트로 합리화·간접화시키는 방법으로 널리 이용되어왔다. 뿐만 아니라 현대시를 이끌어온 김소월·서정주·김지하, 이상·김춘수·오규원, 김기림·김수영·황지우와 같은 시인들도 상당수의 작품에서 패러디를 주된 창작 방법으로 활용하고 있어 주목된다.

따라서 지나친 엄단성에 의해 패러디의 개념을 단순하게 승인해버릴 경우 실제 작품들의 다양한 양상이나 상이한 개념들을 포괄할 수 없게 될 것이다. 다시 말해 "유명한 작품을 익살스럽게 하거나 조롱하기 위해 흉내내는 풍자의 한 형식"이라는 기존의 협소한 패러디 개념으로는, 위와 같은 실제 양상들을 포괄하는 학문 체계로서 패러디를 논의하는 데 일정 한계가 있다는 말이다. 이런 연유로, 나는 패러디의 이론 정립 이전에 패러디적 체험이나 패러디적 상상력을 무엇보다도 중요시했고 텍스트가 놓인 실용적 관점에서부터 패러디 논의를 출발시켰다. 그리하여 보다 긍정적인 측면에서, 패러디가 과거와 현재의 문화적 복합성과 다양성을 담을 수 있을 뿐만 아니라 문화전통에 대한 자기 검증 및 인식의 척도가 될 수 있고 창조적 행위로 인정받을 수 있는 그 가능성들을 탐지해보고자 했다.

이 책은 1996년의 학위논문을 그대로 이행한 것이다. 눈에 띄는 오문과 악문, 딱딱한 제목과 체제만을 바꾸었을 뿐이다. 따라서 여전히 제격을 갖추지 못한 문장은 말할 것도 없고 건조한 논조와 몇몇 생경한 용어들이 독서에 장애가 되지 않을까 우려된다. 논지의 기본적인 접근은 한국 현대시에 편재하는 다양한 패러디 양상과 그 중요성을 설명해줄 이론적 틀을 세우고 유형화하는 방향으로 진행되었다. 이를 위해 먼저 패러디의 개념은 보다 확대 정의한 반면 실제적 적용에 유효한 패러디의 기준은 좀더 실제적으로 설정하였다. 즉 '선행의 기성품을 계승·비판·재조합하기 위해 재기호화하는 의도적 모방인용'이라는 패러디에 대한 확대된 정의만으로는 패러디가 그 유사형식들과 변별되기 어려운 난점이 있어, ① 독자가 패러디 텍스트임을 분명히 지각할 수 있도록 하는 '원텍스트의 전경화 foregrounding 장치', ② 패러디 텍스트 창작 당시의 원텍스트에 대한 '사회적 문맥과 사회적 공인도', ③ 원텍스트와의 '대화성', ④ 원텍스트에 대한 '기대전환'이라는 좀더 실제적인 하위 조건을 제시하였다.

그 다음으로는, 원텍스트의 범주와 원텍스트에 대한 패러디스트의 태도를 중심으로 패러디를 유형화시켰다. 그리하여 호감을 가지고 원텍스트를 계승하는 '모방적 패러디', 원텍스트를 비판적으로 재해석하는 '비판적 패러디', 그리고 원텍스트를 과감히 발췌·조합하는 '혼성모방적 패러디'가 바로 그 유형들이다. 이렇게 유형화된 개별 작품들을 대상으로 원텍스트와 패러디 텍스트간의 구체적인 대화적 양상은 물론, 패러디 텍스트가 독자에게 전달되는 소통과정과 그 과정에서 발휘되는 패러디의 다양한 기능과 효과를 면밀히 고찰하였다. 끝으로 텍스트가 놓인 문맥성에 초점을 맞춰 사회적 문맥은 물론 패러디가 가진 이데올로기적 기능과 미학적 기능을 간과하지 않음으로써 패러디의 복합성을 부각시키고자 했다. 이를 위한 패러디의 제반 시학적 정의를 1부에서 다루었다.

제2부에서는 한 시인의 내면에 축적된 자국의 전통문화가 어떻게 현대적으로 재기호화되는가 하는 관점에서 전통장르에 대한 패러디를 다루었다. 민요의 양식적 특성을 새롭게 변형한 김소월, 개성적인 구연(口演)의 화법으로 기존의 설화를 재해석한 서정주, 판소리나 탈춤의 사설을 근간으로 온갖 구비장르를 차용하여 새로운 시양식을 시도한 김지하의 작품들을 통해 세 유형의 패러디 실례를 살펴보았다. 또한 3부의 비문학장르에 대한 패러디는 매체를 달리하는 타장르가 형태·구조·기교·의미면에서 현대시의 독특한 미적 특질을 형성한다는 사실을 보여준다. 수학을 차용하고 있는 이상(李箱)과, 회화를 차용하고 있는 김춘수, 대중매체 전반을 차용하고 있는 오규원과 황지우를 중심으로 살펴보았다.

4부에서는 '언어를 달리하는' 문화에 대한 애정과 비판의식을 보여주고 있는 서구문학에 대한 패러디를 다루었다. 국가와 국가, 민족과 민족, 문화와 문화간의 대화라는 점에서 문학의 유동성에 대한 믿음을 확인시켜 준다. 영향관계로 특징지워지는 서구문학의 수용상을 반영한 김기림, 서구문학의 부분들을 아이러닉하게 재해석한 김수영, 그리고 원텍스트의 재복제(再複製)를 특징으로 하는 오규원과 황지우 등의 텍스트를 중심으로 검토했다. 5부 현대시를 대상으로 한 패러디는, 같은 언어를 사용하는 동시대의 선행시가 또 다른 시창작의 대상이 된다는 점에서 흥미롭다. 패러디의 속성상 유명한 작품이나 인기있는 작품일수록 패러디되기 쉬운 경향이 있는데, 현대시사를 대표하는 김소월·정지용·김수영·신동엽·서정주·김춘수·박두진과 같은 대시인들의 작품들이 주로 후배 시인들의 패러디 표적이 되고 있다.

우리 현대시사에서 패러디는 모방적 패러디 → 비판적 패러디 → 혼성모방적 패러디 유형으로 전개된다. 모방적 패러디군은 2, 30년대에 많은 분포를 보인다. 전반적으로 패러디의 전경화 장치가 내재되어 있는데 이는 전경화 장치에 대한 인식이 미약했기 때문이다. 60년대를 전후로 선보이기 시작한 비판적 패러디군들에서는 전경화 장치가 외재화되기 시작하고 시인의 패러디에 대한 인식도 분명해진다. 원텍스트에 대한 비판적 재해석의 정도도 강해진다. 패러디에 대한 전반적 인식은 물론 패러디스트의 동기도 분명하게 드러나고, 원텍스트에 대한 비판적 재해석의 강도도 높다. 80년대 중반에 등장한 혼성모방적 패러디군은 놀라운 파급력을 갖고 있는데 이는 첨예했던 이데올로기적 대립 구도가 와해되기 시작하는 시대적 분위기를 배경으로 한다. 전략적으로 원텍스트를 그대로 발췌하고 혼합함으로써 실험적이고 전위적인 성격을 띤다. 패러디의 전경화 장치가 없을 경우 표절이나 도용과의 경계가 모호해질 수도 있다. 이와 같은 패러디 전개 양상은 방법적으로 다양성을 띠는 방향으로 나아간 것은 분명하다. 하지만 그 방향은 동태적 전개과정을 암시할 뿐 발전적 진화의 의미를 갖지 않는다.

논의 과정에서 독자의 오해를 불러일으킬 여지가 있는데, 첫째,

패러디는 결코 인간과 사회에 대한 책임있는 사유, 인문학적 지성의 섬세한 창조력을 부정하지 않는다는 사실이다. 일반적으로 패러디의 역기능을 역사의식의 부재, 창조를 위한 진지한 노력의 결핍, 과거 양식의 무분별한 차용과 모방, 작가들의 몰개성과 창의성 부족, 대중매체의 현란한 이미지에의 의존, 얄팍하고 피상적인 기교 등으로 지적하기도 한다. 실제로 이러한 한계를 담고 있는 매너리즘화된 패러디 텍스트의 난립을 간과할 수 없는 것도 현실이다. 하지만 이는 지나치게 부정적인 측면만을 호도하는 편파적 평가이다. 시적 성취와 의의를 가지면서도 사회적인 맥락과 창조성을 간과하지 않는 패러디 텍스트들도 많다는 사실을 나는 이 책에서 보여주고 싶었다. 둘째는 이러한 패러디적 시읽기가 자칫 환원적으로 원전을 따지거나 계보학을 밝히는 작업으로 귀결될 수 있다는 점이다. 이러한 의구심은 원텍스트를 추적하는 과정에서 은근히 현실화되기도 한다. 그러나, 텍스트간의 선후와 그 닮음은 작품의 가치 평가와는 전혀 무관하다. 문제는 그 의도와 방법이 얼마나 효과적인 것이냐와 미적 가치를 획득하고 있느냐에 있을 뿐이다. 셋째로 제한된 지면 안에서 소화해야 할 연구 대상의 방대함으로 인해 논의를 전개하는 과정에서 자의적인 작품 선택과 배열이 있음에도 양해를 구한다.

어느 누구도 자신의 과거로부터 자유로울 수는 없다. 모든 과거는 편린처럼 흩어져 어떤 것들은 어둡고 어떤 것들은 반짝인다. 그때 그것은 무엇이었을까. 우리는 지금 어디에 있고 그것은 지금 무엇인가. 이런 물음에 대한 답은 우리가 어디에 있었던가를 반추해보는 고통스럽되 성실한 반성적 사유로부터 얻을 수 있을 것이다. 우리를 둘러싸고 있는 과거의 빛과 그늘 속으로 깊숙히 발을 들여놓는, 바로 그 지점에 패러디는 자신의 씨를 묻고 있다. 그 씨가 닿치는 대로 뿌리없는 자식들을 양산해냄으로써 '잡종교배'라는 이름으로 경원시되지 않으려면, 주는 대로 받아 섞는 개밥과 같은 혼합이 아니라 전통 계승을 통해 일구어진 문화적 전문성을 획득하는 법고 창신(法古創新)의 방향으로 나아갈 때 패러디는 유효한 문화형식이 될 것임에 틀림없다. 따라서 각 시대·역사·문화·양식·개성의 차이와 개별성을 인정하는 다양성의 관점에서, 그것들간의 '관계성' '대화성'을 근간으로 하는 패러디적 글쓰기(혹은 글읽기)의 즐거움과 재미는 더욱 주목받아야 할 것이다. 하여 좀더 완성된 논의들이 활성화되었으면 하는 바람이다.

보잘 것 없는 책이지만 김현자 선생님과 모교 선생님들의 가르침이 없었다면 기약없었을 것이다. 드러나지 않는 곳에서 도움을 주신 분들, 가까이서 격려와 위로를 아끼지 않았던 몇몇 동학과 선후배의 얼굴도 떠오른다.

정 끝 별 씀

패러디 시학

* 차례

1

패러디의 시학적 정의

왜 패러디인가

'시란 무엇인가'에 대한 체계적인 학문으로서의 시학사(詩學史)는 시의 역사만큼이나 길고, 오늘날에 와서는 상당히 전문화되고 예각화된 양상을 띠고 있다. 특히 기표 signifiant와 기의 signifié간의 자의성을 주창한 소쉬르 F.de Saussure의 세례를 받은 20세기 초반의 신비평과 러시아 형식주의는 시학 연구에 새로운 패러다임을 제공한 바 있다. 그들은 문학이 '무엇을' 재현하는가라는 현실모방적 측면이 아닌, '어떻게' 구현하는가라는 언어적 자질을 통해 문학성을 정의하였다. 텍스트의 자율성을 인정하고 문학의 언어 그 자체를 문제삼았던 이러한 새로운 인식의 틀은 필연적으로 텍스트간의 상호관계에 대한 조명으로 귀결되었다. 이들의 주장은 실체론을 중심으로 진행되었던 기존의 문학 연구를, 관계론으로 전환하게 하는 계기를 마련한 셈이다. 그리하여 오늘날 하나의 문학 텍스트는 현실을 재현하는 독자적 산물이라기보다는, '다른 텍스트들과 맺고 있는 관계' 속에서 인식되고 있다.

다음의 인용문은 새로운 시학의 발아를 선언하고 있다.

과거 원전의 비판적 모방인 패러디가 현대시의 주된 구성 원리로 뚜렷이 가시화되고 있는 것이다. 이것은 '예술의 죽음'을 선언하는 포스트모더니즘의 수용으로 더욱 고무되고 있다. 과거에는 좌시되었던 패러디가 현대시의 주목할 만한 시학으로 격상됨으로써 전통시관의 근본적 변화를 가져온 것은 말할 필요도 없다. 장르해체 또는 장르혼합은 이 패러디의 중요한 양상이다. 다시 말하면 패러디는 다원적이고 집단적인 글쓰기인 것이다.[1]

인용문은 포스트모더니즘 시학의 핵심 개념으로 패러디를 파악하고 있다. 뿐만 아니라 현대시의 주된 구성 원리이자 주목할 만한 시학으로서, 그리고 장르간을 넘나드는 다원적이고 집단적인 글쓰기로서의 패러디 특성을 시사하고 있다. 패러디 텍스트가 갖는 이러한 다성성(多聲性)과 복합성은, 하나의 텍스트는 어떤 방식으로든지 다른 텍스트와 다양한 관련을 맺고 있다는 전제로부터 출발한다. 때문에 패러디는 시간적으로는 과거와 현재, 공간적으로는 이곳과 저곳을 연결하면서 동시에 그 관계를 파괴한다. 패러디가 가진 이러한 복합성을 이합 하산Ihab H. Hassan은 '과거의 현재화presentification'로, 허치언Linda Hutcheon은 '과거의 현존the presence of the past'으로 명명한 바 있다.[2]

그러나 좀더 주의깊게 살펴보면 패러디는 포스트모더니즘 문학이나 현대문학에만 등장하는 미학적 특성이 아니다. 패러디는 훨씬 오래전 우리 전통 문화 전반에 걸쳐 지속되어온 향유방식 중 하나였다. 단적으로 고대시가에서 그 연원을 찾아볼 수 있다.

---

1) 김준오(1992). 『도시시와 해체시』(서울 : 문학과비평사), 머리말.
2) Linda Hutcheon(1988). *A Poetics of Postmodernism* : History, Theory, Fiction(New York : Routledge), p. 20.

龜何龜何/首其現也/若不現也/燔灼而喫也　　　　　　　<龜旨歌>
(거북아 거북아/머리를 내어라/내어놓지 않으면/구워 먹겠다)

龜乎龜乎出水路/掠人婦女罪何極/汝掠勃逆不出獻/入網捕掠燔之喫
　(거북아 거북아 수로를 내놓아라/남의 아내 앗았으니 그 죄가 얼
마나 큰가/네가 만일 거슬리고 내어놓지 않는다면/그물로 너를 잡아
구워서 먹겠노라)　　　　　　　　　　　　　　　　<海歌>

　바다의 용을 향해 수로부인을 돌려달라며 여럿이 불렀다는『삼국
유사』소재의 <해가>는, 무엇인가의 출현을 촉구하면서 불렀다는
점과 '―아, ―아, ―해라, ―하지 않으면, ―하겠다'라는 통사구조[3]
를 갖고 있다는 점에서 <구지가>와 공통점을 지닌다. <해가>는 특
수한 경우에 대처하여 변용한 <구지가>의 패러디라 할 수 있다. 조
선시대 기우제 때 불렀다는 <석척가(蜥蜴歌)>[4]나 항간을 떠돌던
민요들[5]도 마찬가지로 <구지가>의 패러디라 할 수 있다. 또한 신라
때의 향가 <처용가>는 고려시대를 거쳐 궁중에서 나례(儺禮)를 지
내며 불렀던 장시 <고려처용가>[6]로 변형되었으며, 고려 때 문신 익

---

3) 성기옥(1991). <龜旨歌> 형성의 문화기반과 역사적 양상.『한국고대사논총』2
　집, 한국고대사회연구(편), p. 161. '호격―명령―가정―위협'의 구조를 주술구조
　로 파악한 바 있다.
4) 蜥蜴蜥蜴 興雲吐霧 傅雨滂沱 放汝歸去 (도마뱀아 도마뱀아/구름을 일으키고 안
　개를 토해내/비를 퍼붓게 하라/그리하면 너를 놓아 주겠다)
5) "달팽아, 달팽아/ 너희 집에 불났다/ 솥이랑 가지고 똘레 똘레 해라/ 안하면 모
　가지를 비틀어 논다." "풍뎅아 풍뎅아 빙빙 돌아라/ 돌지 않으면 모가지를 비틀
　래."
6) 향가 <처용가>는 "새블 발기 다래/ 밤드리 노니다가/ 드러사 자리 보곤/ 가라
　리 네히어라/ 둘흔 내 해엇고/ 둘은 뉘해언고/ 본대 내해다마란/ 아사날 엇디하
　릿고"이다.―『삼국유사』 <고려처용가>의 일부는 "(中葉) 東京 발간 다래 새도록
　노니다가/ 드러 내자리랄 보니 가라리 네히로새라/(小葉) 아으 둘흔 내해어니와

재(益齋) 이제현도 '처용'에 관한 해시(解詩)[7]를 쓴 바 있다. 뿐만 아니다. 향가 <원가(怨歌)>에 대한 고려가요 정서(鄭敍)의 <정과정>은 양식뿐만 아니라 창작 배경[8]까지도 매우 흡사하다. 익재는 또한 이를 한역(漢譯)하여 소악부에 싣고 있다. 시조에서도 패러디의 방법들이 사용되고 있는 흔적들은 쉽게 찾아볼 수 있다.[9] 이러한 사실을 뒷받침해주듯 김열규는 구비전승의 한 방법으로, 패러디의 유용성을 시사한 바 있다.[10] 고대인의 경험과 미학의 단순성을 반영하는 이와 같은 구비전승적 패러디의 반복성은 고전시학의 용사(用事), 희작(戱作)·희문(戱文)·희시(戱詩) 등의 개념에서도 재확인된다.

또한 현대시를 이끌어온 김소월·서정주·김지하, 김기림·김수영·황지우, 이상·김춘수·오규원과 같은 시인들은 패러디를 시창작의 주요 방법으로 활용하여 현대시의 새로운 영역을 개척하고 있

둘흔 뉘해어니오/(大葉) 이런 저긔 處容아비옷 보시면/ 熱 病神이아 膾ㅅ가시로다"이다.-『악학궤범』

7) 新羅昔日處容翁 見說來從碧海中 貝齒頹脣歌夜月 鳶肩紫袖舞春風 (옛날 신라 때에 처용이라는 노인이 있었으니/들리는 말에 의하면 푸른 바다 한가운데에서 나왔다고 한다/조갑지같이 흰 이와 붉은 입술로 달빛 아래 노래를 한다/솔개마냥 위로 치켜진 어깨와 붉은 소매로 봄바람을 너울이며 춤을 추는구나)-『고려사』 악지 속악조

8) "물흿 자시/가살 안달 이우리 디매/녀 엇뎨 니저 이신/울월던 나치 겨샤온대/달 그림제 녯 모샛/녈 믈겴 애와티닷/즛사 바라나/누리도 아쳐론 뎌여-信忠의 <怨歌>." 효성왕이 자신에게 했던 약속을 되새기면서, 임금을 향한 자신의 사모의 정과 임금으로부터 외면당하고 있는 원망을 토로하고 있다. (前腔) "내님을 그리사와 우니다니/(中腔) 山졉동새 난 이슷하요이다/(後腔) 아니시며 거츠르신달 아으/(附葉) 殘月曉星이 아라시리이다/(大葉) 넉시라도 님은 한대 녀져라 아으/(附葉) 벼기시더니 뉘러시니잇가/(二葉) 過도 허믈도 千萬 업소이다/(三葉) 말힛마러신뎌/(四葉) 살읏브뎌 아으/(附葉) 니미 나랄 하마 니자시니잇가/(五葉) 아소 님하 도람 드르샤 괴오쇼셔" 鄭敍의 <鄭瓜亭>. 뜻하지 않은 죄를 무고하게 지고 고향에 내려와 임금을 그리워하며 울고 있는 자신의 모습을 두견새에 비유한 노래로, 자신의 억울함과 君主에 대한 정을 노래한 忠臣戀主之詞이다.

9) 신은경(1990). 평시조를 패로디화한 사설시조 연구.『국어국문학』104호.

10) 김열규(1992). 향가의 문학적 연구.『향가문학론』(서울 : 새문사), p. 20.

어 주목된다. 물론 패러디에 대한 이해나 운용법은 시인들마다 다르며 또 그만큼 다양하지만, 이들이 패러디 기법을 시의 창작원리로 도입한 까닭은 패러디가 갖는 표현기법상의 풍부한 가능성에 기대어 현대의 복잡하고 미분화된 경험과 미학을 반성적으로 반영하는 데 용이했기 때문이었을 것으로 추측된다. 이러한 사실이 입증된다면 패러디는 현대시 창작의 중요한 기법이라는 점을 인정하지 않을 수 없을 것이다.

이처럼 고전에서 최근의 포스트모더니즘에 이르기까지 패러디는 문학 창작의 주요한 방법으로 광범위하게 활용되어 왔음에도 기생적 장치로 취급되어 왔던 것이 사실이다. 그 근본적인 이유는 현대 예술의 형성과정에 주도적 역할을 한 낭만주의적 예술관 때문이다. 독창성과 창조성을 아름다움의 제1원리로 파악하는 낭만주의적 전통 속에서 볼 때 패러디가 갖는 반복성·모방성은 미학적 열등성으로 인식되었다. 이러한 낭만주의 문학관은 서구 현대문학의 정신적 기반이 되어 우리 현대문학 형성과정에 그대로 수용되었고, 따라서 우리 현대문학에서도 패러디는 '어떤 작가의 시구나 문체를 모방하여 풍자적으로 꾸민 익살극[11]'이라는 협소한 정의로 그 기능이 축소되었고 문학적 가능성도 폄하되었다. 그러나 최근 들어 패러디에 대한 중요성은 보다 강조되고 있으며 그 정의도 점차 확대되는 경향을 보이고 있다.

이러한 중요성에 비추어 볼 때 패러디와 관련된 연구는 크게 진척되지 않았다. 현대시의 패러디에 대한 체계적 언급은 김준오의 논

11) 이기문(감수)(1995년판). 『새국어사전』(서울 : 동아출판사). 문학비평용어사전에서도 그 개념은 대동소이한데 "어떤 특정 작품의 진지한 소재와 형식, 또는 어떤 특정 작가의 특징적인 문체를 흉내내어 그것을, 시시하거나 전연 어울리지 않는 내용에 적용시킨다"라고 정의하고 있다. 이명섭(1997). 『세계문학용어비평시전』 (서울 : 을유문화사), pp. 174-75.

문[12]에서부터 시작되는데, 그는 패러디를 포스트모더니즘 시학의 주요 원리로 지적하면서 이를 최근의 시들을 통해 검증해보이고 있다. 특히 후기산업사회에 대응하는 패러디의 이데올로기적 기능까지를 암시하고 있어 주목된다. 이승훈은 풍자적 동기의 유무에 따라 패러디와 패스티쉬를 구별한 후 풍자적 동기가 없는 최근시의 경향을 패스티쉬로 파악하여 그 가능성을 시사한 바 있다.[13] 필자 또한 서구문학과의 관계 속에서 패러디의 양상을 범주화·유형화해보고, 90년대 후기자본주의에 대한 시적 대응전략으로서 패러디의 가능성을 검토해본 바[14] 있으나 시론(試論)적 성격이 강하다. 권택영의 논문[15]도 패러디의 이론적 토대를 풍요롭게 하는 역할을 하고 있으며, 그와 동시적으로 서구이론의 번역작업[16]과 90년대 문학을 이해하려

---

12) 김준오(1989). 현대시와 인유적 상상력. 『문학과 비평』(서울 : 문학과비평사), 1989년 가을.
_____(1991). 현대시의 패로디화와 이데올로기. 『현대예술비평』(서울 : 청하), 1991년 여름.
이 두 논문은 『도시시와 해체시』(1992)에 재수록되어 있다.
13) 이승훈(1991). 『포스트모더니즘 시론』(서울 : 세계사), p. 68/p. 263.
14) 정끝별(1992). 비교문학적 관점에서 본 패로디 시학. 『연구논집』 23호 (서울 : 이화여자대학교 대학원).
_____(1993). 시적 전략으로서의 패로디 시학. 『연구논집』 24호 (서울 : 이화여자대학교 대학원).
_____(1994). 서늘한 패러디스트의 절망과 모색. 『동아일보』, 1994년 1월 8일 ~1월 26일.
15) 권택영(1992). 패러디, 패스티쉬 그리고 독창성. 『현대시사상』(서울 : 고려원), 1992년 겨울.
16) Patricia Waugh(1984). *Metafiction* : The Theory and Practice of Self-Conscious Fiction (London & New York : Methuen). 『메타픽션』, 김상구(역) (서울 : 열음사, 1989).
Linda Hutcheon(1985). *Theory of Parody* (London : Methuen). 『패로디 이론』, 김상구·윤여복(역)(서울 : 문예출판사, 1992).
Marget A. Rose(1979). *Parody/Metafiction* : an Analysis of Parody as a Critical Mirror to the Writing and Reception of Fiction(London : Croom

는 기획의 일환으로 문학잡지의 특집[17]들이 이어졌다. 주로 외국이
론의 소개와 최근의 패러디 양상에 치중하고 있는 이 일련의 작업
은 기존의 좁은 패러디 개념에서 좀더 확대된 개념으로 나아가고
있으며, 패러디의 정의와 기능, 그리고 후기 자본주의의 생산·소비
양식에 대응하는 창조적 문학 기법으로서의 그 가능성과 역기능성
을 역설하고 있다.

홍윤희와 장동범의 석사논문[18]은 패러디의 정의에 심혈을 기울이
면서 8, 90년대의 시들을 중심으로 패러디 양상을 유형화시키고 있
다. 전자의 논문이 풍자성과 자기반영성에 초점을 맞춰 패러디를 풍

Helm). 이 책은 『심상』지에 1991년 11월부터 1993년 3월까지 발췌 번역되어 실
린 바 있다.
17) (특별좌담) 새로운 현실의 문학적 조건-패러디,패스티쉬,키취.『오늘의 시』(서울
: 현암사), 1992년.
(특집) 표절이냐, 문학기법이냐.『오늘의 문예비평』(부산 : 책읽는사람), 1993년
여름.
김경복. 자기반영성, 혹은 새로운 문학 형식의 예고-90년대 시의 패로디/패티
쉬를 중심으로.
문선영. 현대문학의 정체성 재고-표절/패로디/패스티쉬의 문예학적 고찰을 중
심으로.
황순재. 90년대 소설의 표절과 패스티쉬의 양상.
(특집) 패러디, 모방에서 창조로.『문학과 사회』(서울 : 문학과지성사), 1993년
가을.
김진석. 패러디냐 자살이냐.
장경렬. 작가의 죽음과 독자의 탄생.
이형식. 이질적 장르의 합성과 패러디.
이영철. 새로운 사진 활동에 대한 비평적 소고.
홍승찬. 음악에서의 창조와 모방.
고석봉(1994). 패러디시가 나아갈 방향.『오늘의 문예비평』(부산 : 책읽는사람),
1994년 봄.
18) 홍윤희(1993). 한국 현대시에 나타난 패로디 양상 연구. 부산대학교 대학원 석사
학위논문, 미간행.
장동범(1993). 한국 현대시에 나타난 패러디 연구-80~90년대 시를 중심으로.
부산외국어대학교 교육대학원 석사학위논문, 미간행.

자적 패러디·자기반영적 패러디로 구분하고 있다면, 후자의 논문
은 내용이나 형태에 의해 개인적·언어적·형태적·시사적·대중
적 패러디 등으로 세분하는 데 역점을 두고 있다. 꼼꼼한 개념 정의
와 분석은 높이 살 만하나 패러디를 포스트모더니즘의 조건으로만
한정시키고 있다는 아쉬움이 있다. 또한 가장 최근에 나온 고현철의
박사논문[19]은 '장르'[20]의 관점에서 패러디를 고찰했다. 패러디 담론
과 패러디된 담론과의 이데올로기적 관계 및 그 형식을 중심으로
민요시조·민요시·판소리시·굿시를 고찰한 이 연구는 패러디를
장르의 차원으로 끌어올려 그 담론의 향유 집단이 갖는 사회적 조
건까지를 고려한 데 그 의의가 있다. 그러나 원텍스트에 대한 면밀
한 천착과 패러디의 미학적 특성에 대한 성찰이 미흡하다.

이 시점에서 선행 연구의 업적과 아쉬움을 기반으로 패러디에 관
한 이론을 체계화하고 그 이론을 바탕으로 현대시에 나타나는 패러
디의 전개 양상을 고찰해보는 작업은 매우 유효하다. 이 작업을 통
해 한국 현대시의 중요한 구조원리로서의 패러디를 규명하고 패러
디의 문학적 역할과 의의를 정립해볼 수 있기 때문이다. 따라서 나
의 논의는 패러디가 비단 최근의 포스트모더니즘 시학에만 한정된
개념이 아니라 문학이 계승·발전되기 위한 창작과 수용의 주요한
시적 장치이자 원리라는 관점에서 출발한다. 이러한 관점은 무엇보
다도 패러디의 다양한 양상과 기능에 대한 총체적이고 체계적인 분
석을 통해서 증명되어야 할 것이다. 또한 창조와 모방이라는 문학의

---

19) 고현철(1995). 한국 현대시의 장르 패로디 연구—담론 양상을 중심으로. 부산대
학교 대학원 박사학위논문, 미간행.
20) "(패러디의) 모방 대상이 기존의 특정한 문학 장르 자체일 경우, 보다 구체적으
로 말하면 패러디 되는 기존의 특정한 문학 장르(선행 장르)의 형식적 관습인
구조, 문체, 어법, 율격 등을 패러디하는 장르가 모방하는 경우, 이를 장르 패러
디라 할 수 있다." 앞의 논문, p. 9.

본질적인 문제를 재성찰하게 할 뿐만 아니라 패러디에 의한 현대시의 사적(史的) 접근 즉, 패러디에 의한 시학사 기술의 가능성을 향한 조심스런 접근에도 유효하다. 이는 곧 패러디라는 하나의 잣대에 의해 우리 현대시가 어떻게 조명될 수 있는가에 대한 총체적인 검증과정이 될 것이다.

이를 위해서 우선적으로 해야 할 작업은 패러디에 대한 개념 정의에서부터 출발해, 그 이론적 체계 및 분석을 위한 방법론적인 틀 frame work을 세우는 일일 것이다. 좀더 명확한 패러디의 시학[21]적 정의와 그 개념에 따른 실제적인 분석 및 문학사적 의의를 정립하기 위해 다음과 같은 질문은 필요불가결하다.

가) 패러디는 어떻게 정의되어 왔으며, 어떻게 정의될 수 있는가.

나) 패러디와 유사한 형식들에는 어떤 것들이 있으며 그 유사형식들과 패러디는 어떻게 변별되는가.

다) 패러디는 어떠한 근거에 의해 독자들에게 인지되고 또 어떻게 전달되는가.

라) 패러디를 사용하는 시인의 의도는 무엇이고, 그 의도는 어떠한 미학적 장치 및 효과를 발휘하여 작품의 의미를 실현시키고 있는가.

마) 그 결과, 패러디는 현대시에서 어떠한 양상으로 전개되고 있으며 그 의미는 무엇인가.

바) 패러디의 문학사적 의의와 창조적 가능성은 무엇인가.

가)나)는 패러디의 정의 및 유형, 다)는 패러디 텍스트의 소통과

---

21) 이 책에서는, 패러디 개념이 사회적·역사적·이데올로기적 상호관계를 중시하고 있다는 점과, 패러디의 개념을 고정화하기보다 열려 있고 변화하는 이론적 구조로 파악하고자 하는 의도에서 '시학'이라는 용어를 사용하고자 한다.

정, 라)는 패러디스트의 창작동기와 패러디의 미학성, 마)바)는 패러디의 전개양상과 의의에 관한 질문들이다. 따라서 이 책 전체는 이 질문들에 대한 답을 찾는 과정이 될 것이다.

무엇이 패러디인가

　주어진 텍스트가 다른 텍스트와 맺고 있는 관계가 패러디적인가
아닌가를 구분한다는 것은 그리 쉬운 일이 아니다. 그것은 패러디의
개념을 어떻게 규정하느냐에 따라 얼마든지 달라질 수 있기 때문이
다. 따라서 패러디 연구의 선결 조건은 당연히 그 개념 정립에 있다.
이를 위해서는 먼저 패러디가 어떤 사적(史的) 변천과정을 거쳐왔는
지에 주목해야 하는데, 이는 패러디의 변천과정이 패러디가 오랫동
안 그리고 다양한 형태로 존재해왔음을 반증해줄 것이기 때문이다.
　패러디는 논자에 따라 하나의 텍스트가 다른 텍스트를 '조롱하거
나 희화화'시킨다는 좁은 개념으로 사용되기도 하고, 텍스트와 텍스
트간의 '반복과 다름'이라는 넓은 개념으로 사용되기도 한다.[1] 전자
의 협소한 개념이 과거 문학작품에 대한 조롱이나 경멸을 위해 쓰

---

1) 일반적으로 패러디의 어원으로 알려진 희랍어 parodia는 para+odia(賦)가 결합
　된 것으로 '반대노래Counter-Song'라는 뜻이다. 그러나 그 접두사 para는 '반
　대하는counter' 혹은 '반하는against'의 대비 혹은 대조란 뜻과, '곁에beside'
　혹은 '가까이close to'의 일치와 진밀림이런 뜻을 갖는다. Margaret A. Rose
　(1979), p. 18./Linda Hutcheon(1992), pp. 54-56. 참조.

여겼던 시적 장치로서 오랜 전통에 그 뿌리를 두고 있다면, 후자의 개념은 과거의 문학작품이나 관습에 되비추어봄으로써 문학형식의 새로운 가능성을 찾고자 하는 보다 폭넓은 이해에 기반하고 있다. 전자의 의미에 강조점을 둘 때 패러디는 특정한 작품의 풍자적 모방이라는 트래비스티 travesty나 벌레스크 bulesque와 유사한 형식으로 한정될 수 있으며, 후자의 의미에 강조점을 둘 때 그것은 다성성·상호텍스트성 intertextuality·메타픽션·혼성모방 pastiche 등과 함께 지극히 포괄적인 의미로 사용될 수 있다. 또 다른 관점에서 설명해보자면 전자는 풍자적·희극적 동기를 가진 것으로 한정시키려는 제임슨 Fredric Jameson[2]의 입장에 가깝다. 반면 후자는 '기존 작품의 형식이나 특정한 문제를 존속하면서 거기에다 이질적인 주제나 내용을 치환하는 일종의 문학적 모방'[3]이라고 주장하는 키레미디안 G. D. Kiremidjian이나 가장 축자적인 인용도 그 '초문맥성' 때문에 일종의 패러디가 된다고 보고 있는 미셸 부토 Michel Butor[4] 및 앞선 텍스트의 부분적인 변형으로만 보아서 하이퍼텍스튜얼리티 hypertextuality를 패러디라고 주장하는 즈네뜨 G. Gennette[5] 등의 입장과 가깝다. 그 양극 사이에 로즈 Magaret A. Rose의 '희극적 불일치'와 허치언의 '차이를 둔 반복'의 개념이 존재한다.

그렇다면 과연 우리는 패러디를 어떻게 정의할 수 있는가. 먼저 우리에게 친숙한 동양 문학권에서 패러디와 유사한 형식을 살펴본

---

2) Fredric Jameson(1991). *Postmodernism on the Cultural Logic of Late Capitalism* (Duke University), p. 17.
3) G. D. Kiremidjian(1969). The Aesthetics of Parody. *JAAC*, 28, p. 232. Patricia Waugh(1984), p. 95. 재인용.
4) Michel Butor(1967). La Critique et l'invention. *Critique* 247, pp. 283-95. Linda Hutcheon(1985), p. 70. 재인용.
5) 권택영(1992), p. 188. 재인용.

후 서양 문화권에서의 패러디 변천과정을 살펴보자. 이 과정 속에서 도출되는 특징 및 변별성이 곧 패러디의 특성이 될 것이다.

1. 패러디와 용사(用事)

패러디는 분명 서양에서부터 비롯된 용어이다. 그러나 패러디와 유사한 창작 기법이 동양에도 존재했다. 고전시학에서 흔히 사용되었던 용사(用事), 환골탈태(換骨奪胎), 점철성금(點鐵成金), 점화(點化), 습용·도습(襲用·蹈襲) 등이 바로 패러디와 비견될 수 있는 개념들이다.[6] 용사의 대상이었던 전거(典據)[7]는 고대의 신화나 민간의 전설뿐 아니라 경서·사서(經書·史書) 또는 문학작품들의 특정

---

6) ·용사 : 시문을 지을 때 '역사적인 사실과 같은 前代에 있었던 일이나 고인의 말 또는 글이나 고사(典據 혹은 典故)' 등을 끌어다 씀으로써 자신의 논리를 보완하는 방법을 일컫는다.
　·환골탈태 : 고인의 뜻을 바꾸지 않고 자신의 말을 만드는 것인 '환골'과 고인의 뜻을 본받으면서 형용하는 것인 '탈태'가 묶여진 합성어로, 고인의 시구를 변화시켜 새로움의 가능성을 내포할 때 사용하는 용어이다.
　·점철성금 : 자기 나름의 새로운 이치를 발명하여 고인의 말이나 뜻을 새롭게 만드는 방법이다. 이 반대의 개념이 '점금성철'인데, 점금성철은 자기 나름의 새로운 이치를 발명하지 않고 고인의 말이나 그 뜻을 그대로 씀으로써 답습에 머무는 것이다.
　·점화 : 고인의 말이나 뜻이 솜씨있게 활용된 것을 일컫는다.
　·습용·도습 : 표현기교면에서 모방의 뜻으로 쓰이는데, 표절과 유사하다.
최신호(1971). 초기시화에 나타난 용사이론의 양상. 『고전문학연구』 제1집, 한국고전문학연구회./최미정(1979). 한시의 典據修辭에 대한 고찰-려말·선초의 시화를 중심으로, 『국어국문학연구』 47집, 국어국문학회./이병한(1985). 『증보 한시비평의 실례연구』(서울 : 통문관). 참조.
7) 經書나 史書 또는 諸家의 詩文에 등장하는 사람들의 이름, 官名, 名稱, 또는 이들의 출생지나 이들이 활동했던 장소, 그리고 이들의 言行이나 일화 등이 용사의 대상이 된다. 고대의 신화나 민간의 전설도 용사의 대상이 되며, 경서나 사서 또는 문학작품의 특정한 구절도 때로는 용사의 대상이 될 수 있나. 송새소(1985). 한시 용사의 견유적 기능. 『한국한문학연구』 8집, 한국한문학회, p. 293.

한 구절 등을 지칭했는데, 이는 패러디의 원텍스트[8] 개념과 유사하다. 용사와 환골탈태는 모두 전거를 활용하되 보다 더 유효하게 활용하여 결과적으로는 용사한 작품 전체에 생명력을 불어넣는 작업을 일컫는다. 그러나 점금성철(點金成鐵)이나 습용·도습에 이르면 창조성과 독창성이 결여된 모방 내지는 표절의 개념이 강조된다. 이처럼 동양 고전 시학의 전통에는, 시의 형식이나 표현수단은 원래 어느 특정인의 전유물이 아니고 만인에게 개방되어 있는 것이므로 창작자의 의도를 표현하기 위해 전거를 빌어쓰는 행위 그 자체는 비난의 대상이 될 수 없다는 기본 전제가 깔려 있다. 다만 전거가 된 작품과 전거를 끌어다 쓴 작품을 비교할 수는 있는데, 용사한 표현이 전거의 표현보다 더 효과적이면 그 독창성은 충분히 인정되었다. 그러나 사람마다 용사에 대한 개념을 다르게 생각하기도 하고, 같은 사람의 글에서도 용사의 개념이 통일되어 있지 않은 경우도 있다[9]는 지적에 주목해볼 때 용사의 개념 또한 패러디 개념처럼 난맥상을 드러내고 있었음을 알 수 있다.

다음 구절은 용사의 운용법에 주요한 단서를 제공하고 있는데, 오늘날 패러디 운용법에 시사하는 바가 크다.

> 강기(姜夔)의 『백석도인시설(白石道人詩說)』과 진석승(陳釋僧)의 『문설(文說)』에서는 구체적으로 ①"잘 알려져 있지 않은 전고는 구체화시켜 사용함(僻事實用)"이나 "익히 잘 알려진 사류는 융통성 있게 사용함(熟事處用)" 등의 방법을 말하였고, ②정용(正用), 반용(反用),

---

8) 패러디된 텍스트를 지시하는 명칭으로는 원텍스트(Ur-text), 밑텍스트(Hypo-text), 하부텍스트(Sub-text), 전텍스트(pre-text), 선행담론체 등이 있으나 이 책에서는 원텍스트로 통일한다.

9) 송재소(1985), p. 296.

차용(借用), 암용(暗用) 등의 용사법에 대해 자세히 논하고 있다. 그러면서도 ③용사에 얽매이지 않고 자유자재로 활용할 것을 주장했다.[10] (밑줄과 번호는 필자)

용사의 운용법에 관한 이 짧은 문장은 원텍스트와 패러디 텍스트 간의 관계, 원텍스트를 운용하는 패러디스트의 태도 및 패러디 운용의 지향점 등을 제시하고 있다. '흔하지 않은 일은 구체화시켜 사실대로 사용하고, 익숙한 일은 융통성있게 허구적으로 사용하라'는 뜻을 가진 ①의 벽사실용(僻事實用)·숙사처용(熟事處用)은 독자와의 관계 속에서 원텍스트를 어떻게 드러내느냐라는 문제를 환기한다. 이를테면 시인과 독자가 공유하는 문화적 관습 속에 잘 알려져 있는 원텍스트를 모방인용할 경우에는 별다른 출전을 명시하지 않아도 원텍스트를 쉽게 식별할 수 있어 '융통성 있게' 변용할 수 있다. 그러나 잘 알려져 있지 않은 원텍스트를 모방인용할 경우에는 반드시 원텍스트의 출처를 밝히거나 암시함으로써 '구체화시켜' 사실대로 사용해야 한다.

그럼에도 불구하고 잘 알려져 있는가 그렇지 않은가의 판단여부는 창작자나 독자의 능력에 따라 다를 수밖에 없고, 또한 그들이 속한 시대나 사회에 따라 주관적이고 상대적일 수밖에 없다. 이럴 경우 벽사실용·숙사처용은 상당히 애매한 개념이 된다. 때문에 숙련된 기술을 수반하지 않고서는 자칫 원텍스트의 의미에서 헤어나지 못하거나 원텍스트를 모방인용한 흔적이 생경하게 드러나 패러디 텍스트에 흠집이 되는 수도 있다. 더 심할 경우 창작성을 망각한 모방이나 표절로 전락하여 패러디의 본령을 이탈하기도 한다. 패러디

---

10) 이병한(편저)(1992). 『중국 고전시학의 이해』(서울 : 문학과지성사), p. 179.

스트의 의도, 그 의도에 부합하는 원텍스트를 선택하는 안목, 독자의 흥미를 유발할 수 있도록 원텍스트를 드러내는 방법, 이 세 박자에 의해 패러디의 성패는 좌우된다. 독자가 패러디 텍스트에 담긴 원텍스트의 문맥과 패러디스트의 동기를 이해하지 못한다면 패러디 효과는 물론 작품과 독자간의 미적 교류도 이루어질 수 없기 때문이다.

용사를 함에 있어 전거를 끌어쓰는 방법은 시인에 따라 그리고 각 시편들에 따라 다르다. 다양한 용사법 중 가장 대표적인 형태가 바로 ②의 정용(正用)·반용(反用)·차용(借用)·암용법(暗用法)이다.[11] 정용과 반용의 인용기술은 각각, 전거가 가지는 본래의 표현과 의미를 그대로 차용하는 직용법과 본래의 표현과 의미를 역으로 인용하는 반의법(용어는 그대로 사용하고 의미는 반대인 경우는 번안법)으로 설명되기도 한다.[12] 이는 원텍스트에 대한 패러디스트의 태도가 호의적인가 비판적인가로도 구분될 수 있다. 특히 서거정은 "용사를 바로 쓰는 것은 누구나 할 수 있지만, 그 뜻을 반대로 하여 쓰는 것은 재주가 탁월하지 않으면 능히 도달할 수 없다"[13]고 함으로써 은근히 반용에 더 높은 점수를 주고 있다. 또한 차용이 모방인용하려는 원텍스트 자체를 가시적으로 드러내는 방법이라면 암용은

---

11) 劉永濟는 유협의 '事類'에 대한 정의에 의거하여 전고의 사용 방법을 여덟 가지로 제시한 바 있는데, 옛사람을 들어 지금의 상황을 증명하는 直用·渾用·綜合·假說과 옛날 현인들의 말을 인용하여 추상적인 개념을 증명하는 全句·隱括·引用·借子가 바로 그것이다. 劉永濟(1981). 『文心雕龍校釋』(臺北 : 華區書局), pp. 146-51. 김원중(1994). 용사고-『문심조룡』을 중심으로. 『중국어문학』 23집, p. 28. 재인용.

12) 古人用事 有直用其事 有反其意而用之者(옛사람들이 용사함에 있어서 어떤 사실을 그대로 쓰기도 하고 그 사실의 뜻을 반대로 하여 쓰기도 한다)-서거정. 『동인시화』 하.

13) 直用其事 人皆能之 反其意而用之 非才料卓越者 自不能倒-『동인시화』 하.

그 모방인용의 흔적을 내재화하는 방법이다. 이 중에서도, 용사의 흔적이 은유적·암시적으로 나타나 있어 얼핏 보면 모방인용했다는 사실을 알기 어려운 이 암용과 대비적인 용사의 방법을 명용(明用)이라 일컫기도 한다. 이러한 차용·암용·명용은 원텍스트를 전경화시키는 데 있어 그것을 내재화시키느냐 혹은 외재화시키느냐의 문제와 연결될 수 있다. 특히 암용의 경우는 패러디적 모방인용과 단순한 모방·영향과의 구별을 모호하게 하기도 하며 나아가 표절의 논란을 불러일으킬 소지를 안고 있다.

인용문 중 ③의 '용사에 얽매이지 않은 자유로운 활용'이라는 구절은 패러디가 필수적으로 갖추어야 할 패러디스트의 '의도성(전략성)'을 강조한다. 즉 원텍스트는 패러디스트의 특정한 의도하에서 자유자재로 운용되어야 한다는 것이다. "전거의 사용이 요령을 얻으면 비록 작은 일이라도 큰 성과를 거둘 수 있다. 비유하면 한치의 굴대 빗장이 바퀴를 제어하고 한 자 되는 지도리가 관건을 움직이는 것과 같다. (중략) 옛것을 사용하여 들어맞으면 자신의 독창적인 표현 그 이상의 효과가 나타난다"[14]는 유협의 언급을 통해서도 패러디스트의 독창적인 의도 혹은 동기야말로 패러디의 중요한 관건이라는 사실을 알 확인할 수 있다.

뿐만 아니라 유약우(劉若愚)는 패러디스트의 의도에 맞게 자유롭게 활용된 용사의 이점을 네 가지로 설명하고 있는데,[15] 그의 설명

---

14) 故事得其要 雖小成積 譬寸轄制輪 尺樞運關也 (중략) 凡用舊合機 不啻自其口出- 『文心雕龍』: 事類
15) 유약우는 용사의 이점을 ① 인유들은 하나의 상황제시에 경제적 방법으로서 사용될 수 있다, ② 이러한 인유에 의한 상황제시는 극적인 효과를 증대시킨다, ③ 하나의 연애사건이 내포되어 있거나 혹은 정치적인 개인적 풍자를 띠고 있을 때와 같이 인유의 사용에는 실용적 사유가 있을 수 있다, ④ 심상 혹은 의미에 복합성을 끌어들인다라고 지적한 비 있다. 劉若愚(1977), 『中國詩學』(臺灣 : 幼獅文化公司), 이장우(역)(서울 : 동화출판공사, 1984), pp. 188-209.

을 참고해 다음과 같은 패러디의 유용성 및 효과를 유추해볼 수 있 겠다.

첫째, 패러디는 원텍스트의 몇몇 시어나 어구 혹은 문장으로 최대 한의 의미를 표출할 수 있는 경제적인 표현 방법이다. 즉 원텍스트 의 복잡한 문맥이나 관련상황을 축약시켜 제시할 수 있는데 원텍스 트와의 유사점을 강조할 수도 있고 대조점을 강조할 수도 있다. 이 때 패러디 텍스트는 원텍스트의 내용을 환기시킴으로써 보다 구체 적이고 극적인 이미지를 제공한다.

둘째, 패러디는 독자의 설득력을 유발하는 전달 방식이다. 원텍스 트가 가진 익숙함을 근거로 독자의 친밀감과 신뢰를 불러일으키는 동시에 패러디 텍스트를 합리화하고 정당화할 수 있다. 반대로 이미 그 허구성이 폭로된 원텍스트를 비판적으로 인용함으로써 패러디스 트의 생각을 정당화시킬 수도 있다. 패러디스트는 자신의 경험·생 각·정서를 원텍스트에 기대어 보편화하거나 일반화하기도 한다.

셋째, 어떤 사실을 직접적으로 언급하기 어렵거나 그렇지 않으면 명확하게 언급하지 않기 위해서 원텍스트를 빌려 간접적이고 완곡 하게 표현할 수 있다. 이 완곡한 표현이 현실비판으로 전화될 경우 과거의 사실을 빌어 우회적으로 현실을 비판하는 알레고리의 효과 를 얻을 수 있다.

이렇듯 '차고유금(借古喩今 : 과거의 것을 빌려서 현재의 것과 비 교·대조)'함으로써 과거 경험의 권위를 현재 문맥으로 확장시키는 시적 효과를 발휘한다는 점에서 용사는 패러디와 일치한다. 이러한 효과는 원텍스트의 고정된 의미로 인해 시인의 상상력과 독창성이 제한받을 수 있다는 패러디의 한계점을 어느 정도 보완해준다.

이와는 반대로 용사의 역기능에 대한 지적도 만만찮은데 이에 관 해서는 중국의 유희재[16]와 우리나라의 이규보[17]의 견해가 그 대표격이다. 그들의 언급을 원용하여 패러디의 장애 요인을 정리해보면 다음과 같다.

첫째, 패러디스트의 의도 및 패러디 텍스트의 의미가 분명하게 구현되지 않은 것

둘째, 원텍스트의 문맥을 모르면서 수박 겉핥기식으로 모방인용한 것, 나아가 원텍스트의 문맥을 무차별적으로 파괴하는 것

셋째, 원텍스트를 너무 많이 끌어쓴 것

넷째, 판에 박은 듯이 원텍스트를 모방인용한 것

위의 경우는 모두 패러디스트가 원텍스트를 '자기화'하지 못한 채억지로 사용하여 원텍스트가 패러디 텍스트의 예술 형상과 유기적으로 결합되지 못한 예들이다. 그러므로 '작가가 확실히 표현하고 전달하고 싶은 풍부한 감정이 있어야만 비로소 용사에 적용할 수 있다[18]'는 지적은 패러디 창작에 필수적인 조건인 셈이다. 즉 명확한 패러디의 동기나 의도가 없이 단지 자신의 박학함을 자랑하기 위하여, 혹은 미달된 자신의 언어를 메꾸기 위하여 패러디를 이용해서는 안된다는 것이다.

이러한 용사는 '연혁인창(沿革因創 ; 답습하고 혁신하고 계승하고 창조한다)'과 같은 문학 진화론의 중요한 인자로도 작용했다. 이와 같은 주장은 "작품은 각기 계승하는 바를 가진다(各有所因)"는 사실과 "사회 현실이 변하면 시 또한 그것을 따라 변한다(時有

---

16) 유희재는 "사(詞) 속에 전고를 사용하는 데 있어서는 사장(事障)이 없는 것을 귀하게 여긴다. 그 의미가 분명하지 않은 것, 속뜻을 모르면서 수박 겉핥기식으로 인용한 것, 너무 많이 끌어쓴 것, 판에 박은 듯한 전고, 이런 종류가 모두 전고에 있어서의 장애이다"라고 지적한 바 있다. 이병한(편저)(1992), p. 190.

17) 한 편 안에 옛사람의 이름을 많이 쓰는 것(載鬼盈車體, 귀신을 수레에 가득 실은 체)괴, 말은 순하지 못한데 인용하기에만 힘쓰는 것(强人從己體, 강제로 자기를 쫓아내는 체). 이규보, 『백운소설』.

18) 周振甫(1979판). 『詩詞例話』(北京 : 中國靑年出版社), p. 280.

變而詩因之)"는 사실을 근간으로 한다. 이 두 문장은, 텍스트는 끊임없는 재해석과 재읽기를 요구할 뿐만 아니라 그 텍스트가 놓여진 현실의 맥락에 따라 새로운 의미화가 가능하다는 점을 시사해준다. 바로 여기에 용사나 패러디의 존립 기반과 그 정당성이 마련된다. 기존의 작품에 대한 새로운 의미화 과정 속에서 문학의 내용과 형식은 발전과 쇠퇴를 되풀이하며 끊임없이 변화한다. 이를 관통하는 원리가 "이어받아 더욱 번성시키(踵事增華)"는 것이고 "묵은 것을 배제하고 새로운 것을 나타낸다(推陳出新, 溫故而知新)"는 원칙이다.[19] 이 연혁인창의 원리를 담고 있는 대표적인 시적 장치가 바로 용사법이고, 이러한 사실은 용사가 문학장르 발전의 중요한 원리였음을 보여준다. 결국 용사는 과거의 것에 새로운 의미를 부여함으로써 과거에 대한 계승과 비판의식을 드러내는 동시에 이미 자동화되어버린 오래된 문학적 관습들을 재방문함으로써 보다 새롭게 인식될 만한 것들에 길을 터주기 때문에 패러디가 문학의 긍정적인 변화의 또 다른 지렛대로 간주되는 사실과 흡사하다.[20]

2. 패러디와 유사형식

서구에서의 패러디 개념은 어떻게 변화되어 왔으며, 그 기능 및 효과는 어떻게 규정되어 왔을까. 실제로 패러디라는 단어가 언제,

---

19) 청대의 섭섭(葉燮)은 문학과 작가들의 상호관계에 착안하여, 문학발전의 과정을 沿(답습), 革(혁신), 因(계승), 創(창신)의 과정으로 파악했다. 이병한(편저) (1992), p. 41.

20) 러시아 형식주의자 티니아노프J. Tynjanov에 따르면 패러디의 계획은 낡은 형태에 새로운 의미를 부여함으로써 과거에 대한 계승과 비판의식을 동시에 보여주고자 하는 것이다. Peter Steiner(1884). 『*Russian Formalism*-A Metapoetics』 (London : Cornell University Press), p. 120. 참조

어디에서 처음 사용되었는지는 분명치 않다. 그러나 패러디와 유사한 형식은 고대에서부터 있어 왔고 그 개념 또한 논자에 따라 다양하게 정의되어 왔다. 로즈는 그의 최근 저서에서 패러디의 정의를 다음과 같이 요약 정리한 바 있는데,[21] 이는 패러디의 사적 변천 과정과 그 개념상의 혼란을 한눈에 파악할 수 있도록 한다.

고대 : 풍자적인 목적뿐 아니라 '메타픽션'의 목적을 위해 사용된, 비극에 대한 패러디(Aristophanes)

현대(후기 르네상스 이후)
다른 노래를 우스꽝스러운 것으로 만드는 전도(J. C. Scaliger, 1561)
몇 단어를 바꾸어 시를 변화시키는 것(John Florio, 1598)
메타픽션적이고 비판적이고 희극적인 것(『돈키호테』·『트리스탐 샌디』, 17-18C)
시를 보다 '부조리하게' 만드는 모방(Ben Jonson, 1616)
벌레스크(Joseph Addison, 1711)
허위에 대한 비판(Fuzelier, 1738)
다른 작품에 대한 도전이면서 허위를 비판하는 방식(Isaac D' Israeli, 1823)
독창성의 결여와 절망의 조소(Nietzsche, 1886)
기생적인 것(Martin, 1896)
유용하고 비판적인 종류의 웃음(Stone, 1914)
장치들을 노출시키기 위한 수법(Shklovsky, 1920)
이중의 계획을 가진 것(Tynjanov, 1921)

---

21) Margct Λ. Rose(1993). *Parody : ancient, modern and post-modern*(New York : Cambridge University Press), pp. 280-83.

이중의 목소리(Bakhtin, 1929)

고급 벌레스크(Bond, 1932)

예술적·비판적·선동적 모방(Liede, 1966)

'기대지평'을 전경화하고 새롭게 기능하게 하는 것(Iser, 1972)

후기모던 Late-modern (1960년대 이후)

반해석(Sontag, 1964)

논쟁 contestation과 변형(Macherey, 1966)

희극적인 것, 그러나 카니발적이고 진지한 위반(Kristeva, 1966)

리얼리티에 대한 비판(Foucault, 1971)

비정상적인 insane(Hassan, 1971)

힘(권력)·동기·차이의 결여(Baudrillard, 1972)

비지배적 non-mastery(Derrida, 1978)

상호텍스트적인 것 그러나 때때로 생경한 것(Todorov, 1981)

텍스트의 최소한의 변형(Genette, 1982)

모던하고 풍자적인 것(패스티쉬와 같은 '텅빈 패러디'는 포스트모
던하고 비규범적인 것)(Jameson, 1983)

반드시 희극적이지 않은, 차이를 둔 반복(Hutcheon, 1985)

무정부적인 것 nihilistic(Newman, 1986)

비정상적이고 비연속적인 세계(Martin Amis, 1990)

포스트모던 (1970년대 이후)

메타픽션적/상호텍스트적이고, 희극적인 것(Bradbury·Lodge, 1970)

복합적이고 희극적인 것(Jencks, 1977)

메타픽션적/상호텍스트적이고, 희극적/유머적인 것(Eco, 1980)

위와 같은 패러디 개념의 난립 속에서, 패러디적 속성을 간직한 유사형식들의 이론적 배경과 그 기능들을 검토해보자. 패러디와의 유사성과 변별성을 중심으로 서술하게 될 이 검토 과정은 곧 패러디 개념의 변천을 점검해보는 작업이기도 하다.

먼저 패러디의 가장 오래된 형태는 심각한 작품을 우스꽝스럽게 풍자적으로 모방했던 익살극 혹은 조롱극이라 일컫는 *벌레스크 burlesque*(혹은 트래비스티travesty)에서 찾아볼 수 있다. 벌레스크의 하위 장르로 패러디와 트래비스티를 구분하는가 하면, 패러디의 하위 장르로 벌레스크와 트래비스티를 파악하기도 한다.[22] 그러나 이러한 구분은 논자에 따라 다를 뿐만 아니라 현대의 패러디 개념을 정립하는 데 그다지 유용하지도 않아 여기서는 단지 패러디의 고대적 형태로만 파악하고자 한다. 벌레스크는 원텍스트의 진지한 형식과 어조를 모방하면서 그 원텍스트와 부합하지 않는 하찮은 내용을 삽입하거나 이와는 반대로 원텍스트의 진지한 내용을 모방하면서 그에 걸맞지 않는 천박한 형식을 부여한다. 이로써, 기존의 문학이나 모든 문학장르 나아가 기존의 도덕적 관습까지도 익살스럽게 만들어버리는 대표적인 풍자양식이다. 거기에는 조롱·야유·왜곡·과장을 섞어 우스꽝스럽게 모방하는 '바꿔치기'의 개념이 내포되어 있다. 여기서 우리는 패러디가 가진 '희극성과 풍자성'을 읽어낼 수 있다. 그러나 짚고 넘어가야 할 사항은, 모든 벌레스크는 패

22) 허치언은, 벌레스크와 트래비스트는 모두 반드시 조롱을 포함할 필요가 있지만 패러디는 반드시 포함할 필요가 없다고 파악하고 있으며, 트래비스티를 가장 원시적인 형태로 보고 있다. 그는 패러디 속에 벌레스크와 트래비스트를 포함시키는 관점과, 패러디를 특정 작가나 작품에 대한 고급 벌레스크라고 파악하는 관점을 제시하면서, 전자에 좀더 귀기울인다. 로즈도 허치언과 동일한 관점을 취하고 있다. Linda Hutchcon(1992), p. 68. 참조./Margaret A. Rose (1979), pp. 39-40. 참조.

러디적 풍자와 희극성을 유발하지만 모든 패러디가 풍자와 희극성을 가지고 있는 것은 아니라는 사실이다.

현대문학 초기, 신비평가들이 *아이러니irony*를 시의 제1원리로 인식했다는 것은 주지의 사실이다. 그들은 아이러니의 하위 장치로서 패러디를 언급하였다.[23] 아이러니에 대한 숱한 정의는 '다르게 말하기saying it otherwise'라는 광의의 개념으로 수렴된다. 대상의 본질을 인식하고 그것을 '다르게' 표현하는 아이러니의 거리는 패러디를 이해하는 데 필수적이다. 여기서 우리는 패러디의 주요한 특징으로 '아이러니적 요소'를 취할 수 있겠다. 이것도 아니고 저것도 아닌, 이것이기도 하고 저것이기도 한 아이러니의 이중성은, 두 텍스트 사이를 부유하며 원텍스트를 비판하면서도 계승하는 패러디가 가진 이중성과 유사하다. 패러디는 원텍스트에 제시된 국면과 또한 그와는 대비되는 국면을 동시에 전달할 수 있는 어법이고, 원텍스트와 패러디 텍스트, 외양과 진실, 있는 것과 있어야 할 것을 함께 서술한다는 점에서 아이러니적이다.

그러나 패러디가 아이러니의 속성을 가지고 있는 것은 사실이지만 패러디와 아이러니가 일치하는 것은 아니다. 아이러니가 외연conotation적 의미와 내포denotation적 의미간의 의미론적 불일치를 꾀한다면, 패러디는 원텍스트와 패러디 텍스트간의 차이에 의한 대화적 문맥을 구축한다. 또한 독자의 역할에 있어서도 다소 차이가 난다. 아이러니의 독자는 한 편의 텍스트 내에 구현된 의미를 찾아

---

23) 이때의 패러디는 언어유희(pun;동음이의어에 의한 말장난), 조롱 혹은 조소, 냉소sarcasm, 과장overstatement, 축소understatement 등과 같은 아이러니의 하위 개념으로 인식되었다. I. A. Richard(1976). *Principles of Literary Criticism* (London : Routledge & Kegan Paul). 『문예비평의 이론』, 김영수(역)(서울 : 현암사, 1977)./C. Brooks(1975). *The Well Wrought Urn*(SanDiego : Harcourt Brace Jovanovich). 『잘 빚은 항아리』, 이경수(역)(서울 : 홍성사, 1983). 참조.

가는 수동적 역할을 담당하는 반면, 패러디의 독자는 텍스트 안팎의 여러가지 맥락을 고려하여 패러디 텍스트의 의미를 완성하는 능동적 역할을 담당한다. 따라서 아이러니의 의미가 단일하다면 패러디의 의미는 보다 다의적일 수 있다. 그러므로 아이러니가 폐쇄적이라면 패러디는 개방적이다. 무엇보다도 아이러니가 반드시 원텍스트를 필요로 하지 않는 반면, 패러디는 반드시 원텍스트를 전제로 이루어진다는 점은 가장 중요한 차이일 것이다.

패러디는 평범하지 않은 모순어법이기 때문에 독자의 주의를 긴장시킨다. 그것은 친숙성을 거부하는 하나의 '낯선' 표현으로 문면에 '내세워져' 있다. 이러한 점에서 패러디는 러시아 형식주의자들의 '*낯설게 하기defamiliarization*'와 연계성을 갖는다. 사실 이들에 의해서 패러디는 문학사에 크게 부상되었다. 쉬클로프스키 V. Šklovskij에 따르면, 시어란 일상적이고 관습적인 용법을 탈피하여 낯설게 제시되는 과정 속에서 생성되는 것이며, 나아가 예술이란 행위도 자동화된 지각 작용을 방해하거나 최소한 그 방해의 기법에 주의를 쏟게 하는 기술을 다양하게 발전시키는 구체적 작업이다. 이 때 장치의 전경화(혹은 발가벗기기)와 관습화된 문학규범들의 치환·위반을 통해 기존의 문학형식을 낯설게 하는 대표적인 방법이 바로 패러디이며, 그 목적은 우리에게 문학형식에 대한 새로운 인식을 제공해주기 위한[24] 것이다. 낯설어 보이게 하는 주요인은 새로운 것

---

24) 1914년의 "The Resurrection of the Word"라는 글에서 쉬클로프스키는 낯설게 하기와 자동화의 변증법을 이렇게 나타냈다. "지금까지의 낡은 예술은 이미 죽었다. 우리는 세계에 대한 감각을 잃어버렸다. 우리는 활과 현을 느끼기를 그만둔 바이올리니스트와 같다. 우리는 우리의 일상적인 생활 속에서 예술가가 되기를 포기했다. 우리는 우리의 집과 의복도 싫어졌고 우리가 인식하지 않는 생활과 분리되었다. 새로운 형식의 예술을 창조하는 것만이 인간을 세계의 경험으로 되돌아가게 하고, 사물을 소생시키며 염세주의를 소멸시킬 수 있다". Peter Steiner(1884), p. 119.

과 오래된 것, 즉 패러디한 국면과 패러디된 국면이 서로 다르다는 점에 있다.

티니아노프 J. Tynjanov 역시 패러디에 관심을 보였으나 그 기능을 정의하는 데 있어서는 쉬클로프스키와 차이가 있었다. 쉬클로프스키가 규범화된 예술형식을 새롭게 시험하고 확인하는 소원 estrangement과 같은 시적 장치가 패러디에 가장 잘 적용된다고 보았다면, 티니아노프는 문학사적 맥락에 의한 문학의 발전과 계승을 위한 동인으로 패러디를 파악하였다.[25] 즉 쉬클로프스키가 패러디를 '장치'로서 부각시켰다면 티니아노프는 패러디를 '장치의 변증법적 작용'으로 확대함으로써 문학사의 중요한 매재 vehicle의 변화에 주목하고 있는 것이다. 특히 티니아노프는 중심에서 벗어난 주변의 문학이 다시 중심으로 부상하면서 발전되는 장르발전의 핵심인자로 패러디를 파악했다. 주변화된 선행 예술을 재부상시키려는 패러디의 의식적 시도는, 주류로 규범화된 양식에 도전하여 그 부적절성을 폭로하고 문학적 인습의 벽을 부수는 일종의 파괴행위와도 같다. 이러한 파괴에 의해 문학적 변화가 일어나는데, 규범화되고 정전화된 주류가 변두리의 일탈된 비주류에 의해 대체되고 과거의 전통이 새롭게 조명되는 것이다. 그러므로 그 도전과 파괴는 계승이나 연속과 맞물려 있다. 이때 패러디는 과거의 부정과 계승이라는 '문학적 연속성의 이중적인 본질'을 표출하는 기능을 담당한다. 따라서 재건을 위한 이와 같은 부정은, 진부한 기법과 내용을 없애는 것이 아니라 부자연스럽게 반복함으로써 새롭게 지각하도록 만드는 것이다. 결과적으로 새로운 예술은 패러디에 의해 '낡은 요소들을 재분류 또는 재조직'[26]한 것에 불과한 것이다.

---

25) Peter Steiner(1984), p. 120.
26) Victor Erlich(1955). *Russian Formalism* : History, Doctrine. 『러시아 형식주

하나의 언술은 다른 언술들과의 연관성 없이는 존재하지 않는다. 이와 같은 입장에서부터 출발하고 있는 바흐친M.Bakhtin의 시학은 러시아 형식주의와 연계성을 가지면서도 그것을 넘어서서 "두 작품, 중첩된 두 개의 언술은 우리가 대화적이라 부를 수 있는 의미론적 관계의 특수한 유형을 형성한다"[27]라고 지적하면서, 그 언술적 특성을 *대화성dialogoisme*(다성성polyglossia)으로 설명한다.

> 패러디화하는 말은 매우 다양할 수 있다. (중략) 우리는 그저 피상적일 뿐인 말의 형식들을 패러디화할 수 있지만, 동시에 낯선 말의 심오한 원칙들도 패러디화할 수 있다. 또한 패러디화하는 말 그 자체도 상이하게 사용될 수 있다.[28]

패러디의 범위와 그 방법의 다양함을 시사하고 있는 바흐친의 언급에서 특히 주목해야 할 부분은 '말의 형식'뿐만 아니라 사회적이고 개인적인 '낯선 말의 심오한 원칙들'까지도 패러디의 대상이 된다는 점이다. 그는 한 텍스트 안에서 서로 다른 여러 언어 체계가 일으키는 갈등에 초점을 맞춰, 그 언어를 사용하는 집단의 사회적 삶이 규범화되면 될수록 혹은 차별화되면 될수록 변두리의 낯선 언어는 강력한 흥미와 관심을 끌게 되고 그 독특한 개성과 활동성은 강화된다는 사실을 밝혀낸다. 언어 체계간의 갈등 속에는 서로 다른 직업·계급·관심·이데올로기간의 대립이라는 사회적 차원의 문제가 내포되어 있다는 것이다. 따라서 변두리 언어의 본질인 저항과

의』, 박거용(역)(서울 : 문학과지성사, 1983), p. 333.
27) Tzvetan Todorov(1981).『바흐찐 : 문학사회학과 대화이론』, 최현무(역)(서울 : 까치, 1987), p. 93.
28) Mikhail Bakhtin.『바흐찐의 소설미학』, 이득재(편역)(서울 : 열린책들, 1988), pp. 293-94.

위반의 힘을 낯설게 끌어들이는 패러디는 은폐된 모순이나 진실을 드러낼 수 있는 이데올로기적 담론이 될 수 있다. 변두리 언어를 차용하는 것은 마치 바보들이 왕이 되고 사회계급적 전도가 공인되었던 사육제 기간에 가면을 쓰는 것과 유사한 기능을 하는데, 기존의 문학적 관습을 거부하고 문체상의 혼란을 야기시키는 이같은 패러디적 위반을 통해 우리는 창조적 해방을 경험할 수 있다.[29] 그런 점에서 보자면 패러디 언어는 본질적으로 위반을 꿈꾸는 위장의 언어, 가면의 언어word-mask[30]인 셈이다. 따라서 패러디가 본질적이고 생산적이기 위해서는 패러디한 언어와 패러디된 언어가 서로 다르다고 인식할 수 있도록 대화성을 부여해야 하며, 그때라야 그 두 개의 언어들이 속해 있는 배경과 반향을 토대로 새로운 의미를 창출할 수 있다.

패러디는 또한 *상호텍스트성intertexuality*[31]을 환기한다. 좀

---

29) 권택영(1992), p. 191.
30) Margaret A. Rose(1979), p. 34.
31) 상호텍스트성이란 어느 한 텍스트가 다른 텍스트와 맺고 있는 상호관련성을 말한다. 독자가 인식할 수 있는 다른 텍스트와의 연관 속에서 텍스트의 의미가 형성되는 이 개념은 통텍스트성transtextuality(텍스트를 다른 텍스트와 관련짓게 하는 모든 특징), 곁텍스트성paratextuality(제목·부제·소제목·서문·발문·광고·주석·일러두기·그림·題詞 등, 텍스트 곁에 있는 성질), 원텍스트성architextuality(한 텍스트가 원텍스트 architext와 맺는 관계), 메타텍스트성metatextuality(한 텍스트를 그것이 말하고 있는 텍스트와 연결시켜주는 주석·비평의 관계), 윗텍스트성hypertextuality·밑텍스트성hypotextuality(A텍스트hypotext와 B텍스트hypertext를 결합시키는 관계) 등으로 변주되어 사용되기도 한다. 특히 크리스테바는 어느 한 발화가 화자나 청자와 맺은 '수평적' 관계와, 그 이전 혹은 동시대적인 다른 발화와 맺는 '수직적' 관계로 구별하면서 후자의 관계에 주목한다. 좁은 의미에서는 다른 텍스트가 인용이나 언급의 형태로 명시적으로 드러나 있는 경우를 가리키고, 가장 넓은 의미에서는 텍스트와 텍스트, 주체와 주체 사이에서 일어나는 모든 지식 혹은 예술의 총체를 가리킨다. 여기서 모든 지식 혹은 예술의 총체란 텍스트가 쓰여진 시대의 모든 지식, 그리고 당대에 통용되고 있는 모든 담론의 양식, 즉 역사나 철학·과학·예술

더 정확히 말하자면 상호텍스트성이 환기하는 대표적인 전략이 바로 패러디인 것이다. 리파테르M. Riffaterre는 독자가 읽고 있는 텍스트에 의해 연상되는 모든 텍스트들의 총체를 지칭하는 포괄적 개념[32]으로, 크리스테바J. Kristeva는 모자이크와 같이 다른 텍스트들을 인용하고 흡수하고 변형시킨 개념[33]으로 상호텍스트성을 인식한다. 이들은 하나의 텍스트는 독자적이고 독립적인 것이 아니라 이전에 존재했던 수많은 텍스트들과의 상호관계 위에서 이루어진다는 동일한 인식의 기반을 가지고 있다. 패러디가 가진 상호텍스트성은 이미 존재하는 원텍스트의 세계와 그 속에 구현된 대상들을 소재로 해서 또 다른 허구의 세계를 만든다는 점에서 확인된다. 그러나 모든 패러디는 상호텍스트성을 갖지만[34] 상호텍스트성에 의한 모든 작품들이 패러디적 관계를 맺고 있는 것은 아니다. 패러디는 반드시 의식적으로 원텍스트를 전경화시키고 그 원텍스트와 대화 관계를 이룬다는 데 결정적인 차이가 있다. 이러한 차이는 패러디와 다성성 간의 차이에도 그대로 적용된다. 모든 패러디는 다성성을 갖고 있지만, 화법·화자의 목소리 등의 이중성까지도 포함하는 모든 다성적 텍스트가 패러디 텍스트인 것은 아니다.

패러디는 기존의 글쓰기를 대상으로 한다는 점에서 *메타픽션*

등을 포함한다. 이때 상호텍스트성은 학문 및 타예술과의 상호조명과 같은, 모든 담론 및 장르간의 넘나듦의 문제로 확대된다.

32) M. Riffaterre(1980). *Semiotics of Poetry*(London : Methuen). 『詩의 기호학』, 유재천(역)(서울 : 민음사, 1989). 참조.

33) 이는 바흐젠의 "다른 사람의 말과 우리 자신의 말 사이의 경계선은 가변적이고 애매모호하며 때로는 의도적으로 왜곡되게 되었다. 어떤 유형의 텍스트들은 마치 모자이크처럼 다른 사람의 텍스트들로부터 구성되었다"는 지적의 원용이다. J. Kristeva(1980). *Desire in Language*(New York : Columbia University Press), p. 66.

34) Michele Hannoosh(1989). *Parody and Decadence*(Ohio State University Press), p. 14.

*metafiction*을 환기한다. '메타'[35]라는 접두어는 다른 언어를 대상으로 하는 언어를 의미하는 바, 메타언어는 대상적 언어에 대해 시니피앙의 역할을 하는 언어이며 그 대상적 언어는 메타언어의 시니피에가 된다.[36] 여기서 비롯된 메타픽션은 기존의 텍스트를 대상으로 또 하나의 텍스트를 창작하는 글쓰기와, 시인의 목소리를 개입시켜 텍스트의 창작과정에 대해 진술하는 글쓰기를 동시에 의미한다. 이 중에서 전자의 글쓰기는 반드시 원텍스트를 전제로 성립되는 패러디와 관련이 깊으나 후자의 글쓰기는 패러디와 무관한 경우가 많다. 물론 원텍스트가 편지나 일기, 시론과 같은 자기고백적 장르로 확대될 경우 후자의 글쓰기도 패러디가 될 수 있을 것이다. 어쨌든 메타픽션은 현실을 모방하는 전통적 의미의 글쓰기가 아니며, 글쓰기의 진실성과 허구성을 응시하는 언어에 대한 자의식selfconscious에 기반한 글쓰기이다. 더 이상 현실을 재현할 수 없어 제 모습을 되돌아보는 이 자기반영적selfreflexive 글쓰기야말로 글쓰기에 관한 글쓰기이고 이것은 곧 패러디의 전략과 통한다. 최근 '메타시'[37]라는 용어까지 등장하고 있는 것을 보면 현대시에서 메타픽션적 특성은

---

35) 'meta-'의 사전적 의미는 "beyond, above, of a higher logical type"이다. 이 접두사는 또한 초월transcendence, 공유sharing, 환치change of place, 이후after이다. 이 용어가 학문이나 과정에 첨가될 때는 원래의 학문이나 과정의 본질, 구조, 논리 또는 행동을 대상으로 그것들을 논리적이고 비판적으로 다루는, 새롭고 상호관련된 학문이나 과정을 의미한다.

36) Patricia Waugh(1984), p. 18.

37) 이승훈은 야콥슨이 지적한 바 있는 메타언어적 기능과 관련시켜 현실이 아니라 시·시인·글쓰기·독자 등을 대상으로 한 글쓰기를, 박상배는 스스로의 시쓰기 과정을 조사하는 형태의 시와 기존 시들의 형태와 언어에 대해 언급하거나 명상하는 형태의 시를, 김준오는 시에 관한 시쓰기라는 일종의 장르혼합 또는 패러디의 한 양상으로 시론시와 시인론시를 메타시로 파악하고 있다. 이승훈·박상배·김준오 좌담(1996). 메타시, 새로운 시대의 글쓰기. 『현대시사상』, 1996년 여름호, pp. 94-97. 참조.

점차 부각되고 있음을 알 수 있다.

기존의 텍스트를 끌어다 쓰는 이와 같은 작업이 극단적으로 진행될 때 시인의식이나 원본성·창조성의 개념은 철저히 와해된다. *패스티쉬pashtiche*의 입지점은 여기에 마련된다. 패스티쉬는 비판력이 없는 닮음 혹은 모방을 특징으로 한다. 한 텍스트는 물론 수많은 텍스트들로부터의 모방이자 평면적으로 흡수되는 저항없는 '닮음'[38]이기에, 비판성·풍자성·동기성은 결여되고 상대적으로 유희적 기능이 강하게 부각된다. 특히 포스트모더니즘의 조건 속에서 양산되고 있는 오늘날의 패스티쉬는 패러디와 상당 부분 맞물리고 있다. 이 패스티쉬에 대한 문학적 가능성에 대한 진단 여부는 논자마다 다르지만, 그들 대부분은 패스티쉬와 패러디를 구별해야 한다고 주장[39]한다. 그 중에서도 제임슨은 풍자적 동기의 유무에 따라 패러디와 패스티쉬를 구별하고 있으며 패스티쉬에 부정적 입장을 취하는 대표적인 인물이다. 그는, 포스트모더니즘의 배경 속에서 탄생한 패스티쉬야말로 주체가 소멸한 세계를 재현할 뿐 풍자적 동기가 거세된 중성모방 혹은 짜깁기로서의 혼성모방에 불과한 것으로 파악

---

38) 권택영(1992), p. 188.
39) 제임슨은 "패시티쉬란 패러디처럼 특정하거나 독특하거나 특이한 스타일의 모방이요, 언어학적 마스크를 쓰고 죽은 언어로 말하는 것이다. 그러나 그것은 풍자적 충동이 제거되고 궁극적인 동기가 없는, 잠정적으로 빌어 온 비정상적인 언어와 함께 어떤 건강한 언어학적 정상성이 아직도 존재한다는 신념도 없이, 웃음도 없이 이것도 저것도 아닌 흉내냄이다"라고 언급한 바 있다. Fredric Jameson(1991). *Postmodernism on the Cultural Logic of Late Capitalism* (Duke University), p. 17. 권택영(1992), p. 178. 재인용. 이승훈도 제임슨의 주장을 이어 모방인용의 풍자성과 동기성에 따라 패러디와 패스티쉬를 구별한다. 그러나 제임슨이 패스티쉬를 부정적으로 파악한 데 반해 이승훈은 패스티쉬가 가진 미학적 가능성을 주장하고 있다. 이승훈(1991). 패스티쉬의 미학. 『포스트모더니즘 시론』(서울 : 세계사), pp. 253-54./이승훈(1995). 혼성모방의 문화적 논리. 『모더니즘 시론』(서울 : 문예출판사), pp. 274-85. 참조.

하고 있다. 그러나 제임슨이 문제삼고 있는 풍자적 동기라는 용어는 기존의 텍스트에 대한 것인지 현실에 대한 것인지 분명치 않다. 원 텍스트를 그대로 모방하되 현실을 풍자하고 있는 패스티쉬의 예는 우리 현대시에서도 얼마든지 찾아볼 수 있다.[40] '풍자적 동기의 유무'라는 판단도 풍자의 정도에 따라 상당히 자의적으로 해석될 소지를 안고 있다. 게다가 무엇보다도 이렇게 협소한 개념으로 패러디를 정의할 경우, 패러디는 이미 유효성을 상실한 문학적 장치가 될 뿐만 아니라 오늘날 양산되고 있는 모든 패러디적 텍스트들이 전혀 무가치하다는 관념적 이상주의의 현실부정의 논리에 빠질 수도 있다. 또한 실제 텍스트에서 패러디와 패스티쉬는 서로의 경계를 넘나드는 경우가 많을 뿐만 아니라 패스티쉬가 가지고 있는 문학적 역기능 못지않게 그 가능성 또한 간과할 수 없다. 이런 관점에서 필자는 패스티쉬를 포스트모더니즘적 패러디의 한 경향으로 포함시켜야 한다고 본다.

패러디와 패스티쉬가 서로의 경계를 넘나드는 것처럼, 패러디는 *콜라주collage · 몽타주montage*[41]와도 그 경계를 넘나든다. 미

---

40) 박상배는 패러디와 패스티쉬는 오늘날 서로 혼용되고 있을 뿐만 아니라 패스티쉬에 대한 평가절상이 이뤄지고 있다고 지적하고 있으며, 김준오도 패스티쉬 속에 풍자적 모방이 있는 경우를 인정하고 있다. 이승훈·박상배·김준오 좌담(1996), p. 102. 실제 작품의 예는 이 책의 5부 "자기반영적 되풀이와 비평적 글쓰기"의 부분을 참조할 것.

41) 색지·신문지·천·사진·광고문 등을 오려붙여 형과 색채를 만들어내는 기법이 콜라주이다. 원래 '부분품 조립'을 뜻했던 몽타주가 영화 용어로 쓰일 때는 '편집editing'의 의미를 가진다. 특히 에이젠스타인에 의해 모든 예술의 근본 원리인 '구성composition·construction'의 의미, 즉 '부분과 부분을 특정한 효과를 위해 결합하는 구성기법'이라고 정의되었다. 김용수(1992). 몽타주 이론에 입각한 연극사와 연극 기법의 재고찰.『한국연극』, 1992년 10월, pp. 56-66./백한울(1995). 몽타주.『현대미술의 기초개념』(서울 : 재원). pp. 297-314./김수기(1995). 콜라주.『현대미술의 기초개념』(서울 : 재원), pp. 315-334. 참조.

술이나 영화에서 비롯된 콜라주·몽타주 기법이 문학으로 전용될 경우, 여기저기 흩어져 있는 단어나 문장의 단편들을 하나의 텍스트로 조립·구성하여 파편화되고 분열된 현실을 표현하는 형식을 지칭한다. 서로 상이하거나 이질적인 요소를 나란히 병치시켜, 시공간적으로 떨어져 있는 두 텍스트를 동시에 결합시키는 동시성의 기법인 셈이다. 이러한 형식은 습관적인 독서를 거부하고 예상외의 새로운 표현과 효과를 낳는다. 그런 점에서 콜라주와 몽타주는 패스티쉬적 특성에 부합한다. 그러나 콜라주나 몽타주는 각 소재들이 어떤 논리나 필연성이 없이 우연에 의해서 배열되면서도 동시에 전체적으로 통일성을 잃지 않는다는 점에서는 패스티쉬와 다소 변별될 수 있다. 즉 콜라주와 몽타주가 모더니즘적 세계관을 배경으로 발생했기 때문에 궁극적으로는 창작자의 주제의식과 세계를 바라보는 통일된 관점에 의해서 질서화되는 반면, 패스티쉬는 포스트모더니즘적 다원주의를 배경으로 발생했기 때문에 근본적으로 창작 주체의 소멸과 통일성·질서화를 거부한다는 점에서 차이가 있는 것이다. 하지만 이러한 차이에도 불구하고 콜라주나 몽타주는 분명, 풍자적 동기가 점차 축소되고 있는 오늘날의 패러디와 일맥상통하는 부분이 많다. 특히 현실 자체나 현실에 대한 은유적 병치가 아닌, 기성품의 부분 부분을 병치적으로 결합시키는 콜라주나 몽타주는 특히 패러디일 가능성이 높다. 게다가 패러디의 대상이 문학 작품에서부터 점차 일상화된 대중장르로 확대되고 있다는 점을 감안한다면 패러디와 콜라주·몽타주의 경계는 점차 모호해질 수밖에 없을 것이다. 실제로 벤야민에 이르면 이들간의 경계는 불분명해진다.[42] 그러므로 이 책에서는 이러한 콜라주·몽타주·패스티쉬적 특성이 강한 패러

---

42) 이정호(1994). 「포스트모던 시대에서의 영미문학의 이해」(서울 : 서울대학교출판부), p. 156.

디를 총칭하여 '혼성모방적 패러디'라 명명하고자 한다.

동기성이 결여된 우연적 결합 혹은 베끼기를 특징으로 하는 이와 같은 혼성모방적 패러디는 그 원텍스트의 범위를 대중 장르에까지 확대시키고 있다는 점에서 '*키치 kitsch*'[43]의 주범이 되기도 한다. 80년대부터 우리 시의 두드러진 특징 중의 하나는 텔레비전이나 영화의 잡다한 프로그램과 상업 광고, 무협소설이나 만화, 혹은 싸구려 잡지들이 패러디 대상으로 부각되었다는 사실이다. 그 이면에는 시의 소재가 될 수 없는 것들을 시에 도입함으로써 기존의 시형식을 거부하고 일상 그 자체에 대한 독자들의 주목과 반성을 이끌어내고자 하는 전략이 숨어 있다. 뿐만 아니다. 대중성과 대량성을 특징으로 하는 후기 산업사회의 대중문화 장르를 시에 끌어들여 결과적으로 고급문화와 대중문화의 경계를 무너뜨리려는 전략도 숨어 있다. 말하자면 패러디는 대중적이고 일상적인 경박한 요소, 즉 키치적인 것에 시장르를 접목시키는 데 일익을 담당하고 있는 것이다. 특히 아도르노는 키치를 '카타르시스 패러디 parody of catharsis'[44]라 정의한 바 있는데 그는 패러디의 본 의도인 풍자적 의미를 배제한 단순 모방에 의한 현대인들의 즉각적이고 충동적인 대리 배설체

---

43) 독일어로 '경박한 것'이나 '저속한 작품'이라는 의미를 지니고 있는 '키치'라는 용어는 오늘날에 와서 대부분의 통속적인 오락거리를 제공하는 대중문화의 잡다한 양식들을 지칭하는 용어가 되어버렸다. 칼리네스쿠도 이와 같은 맥락에서 '허위적인 미의식 false aesthetic consciousness'으로 키치를 해석하였다. Matei Calinescu(1977). Kitsch. *Five Face of Modernity*-Modernism, Avant-Garde, Decadance, Kitsch, Postmodernism(Indiana University Press). 『모더니티의 다섯 얼굴』. 이영욱(공역)(서울 : 시각과언어, 1993), pp. 283-325. 참조. 키치와 관련된 논문으로는 문선영(1991). 한국 현대시에 나타난 키치현상 연구. 부산대학교 석사학위논문, 미간행./이승훈(1991). 키치의 미학과 역설. 『모더니즘 시론』(서울 : 문예출판사, 1995). pp. 167-188. 등이 있다.

44) T. W. Adorno(1970). Ästhetische Theorie(Frankfurt/Main : Suhrkamp), p. 355. Matei Calinescu(1977), p. 298. 재인용.

로서 키치를 해석하였다.

또한 더 넓은 관점에서 보자면 패러디는 주체와 주체, 텍스트와 텍스트 사이에 발생하는 일반적인 '영향influence과 모방imitation'의 관점에서도 파악될 수 있다. 패러디가 영향의 결과이고 모방의 행위임에는 틀림없는 사실이다. 그러나 단순한 영향이 무의식적인 모방의 결과라면, 패러디는 의식적이고 직접적인(그러나, 원텍스트에 대해서는 긍정적일 수도 부정적일 수도 있는) 영향의 결과이다.[45] 물론 단순한 모방인용이나 표절도 의식적인 영향의 결과지만, 원텍스트를 의식적으로 전경화시키지 않는다는 점에서 패러디적 모방인용과 차이가 있다. 논자에 따라서 단순한 모방인용은 원텍스트와 일치를 지향하는 것으로, 패러디적 모방인용은 원텍스트와 비판적 거리를 지니고 모방인용의 사실을 독자가 알아차리도록 하는 것으로 구별하기도 한다.[46] 그럼에도 그 개념들간의 엄밀한 변별은 쉬운 일이 아니다. 창작자의 명백한 언급이나 암시 없이는 누구도 그 창작 행위가 의식적이었는지 무의식적이었는지 증명할 수 없는 것이고 심지어 창작자조차도 그 영향 관계를 의식하지 못하는 경우가 있기 때문이다. 또한 실제로 단순한 모방인용과 패러디적 모방인용을 구분하려 들면, 구분하는 사람마다 다른 결과가 나온다. 결국 기준의 척도가 주관적이라는 말이다. 엄밀한 의미에서 기존의 텍스트를 모방인용한 텍스트는 인용자의 의도와 동기가 개입되기 마련이며 새

---

45) 비교문학적 관점에서 바이스슈타인은 '영향이란 무의식적 모방이요, 모방이란 직접적인 영향이다' 라고 지적하면서 영향의 개념을 '어느 작가의 작품 안에서 만약 그 작가가 이전 작가의 작품에 접촉하지 않았더라면 有在할 수 없었을 어떤 것'이라고 정의하고 그 범위로 축어적인 번역·번안·모방·영향 등을 포함시키고 있다. 특히 부정적 영향의 대표적인 방법으로 패러디를 언급한다. Ulrich Weisstein. 『비교문학론』, 이유영(역)(서울 : 홍성사, 1988), pp. 5-7.
46) 홍윤희(1993), p. 80. 참조.

롭게 놓여진 다른 문맥성 때문에 원텍스트와 결코 일치할 수 없다. 즉 원텍스트는 필히 인용자의 이해와 발화라는 주관적인 언어 과정을 거치는 수밖에 없다. 따라서 극단적으로 말하자면 의도나 동기가 없는 모방인용이란 없는 것이고, 단순한 모방인용이라는 말 자체가 실제적으로 모순된 용어인 셈이다.

그렇기 때문에 일부 논자들은 '치환에 의한 문학적 모방(키레미디안)', '축자적인 인용(부토)', '부분적인 변형(즈네뜨)'까지도 패러디로 파악하고 있는 것이다. 따라서 창작자의 주관적인 의도가 강조되는 *'인용quotation이나 인유allusion'* [47]도 패러디와 밀접하게 연관되어 있다. 허치언은 인용이 원텍스와의 비평적 거리를 필수적으로 하지 않는 반면 패러디는 비평적 거리를 필수적으로 하고, 인유가 상응을 통해 이루어진 반면 패러디는 차이를 통해 이루어진다고 애써 구별하면서도 그것들이 구조적·실용적인 측면에서 구별되기는 어렵다는 점을 인정한다.[48]

---

47) A. Preminger의 시학 사전에 의하면, 인유란 새로운 시 작품 속에 부합되는 기존의 재료를 채워 넣어 문학성을 풍부하게 하는 것이다.(*Princeton Ency-clopedia of Poetry and Poetics*(Princeton University Press, 1974, pp. 283-85.) 좀더 구체적으로는 특정한 문학작품, 역사적 사건, 인물, 전설, 신화 등을 구성하고 있는 모든 요소들에 대한 재언급이라 할 수 있다. 특히 김준오는 패러디를 모방적 인유의 한 형태로 파악한다.<김준오(1989), p. 330> 반면 인용은 이전 사람들의 어구를 변형variation시키지 않고 그대로 끌어다쓰는 것을 일컫는다.

48) "패러디와 인용은 모두 초맥락화시키는 형태이므로 문맥의 모든 변화가 해석상의 차이를 필연적으로 요구한다고는 주장할 수 있다. 다른 말로 한다면 인용은 근본적으로 패러디와 다른 점들이 있지만, 구조적으로나 실용적으로 밀접한 관계에 있기 때문에 인용은 특히 현대 음악과 예술에서 패러디의 한 형식이 되고 있다."(Linda Hutcheon(1985), p. 70.) "인유는 '두 텍스트의 동시적 활성화를 위한 하나의 방법'이긴 하지만 이는 주로 상응을 통해서 이루어진다는 점에서 패러디와 다르다. 그러나 아이러닉한 인유는 보다 패러디에 가까울 것이다."(Linda Hutcheon(1985), p. 72.)

게다가 영향의 개념도 점차 확대되고 있어 이런 혼란을 더욱 가중시키고 있다. 블룸Herold Bloom에게 이르면 '영향[49]'이란 문학의 기본적인 존재 방식의 하나가 되며, 후배시인들이 의지하는 선배시인의 언어는 곧 문학의 전통이자 관습을 지칭하는 다른 이름일 뿐이다. 한 텍스트의 시적 의미는 선배의 작품으로부터 영향을 받아 수정·보완을 통해 달성되며 또한 문학사에서 강한 후배시인은 늘 선배시인을 오독함으로써만이 살아남는다. 이 오독이 후배를 독창적으로 만든다는 게 블룸 이론의 핵심이다. 그의 영향 이론은 앞선 작품에 의지해서 그것을 수정하거나 다르게 쓴다는 점에서 패러디의 개념과 상통하는 부분이 있다. 그러나 이러한 영향은 모든 텍스트에 내재하는 특성인 반면 패러디는 특수한 관계 속에만 제한된다는 점에서 다르다.

선행 텍스트와의 착종현상은 한 걸음 나아가 '표절 plagiarism[50]'

---

49) 블룸은 선후배 사이의 수정비율을 여섯 단계로 짚어나간다. 후배가 앞선 시인을 선택하고 둘 사이에 신성한 약속이 맺어지면 선의의 경쟁이 일어나고 선배를 육화시키며, 해석하고 수정한다는 것이다. 그 단계는 다음과 같다.
① 아이러니(반동작용, clinamen) ; 선배로부터의 이탈하는 단계.
② 제유(자아에 등을 돌리는 단계, tessera) ; 자신을 꾸짖고 선배를 완성시키려 든다.
③ 환유(억압, kenosis) ; 자신을 비우는 고립방어의 단계.
④ 과장(승화, daemonization) ; 선배의 장엄에 대항하는 자신의 장엄이다.
⑤ 은유(순응, askesis) ; 자아로부터 등을 돌려 고립 속에서 자신을 정화하는 단계이다.
⑥ 전유(방출, apophrades) ; 동일시의 성취단계이다.
Harold Bloom(1973). *The Anxiety of Influence* : A Theory of Poetry(New York : Oxford University Press). 『시적 영향에 대한 불안』, 윤호병(편역)(서울 : 고려원, 1991).
50) 문학적 도둑질인 표절에 대해서 허치언은 그레이A. Gray가 언급하고 있는 세 유형을 제시한다. 타인의 작품이 뚜렷한 인쇄상의 단위로 인쇄된 '덩어리 표절 Block Plagiarism', 훔친 말들이 이야기의 몸체 안에 감추어진 '끼워넣기 표절 Imbedded Plagiarism', 배경·인물·줄거리나 소설의 아이디어들이 그들을 묘

과 패러디의 구분을 모호하게 한다. 패러디와 표절은 원텍스트를 전제로 이루어진다는 점, 곧 두 개의 약호를 인정한다는 점에서 공통적이다. 그러나 표절이 원텍스트를 철저히 숨기면서 그것들이 마치 자신의 독창적인 창작품인 것처럼 가장하는 반면, 패러디는 여러 장치들을 통해서 자신의 작품에 사용되고 있는 원텍스트의 흔적을 남겨둔다는 점에서 변별된다.[51] 하지만 페더만R. Federman 같은 이는 창조성에 본질적인 의문을 제기하면서 표절의 문학적 가능성을 시사한 바 있다. 그는 '표절유희play-giarism'라는 조어를 만들어내는데 이 조어는 다른 텍스트에서 빌어온 수많은 요소들이 몽타주나 콜라주처럼 구성된, 표절과 유희의 성격이 반반씩 섞여 있는 형식을 일컫는다. 그에 따르면, 만일 신문에서 어떤 아이디어를 얻거나 어떤 용어 혹은 표현을 빌어쓴다면 그것 역시 '표절유희'가 된다. 현대 작가들은 어떤 요소들을 끊임없이 재사용하고 때론 자기 자신마저도 작품 속에서 표절유희를 할 수 있으므로 표절유희란 좋은 의미의 표절이라고 지적한다.[52] 또한 그레이A. Gray는 그의 소설 『Lanark』(1981)에서 독자들에게 그 소설의 대표적인 '표절색인Index of Plagiarism'을 제공함으로써 표절논쟁 자체를 비웃고 있다.[53] 이처럼 표절이 전략적으로 혹은 공개적으로 이용되고 있는 경우는 패러디의 범주 속에서 다루어져야 할 것이다.

그럼에도 패러디를 그 유사형식들과 구별하려는 의도적인 작업은

사하는 원텍스트의 언급 없이 훔쳐진, '흩어진 표절Diffuse Plagiarism' 등이 그 것이다. Linda Hutcheon(1985), p. 67.

51) 허치언은, 패러디는 "패러디하는 텍스트의 형식을 자신의 형식에 새겨 넣음으로써 해독자의 해석 작업이 용이해지는" 반면, 표절은 "해독자를 배경이 된 텍스트의 해석에 개입시키기보다는 감추려고 한다"고 지적한 바 있다. Linda Hut-cheon(1985), pp. 65-66. 참조.

52) 김성곤(1986). 『미로 속의 언어』(서울 : 민음사), pp. 249-250. 참조.

53) Linda Hutcheon(1985), p. 67.

반드시 필요하다. 이를테면 영향이나 상호텍스트성이 원텍스트(혹은 원작가)와 무의식적으로 이루어지는 자연스러운 교감인 동시에 새로운 텍스트(혹은 새로운 작가)에 총체적으로 반영되는 것이라면, 패러디는 의식적인 동기를 가지고 이루어질 뿐만 아니라 원텍스트와의 불일치를 전경화시키기 위한 모방인용이기 때문이다. 따라서 패러디는 기법상의 차원에서 인정을 받는 모방인용의 행위이다. 그렇지 않은 모방인용에는 표절이 속한다.[54] 패러디와 표절의 차별성은 자신의 텍스트가 기존의 텍스트를 차용하고 있다는 사실과 그 동기를, 드러내고 있느냐 은폐하고 있느냐 하는 데 있다. 패러디는 의식적 모방인용의 행위이자 그 사실을 고의적으로 드러냄으로써 인정받는 모방인용의 행위가 되므로 윤리적으로 문제가 되지 않는다. 그것은 창작 방법이기 때문에 미학적으로만 문제가 된다. 그러나 의식적 모방인용임에도 불구하고 이를 고의적으로 감추려는 경우는 윤리적으로나 예술적으로 용납될 수 없는 표절이 된다.

패러디가 의식적인 모방인용의 행위라는 것은 분명한 사실이다. 그러므로 패러디의 경우 패러디스트가 모방인용의 의도를 텍스트 자체에 분명히 약호화하거나 원텍스트의 흔적을 가시화하면 될 듯하지만 실은 이것도 간단한 일이 아니다. 원텍스트가 직접적으로 가시화된 텍스트를 제외하고는 상당 부분이 독자의 수용력에 달려 있기 때문이다. 독자가 시적 전통, 시의 문법에 얼마나 익숙한가, 패러디를 어떠한 개념으로 인식하고 있는가, 또 원텍스트를 어느 정도 인식하고 있는가에 해당하는 독자의 수용능력 일체를 객관화시킬 수는 없다. 또한 창작자 스스로, 사전이든 사후든, 그 의도성을 텍스트 안팎에다 밝혔다 하더라도 그것을 곧이 곧대로 신뢰할 수만도

---

54) 앞의 책. pp. 65-73.

없다. 게다가 모방인용임을 독자가 알아차릴 수 있도록 하는 그 '의식화된 장치divice'라는 것도 표절과의 변별 기준이지 단순한 모방인용인가 패러디적 모방인용인가를 구분하는 기준은 아니다. 따라서 영향이냐 단순한 상호텍스트성이냐, 그렇지 않으면 시인의 의도성이 내포된 기법으로써의 패러디냐 하는 것은 그 작품을 향유하는 독자의 주관적인 판단에 의해 좌우되는 경우가 많다.[55] 이렇듯 패러디라는 용어에는 많은 혼돈과 모호함, 모순과 착종이라는 단어가 결합되어 있다. 따라서 패러디와 그 유사형식들과의 변별은 텍스트에 대한 정밀한 검증과 텍스트가 놓여진 제반 상황을 고려하여 신중히 판단하는 수밖에 없다.

3. 패러디의 정의와 조건

패러디와 더불어 서로의 경계를 넘나드는 영향·모방·표절의 문제는 갈수록 복잡해지고 있다. 이러한 제반 상황에서 다음과 같은 지적은 패러디의 시학적 정립을 위한 실제적인 대안을 시사한다.

문학전통을 의식하고 쓰는 시인 작가는 결국 자기 작품을 통해 지난날의 문학을 비판하며 부지중에 지난날의 문학에 대한 패러디가 된다고 할 수 있다. 따라서 지난날의 관련작품과의 유사성이나 부분적 전거 의존은 모방이나 모작이라는 관점에서가 아니라 인유와 문학적 과거의 의도적 병치라는 맥락에서 검토되어야 할 것이다. 다만 여기에는 단서가 필요하다. 인유가 적절하게 이루어져 그 문학적 성취가 인유적 전거를 훼손하지 말아야 한다는 전제조건이 충족되어야

---

55) 문선영(1993), p. 46./황순재(1993), p. 56. 참조.

한다는 것이 그것이다.[56]

위의 인용문은 패러디를 '문학전통을 의식하고 쓰는 비판적인 글쓰기'의 개념으로, 그리고 인유의 한 형식으로 파악하고 있다. 특히 기존의 작품을 전제로 성립되는 패러디는 영향·모방·표절의 관점에서가 아니라 '인유와 문학적 과거의 의도적 병치'라는 맥락에서 검토되어야 한다는 중요한 사실을 언급하고 있다. 즉 패러디 혹은 인유의 효용을 문제 삼아야지 그것이 모방인가 영향인가 표절인가를 구별하는 것은 무용한 일이라는 것이다. 그러므로 독자들이 주목해야 할 것은 모방인용된 구절이 새로운 맥락 속에서 어떠한 효과를 발휘하고 있는가의 문제라는 사실이다. 또한 끝문장 '인유의 전거를 훼손하지 말아야 한다'는 구절은 원텍스트에 대한 충실한 이해를 패러디의 기본 조건으로 강조하고 있는 부분이다. 적절한 맥락에서 적절하게 변형하여 수용한 정교한 인유의 패러디야말로 문학전통에 충실한 미덕이 될 수 있다는 것이 그의 주요 논점이다. 결국 '빌려오기(인유·인용)'를 전제로 하는 패러디에 있어 문제가 되는 것은 패러디 텍스트가 원텍스트의 유명한 가치와 의미내용을 효과적으로 충족시키고 있느냐 하는 데 있다. 즉 패러디의 성공여부는 원텍스트보다 성공적인 혹은 더 나은 미적 가치를 획득하고 있느냐, 차용의 주목적이 어디에 있느냐 하는 데 달려 있는 것이다.

따라서 패러디 개념의 난립상을 정리하고 그 제반 양상에 실제적으로 접근하기 위해서는, *선행의 기성품을 계승·비판·재조합하기 위해 재기호화하는 의도적 모방인용*이라는 패러디에 대한 포괄적인

---

56) 유종호(1989). 『문학이란 무엇인가』(서울 : 민음사), p. 331.

정의가 요청된다. 하지만 이처럼 포괄적인 정의로는 자칫, 패러디가 단순한 영향·모방·표절 등과 변별되기 어렵게 될 수도 있다. 그러므로 기존의 텍스트와 상호관련을 갖는 수많은 작품들 속에서, 패러디적 모방인용과 단순한 영향·모방·표절을 변별할 수 있는 좀더 실제적인 패러디 기준을 하위 항목으로 설정한 후 그 기준에 의해 패러디 텍스트를 선정해야 할 것이다. 패러디적 모방인용의 기본 조건은 다음과 같다.

1) 패러디는 기존의 텍스트에 대한 의식적이고 인정된 모방인용의 행위이므로 독자가 패러디임을 지각했을 때라야만 그 기능을 발휘할 수 있다. 그러므로 패러디 텍스트는 모든 장치들을 활용하여 원텍스트를 예시하거나 노출시켜야 하고 이로써 합법성과 정당성은 물론 유희성까지 획득할 수 있다. 가시적(외재화)이든 암시적(내재화)이든 그 작품이 어떠어떠한 원텍스트를 전제로 이루어진 것이라는 사실을 독자에게 전달해야만 하는 것이다. 패러디는 반사실적 양식으로, 장치의 은폐가 아니라 장치가 명료히 드러나도록 애쓰는 형태이기 때문이다. 이를 *원텍스트의 전경화*[57] 장치라 명명한다. 이러한 전경화 장치는 독자들로 하여금 원텍스트를 환기하여 자신의 작품을 읽어달라는 패러디스트의 강력한 요구조건이기도 하다.

2) 특히 원텍스트의 전경화 장치가 내재되어 있거나 암시되어 있는 경우, 패러디 텍스트가 창작될 당시 원텍스트가 수용되고 있던 *사*

---

57) 전경화foregrounding는 무카르죠프스키 J. Mukařovsky의 시학에서 비롯된 용어로, 독자들의 주의를 환기시키기 위하여 전체 문맥에서 그 부분이 앞으로 돌출되어 있음을 의미한다. 패러디란 그 대상이 되고 있는 원텍스트를 어떤 형태로든지 독자에게 알리기 위해 주의를 환기하도록 장치해야 한다는 점에서, 그 모든 장치를 '원텍스트의 전경화 장치'라 부르고자 한다.

*회적 문맥과 사회적 공인도*에 의해 판단할 수도 있다. 원텍스트가 정전(正典, canon)화된 혹은 '당대'의 작품으로 인식되고 있었다면 원텍스트를 전경화하는 직접적인 장치가 없더라도 당대의 독자라면 그 원텍스트를 환기할 수 있기 때문이다. 이 기준은, 패러디 동기에는 패러디 텍스트를 창작할 당시의 시대적 요구가 반영될 뿐만 아니라 창작 주체의 개인적인 요구가 맞물린다는 점에서도 유효하다. 그러나 그 당시의 창작과 수용의 사회적 문맥이나 공인도란 그 당시를 고증하는 한정적이고 주관적인 몇몇의 문헌적 자료에 의존하여 추론할 수밖에 없기 때문에 난감한 사항이기도 하다.

3) 패러디는 분명 패러디스트의 의식적이고 동기적인 비평적 창작 행위이다. 그러므로 패러디 텍스트는 원텍스트와 **대화성**을 유지할 수밖에 없다. 대화성은 원텍스트와의 차이를 강조함으로써 획득된다. 이 과정에서 원텍스트는 의미론적 변환을 겪게 되는데, 그러한 변환은 두 텍스트의 비교·대조로부터 유래하는 구조적 변화를 동반한다. 원텍스트를 새롭게 해석했거나, 초문맥화 transcontextualize했거나, 변용·인용했거나, 재맥락화 recontextualize했거나, 재기능화 refunctioning함으로써 이루어지는 이 차이는, 과거와 현재 사이의 해석학적 차이와 수용사를 드러내줄 뿐 아니라 패러디 텍스트의 독창성과 예술성을 규정하는 중요한 요소이기도 하다.

4) 이러한 대화성은 수용자의 측면에서 보자면, 독자로 하여금 원텍스트에 대한 기대를 환기하고 그 기대와 충돌하게 만드는 *기대전환*을 유발한다. 한 텍스트가 인용되고 그 인용이 발전되거나 변화될 때, 독자는 새롭게 변형된 원텍스트를 인식함으로써 놀라게 된다. 원텍스트에 대한 기대지평과 패러디 텍스트에 대한 기대지평으로부터

의 일탈은 개인적·집단적 '기억' 혹은 '전통'에 대한 재인식에서 비롯되는 것이다.

패러디는 어떻게 소통되는가

패러디는 원텍스트와 패러디스트, 패러디 텍스트와 독자라는 두 단계의 소통과정을 거친다. '원텍스트와 패러디스트' 사이에서 이루어지는 제1소통과정의 주체는 물론 패러디스트인데, 그는 독자와 저자라는 이중 역할을 담당한다. 원텍스트의 해독자이면서 동시에 패러디 텍스트의 새로운 약호자가 되는 것이다. 패러디가 가진, 비평과 창조의 기능은 이 과정에서 발휘된다. 또한 '패러디 텍스트와 독자' 사이에 이루어지는 제2소통과정의 주체인 독자는, 원텍스트와 패러디 텍스트를 비교함으로써 그 대화성을 감지할 수 있는 해독 능력을 갖추고 있어야 한다. 다시 말해 원작자에 의해 약호화된 원텍스트의 의미와 패러디스트의 동기를 결합시켜 패러디 텍스트의 의미를 완성시키는 능동적 주체로서의 해독자가 바로 독자인 셈이다. 그 해독 능력에 의해 독자는 자신이 인식하고 있던 원텍스트와 새롭게 동기화된 패러디 텍스트가 동화·이화작용을 일으킴으로써 발생하는 변화에 놀라게 되는 것이다. 이를 간략히 도식화하면 다음과 같다.

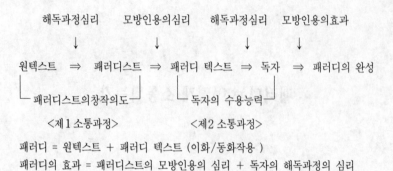

패러디 = 원텍스트 + 패러디 텍스트 (이화/동화작용)
패러디의 효과 = 패러디스트의 모방인용의 심리 + 독자의 해독과정의 심리

위의 소통모델에서 근간이 되고 있는 '작가—패러디 텍스트—독자'라는 세 주체는 각각 '패러디의 창조성—작품의 구조적 미학—독서현상학'에 초점을 맞춰 접근할 수 있는 대상들이다. 이 세 초점은 곧 이 책의 분석 관점이 될 것이다. 제1소통모델에서는 패러디스트가 원텍스트를 어떻게 이해하고 있으며 어떤 의도와 목적으로 인용하고 있는가가 문제가 되겠고, 제2소통모델에서는 패러디 텍스트가 어떠한 미학적 구조를 구현하고 있는가와 독자는 이 구조를 어떻게 이해하고 감상할 수 있는가 하는 점들이 문제가 될 것이다. 앞서 지적한 바 있지만 패러디는 원텍스트에 대해 가졌던 기대지평을 패러디 텍스트를 보면서 변경시키는 자기발견적인 기능을 수행한다. 결국 독자는 원텍스트와 패러디 텍스트간의 비동일성에서 오는 긴장을 즐기게 되고, 원텍스트로부터 자유롭고자 하는 패러디스트를 이해하게 되며 나아가 스스로도 자유로워진다.

좀더 자세하게 패러디의 소통과정을 보자. 원텍스트는 패러디스트의 해독과정의 심리를 거쳐 패러디스트에게 해독된다. 이렇게 해독된 의미에 패러디스트의 모방인용심리 즉, 패러디의 창작동기가 첨가되어 '의도된 의미체계'로서의 패러디 텍스트가 생산된다. 그렇다면 우리는 여기서 패러디 텍스트 전체맥락 속에 '구현된 의미체계'를 상정할 수 있다. 왜냐하면 패러디스트에 의해 의도된 의미와 패러디 텍스트에 구현된 의미가 반드시 일치하는 것은 아니기 때문이다. 여기까지가 원텍스트에 대한 패러디스트의 해독과정의 심리와 모방인용심리가 주요 인자로 작용하는 제1소통과정이다.

　제2소통과정은 패러디스트가 텍스트에 숨겨놓은 여러 단서들을 독자가 재조합하고 구조화함으로써 패러디 텍스트의 의미를 완성해내는 과정이다. 패러디 텍스트에 구현된 의미체계는 독자의 적극적인 참여 및 해독과정을 거치면서 마지막으로 독자에게 '수용된 의미체계'로 완성된다. 따라서 패러디 텍스트에 대한 독자의 해독과정은, 독자 자신이 알고 있었던 원텍스트의 의미와 패러디 텍스트에 구현된 의미를 함께 읽어냈을 때 완전하게 이루어진다. 물론 독자의 해독 능력에 따라 패러디 텍스트에 구현된 의미와 수용된 의미는 다를 수 있다. 요컨대 패러디 효과는 패러디스트의 모방인용의 심리와 독자의 해독과정심리가 상호작용함으로써 발휘되는 것이다.

　패러디가 창작·수용되는 이 두 단계의 소통과정은 한국 현대시의 패러디 양상을 고찰하는 데 유효한 분석의 틀과 연구방법을 제공해준다. 먼저 *제1소통과정에서 추출할 수 있는 두 가지의 분석 층위*부터 살펴보자.

　(1) 첫번째 층위는 패러디의 대상이 어떤 범주에 속하는가하는 관점에서 설정될 수 있다. 패러디는 의식적으로 원텍스트를 패러디 텍스트로, 즉 과거를 현재로 끌어들이는 작업이다. 그렇다면 과거에 해당하는 원텍스트의 범주는 어떻게 규정할 수 있는가. 로즈가 '선형식화된 언어재료[1]'로 한정하는 반면, 허치언은 '이론적으로 모든

---

1) 로즈는 패러디의 대상을 '선인어화된 형식preformed literary material'으로 한정한다. "One way of defining parody to include etymological, historical and

기호화된 형식으로, 같은 장르나 매체 안에 국한될 필요가 없다'[2]고 지적함으로써 그 대상 범위를 넓히고 있다. 나아가 김준오는 '이미 만들어진 모든 기성품'[3]으로 패러디의 대상을 무한히 확대시켜 놓고 있다. 분명한 것은 패러디의 대상뿐 아니라 그 활용범위가, 같은 장르의 작품에서부터 현실의 모든 기호로 확대되고 있다는 사실이다. 이때 주의해야 할 사항은 '패러디 차용으로서의 대상'과 '패러디 목표target[4]로서의 대상'을 구분해야 한다는 점이다. 패러디의 목표는 원텍스트가 될 수도 있고 당대 현실이 될 수도 있다. 정도의 차이는 있으나 대부분의 패러디는 현실을 겨냥한다. 따라서 이 책에서 패러디 대상이란 차용 대상으로서의 원텍스트를 지칭하며, 패러디 목표란 풍자·공격·비판의 대상으로서의 원텍스트나 텍스트 밖의 현실을 지칭한다.

이 책은 패러디의 대상, 즉 원텍스트가 어느 범주에 속하는가에 의해 가장 큰 틀이 설정되었다. 첫째 범주는 전통장르이다. 패러디는 고전문학과 현대문학간의 연속성을 증명할 수 있는 하나의 척도

---

sociological perspectives would be to define it as a literary work perceived by the reader as juxtaposing preformed language material with other linguistic or literary material in an incongruous manner in a new context, to produce a comic effect." Marget A. Rose(1979), p. 79.

2) Linda Hutcheon(1985), p. 32.

3) "이 기성품은 사실 거의 무제한적이다. 그것은 이미 발표된 문학 작품을 비롯한 다른 예술장르의 작품일 수 있고 이미 상재된 각종 이론서일 수도 있고, 과거의 사회구조, 관습, 역사적 사건, 그리고 현실의 모든 기호일 수도 있다." 김준오 (1992), pp. 162-63.

4) J. A. Yunck(1963)는 "The Two Faces of Parody"라는 글에서 '패러디된 텍스트를 목표물로 사용하는 패러디'와 '패러디된 텍스트를 무기로 사용하는 패러디'를 구분하였다.<Linda Hutcheon(1985), p. 87. 재인용> 전자는 목표물이 차용 대상이 되는 경우이고 후자는 목표물이 텍스트 밖의 현실이 되는 경우이다. M. Hannoosh도 원텍스트와 패러디 텍스트, 그리고 목표물간의 상호작용을 지적한 바 있다. Michele Hannoosh(1989), p. 15. 참조.

가 되고 있는데, 패러디의 이러한 관점은 보수적 전통 위에서 계승되고 있는 '하나의 한국문학'을 모색코자 하는 일련의 국문학 연구와 궤를 같이한다. 두번째 범주는 비문학적 인접장르이다. 인접장르와의 상호작용 및 넘나듦을 통해 패러디는 문학 이외의 타장르에 대한 관심의 폭을 넓혀주는 전위적인 역할을 담당한다. 또한 세번째 범주로는 서구문학을 설정했다. 이때 패러디는 서구문학과의 관련 양상을 배제하지 않음으로써 배타적 문학연구를 경계할 수 있는 이점을 살려 준다. 모든 문학이 다 그렇듯이, 우리 문학도 외국문학과의 관계 속에서 발전해왔으며 국문학의 전통이란 것도 불변하는 실체가 아니라 끊임없이 변화·발전하는 진보적 운동 속에 있기 때문이다. 마지막 범주로는 현대시 내적인 영역 안에서 동시대 선후배 시인들간의 시적 교류 양상을 살필 수 있겠다. 후배시인이 선배시인과 관련을 맺고 있는 상호텍스트적 양상은 물론 그들이 속한 시대의 문학적 지배인자(dominant)[5] 및 개별 시인들의 시적 이데올로기를 살펴볼 수 있다.

(2) 위의 네 범주에 의해 분류된 패러디 양상을 좀더 면밀히 살펴보고자 할 때 미카엘 뉴먼Michael Newman이나 로즈가 분류하고 있는 패러디 유형은 이 책의 두번째 분석 층위를 설정하는 데 실제적인 근거를 제공해준다.

---

5) 지배인자는 예술 작품에 있어서 다른 나머지 요소들을 지배하고 결정하며 변형시키는 예술 작품의 중심적 요소로 정의될 수 있다. 그것은 나머지 구성 요소를 지배하고, 결정짓고, 변형시킨다. 문학적 진화를 신봉했던 형식주의자들에게 이 지배인자의 변화, 즉 문학적 체계를 이루는 여러 다양한 구성 요소들의 상호관계의 변화는 곧 시적 형식의 진화를 의미했다. Roman Jakobson. 『문학 속의 언어학』. 신문수(편역)(서울 : 문학과지성사, 1989), pp. 40-46. 참조.

미카엘 뉴먼은 패러디의 유형을 세 가지로 나누어 설명한다.

① 원텍스트의 모델이나 일반적인 부호, 그리고 그 권위를 계승하는 유형 : 신고전주의와 전(前)낭만주의에서 나타나는 패러디 개념

② 패러디 대상 작품을 치환시키거나 해체시키기 위해 원텍스트가 지니는 권위와 근거의 가정을 문제시하는 유형 : 낭만주의에서처럼 작가가 자기 창조성에 주도권을 부여하고 독창성을 중시하는 넓은 의미에서의 모더니즘적 패러디 개념

③ 권위, 근거 그리고 그것의 존재 자체가 불가능하다는 가정으로 부터 출발하는 유형 : 포스트모더니즘의 담론형식[6]

마가렛 로즈는 원텍스트에 대한 패러디스트의 태도에 따라 두 유형으로 나눈다.

① 원텍스트를 모방하는 목적이 원텍스트에 대한 호감에 있는 경우 : 패러디스트는 그의 '표적'이나 '모델'에 대하여 비판적이면서도 찬양적이다(재건적 태도).

② 원텍스트를 모방하는 목적이 조롱에 있으면서, 그것을 패러디화하는 동기가 경멸에 있는 경우 : 패러디스트는 패러디를 희극적 모방의 비(非)양면가치적 형식으로 본다(파괴적 태도).[7]

뉴먼의 기준에는 시대적 혹은 사조적 개념이 지나치게 강조되어 있는 반면 로즈는 이분법적 성격을 노정하고 있다. 위의 두 유형화로는 최근의 패러디 경향을 아우르지 못한다는 아쉬움이 있다. 그러

---

6) Michael Newman(1989). Revising Mordernism, Representing Postmodernism : Critical Discourse of the Visual Art. *Postmodernism*, p. 141. 이와 유사하게 로즈도 고전적 · 모더니즘적 · 후기모더니즘 · 포스트모더니즘적 패러디로 분류하고 있다. Marget A. Rose(1993), 참조.

7) Marget A. Rose(1989), p. 28.

므로 이 두 유형화의 장점을 원용하여 현대시에 나타나는 세 유형의 패러디 양상을 설정해보고자 한다. 이 책에서 설정하고 있는 아래의 세 유형은 '원텍스트에 대한 패러디스트의 태도'를 기준으로 한 것인데, 패러디의 공시적·통시적 전개양상을 모두 포괄할 수 있다는 장점이 있다.[8] 이 '원텍스트에 대한 패러디스트의 태도'는 당대 현실에 대한 패러디스트의 태도와는 구분되어야 할 것이다.

1) 원텍스트의 권위와 규범을 계승하는 제1유형 : 쉽게 *모방적 패러디*라 부를 수 있는 이 유형은 원텍스트를 계승하여 원텍스트와 비슷한 모습이 되고자 하는 패러디 동기를 반영한다. 패러디스트가 원텍스트에 호감을 가지고 있기 때문에 원텍스트에 대한 공격성이나 희극성은 거세되어 있다. 대부분이 원텍스트와의 이데올로기적 승인, 내적 발화의 친화를 토대로 이루어지기 때문에 원텍스트의 계승 혹은 의미 확장에 주력한다. 그러므로 이 유형은 원텍스트와 어떠한 문맥성의 차이와 대화성을 획득하고 있느냐가 패러디 여부를 판단하는 관건이 된다.

2) 원텍스트의 권위와 규범을 문제시하는 제2유형 : 여기서 문제시한다는 것은 원텍스트의 근거를 인정하기는 하지만 그 의미를 완전히 새롭게 해석하거나 비판적으로 개작한다는 것을 말한다. 원텍스트에 대한 비판적 거리를 필수로 하기 때문에 *비판적 패러디*라 부를 수 있겠다. 원텍스트에 대한 공격성과 풍자성이 가장 강하다. 따라서 시인의 자의식이 강하게 노출되고 있으며, 패러디 텍스트는 원텍스트에 대해 저항한다. 패러디스트의 독자적인 가치관과 세계관이 더욱 중요

---

8) 이와 같은 유형의 실징은 졸고 "비교문학적 관점에서 본 패러디 시학"(『연구논집』 23호, 1992)에서 시론적으로 제시한 바 있다.

시된다.

3) 원텍스트의 권위와 규범, 그 자체가 불가능하다고 가정하는 제3
유형 : *혼성모방적 패러디*라 부를 수 있다. 작품이 지니는 창조성이나
원본성을 부정하기 때문에 원텍스트를 대량 복제하고 과감히 발췌·
혼합함으로써 원텍스트가 가지고 있는 권위와 규범을 대중화시킨다.
원텍스트에 대한 공격성과 풍자성이 약하다는 점에서 제1유형과 유
사하나, 원텍스트와의 유사성이 보다 직접적이고 패러디의 목적이 전
략성을 띠고 있다는 점에서 다르다. 세계의 복합성·임의성·우연성
·무질서를 그대로 반영하기 때문에 복제적 특성과 유희적·실험적
국면이 강하게 부각된다.

이러한 기본틀을 가지고 개별 작품에 접근할 때 패러디 동기와
효과에 중요한 요인으로 작용하는, 텍스트 밖의 현실에 대한 패러디
스트의 태도에 대한 고려는 필수적이다. 또한 패러디란 기존의 텍스
트를 기반으로 하여 새로운 텍스트를 창조하는 것이므로 거기에는
'모방인용-imitation-quotation'과, 확장·전환·병치 등에 의한 '변
용-appro- priation'의 개념이 내포되어 있다. 따라서 원텍스트의 어
느 부분을, 어떤 방식으로 모방인용하고 변용하고 있는가에 대한 세
심한 분석을 요한다. 이를테면 시어·어구·문장의 차원에서 원텍
스트를 모방·변형하고 있는가, 형식적 혹은 내용적 차원인가, 시정
신 및 이데올로기적 차원인가, 장르적 특징인가와 같은 질문들은 패
러디 대상과 관련있는 문제들이다. 그런가 하면, 원텍스트를 그대로
모방인용하고 있는가, 변형시켜 모방인용하고 있는가, 그렇지 않으
면 조합·편집하고 있는가와 같은 질문은 방법상의 문제이다. 더불
어 그러한 모방인용을 암시적(내재화)으로 표현하는가, 가시적(외재

화)으로 드러내고 있는가 하는 표현방식도 문제가 될 수 있다. 더 구체적으로 들어가자면 어떤 시적 장치들을 통해 원텍스트를 드러내고 있는가 하는 원텍스트의 전경화 방법도 문제가 된다. 즉 제목, 제사(題詞)[9] 및 부제(副題,) 각주, 삽입글 혹은 삽입도형, 관용구, 명명법(命名法), 플롯이나 문체, 인물 등의 형식으로 전경화할 수 있다.

요컨대 (1)의 패러디 대상에 의한 네 범주와 (2)의 패러디스트 태도에 의한 세 유형을 기본으로 하여, 이처럼 세분화된 방법에 의해 패러디를 분류·분석하자면 패러디의 종류와 방법은 그것들의 조합 수만큼 무궁하다. 그만큼 패러디의 발화양상은 다양하고 독자의 독서경험도 다양한 것이다.

지금까지가 제1소통과정에서 살펴본 분석의 층위와 방법이었다면, 패러디 텍스트와 독자의 관계로 이루어지는 *제2소통과정은 '독서반응이론' 혹은 '수용이론'*[10]*의 관점을 필요로 한다.* 의미의 부유

---

9) 에피그라프epigraph라고도 한다. 그 사전적 의미는 책의 머리에 그 책에 관련되는 내용을 시문으로 적은 글, 혹은 화폭 따위의 위에 적은 글을 의미한다.

10) 독자반응이론reader-response criticism과 수용이론reception theory은 다소 차이가 있다. 전자가 텍스트의 국면과 관계되는 용어라면 후자는 독자와 관련되는 용어이다. 또한 전자가 미국비평계를 중심으로 사후적으로 주어진 명칭이라면, 후자는 독일 콘스탄스 대학을 중심으로 이루어진 의식적이고 집단적인 작업을 지칭한다. 이 둘은 상호 교류나 영향관계 없이 개별적으로 진행되었다. 또한 수용이론reception theory과 수용미학aesthetics of reception도 다소 구별해 사용하기도 한다. 전자는 작자와 텍스트에서 독자에게로의 일반적인 관심의 전이와 관련된 맥락에서 사용된다. 그러니까 이 용어는 야우스와 이저의 이론체계 뿐만 아니라 경험적 연구, 그리고 영향에 관한 전통적인 연구를 총망라하는 하나의 포괄적 용어로 사용된다. 반면에 후자는 야우스의 초기의 이론적 저술만을 가리키는 용어로 사용된다. Robert C. Holub(1984). *Reception Theory : A Critical Introduction*(London and New York : Methuen). 『수용이론』, 최상규 (역)(서울 : 삼지원, 1985), pp. 5-10. 참조.

체 혹은 미결정체로 남아있는 '텍스트'의 개념은 패러디에서 특히 독자의 역할을 강조하도록 한다. 원텍스트를 전제로만 성립될 수 있는 패러디의 특성상, 패러디스트는 일차적으로 독자이며 또 다른 실제 독자를 향해 자신의 창작의도를 약호화한다. 패러디스트의 분명한 동기에 의해 패러디가 창작되는 것은 사실이지만, 그러나 독자가 텍스트의 이중적 목소리와 상호텍스트적 문맥을 인지하지 못한다면 일반 텍스트와 구별되기 어렵다. 그 패러디적 진술을 발견하여 의미를 해독하는 것이 곧 독자의 몫이다.

텍스트는 여러 문화에서 나온, 그리고 서로 대화하고 패러디하고 항의하는 여러 글쓰기로 이루어져 있다. 그러나 이 다면성이 합쳐지는 한 장소가 있는데 그 장소는 저자가 아니라 독자이다. 독자는 글쓰기를 이루는 모든 인용이 등록되는 공간이다.[11]

위의 인용문은 텍스트 자체가 갖는 다성성과 복합성을 지적하면서 그것을 읽어낼 수 있는 독자의 역할을 강조하고 있다. 텍스트란 어떤 방식으로든지 다른 텍스트와 관련을 맺고 있고, 독자야말로 그 관계 속에서 텍스트의 문맥을 읽어낼 수 있는 주체임을 역설하고 있는 것이다. 특히 패러디스트란 독자로서 새로운 의미를 발견한 자이고, 실제 독자란 패러디스트가 발견한 그 의미를 적극적으로 완성하는 자이다. 뿐만 아니라 패러디의 독자는 종전의 단순한 관찰자나 수동적인 존재가 아니라 일종의 공동작가로서 작품의 창작과정에 참여하게 된다. 그러므로 패러디는 의도적으로 독자의 참여를 유도할 수 있는 장치를 필요로 한다.

---

11) Roland Barthes(1968). The Death of the Author. 김현(1990). 『미셸푸코의 문학비평』(서울 : 문학과지성사), p. 39. 재인용.

물론, 이러한 패러디 텍스트는 독자의 수용능력에 따라 그 의미가 달라질 수 있기 때문에 패러디의 독자는 반드시 약호를 풀이할 수 있는 능력을 갖추어야 한다는 사실은 앞서 지적한 바 있다. 이러한 관점에서 패러디에서 독자는 크게 두 가지 형태로 구별될 수 있을 것이다. 그 하나는 '당대독자'의 개념인데, 특정 시기에 작품들에 내려진 평가 주체들의 특정한 태도·견해·규범을 반영한다. 당대의 실제 독자나 일반 독자를 의미하며 당대의 독자층의 취향 및 사회사를 알 수 있다. 이 당대독자는 원텍스트가 발표되던 당시의 당대독자와 패러디 텍스트가 발표되던 당시의 당대독자로 구분될 수 있다. 또 하나는 '이상독자'로 문학비평가 내지는 언어학자에게서 그 실체를 찾을 수 있다. 작가와 동일한 약호를 소유하는, 아니 그 이상의 약호를 소유하는 자로서, 텍스트의 의도, 전략 그리고 조직 등에 대해 의견을 표명한다. 이들은 텍스트의 의미잠재성을 완벽하게 실현하는 위치에 있어야만 한다. 이 허구로서의 이상독자는 문학의 영향과 수용의 분석에서 언제나 벌어진 논거의 틈, 즉 해석의 간극을 메꿔준다.[12]

좀더 구체적으로 로즈는 패러디를 인식하는 정도에 따라 네 종류의 독자를 가정한다.

① 패러디의 실재를 인식하지 못하는 독자
② 인용을 인식하고 두 텍스트의 현존 또한 인식하지만 패러디스트의 의도나 두 텍스트간의 관계(불일치)를 이해하지 못하는 독자

---

12) Liffaterre의 'superreader(초독자)', Iser의 'implied reader(내포된 독자)', Fish의 'informed reader(유식한 독자)', Wolff의 'intended reader(의도된 독자)'는 모두 이러한 독자를 의미한다. Wolfgang Iser(1978). *The Act of Reading* (Baltimore & London : The Johns Hopkins University Press). 『독서행위』(이유선)(역)(서울 : 신원문화사, 1993), pp. 69-77. 참조.

③ 원텍스트에 친밀한 독자로 작품의 패러디적 효과를 인식할 수 있는 독자

④ 원텍스트와 패러디 텍스트간의 불일치로부터 패러디의 효과를 인식하는 가장 이상적인 독자[13]

①이 패러디의 가장 무지한 독자라면 ④는 패러디의 가장 '이상적인 독자'이다. ①, ②, ③과 같이 패러디스트의 약호와 독자의 해독 사이에 간극이 발생하는 이유는, 그 둘간의 지적 수준·사회적 계층·연령·직업의 차이, 지역적 방언에 의한 약호상의 편차들 때문이다. 각기 상이한 경험지평과 기대지평, 의도와 감정, 심리적·생리적 상태, 특정한 전략이나 상황적 요인들 및 최종적으로는 제도적 규범들 역시 그 간극 형성에 영향을 미치고 있음은 물론이다. 따라서 이상과 같은 편차들은 ④와 같은 이상독자에 의해 패러디 해독 과정에 종합적으로 고려되어야 한다. 그런 점에서 패러디 독자는 원텍스트 및 패러디 텍스트의 배경이 되고 있는 문화적 내지 사회적 문맥을 알아차릴 수 있는 특수한 교양, 지식, 지능을 필요로 한다. 패러디스트의 전략을 알아차리고, 인용을 검증하고, 패러디의 가치를 확인하고, 나아가 의미의 제관계를 바르게 이해하기 위해서 독자는 다방면적인 교양이 필요한 것이다. 따라서 패러디는 창작자나 감상자 양쪽의 고도의 지력과 기교를 요구하게 된다. 한마디로 잠재적으로 엘리트주의[14]가 작용한다는 것인데, 이러한 엘리트주의가 극단적으로 나아갈 경우 문학을 대중으로부터 멀어지게 하는 부정적인 결과를 초래하게 될 위험도 있다. 그러므로 지나치게 전문화된 패러디는 독자와 공감대를 형성하는 데 장애요인이 될 수 있다.

---

13) Marget A. Rose(1989), p. 27.
14) Linda Hutcheon(1985), p. 46./Linda Hutcheon(1988), p. 157.

2

전통장르 계승과 패러디의 보수성

민요의 채록과 양식적 차용

고전문학과 현대문학간의 패러디적 대화는 전통유산을 부활시키고 현대문학을 풍요롭게 할 뿐만 아니라 문학 전반의 통시적 관계를 규명할 수 있다는 장점을 가지고 있다. 그러나 안이한 패러디적 접목은 원텍스트의 강한 과거지향성으로 인해 시인의 창조적 기능을 거세시킬 뿐만 아니라 원텍스트의 단순한 되풀이나 반복에 그칠 수 있다. 그러므로 고전에 대한 패러디는 이미 알려진 소재와 형식을 보다 생기있게 공감케 하고 재해석하는 데 주력해야 할 것이다. 전통에 대한 강한 애착과 현대 시인으로서의 자의식을 모방적 패러디의 형식으로 결합시키고 있는 김소월의 시들을 보자.

20년대 시인을 대표하는 김소월이 민요와 설화를 차용하여 민요조 서정시[1]의 독자적인 경지를 개척했음은 주지의 사실이다. 달리 말하자면 그는 전통장르에 호감을 가지고 그 권위를 계승하려는 전통장르의 모방적 패러디를 성공적으로 보여준 시인이기도 하다. 민

---

1) 김용직(1986). 민요조 서정시의 형성과 전개. 『한국근대시사』(서울 : 학연사). 참조.

중의 노래 속에서 자신의 시혼을 발견하고 감상자에서 창작가로의
변신을 꾀한 것이다. 이러한 소월의 시작 태도는 독자와 창작자의
역할을 겸해야 하는 패러디스트의 창작 태도와 일치한다. 특히 장르
적 차원에서 민요를 차용했던 창작방법이 김소월의 시적 전략이자
특성이었다는 근거는, 시인 스스로가 많은 작품에 민요시라는 부제
를 붙여 발표했다는 사실[2]과 당시의 평자들의 반응에서도 확인할
수 있다.

· 君의 민요시인의 지위를 올리는 동시에 군은 특출한 재능이 잇
슴을 긍정합니다. (중략) 우리의 재래민요조 그것을 가지고, 엇더케도
아릿답게 길이도 짜고 가로역거, 곱은조화를 보여주엇습닛가![3]

· 김소월씨-이 사람의 시인으로서의 본령은, 개벼운 민요적서정
小曲애 잇지 아니한가 생각한다. (중략) 이 시에 나타나는 것은 무엇
보다도 조선재래의 민요(혹은 동요)적 「리듬」과 그 부드러운 싀골情
操이다. 그 이상의 아모것도 업다.[4]

· 소월의시는 시골과부들의 노래를 새로운 형식으로 나타내인 짜
름이엇섯다. 그리고 그것은 다시 말하자면 조선재래의민요 그것이엇
섯다.[5]

---

2) 1920년대 초기 소월이 발표한 작품 제목 아래에는 '민요시'란 부제가 따로 붙어
   있다. 김소월(1922). <진달래꽃>(민요시). 『개벽』 제25호, 1922년 7월.
3) 김억(1923). 시단의 일년. 『개벽』 42호, 1923년 12월, pp. 43-44.
4) 김기진(1925). 현시단의 시인. 『개벽』 58호, 1925년 4월, pp. 29-31.
5) 김동인(1929). 소설가의 시인평-내가 본 시인 김소월군을 논함. 『조선일보』
   1929년 12월 10-12일.

동시대인들의 이러한 반응을 참고해볼 때, 발표 당시 소월의 작품은 민요와의 연관성 속에서 당대독자들에게 인식되었고 시인 또한 스스로가 민요 시인이라는 의식 속에서 시를 창작했음을 알 수 있다. 이러한 단서가 중요한 이유는 원텍스트의 전경화 문제 때문이다. 창작자나 수용자 모두에게 이렇듯 동일한 전제, 즉 소월이 민요 시인이라는 점과 원텍스트가 사회적으로 공인된 민요(설화)였다는 점은, 창작자가 패러디 흔적을 굳이 전경화하지 않아도 패러디 기능을 발휘할 수 있도록 한다.

3·1 운동을 기점으로 민족적 동일성과 민중적 기반의 허약함을 체험한 당시 문단 상황은 우리의 전통장르, 특히 민요에 많은 관심을 기울이는 분위기였다. 이러한 배경에서 집중적으로 양산된 일군의 민요조 서정시 중 원텍스트를 전경화하려는 시인의 의식적인 장치가 있거나 당시의 사회적 문맥 속에서 원텍스트를 쉽게 감지할 수 있는 텍스트들은 패러디에 속한다. 소월도 율격·반복·병렬·후렴·관용어(구)와 같은 민요의 형식적 특성은 물론 그 내용이나 정서까지도 적극 차용한다. 그 중 일부 텍스트들이 노래로 구전되어 오던 가창집단 혹은 가창자의 내면의식을 새롭게 개작하려는 가장 단순한 패러디 형태를 띠고 있다. 친숙하고 오래된 민요 장르를 현대시라는 낯선 장르에 차용하여 새롭게 재기능화시키고 있는 것이다.

1. 민요를 직접 차용하는 방법

딸기딸기명규딸기
집집이다자란맛딸아기
딸기딸기는다닉엇네
내일은열하루싀집갈날

일모창산날져문다
월출동경에달이솟네
오호라배띄어라
범녀도님싯고쩌나간길

노던벌에
오는비는
숙낭자의
눈물이라

어얼쇠구밤이간다
내일은열하루쇠집갈날

김소월, <巷間哀唱명쥬짤기> 중

1924년 『영대(靈臺)』에 발표한 이 작품은 제목을 통해 원텍스트를 전경화시키고 있다. 패러디 창작에 있어 제목은 패러디의 흔적을 전경화하는 가장 보편적인 형태이다. 인용시에서는 '항간애창'이라는 명사가 관형격으로 붙어, 구비시가에 대한 소월의 의식적인 관심을 잘 드러내주고 있으며 그 당시 항간에서 불려지던 민요가 원텍스트였음을 알 수 있도록 하고 있다. 2음보(3음보)를 기본 율격으로 하는 우리 민요의 형식은 여느 민요와 마찬가지로 음절·어구·시행 등의 반복과 병렬parallelism을 기본 구조, 공식적이고 관습적인 표현과 전형적인 상징 등에 의존한다.[6] 이 시는 이러한 민요의 양식적 특징을 그대로 계승한 채록에 가까운 현대시이다. 이럴 경우 원

---

6) H. E. Read(1954). The Beginnings of poetry. *Phases of English poetry* (London : Faber), pp. 117-19. 참조.

텍스트는 민요라는 장르 전체가 될 것이다. 그 구체적인 패러디 양상을 보자.

시 전체에 깔려있는 4·4조 2음보는 민요의 기본 율격이다. 2음보를 통해 표출되는 정서는 집단적 성향이 짙다. 뿐만 아니라 감정의 흐름이 급박하고 직정적이면서도, 단일한 방향으로 지속되어 안정감이 있다.[7] 소월은 이 기본 율격을 간간이(1연 2·4행, 2연 4행, 4연 2행) 3음보[8]로 변형시키거나 3연에서처럼 두 행에 걸쳐 배열한다. 그렇게 함으로써 급박함과 직정적인 특징을 천천히 그리고 여유 있게 완화시켜 시인의 내면화된 리듬을 발현시키고 있다. 또한 민요의 중요한 형식적 특징은 반복과 병렬에 있다.

1연 1행의 '딸기딸기명쥬딸기'에는 민요의 대표적인 aaba의 반복구조[9]가 드러나고 있으며, 1·4연에서 되풀이되는 '내일은열하루쇠 집갈날'에는 수미상응의 반복·병렬구조가 효과적으로 구현되고 있다. 굳이 '딸기'를 시의 소재로 택한 것은 '맛딸아기'에서 연상된 흡(소리) 때문인 것으로 짐작되는데, 소월의 언어감각이 돋보이는 구절이다. 시집가기 전날의 '숙낭자의 눈물'도 우리 민요에서 쉽게 찾아볼 수 있는 모티브이다.[10] 민요의 후렴을 차용하고 있는 '어얼싀구'는 주된 정서인 시집가기 전날의 애한과 대조적인 여흥적 기능을

---

7) 성기옥(1986). 『한국시가율격의 이론』(서울 : 새문사), p. 166. 참조.
8) 일반적으로 3보격은 긴 주기를 빠른 호흡으로 진행하는 데서 율동적 긴박감의 조성과, 중간 휴지의 실현이 없이 연속되는 음보의 수가 홀수인 데서 오는 구조적 안정성의 결여를 특징으로 한다. 그러므로 자연히 그 표현형태가 동적이고 자유로운 감정 표현이 앞서는 성향을 띤다. 대상에 대한 전논리적 인식이나 의식, 혹은 어딘가 기울고 부족한 듯한 감정 상태를 직정적이고 호소적인 토운에 실어내는 것이 일반적이다. 성기옥(1986), pp. 186-88. 참조.
9) 김대행(1980). 『한국시의 전통 연구』(서울 : 개문사), p. 43.
10) "이내몸은 여자되어/금수만도 못할소냐/부모친척 멀리하고/천리타향 먼먼길이/눌보라고 이리 가노". 임동권(1992). 『한국민요집 3』(서울 : 집문당), pp. 236-38.

발휘하여 시 전체의 비극성을 차단시켜줄 뿐만 아니라 님을 만난다는 기대감을 고취시켜주는 효과도 있다.

2연의 '일모창산(日暮蒼山)'이나 '월출동정(月出洞庭)' '오호(五湖)'와 같은 관용적 표현도 고전문학의 공식적인 어구이자 전형적인 상징에 해당한다. 특히 '일모창산날져문다/월출동정에달이솟네'라는 시구는 민요에서도 쉽게 눈에 띄는 구절이다.

> 일락서산 황혼된다/월출동령 달솟아온다　　　(임동권 2-678번)
>
> 일락서산 해떨어지고/월출동령에 달이솟네　　　(임동권 4-406번)

'오호라배쯰어라'와 같은 구절도 '배쯰어라 배쯰어라/만경창파에 배쯰어라(임동권3-977번)'와 같은 구절을 변형시킨 것으로 보인다. 뿐만 아니다. 민요의 관용적 표현에는 일정하게 호응하는 조사와 어미를 활용한 독특한 문장구조[11]가 있는데, 예를 들면, ~이요(요) ─ 이라, ~야 ─라, ~노니 ─로다, ~은 ─요, ~라 ─, 등이 그것이다. 2연의 '오호라배쯰어라'나 3연의 '노던벌에/오는비는/숙낭자의/눈물이라'와 같은 구절이 바로 이러한 관용적인 조사나 어미를 활용한 표현에 해당한다.

원텍스트에 대한 애정을 기반으로 그것을 변화시켜 현대화하고자 하는 것은 패러디스트의 일차적 욕망이다. <항간애창명쥬짤기>에서 소월은 무질서하게 떠돌던 민요 형식의 관습적 구조와 모티브 및 정서를 자신의 언어로 끌어들여 현대화하고 있다. 이 시를 읽는 독자들은, 집단적으로 익숙하게 듣고 '부르던' 노래에서 한 개인에 의해 내면화된 '읽고 보는' 현대시로 변화된 데서 일차적인 새로움

---

11) 박혜숙(1987). 한국 민요시의 전개양상 연구. 건국대학교 박사학위논문, 미간행, pp. 250-52. 참조.

을 발견한다. 장르 자체가 달라지고 전달 매체가 달라짐으로써 원텍스트에 대한 독자들의 기대지평은 충분히 전환되는 것이다. 소월은 관습적 언어로 구현해오던 민요의 세계를 현대에 맞는 새로운 형태로 변형시켜 보다 내면화된 세계를 보여주고자, 전통적 집단무의식과 현대 시인으로서의 개인적 내면성을 패러디로 결합하고 있는 것이다. 그의 다른 시 <이요(俚謠)> <박녕쿨타령> <돈타령> <나무리벌 노래> 등도 항간에서 애창되던 민요의 형식과 내용을 자신의 언어로 차용한 것으로 보인다.

민요가 소월 시의 기본 동력이었음은 <팔벼개 노래조>에도 드러나고 있는데, 이 시는 잡가류 민요에 대한 패러디다.

(상략) 이 팔벼개노래調는 채란이가 부르던 노래니 내가 寧邊을 떠날 臨時하여 빌어 그의 親手로써 記錄하여 가지고 돌아왔음이라. 무슨 내가 이 노래를 가져 敢히 諸大方家의 詩的眼目을 辱되게 하고저 함도 아닐진댄 하물며 이맛 鄭聲衛音의 현란스러움으로써 藝術의 神嚴한 宮殿에야 하마 그 門前에 첫발걸음을 건들어 놓아보고저 하는 僭濫한 意思을 어찌 바늘끝만큼인들 念頭에 둘 理 있으리오 마는 亦是 이노래 野卑한 世俗의 浮輕한 一端을 稱道함에 지내지 못한다는 非難에 마출지라도 나 또한 구태여 그에 對한 遁辭도 하지아니 하려니와, 그 以上무엇이든지 사양없이 받으려 하나니, (하략)

집뒷山 솔밭에
버섯 따던 동무야
어느 뉘집 家門에
시집 가서 사느냐.

嶺南의 晋州는

자라난 내故鄕
父母없는
故鄕이라우.

오늘은 하루밤
단잠의 팔벼개
來日은 相思의
거문고 벼개라.

첫닭아 꼬꾸요
목놓지 말아라
품속에 있던님
길차비 차릴라.

두루두루 살펴도
金剛 斷髮領
고개길도 없는몸
나는 어찌 하라우.

嶺南의 晋州는
자라난 내故鄕
돌아갈 故鄕은
우리님의 팔벼개.

김소월, <팔벼개 노래調> 중

1926년 『가면(假面)』에 발표했던 시다. 제사(題詞) 형태로 두 페이지에 달하는 분량으로 장황히 덧붙인 부침글[12]의 일부와, 전체 12연 중 뒷부분 여섯 연을 인용했다. 이 시에서 주목해보아야 할 부분은 부침글이다. 이 부침글 양식은 한자문화권의 일반적 양식이었던 '서(序) 혹은 병서(幷序)(敍나 緖로도 통한다)'[13]의 형식을 차용한 것으로 보인다. 서와 발(拔)은 산문 형태로 작품의 배경과 유래를 설명기도 하고, 시론을 펴기도 하고, 시에 대한 변명을 하기도 하는 등 일정한 제한이 없이 자유로운 기능을 담당한다. 따라서 작품에 대한 독자의 기대지평을 조절하고 원텍스트를 전경화시키는 주요한 전략을 발휘할 수 있다. <항간애창명쥬딸기>가 제목을 통해 원텍스트를 전경화하고 있다면, <팔벼개노래조>는 이 산문형식의 서문 형식을 통해 원텍스트를 전경화하고 있다. 그 단적인 언급은 '이 팔벼개노래조는 채란이가 부르던 노래니 내가 영변을 떠날 임시하여 빌어 그의 親手로써 기록하여 가지고 돌아왔음이라'라는 구절에서 찾을 수 있다. 이 부침글에 따르면 인용시의 원텍스트는 20년대 기생이나 기타 전문적인 놀이꾼에 의해 창작되고 불리워졌던 잡가의 일종[14]으로 보이나, 확실한 출전은 확인할 수 없다. 단지 이와 비슷한 구절이 잡가의 일종이었던 노랫가락에서 쉽게 발견된다. 이를테면 "내고향 처녀들은/물레방아 찧는데/달에도 몇번씩/가고싶은 내 고향"[15]과 같은 구절은 인용시의 1·2연과 매우 흡사하다. 이렇게

---

12) 이 부침글에는, 시인이 영변에 갔을 때 구슬픈 노래 소리가 들려와 알고본즉 정신이상으로 부친이 행방불명되자 어머니의 개가밀천으로 팔려 영변까지 흘러온 진주 출신의 기생 채란의 노래를 채록한 것이라는 창작배경이 설명되어 있다.

13) 시 뒤에 붙이는 산문의 경우는 跋이라 한다. 序의 형식을 빌어 패러디의 흔적을 전경화시키고 있는 좀더 직접적인 예는 <대수풀노래[竹枝詞]>에서도 확인된다. 이 시에서도 소월은 '劉禹錫의 竹枝詞를 本받음'이라고 패러디의 흔적을 전경화하고 있다.

14) 이노형(1987). 잡가의 유형과 그 담당층에 관한 연구. 서울대학교 석사학위논문, 미간행.

볼 때 이 시는 일종의 기생잡가를 모방인용하고 있는 것으로 보이고 그것이 소월의 언어를 통해 재형상화되고 있음을 알 수 있다.

특히 인용 부분의 부침글의 요지를 정리해보면, 소월은 이 시가

① 제대방가(諸大方家 ; 전문가)들의 시적 안목을 욕되게 할 소지가 있고

② 정성위음(鄭聲衛音 ; 음란한)의 현란스러움으로써 예술의 신엄함을 해칠 소지가 있고

③ 야비한 세속의 경박한 일단을 드러낼 뿐이라는 비난을 받을 수도 있다는

사실을 충분히 인지하고 있었음에도, "구태여 그에 대한 遁辭(변명)도 하지 아니하려니와 그 이상 무엇이든지 사양없이 받으려"는 심정으로 발표한다고 밝히고 있다. 즉 당시의 지사연한 혹은 계몽적인 문학 규범은 물론 서구취향의 퇴폐적 혹은 경향적 성향을 거부하면서, 구비전통의 모체가 되어 온 민중성을 구현하고자 했던 창작 의도를 읽을 수 있다. 이와 같은 창작 의도는 '제대방가의 시적 안목'과 '예술의 신엄함'으로 지칭되는 당대의 문학 규범을 끌어내리고, '야비한 세속의 경박한 일단'을 끌어올려 주변적인 장르를 규범화된 장르로 부상시키는 패러디적 전도와 상통한다. 그러므로 채란이라는 기생의 삶과 정서가 배인 노랫가락의 차용은 단순히 형식적 차원이 아닌, 그 형식의 모체가 되었던 민중계층의 경험에 대한 공감적 차용을 의미한다. 결국 노랫가락이라는 낡은 형식 혹은 변두리의 형식을 재구성함으로써, 그 형식을 향유하는 계층의 이데올로기

---

15) 임동권(1992). 『한국민요집 6』(서울 : 집문당), p. 114.

에 동조하고 그것을 새롭게 지각하게 하는 패러디 전략이 바로 이 부침글에 내포되어 있는 것이다.

4행 1연을 근간으로 하는 3·3조 2음보의 단조로운 정형성을 기본 구조로 간간이 변형되고 있는 부분(1연 2·3·4행, 2연 3·4행, 5연, 6연 4행)은 상대적인 주목을 유도하며 시적 의미를 강조한다. 2연과 6연의 '영남의 진주는/자라난 내고향'과 같은 직접적인 반복은 물론, 3·6연의 '단잠의 팔벼개' '우리님의 팔벼개', 2·5연의 '고향이라우' '어찌 하라우'와 같은 변형 반복은 민요적 리듬을 부여한다. '영남의 진주는/자라난 내고향', '오늘은/하루밤' '돌아갈 고향은/우리님의 팔벼개'에서 보이는 '~은 ―'과 같은 민요의 관용적 통사 차용도 마찬가지다. 그러나 소월은 ―야, ―냐, ―라우, ―라, ―요와 같은 다양한 종결어미를 사용하여 자칫 단순해지기 쉬운 반복에 변화를 주고 있다.

시적 상황을 보자. '조선의 강산' 전체를 떠돌다 화자가 위치한 곳은 '서도 끝'이다. 그곳에서 화자는 어릴 적 동무를 생각하고 고향을 그리워한다. 그러나 그 고향은 '부모없는' 돌아갈 길 없는 곳이고, 화자에게 유일한 고향은 '우리님의 팔벼개'일 뿐이다. 님의 팔벼개에 고향 진주를 담아 놓고 있다. 게다가 그 팔벼개는 내일이면 '길차비'를 차려 떠날지도 모르는 '오늘 하루밤'만이기에 더욱 애절하다. 화자의 절박함을 더욱 고조시키는 것은 '두루두루 살펴도/금강 단발령/고개길도 없는몸'이라는 현실인식이다. 험하기로 유명한 금강산의 고개 이름 '단발령'을 차용하여, 화자에게는 그렇게 험한 고개길조차 없는 고달픈 상황임을 강조하고 있다. 이 '금강 단발령'과 대비되는 장소가 바로, 두 번이나 반복되고 있는, 화자가 자랐지만 지금은 갈 수 없는 고향의 대명사, '영남의 진주'이다. 이러한 지명은 단순한 하나의 외연적 의미로서 지도 속의 명칭을 가리키는 것이 아

니라 그 지명이 가지고 있는 구체성과 긴 역사성을 동시에 환기시
켜준다. 고유명사를 인용하는 묘미는 여기에 있다. 구비전통에서 흔
히 구체적인 지명을 상징적으로 사용하여 그 공감의 폭을 넓히는
것과 같이, 소월의 시에서도 고유지명은 그 단어가 지니는 향토성과
민족적 정서를 내포하고 있음은 물론이다.

결국 이 시가 원텍스트와 어떠한 동질성과 차이성이 있는지는 분
명치 않으나, 시인이 붙인 제목과 부침글, 그리고 행과 연의 배열,
시어의 선택 등은 소월의 창조적 상상력이 가미된 것임이 분명하다.
세간을 떠돌던 노랫가락을 채록하여 그것을 시인의 언어로 새롭게
현대시화시켰다는 점에서 원텍스트를 재기능화하고 있다.

2. 변형된 민요 형식에 설화를 차용하는 방법

모든 패러디는 독자(수용자)로서의 영역과 시인(창조자)으로서의
영역이 함께 만나는 작업의 일환이다. 이때 시인의 태도는 창조자와
수용자의 비평적 거리에 의해 보다 다양하게 취해질 수 있는 바, 그
거리조정이란 원텍스트를 변용하는 패러디의 한 방법이 될 수 있다.
소월 시에서 설화는 시의 소재 차원에서 패러디된다.

접동
접동
아우래비접동

津頭江가람까에 살든누나는
津頭江압마을에
와서웁니다

옛날, 우리나라
먼뒤쪽의
津頭江가람까에 살든누나는
이붓어미싀샘에 죽엇습니다

누나라고 불너보랴
오오 불설워
싀새움에 몸이죽은 우리누나는
죽어서 접동새가 되엿습니다

아웁이나 남아되든 오랩동생을
죽어서도 못니저 참아못니저
夜三更 남다자는 밤이깁프면
이山 저山 올마가며 슬퍼웁니다

김소월, <접동새> 전문

이 시는 1923년『배재(培材)』에 발표되었다가 25년『진달래꽃』에 개작, 수록되었다. 한국인이라면 누구나 접동새(두견새·두우·두견·귀촉도·불여귀로도 불린다) 설화를 알고 있다. 따라서 '접동새'라는 제목을 보는 독자는, 접동새가 원한을 품고 죽은 혼백의 현신이며 그 울음 소리는 곧 원통함을 알리는 피울음이라는 일반적인 전래설화를 상기하게 된다. 따라서 이 시도 제목에서 원텍스트를 전경화시키고 있다고 볼 수 있다. 소재 자체는 이렇듯 설화에서 끌어오고 있지만 율격의 측면에서 보면 역시 민요의 형식을 변형시켜 차용하고 있다. 소월의 시 중에서 설화적 내용을 시의 저변에 깔고 있는 시들은 대부분 7·5조(층량 3음보)를 근간으로 자유로운 행배열을 보이고 있다. 이 7·5조는 민요의 율격을 변형시킨 것이라 볼 수 있는데 4보격의 정적인 유장함과 3보격의 동적인 긴박함이 결합된 율격형태이다. 특히, 집단화된 가치질서나 신념체계를 근간으로 하면서도 내면화된 개인의 감정의 기복이나 정서적 갈등을 포착해낼 수 있는 율격적 특성을 갖는다.[16] 이 율격적 이중성은, 소월이 설화와 7·5조를 결합시킨 이유이기도 하다.

반복되는 리듬을 보자. 1연의 '접동/접동/아우래비접동'에서부터 민요의 반복형식 aaba구조가 읽혀진다. 세 번 반복되고 있는 '접동'은 발음상의 경음화와 휴지부를 갖게 되어 '접똥─'으로 읽히게 된다. 새울음 소리를 형상화한 이러한 도입부는 원통하게 죽은 누나의 한이 죽어서도 풀리지 않고 있다는 극적 분위기를 생생하게 하여 독자의 주의를 환기시키는 역할을 한다. 2·3연에서는 '진두강가람까에 살든누나는'이라는 구절 전체가, 4연에서는 '누나는'만이 반복되고 있다. 이 시에서도 '진두강'이라는 고유지명이 세 번이나 반복되면서 구체적인 향토성과 전통성을 드러낸다. 종결어미도 2·5연에서는 '웁니다', 3·4연에서는 '습니다'가 반복되고 있다.

1·2연은 화자의 현재 상황이다. 그러다 민담이나 설화의 관용적 서두 형식을 그대로 차용한 "옛날, 우리나라/먼뒤쪽의"로 시작되는 3·4연에서는 설화의 본 내용(과거)으로 바뀌고, 마지막 연에서 다시 현재로 돌아온다. 특히 '누나라고 불녀보랴/오오 불설워'라고 시

---

16) 자수율을 중심으로 보면 7·5조이고, 음절의 등장성에 의한 음보로 보면 충량 3음보이다. 이렇듯 소월의 시가 대체로 7·5조 혹은 충량 3음보라는 데 의견을 달리하는 연구자는 없을 것이다. 통계에 따르면 소월시는 기왕에 알려진 126편을 대상으로 할 때 2음보를 지닌 시는 모두 2편으로 전체의 1%, 3음보를 지닌 시는 총 80편으로 전체의 64%를 차지하는 것으로 제시되어 있다(성기옥(1986), p. 361. 참조). 단지 그 7·5조를 일본의 와까(和歌)와 관련하여 파악하거나(김윤식·김춘수) 우리의 자생적인 전통율격으로 파악하는(조동일·성기옥) 차이만이 있을 뿐이다.

작되는 4연에서 원텍스트의 설화 내용은 화자에게 내면화되면서 화자의 고조된 감탄은 독자들을 원텍스트의 비극성으로 끌어들인다. 또한 '우리 누나는'이라는 구절에 의해 누나를 잃은 동생의 처지는 화자의 상황과 동일시된다. <접동새>에 차용되고 있는 설화의 기본 화소는,

① 옛날 진두강가에 아홉이나 되는 남동생을 둔 누나가 살고 있었다
② 누나는 의붓어미의 시샘에 죽어 접동새가 되었다
③ 동생들을 못잊어 야삼경 깊은 밤에 슬피 운다

로 요약된다. 서북지방에 널리 유포[17]되었던 이 접동새 설화는 계모와 전처자식간의 갈등과 그로 인한 죽음이라는 모티브를 가진 '콩쥐팥쥐', '장화홍련'과 같은 설화나 고전소설에 흔히 등장한다.

소월은 그 긴 이야기를 짧은 시행에 서정적 독백체로 담아냄으로써 패러디 텍스트의 특성인 '독자의 능동적인 독서'와 '알레고리'[18]라는 문제를 환기시킨다. 먼저 능동적인 독서의 문제를 보자. 이 시에 대한 이해는 독자들이 접동새에 대한 정보를 어디까지 알고 있느냐에 따라 달라질 수 있다. 그러나 비단 정보의 많고 적음의 문제만은

---

17) 이 이야기는 소월이 어렸을 적 숙모가 전해주었다 한다. 桂熙永(1968).『내가 기른 素月』(서울 : 장문각), pp. 60-70. 참조.
18) 알레고리는 어원적으로 ① 달리 혹은 다른 것을 말하기, ② '공개적인 것과 다른 방식으로, 즉 비밀로 말하기' 혹은 '일반 대중에게 알려질 수 없는 가치를 지닌 것으로 말하기'를 의미한다. 이 알레고리가 문학비평용어로 쓰일 때는 ①수사적 알레고리 : '다른 것을 말하는', 즉 쓰여진 말과 의미하는 뜻이 다른 수사법, ② 창작적 알레고리 : 창작의 기법이나 문학의 양식 혹은 장르를 지칭하는 것으로 가장 기본적으로 의인화 personification의 기법이나 의인화, ③해석적 알레고리 : '비밀로 말해'진 것, 즉 작품의 겉에 숨겨진 속뜻, 秘義를 찾아내는 해석 방법 등을 지칭하는 세 가지 의미로 쓰인다. 신광현(1994). 알레고리.『현대비평과 이론』7호, 1994년 봄·여름호(서울 : 한신문화사), pp. 308-314. 참조.

아닐 것이다. 접동새에 대한 일반적인 설화는 우리 민족이라면 누구
나 알고 있고, 또한 시 안에서 기본 화소가 제시되고 있기에 그 사
이의 공백[19]은 독자의 능동적인 상상력으로 메꿀 수 있다. 설화나
역사적 사실에서 원텍스트를 취하는 패러디 텍스트에서, 기본 화소
에 생생한 살을 붙여가면서 읽을 수 있을 정도의 독자의 원텍스트
에 대한 정보와 상상력은 시해독에 중요하다. 그 정보량과 상상력의
정도에 따라 원텍스트와 다양한 비평적 거리를 취할 수 있는 바, 거
기서 비롯되는 패러디 텍스트에 대한 다양한 이해는 패러디 향유방
법의 특징이 된다. 이같은 독자의 개별적이고 능동적인 공백 메우기
야말로 패러디의 독자가 마음껏 누릴 수 있는 특권이기도 하다.

　또한 설화를 원텍스트로 하는 대부분의 패러디 텍스트를 사회적
문맥 속에서 접근할 경우 흔히 이는 알레고리와 맞물린다. 이때 알
레고리는 현실과 밀접하게 연결되는 설화를 통해 창작 당시의 시대
상황을 우회적으로 표출하는 데 주력한다. <접동새>의 경우도 마
찬가지다. 원텍스트의 상황을 하나의 알레고리로 파악하자면 의붓
어미는 일본을, 누나는 조국을, 아홉 동생들은 조국을 잃은 식민지
백성을 의미한다고 읽어낼 수 있다. 접동새 설화를 차용한 소월의
의도는 현실을 설화화함으로써 일제치하의 역사적·사회적 현실을
우의적으로 표현하고자 한 것이다. 접동새 설화의 누나를 자신과 동
일시하는 시인의 내면에는 현실을 설화화하여 현실적 고통을 초월
코자 하는 소월의 패러디적 욕망이 숨겨져 있는 것이다. 결국 이

---

19) 모든 텍스트는 독자의 상상에 의해 채워져야 할 공백 blank과 공허 vacancy를
　　가지고 있다. 공백이 "텍스트 내의 유예된 연결가능성"을 의미한다면, 공허는
　　"이동 시점의 참조 시야 내의 비-주제적 분편"을 의미한다. 차봉희(편저)(1985).
　　『수용미학』(서울 : 문학과지성사), p. 143. 특히 패러디에 있어서 텍스트의 공허
　　와 공백은 독자의 참여를 적극 유도하는 동시에 독자로 하여금 그 구조를 완성
　　하여 미적 대상을 만들어내도록 한다.

<접동새>는 민요 율격을 변형한 7·5조를 근간으로 설화를 차용하고 있기 때문에 이중의 전통장르를 원텍스트로 하고 있는 패러디 텍스트로 볼 수 있다.

한편, 제목이나 중심 어구가 아니라면 원텍스트를 알 수 없을 만큼 원텍스트가 은유적으로 차용되어 있는 경우도 있다.

山에는 숯피네
숯치픠네
갈 봄 녀름업시
숯치픠네

山에
山에
픠는숯츤
저만치 혼자서 픠여잇네

山에서우는 적은새요
숯치죠와
山에서
사노라네
山에는 숯지네
숯치지네
갈 봄 녀름업시
숯치지네

김소월, <山有花> 전문

25년『진달래꽃』에 발표한 시다. 제목의 '산유화'[20]란 원래 노래의 곡조를 뜻하기도 하지만, 계모 밑에서 어렵게 자란 향랑이 시집을 가서도 못된 남편과 시집살이에 견디다 못해 '산유화가'를 부르며 연못에 빠져 죽었다는 설화를 근거로 대개 '여자가 빠져 죽는 것'을 가리키기도 한다. 특히 이조후기에 민요조 한시가 부상하면서 일련의 산유화는 많은 이들에 의해 재창작되었다. 민요나 한시에 조예가 깊던 소월이 이러한 산유화를 몰랐을 리가 없다. 따라서 시 제목 자체를 '산유화'라고 명명한 것은 원텍스트의 규범과 권위를 모방인용하려는 모방적 패러디의 의도와 맞닿아 있는 것으로 보인다. 게다가 소월이 이 시를 창작했던 당시에 산유화류가 널리 퍼져 있었던 것을[21] 감안한다면 패러디로서의 정황은 더욱 분명해진다.

그러므로 이 시는 제목에 패러디의 흔적을 전경화하고 있다. 그 원텍스트는 '산유화 혹은 메나리'라 불렸던 민요일 수도, 향랑이 불렀다는 개별 작품으로서의 노래일 수도, 민요의 하위 장르 혹은 민요조 한시일 수도 있겠다. 또한 율격에 있어서도 행갈이로 변형을 준 7·5조에 가깝고 향랑설화가 내재되어 있다는 점에서 이 시도 변형된 민요 율격에 설화적 내용이 이중으로 패러디된 텍스트로 보

---

20) 민요의 하나. 원래 산유화는 백제의 옛노래로, 소리만 있고 가사는 전하지 않았다는 기록이 보인다(林泳, 滄溪集 券1 山有花歌). 이 산유화곡에 향랑이 가사를 붙여서 불러 이 노래가 유행되기에 이르렀다고도 한다. 이렇듯 그 기원에 대해서는 백제의 노래라느니 향랑의 창작이라느니 또 농가라느니 여러 가지 설이 분분하다. 이학규는 산유화를 앙가(秧歌)로 보고 있으며 '메나리'라고 주석을 붙여 놓은 바 있다. 조선 후기에 가장 널리 유포된 민요였다. 임형택(1992), 『이조시대 서사시』(서울 : 창작과비평사), p. 154.

21) 김동환의 〈香娘과 메나리꽃 노래〉(『別乾坤』, 1932), 李在郁의 논문 "山有花歌와 山有해, 미나리의 교섭"(『新興』 1931), 김억(岸曙)의 글 "조선은 메나리 나라"(『別乾坤』, 1928) 등이 그렇다. 이렇듯 산유화가를 메나리, 미나리, 뫼나리 노래라고도 하는데, 이 메나리는 민요의 다른 말로도 쓰여 '산유화가'는 메나리라는 보통명사가 되기도 했다.

아야 할 것이다.

원텍스트 '산유화가' 중 소월의 시와 가장 흡사한 민요와 민요조 한시 한 작품씩만을 소개하면 다음과 같다.

> ① 山有花야 山有花야
> 　저 꽃 피어 農事일 始作하여
> 　저 꽃지더락 畢役하세
> 　(후렴) 얼럴럴 상사뒤
> 　　　어여뒤여 상사뒤
>
> <山有花謠-부여지방> 중[22]

> ② 山有花　산엔 꽃이 피었으나
> 　我無家　나는 홀로 집이 없다네
> 　我無家　그래 집없는 이몸
> 　不如花　꽃보다 못하다오
>
> 李安中, <山有花>[23]

위와 같은 원텍스트들과 비교해 볼 때, 소월 시의 '꽂치피네'와 '꽂치지네'는 ①의 '저 꽃 피어 농사일 시작하여/저 꽃지더락 畢役하 세'를 변용한 것으로 보인다. 다른 점이라면, 원텍스트에서는 꽃이 피고지는 자연의 질서가 씨를 뿌리고 열매를 거두는 노동이라는 인 간의 질서와 일치되고 있는 데 반해, 패러디 텍스트에서는 '갈 봄 녀 름업'이 피고지는 자연의 질서가 인간의 질서로부터 일정 거리를 유

---

22) 임동권(1974). 『한국민요집 1』(서울 : 집문당), p. 26.
23) 『薄庭叢書』 권30. 이기원(1965). 산유화소고. 『아세아연구』 8권 2호 (서울 : 고대 아세아문제연구소), pp. 187-188. 재인용.

지한 채 '저만치' 떨어져 있다는 것이다. ②는 향랑이 물에 빠져 죽기 전에 불렀던 노래를 시화하고 있는데, 이 시에서 보이는 있음(有)과 없음(無)의 구조 또한 '피고 지는' 꽃의 질서와 동궤를 이룬다. 특히 '我無家'는 소월 시 '저만치 혼자서 피여잇네'와 연관성이 깊어 보인다. 향랑설화에 초점을 맞춰 원텍스트를 해석하자면, 패러디 텍스트는 죽기 전 향랑이 불렀음직한 노래를 현대화한 것이라 볼 수도 있고 시인이 산에 핀 꽃을 보며 향랑을 생각하며 부른 노래라고도 볼 수 있다. 전자로 보자면 '저만치'는 향랑이 죽기 전 현실을 바라보는 삶과 죽음의 거리가 되고, 후자로 보자면 소월이 바라본 설화와 현실, 혹은 자연(초월)과 현실 사이의 거리가 된다.

또한 '산유화'가 고유명사냐, '산에 피는 꽃'이라는 보통명사냐, '산에는 꽃이 피네'라는 문장이냐하는 의문은 이 시의 애매성에 기여한 바 크다. 원텍스트 ①은 '산에 피는 꽃(명사)'으로, ②는 '산에는 꽃이 피네(문장)'로 읽혀지고 있다. 소월 시의 '산에는 꽃피네'는 ②의 텍스트에서 차용한 것이고, '산에/산에/피는꽃츤'은 ①의 텍스트에서 차용한 것이라 추정할 수 있겠다. 결국 소월이 '산유화'라고 제목을 붙인 이유는 일차적으로 일반화된 노래로서의 양식이나 설화 내용을 가시화함으로써 원텍스트를 전경화하고자 하는 의도였지만, 이차적으로는 '산에 피는 꽃'과 '산에는 꽃이 피네'라는 양의적 의미를 환기하고자 했던 것으로 보인다.

소월의 대표시를 중심으로 민요를 직접 차용하는 패러디 방법과 변형된 민요 형식에 설화를 차용하는 패러디 방법을 살펴보았다. 사실 전통장르 패러디 중 모방적 패러디는 당시의 다른 많은 민요 시인들에 의해서도 창작되었지만, 원텍스트의 형식이나 의미를 넘어서지 못하는 단순한 차용과 설명 위주의 형상화로 시적 긴장력과 웅축성을 상실하는 취약점을 노출시킨 경우가 많았다. 그러나 소월

시의 모방적 패러디는 원텍스트를 넘어서는 자신만의 독특한 언어 운용법과 의미 구현을 통해 현대시의 새로운 영역을 구축하고 있다. 그 미학적 성과는 현대시에 민요의 양식적 특성을 차용함으로써 현대시에 전통 율격을 접목시키고, 소재 수용의 다변화를 이룩했다는 데서 찾아볼 수 있다. 뿐만 아니라 독자의 능동적인 공백 메꾸기를 유도하는 시적 애매성를 획득한 점에서도 찾아볼 수 있다. 또한 설화의 차용에서 비롯되는 알레고리를 효과적으로 활용하여 현실에 대한 우회적 대응을 용이하게 하고, 민중적 정서와 공감에 기대어 현대시의 대중적 독자의 저변 확보에 기여하고 있다는 점도 간과할 수 없는 부분이다. 소월 시의 모방적 패러디야말로 그의 시가 오늘날까지 대중적 친화력을 유지할 수 있었던 중요한 요인인 셈이다. 이처럼 소월 시는 민요·잡가나 설화의 권위와 규범에 호감을 가지고 그것을 계승함으로써 현대시 초창기의 패러디의 한 전범을 보여준다.

설화를 재구성하는 구연(口演)의 어법

패러디 텍스트가 원텍스트와 어떠한 대화성을 갖는가에 따라 패러디스트는 원텍스트에 대해 다양한 태도를 취할 수 있는 바, 그 대화성이란 원텍스트를 차용·변용하는 다양한 태도와 방법에서 비롯된다. 우리 현대시사에서 미당 서정주만큼 다양한 태도로 고전을 패러디하고 있는 시인은 드물 것이다. 그의 원텍스트는 주로 설화공간[1]에서 끌어올려지고 있는데, 스스로 설화 속의 인물이 되어 얘기하기도 하고 그 인물과 거리를 둔 채 객관적으로 얘기하기도 하고, 이 두 가지 방법을 동시에 넘나들기도 한다. 고전을 차용하고 있는 그의 많은 패러디 텍스트 중, 특히 원텍스트에 대한 시인의 자의식과 재해석이 의도적으로 삽입된 '비판적 패러디'에 속하는 작품들은 탁월한 시적 성과를 거두고 있다. 원텍스트에 대한 비판 혹은 조롱의 강도는 약하지만 원텍스트를 새로운 시각으로 재해석하고 있다는 점에서 비판적 패러디로 파악할 수 있겠다. 여기에서는 소월 시

---

1) 설화적 공간이란 신화·전설·역사·민담·민요·향가, 그리고 속담이나 속언까지를 모두 포함하는 민간에 전승되는 이야기 혹은 노래 전반을 지칭한다.

의 경우처럼 원텍스트의 권위를 계승하려는 전통장르의 모방적 패러디 유형[2]에 속하는 작품들을 제외한, 원텍스트와 비판적 거리 내지는 그 권위로부터의 일탈을 시도하는 비판적 패러디의 유형들만을 대상으로 한다.

비판적 패러디에 속하는 미당의 패러디 텍스트는 원텍스트에서 핵심적 모티브만을 차용한 후 시인의 적극적인 재해석을 가미하여 새롭게 '구연'해내고 있다. 특히 이 시들에서 구연이란 원텍스트와의 차이성이 강조된 적극적 위반과, 이야기꾼의 목소리를 빌어 청자에게 이야기하는 듯한 미당 특유의 설화적 어법[3]을 그 특징으로 한다. 이 구연의 어법이 바로 과거의 설화공간을 재구술해내기 위한, 창작설화적 특징이 강한 패러디의 주요 장치인 셈이다. 또한 전달의 개념을 중시하는 현대의 미학[4]에 부합할 뿐만 아니라 독자의 흥미를 끌기 위한 문학적 장치이기도 하다. 이야기꾼의 목소리를 빌어 이야기하는 이 구연의 어법 자체만으로도 설화양식에 대한 패러디가 될 수 있는데, 이때 원텍스트의 설화적 공간은 미당에게 있어 패러디의 대상을 넘어서 그 자체로 목적이 된다는 점은 특기할 만하다. 이로써 시인은 설화적 세계를 수동적으로 기록하는 전승자가 아니라 새로운 설화의 창조자가 되는 것이다.

---

2) 예를 들면 <牽牛의 노래>나 <재롱調> <水路夫人의 얼굴> 등이 여기에 속한다. 이 유형의 시들에서는 원텍스트를 계승하고 고전 속의 주인공이나 주인공의 행적들을 현대시로 재현해 보이는 데 초점을 맞추고 있다.

3) 임영택(1976). 18, 9세기 이야기꾼과 소설의 발달. 『고전문학을 찾아서』(서울 : 문학과지성사), pp. 310-332./심혜련(1992). 서정주 시의 화자 청자 연구. 이화여자대학교 석사학위 논문, 미간행. 참조.

4) 김준오(1990). 전달의 미학과 장시의 연희화. 『한국현대장르비평론』(서울 : 문학과지성사), p. 192.

1. 구비전승의 설화공간을 재구연하는 방법

미당의 많은 시들은 민중의 입에서 입으로 전해지던 설화 속에서 그 소재를 찾고 있으며 그 설화를 주관적으로 심화시키고 재구성하는 데서 시창작의 가능성을 찾고 있다. 여기에는 시인만의 창조적 언어와 발성법이 십분 발휘되고 있다. 다음의 시를 보자.

세 마지기 논배미가 반달만큼 남았네.
네가 무슨 반달이냐, 초생달이 반달이지.

農夫歌 속의 이 귀절을 보면, 모 심다가 남은 논을 하늘에 뜬 반달에다가 비유했다가 냉큼 그것을 취소하고 아무래도 진짜 초생달만큼이야 할소냐는 느낌으로 고쳐 가지는 農夫들의 약간 겸손하는 듯한 마음의 모양이 눈에 선히 드러나 보인다.
그러나,

이 논배미 다 심고서 걸궁배미로 넘어가세.
하는 데에 오면

네가 무슨 걸궁이냐, 巫堂音樂이 걸궁이지.

하고 고치는 귀절은 전연 보이지 않는 걸 보면 이 걸궁배미라는 논배미만큼은 하나 에누리할 것도 없는 文字 그대로의 巫堂의 聲樂이요, 器樂이요, 또 그 倂唱인 것이다. 그 질척질척한 검은 흙은 물론, 거기 주어진 汚物의 거름, 거기 숨어 農夫의 다리의 피를 빠는 찰거머리까지 두루 합쳐서 송두리채 신나디 신난 巫堂의 音樂일 따름인 것이다.

그리고, 걸궁에는 중들이 하는 걸궁도 있는 것이고, 중의 걸궁이란 결국 부처님의 고오고오 音樂, 부처님의 고오고오 춤 바로 그런 것이 니까, 이런 쪽에서 이걸 느껴 보자면, 야! 참 이것 상당타.

서정주, <걸궁배미> 전문

1·3·4연에 직접 인용된 <농부가>의 구절과, 간접화된 '농부가 속의 이 귀절을 보면'과 같은 구절 등을 통해서 패러디 텍스트임을 전경화시키고 있다. 인용된 <농부가> 사이로는 그 노랫말에 대한 시인의 논평이 삽입되고 있다. 패러디스트는 스스로가 창작자이기 에 앞서 전문적인 독자임을 숨기지 않는다라는 사실을 환기하지 않 더라도, 이 시는 패러디의 비평적 기능을 단적을 보여주고 있으며 그 기능을 창작의 전략으로 삼고 있다. 이와 같은 사실은 '~ 귀절을 보면 ~이 드러나 보인다. ~하는 데에 오면, ~은 ~인 것이다. 그 ~은 ~일 따름인 것이다. 그리고, ~에는 ~도 있는 것이고, ~이란 ~바로 그런 것이니까'와 같은 구연의 통사구조를 통해서 단적으로 드러난다. 뿐만 아니라 대상과의 거리를 밀착시켜주는 '의 귀절' '그 것을' '의 걸궁배미' '그 병창' '그 질척질척한' '그런 것이니까' '거기 숨어' '이런 쪽에서 이걸 느껴보자면, 야! 참 이것 상당타'와 같은 잦 은 지시어 사용은 원텍스트의 상황을 지금·여기로 끌어내는 역할 을 담당한다. 이는 독자를 구연의 상황으로 끌어들이려는 구연 화자 의 어법적 특징이기도 하다. 냉큼·아무래도·진짜·선히·전연· 또·두루·송두리채·바로·참 등과 같은 구어적 부사나, '초생달만 큼이야 할소냐는' '논배미만큼은 하나 에누리할 것도 없는' '신나디 신난' '걸궁도 있는 것이고, (중략) 바로 그런 것이니까'와 같은 구어 적 호응구는 물론, '그러나' '그리고'와 같은 접속사의 적절한 활용도 구연 어법의 한 특징을 이룬다.

인용시의 원텍스트가 되고 있는 <농부가> 중 일부를 보자.

① 세마지기 논배미가 반달만치 남었네
   네가 무슨 반달이냐 초생달이 반달이지　　(임동권 1-86번)

② 여보아라농부들 말들어보게
   이논뺌이 얼른매고 장구배미루 넘어가세　(임동권 1-112번)

이앙가(移秧謠)에 속하는 위의 구절들은 우리 민요에서 흔한 노래말이다. 패러디 텍스트의 도입부는 ①에 대한 일차적 감상과 비평이 비유적 차원에서 이루어진다. 원텍스트의 창작 주체였던 농부들은 비유 차원에서 '논배미'와 '반달'을 일치시켰다가, 현실 차원에서 다시 땅과 하늘, 인간과 자연의 질서를 분리해 '초생달'이 '반달'이라고 수정한다. 세마지기의 논을 반달만한 크기에 비유하는 농부의 내면에는 논을 반달처럼 예쁘게 바라보는 마음과 또 모를 심어야 할 논의 넓이가 반달만하게 조금 남았다고 위로하려는 마음이 혼재하고 있다. 그러나 논배미가 초생달이 아니라고 부정하는 농부의 내면에는 논과 모심기에 대한 현실적 인식이 깔려 있는 것으로 보인다. 미당이 본 '농부들의 약간 겸손하는 듯한 마음'이란, 이처럼 하늘과 땅의 질서를 일치시킨 비유적 인식에서 다시 현실적 차원으로 귀환하고 있는 농부의 태도를 암시한다.

인용시에서 3연의 첫행은 <농부가>의 다음 구절인데 ②와 유사하다. 모를 심어야 하는 노동현장으로서의 논배미는 여기서 다시 '걸궁배미'⁵⁾로 전환된다. 1연에서 '논배미가 반달'이라는 비유 차원

---

5) 걸궁이란 무당이 굿할 때 모시는 귀신을 위하여 혹은 동네의 경비를 마련하기 위하여 무리를 지어 집집마다 돌아다니며 풍악을 울리고 錢穀을 얻는 일(또는

이 '초생달이 반달'이라는 현실 차원으로 전환했듯, 시인은 4연에서도, '걸궁배미로 넘어간다'라는 비유적 차원은 다시 현실적 차원에서 '무당음악이 걸궁이지'라고 맺어져야 할 것이라고 기대한다. '걸궁'의 '하나 에누리할 것도 없는 문자 그대로의' 현실적 의미가 바로 '무당의 성악이요, 기악이요, 또 그 병창'이기 때문이다. 그러나 실제의 농부가는 그렇지 않다. 그 이유를 시인은 농부들이 이 '걸궁배미'를 처음부터 비유의 차원이 아닌 현실의 차원으로 받아들였기 때문이라고 인식한다. 실제로도 원텍스트로 제시한 ②의 '장구배미'가 장구 형상의 논을 의미한다는 사실에 비춰볼 때, 이 '걸궁배미'는 파종이나 추수때 휴식과 오락을 위한 한바탕의 농악놀이가 행해지던 논을 지칭하는 것으로 보인다. 여기까지가 <농부가>에 대한 미당의 일차적 비평에 해당한다.

마지막 행에서는 보다 적극적으로 이 '걸궁배미'가 현실적 차원에서 어떻게 받아들여졌던가에 대한 시인의 주관적 재해석이 첨가되고 있다. 무당이나 중들은 인간(땅)과 神(하늘)을 연결시켜주는 현실적 매개자다. 미당은 신을 위한 음악인 걸궁과, '질척질척한 검은 흙' '오물의 거름' '찰거머리'로 환기되는 인간의 노동현장으로서의 논배미가 결합된 단어가 바로 걸궁배미라고 읽어낸다. '농부'를 신과 교통하는 무당이나 중으로, '농부의 노동'을 신과 교통하려는 무당이나 중들의 걸궁으로 읽어내고 있는 것이다. 뿐만 아니라 그 걸궁을 '부처님의 고오고오 음악, 부처님의 고오고오 춤'이라고 해석함으로써, 깨달음과 구원의 상징인 '부처님'과 세속적이고 경박한 춤

그 일행)이나, 중들이 무리를 지어 집집을 돌아다니며 복을 빌기 위하여 꽹과리를 치고 염불을 외며 전곡을 구걸하는 일(또는 그 일행)을 지칭하는 '걸립의 굿 혹은 걸굿'에서 유래한 단어다. 배미란 논배미의 준말이다. 따라서 '걸궁배미'란 논일을 하는 사이사이에 피로를 잊고 흥을 돋구기 위해 농악놀이가 벌어지던 논을 의미하는 것으로 보인다.

'고오고오'를 결합시킨다. 신을 인간의 차원으로 격하시키거나 혹은 인간을 신의 차원으로 격상시킴으로써 발생하는 미당의 해학과 유머가 돋보이는 부분이다.

결국 미당은 원텍스트의 '걸궁배미'란 단어를 통해 <농부가>에 내재된 '신나디 신난' 신명(神明)과 흥을 부각시키고, 그 신명과 흥을 통해 현실의 노동을 초극하려는 민중들의 삶을 향한 태도를 새롭게 형상화하고 있다. '신(神)난다'라는 시어 자체가 이미 인간의 차원과 신의 차원이 따로 구별되지 않는 카니발적 세계관을 내포하고 있다. 설화적 공간이 미당의 관심을 끌었던 이유는 바로 거기에는 '야! 참 이것 상당타'라고 표현되는 이러한 전도된 미의식이 내재되어 있기 때문이다.

<걸궁배미>가 민요의 설화적 공간을 구연하고 있다면 다음의 시는, '질마재'라는 유년의 구비전승 공간에서 원텍스트를 차용하고 있다.

<눈들 영감 명태 자시듯>이란 말이 또 질마재 마을에 있는데요. 참, 용해요. 그 딴딴히 마른 뼈다귀가 억센 명태를 어떻게 그렇게는 머리끝에서 꼬리끝까지 쬐끔도 안 남기고 목구멍 속으로 모조리 다 우물거려 넘기시는지, 우아랫니 하나도 없는 여든 살짜리 늙은 할아버지가 정말 참 용해요. 하루 몇십 리씩의 지게 소금장수인 이 집 손자가 꿈속의 어쩌다가의 떡처럼 한 마리씩 사다 주는 거니까 맛도 무척 좋을 테지만 그 사나운 뼈다귀들을 다 어떻게 속에다 따 담는지 그건 용해요.

이것도 아마 이 하늘 밑에서는 거의 없는 일일 테니 불가불 할수없이 神話의 일종이겠읍죠? 그래서 그런지 아닌게아니라 이 영감의 머리에는 꼭 귀신의 것 같은 낡고 낡은 탕건이 하나 얹히어 있었읍니다. 똥구녘께는 얼마나 많이 말라 째져 있었는지, 들여다보질 못해서

거까지는 모르지만…….

　　　　　서정주, <눈들 영감의 마른 명태> 전문

　어떤 점에서 패러디 텍스트가 될 수 있고 또 어떤 점에서 비판적 패러디 유형에 속할 수 있는가라는 의문을 불러일으키게 하는 작품이다. 미당이 '질마재'의 구비설화를 소재로 일련의 시들을 창작한 바 있다는 사실을 알고 있는 독자라면, 이 같은 맥락에서 원텍스트를 짐작할 수 있을 것이다. 그러나 이 시가 패러디가 될 수 있는 보다 직접적인 이유는 '<눈들 영감 명태 자시듯>이란 말이 또 질마재 마을에 있는데요'라는 구절 때문이다. 이 구절에 따르면 인용시는 '눈들 영감 명태 자시듯'이라는 구비적 관용구를 원텍스트로, 그 말이 생겨났던 배경을 재구연한 작품이 된다. 관용구란 원래 최초의 배경 설화를 가지만 그 관용구가 관습적으로 사용될수록 설화적 요소는 축소되고 점차 속담의 차원으로 고정되거나 완전히 소멸해 버린다. 이러한 관용구의 운명에 비추어볼 때, 인용시의 어디까지가 원텍스트의 상황이고 어디까지가 시인의 창작에 의한 것인지는 분명치 않다. 구연된 내용이 질마재에 떠돌던 구비설화 그대로의 것이라면 이 시는 전통장르의 모방적 패러디가 될 확률이 높다. 반면 원텍스트는 관용구뿐이고 그 나머지의 구연 내용이 시인의 창작이라면 원텍스트에 대한 창조적 재해석의 정도가 심한 비판적 패러디 유형이 될 것이다. 그러나 이 시가 비판적 패러디 유형에 속할 수 있는 보다 중요한 근거는 과장·왜곡·능청을 특징으로 하는 화자의 구연 방식에 있다.

　이 구연 방식의 첫번째 특징은 관용구를 비롯한 다듬지 않은 구어와 비속어의 익살스런 활용에 있다. 인용시의 도입 문장에서 주목해야 할 부분은 '눈들 영감'이라는 고유명사이다. 문학에 있어서 이름(별명)은 그것의 구조적 특성과 비유적 기능으로 인해 문체나 화법에 중요한 역할을 한다. '눈들'은, '눈(雪)이 많이 오는 들판'이라는 지명적 특성이나 '눈(眼)이 들리다'라는 인물의 생김새에서 비롯된 듯하다. 그 이름은 신비스러움과 해학스러움을 동시에 유발한다. 우리말의 구어와 토속어가 지닌 현대시적 가능성의 한 정점을 보여주는 단적인 예이다.

구어와 토속어에 대한 시인의 천착은 '그 <u>딴딴히 마른 뼈다귀가 억센</u> 명태를 <u>어떻게 그렇게는</u>'과 '<u>똥구녕께는 얼마나 많이 말라 쨰져</u> 있었는지'에서처럼, 비속어를 끌어들이고 형용사와 부사를 비문법적으로 중첩시키는 데서도 살펴볼 수 있다. '하루 몇십 리씩<u>의</u> 지게 소금장수'나 '어쩌다가<u>의</u> 떡'과 같은 '의'에 의한 독특한 조어법으로 해학적 웃음을 유발하고 있는 곳도 마찬가지다. 또한 '<u>다</u> 어떻게 속에<u>다</u> 따 담는지'와 같이 부사와 조사의 적극적 활용, '불가불 할수없이' '그래서 그런지 아닌게아니라'와 같은 의도적인 반복, 또·참·정말·다·꼭 등의 구어적 부사의 빈번한 사용 등도 빼놓을 수 없다. 또 다른 측면에서 ㄸ, ㅃ, ㄲ, ㅉ, ㅆ와 같은 경음의 잦은 사용은 구연의 생생한 전달뿐만 아니라 딴딴히 마른 명태와 또 그렇게 마르고 늙었을 눈들 영감에 대한 음상적·의미적 형상화에 기여한다. 이 시에서도 역시 이·그·저·거 등의 지시대명사는 구연의 효과를 배가시키고 있다. 이러한 구어체와 토속어의 적극적 활용은 바로 그의 패러디 시가 구비전승적 설화를 원텍스트로 차용하고 있는 데서 비롯되고 있는데, 규범적인 문어체를 거부함으로써 주변부에 의한 중심부의 파괴라는 패러디 전략과도 맞닿아 있다.

원텍스트를 비트는 데 결정적인 역할을 하는 구연 방식의 두번째 특징은 원텍스트에 대한 주관적 해석과 독자를 향한 말건넴 형식에서 찾아볼 수 있다. 인용시에서 화자는 원텍스트의 '눈들 영감'과 일정한 거리를 유지하며 그에 대해 설명하고 있다. 간간이 삽입된 '참, 용해요' '정말 참 용해요' '그건 용해요'와 같은 감탄사나, '이것도 아마 이 하늘 밑에서는 거의 없는 일일 테니 불가불 할수없이 신화의 일종이겠읍죠?'와 같은 설의적 문장은, 시인이 원텍스트의 주인공에 대해 일정 거리를 유지하고 있지만 그 거리가 객관적인 것이 아니라 시인의 주관적 의도와 해석에 의한 것이라는 사실을 보여준다. 또한 이와 같은 구절은 독자가 실제로 화자 앞에 있는 것처럼 독자를 향한 '직접적인 말건넴의 형식'을 띠고 있다. 시인이 나타내고자 하는 의미를 독자에게 명확하게 전달하기 위한 강조의 수단으로 독자와의 물리적 거리감을 줄이고 나아가 그 독자로 하여금 자신의 견해에 동조하게끔 유도하는 의도적 어법인 셈이다. 이러한 어법은 패러디스트의 의도를 보다 분명히 드러낼 수 있으며 나아가 패러디스트의 의도대로 독자의 기대와 방향을 조정할 수 있다는 장점이 있다.

세번째 특징은 원텍스트에 대해 회의하면서 긍정하는 이중의 목소리에서 찾을 수 있다. 그 이중의 목소리는 '스스로 묻고 스스로 대답하는' 형식으로 이루어진다. '어떻게 그렇게는 머리끝에서 꼬리끝까지 쬐끔도 안 남기고 목구멍 속으로 모조리 다 우물거려 넘기시는지'라는 물음에 대한 답은 '꿈속의 어쩌다가의 떡처럼 한 마리씩 사다 주는 거니까 맛도 무척 좋을 테'니까이다. 그러나 이러한 상식적인 대답으로서는 도저히 이해할 수 없다는 듯, '그 사나운 뼈다귀들을 다 어떻게 속에다 따 담는지'라고 화자는 또 다시 묻는다. 이 두번째 물음에 대한 답은 '이 하늘 밑에서는 거의 없는 일일 테니 불가불 할수없이 신화의 일종이겠읍죠?'라는 설의적 구절에 있다. 식탐이 많다고밖에 할 수 없는 여든 살의 늙은이를 신으로 격상시킴으로써 의문을 해결하고 있는 것이다. 더욱이 이렇게 대답하고난 화자는 너스레를 떨며 '아닌게아니라 이 영감의 머리에는 꼭 귀신의 것 같은 낡고 낡은 탕건이 하나 얹히어 있었'다고 나름대로 그 타당성을 입증해보려 엉뚱한 증거를 들이댄다. 그리곤 다시 '똥구녁께는 얼마나 많이 말라 째져 있었는지, 들여다보질 못해서 거까지는 모르지만⋯⋯'이라고 의심쩍어하면서 신격화한 늙은 영감을 다시 격하시켜버린다.

이렇듯 상식적인 차원에서의 질문이 엉뚱한 혹은 능청스런 대답으로 꼬리를 물고갈 수 있는 것은 화자의 시점을 제한적으로 설정하고 있는 데다가 극히 주관화시켜 놓았기 때문이다. 그 결과 재미있는 오해들이 생겨난다. 화자는 원텍스트의 주인공 행위에 대해 과장하여 감탄하고, 도대체 이해할 수 없다는 듯 묻고 다시 엉뚱하게 설명한다. 즉 화자는 너스레·능청·위장·감춤과, 우연한 또는 고의적인 혼란에서 비롯되는 극적 장치를 폭넓게 이용하여 독특한 설화적 어법을 창조해내고 있다. 그 과정에서 패러디 텍스트는 희극성을 획득한다.

원텍스트에 대한 이러한 회의와 부정은 구연 방식의 네번째 특징인 격상과 격하의 원리를 자유자재로 구사함으로써 발생하는 패러디적 전도와 일치한다. '신화'와 '똥꾸녁께'로 대표되는 전혀 다른 두 차원을 화자는 수시로 넘나든다. 미당은 비속하고 사소한 부분을 과장하여 신화로 찬양하는가 하면 반대로 신화를 남용하여 희롱함으로써, 그 두 세계간의 경계를 무너뜨린다. 이러한 넘나듦은 인간/신, 육체적 하향성/정신적 상향성, 상식/비상식들이 서로 전도되는 물음과 대답 사이의 유머러스한 오해의 근원이 된다. 뿐만 아니라 인간의 모든 삶을 인간적인 차원 혹은 상식적인 차원에서만 이해하려는 현실에 대한 풍자적 조롱과 비웃음의 근원이 되는 셈이다.

화자의 이중 목소리와 맞물리고 있는 패러디적 전도를 정리해보면 다음과 같다.

<원텍스트에 대한 의문>		<패러디스트의 대답>
① 어떻게 그렇게 머리끝에서 꼬리끝까지 쬐끔도 안 남기고 다 우물거려 넘기시는지	⇒ (일상)	①′꿈 속의 어쩌다가의 떡처럼 한 마리씩 사다 주는 거니까 맛도 무척 좋을 테니까
↓(의문강화)		↓(타당성 강화)
② 그 사나운 뼈다귀들을 다 어떻게 속에 다 따 담는지	(격상) ⇒	②′이 하늘 밑에서는 거의 없는 일일 테니 불가불 할수없이 신화의 일종이겠읍죠?
↓(타당성 회의)		↓(타당성의 근거 제시)
③′똥구녘께는 얼마나 많이 말라 째져 있었는지 들여다보질 못해서 거까지는 모르지만	(격하) ⇐	③이 영감의 머리에는 꼭 귀신의 것 같은 낡고 낡은 탕건이 하나 얹히어 있었다
[현실적 차원]		[신화적 차원]

스스로 묻고 답하는 위와 같은 화자의 이중 목소리는, 현실적 차원과 신화적 차원을 바쁘게 오가는 화자의 이중적 시선을 드러내주면서 텍스트를 대하는 독자마저도 이중시선으로 분열시키는 효과를 유도한다. 일상적 삶의 배후에는 언제나 보편적인 특성에 맞닿아 있는 전지전능성·영원성·불가해성이 내재되어 있고, 그러한 신화의 본질적 특성 속에서 일상적이고 역사적인 긴장은 해소될 수 있다는 시인의 세계관을 반영하고 있는 셈이다. 이러한 창작 태도는 이미 주변화되어버린 한 시대의 민중 언어를 부활시키거나 재생시켜 중심부로 끌어내도록 하는, 쉬클로프스키나 바흐친의 패러디 이론과 일치하는 것이다.

2. 문헌설화의 공간을 재구연하는 방법

미당이 즐겨 모방인용하는 문헌설화는 『삼국유사』이다. 운문의 삽입가요와 산문의 기술물로 이루어진 『삼국유사』는 잘 알려진 바와 같이 역사서지만 신화적·설화적인 특성이 강하다.[6] 이는 역사와 신이(神異)를 모두 포괄하는, 즉 '역사를 설화화'하려는 선자(選者) 일연의 역사관과 기술 의도[7]에서 비롯되는 특징이다. 미당의 『신라 초(新羅抄)』 이후를 관통하는 시창작의 원동력은 바로 역사 및 현실을 설화화하는 기술 태도였다. 일체의 '개인적이고 시대적인 것'에서 떠나, 시인 자신이 설화 혹은 신화로 규정하는 신라적 '영원주의'와 '자연인'으로의 전환[8]이 바로 그것이다. 그가 이렇듯 의식적으로든 무의식적으로든 고전에서 시적 소재를 찾았던 이유는 4·19, 5·16, 유신으로 이어지는 시대 분위기 속에서 민중적 상상력의 세계를 구축하고자 함이며, 또 다른 이유는 첨예한 당대 현실로부터 한발짝 물러선 우회적 대응에 용이했기 때문인 것으로 판단된다.

먼저, 『삼국유사』의 삽입가요와 기술물을 동시에 차용하고 있는

---

6) 『삼국유사』가 문학서냐 역사서냐, 설화를 역사화한 것이냐 역사를 설화화한 것이냐 하는 문제를 중심으로 한 그 성격 규명은 명확하게 드러나고 있지 않다. 이에 대해 조동일은 "사실과 설화는 엄격하게 구별하기 어렵다. 사실을 서술하기 위해 설화를 이용하기 때문이다. 설화는 지어낸 이야기지만 삶의 실제적인 내용 또는 사상적 진실성을 비유적으로 설명하거나 상징적인 방법으로 표현하면서 흥미를 끈다. 『삼국유사』는 신이한 것을 존중하는 관점에서 편찬한 문화사여서 전편이 설화집이라 해도 지나친 말이 아니다"라고 지적하고 있다. 조동일(1982). 『한국문학통사 1』(서울 : 지식산업사), p. 176.

7) 「紀異」 제1를 보면, "三國之始祖 皆發乎神異 何足怪哉(삼국의 시조가 모두 신비스러운 데서 나왔다고 하는 것이 어찌 괴이할 것이 있으랴)"라고 밝히고 있는 것에서부터 알 수 있다. 一然. 『三國遺事』. 이민수(역)(서울 : 을유문화사, 1994), pp. 49-50.

8) 서정주(1977). 작품 속에 나타난 샤머니즘. 『문학사상』, 1977년 9월호. 참조.

경우를 보자. 이 경우는 삽입가요의 서정적 요소와 기술물의 서사적 요소를 모두 활용할 수 있어 패러디 텍스트의 서정성과 극적인 생생함에 기여하도록 한다. 여기에 미당의 독창적인 해석과 구연법이 가미되고 있어 패러디 동기도 분명하고 그 효과 또한 매우 크다.

「붉은 바위ㅅ가에
잡은 손의 암소 놓고,
나르아니 부끄리시면
꽃을 꺽어 드리리다」

이것은 어떤 신라의 늙은이가
젊은 여인네한테 건네인 수작이다.

「붉은 바위ㅅ가에
잡은 손의 암소 놓고,
나르아니 부끄리시면
꽃을 꺽어 드리리다」

햇빛이 포근한 날―그러니까 봄날,
진달래꽃 고운 낭떠러지 아래서
그의 암소를 데리고 서 있던 머리 흰 늙은이가
문득 그의 앞을 지나는 어떤 남의 안사람보고
한바탕 건네인 수작이다.

자기의 흰 수염도 나이도
다아 잊어버렸던 것일까?

물론
다아 잊어버렸었다.

남의 아내인 것도 무엇도
다아 잊어버렸던 것일까?

물론
다아 잊어버렸었다.

꽃이 꽃을 보고 웃듯이 하는
그런 마음씨 밖엔, 아무것도 가진 것이 없었었다.

                    *

騎馬의 남편과 同行者 틈에
여인네도 말을 타고 있었다.

「아이그마니나 꽃도 좋아라
그것 나 조끔만 가져 봤으면」

꽃에게론 듯 사람에게론 듯
또 공중에게론 듯

말 위에 갸우뚱 여인네의 하는 말을
남편은 숙맥인 양 듣기만 하고,
同行者들은 또 그냥 귓전으로 흘려 보내고,

오히려 남의 집 할아비가 지나다가 귀動鈴하고
도맡아서 건네는 수작이었다.

「붉은 바위ㅅ가에
잡은 손의 암소 놓고,
나르아니 부끄리시면
꽃을 꺾어 드리리다」

꽃은 벼랑 위에 있거늘,
그 높이마저 그만 잊어버렸던 것일까?
물론
여간한 높낮이도
다아 잊어버렸었다.
한없이
맑은
空氣가
요샛말로 하면—그 空氣가
그들의 입과 귀와 눈을 적시면서
그들의 말씀과 수작들을 적시면서
한없이 親한 것이 되어가는 것을
알고 또 느낄 수 있을 따름이었다.

서정주, <老人獻花歌> 전문

<노인헌화가>는 *를 중심으로 전반부와 후반부로 나뉜다. 전반부는 노옹의 내면을 중심으로 후반부는 노옹과 수로부인의 대화와 교감을 중심으로 전개된다. 또한 제목과 본문의 직접 인용을 통해

패러디 흔적을 남기고 있다. 전반부의 1·3연과 후반부의 5연에 세 번에 걸쳐 직접 인용되고 있는 구절이 바로『삼국유사』소재 삽입 가요 <헌화가>이다. 이 삽입가요의 창작 배경을 서술한『삼국유사』 소재 기술물은 미당의 해석과 사설을 대변하는 화자의 진술 속에 스며들어 있다. 요컨대 향가의 직접 인용과 화자의 해설로 이루어진 이 시의 서술구조는, 기술물과 삽입가요로 이루어져 있는『삼국유사』의 서술양식까지도 모방하고 있는 것이다. 원텍스트를 보자.

성덕왕 때에 순정공이 강릉태수로 부임하는 도중에 바닷가에서 점심을 먹었다. 곁에는 돌봉우리가 병풍과 같이 바다를 두르고 있어 그 높이가 천 길이나 되는데, 그 위에는 철쭉꽃이 만발하여 있다. 공의 부인 수로가 이것을 보더니 좌우 사람들에게 말한다. "꽃을 꺾어다가 내게 줄 사람은 없는가." 그러나, 종자들은 "거기는 사람이 갈 수 없는 곳입니다"하고 아무도 나서지 못한다. 이때 암소를 끌고 지나가던 늙은이 하나가 있었는데, 부인의 말을 듣고는 그 꽃을 꺾어 가사까지 지어서 바쳤다. 그러나, 이 늙은이가 어떠한 사람인지 알 수 없었다. (중략) 노인의 헌화가는 이러했다.

자줏빛 바위 가에 잡은 암소 놓게 하시고,
나를 부끄러워하지 않으신다면,
저 꽃 꺾어 바치오리다.

『三國遺事』卷二 "水路婦人"條 중[9]

---

9) (원문) 成德王代, 純貞公赴江陵太守(今溟州). 行次海汀晝饍. 傍有石峰. 如屛臨海. 高千丈. 上有擲躅花盛開. 公之夫人水路見之. 謂左右曰. 折花獻者其誰., 從者曰. 非人蹟所到. 皆辭不能. 傍有老翁牽牛 而過者. 聞夫人言. 折其花. 亦作歌辭獻之. 其翁不知何許人也 (中略) 老人獻花歌 曰. 紫布岩乎过 希執音 乎牛母牛放敎遺. 吾肹不喩慚肹伊賜等. 花肹折叱可獻乎理音如.『三國遺事』. 이민수(역), pp. 154-56.

신화는 그 민족의 민족성이나 생활감정을 반영한다. 위의 향가와 그 기술물에도 바로 신라인의 정신이 반영되어 있다. 계급과 도덕과 연령을 초월한 사랑의 힘은 곧 신라인들이 추구했던 자유로운 정신 그 자체이다. 미당에게 그와 같은 노옹의 사랑은 역사적인 사건이 아니라 하나의 신화로서 현존한다. 따라서 미당은 노옹과 정서적으로 교감하고 그의 갈등을 자기 체험화한다. 이런 측면에서 보자면 이 시는 원텍스트의 권위와 근거를 계승적으로 차용하는 모방적 패러디로 보아야 할 것이다. 그러나 어법의 독창성과 원텍스트를 격하의 원리로 다루고 있다는 데 이 시의 묘미와 패러디의 동기가 있다고 판단되므로 원텍스트에 대한 재해석의 정도가 심한 비판적 패러디 유형으로 보고자 한다.

미당의 <노인헌화가>에는 여러 층위의 목소리가 혼재한다. 첫번째 층위로는 원텍스트를 그대로 전달하는 객관화된 화자의 목소리와 그것을 해석하는 시인의 주관화된 화자의 목소리가 있다. 두번째 층위는 삽입가요(운문)와 화자의 목소리에 스며들어 있는 기술물(산문)이 공존한다. 세번째로는 실제 등장인물들의 목소리가 있는데, 이를테면 장면으로 처리된 노옹의 대사와 수로부인의 대사 부분이 여기에 해당한다. 네번째로는 주관화된 화자의 독백적 문답의 층위가 있다. 이처럼 여러 층위의 여러 목소리가 상호공존함으로써 비롯되는 인용시의 다성성은 원텍스트의 평면적인 서사구조를, 복합적이고 극적인 구조로 재창출해낸다. 이와 같은 전지전능한 구연의 화자야말로 그의 패러디 미학이기도 하다.

<눈들 영감 마른 명태 자시듯>에서처럼, 이 시에서도 주관화된 화자의 독백적 문답을 통해 원텍스트를 자유자재로 격상·격하시키고 있다.

<원텍스트에 대한 의문>   <패러디스트의 대답>

　　주관화된 화자의 목소리   주관화된 화자 및 노인의 목소리
　　　　　　　　　　　　　　(격상)
① 흰수염도 나이도 잊어버렸던 것일까?   ⇒   ①′ 물론/다아 잊어버렸었다.

　　↓(의문 강화)   (격상)   ↓(재확인)

② 남의 아내인 것도 무엇도 잊어버렸던   ⇒   ②′ 물론/다아 잊어버렸었다.
　　것일까?
　　　　　　　　　　　　　　　　　　　　　↓(부연)
　　↓(의문 강화)
　　　　　　　　　　　　　　　　②″ 꽃이 꽃을 보고 웃는/그런 마음씨
　　　　　　　　　　　　　　　　　　밖엔 가진 것이 없었었다

　　　　　　　　　　　　　　　　　　　　　↓(재확인)
　　　　　　　　　　　　(격상)
③ 벼랑의 높이마저 잊어버렸던 것일까? ⇒   ③′ 물론/여간한 높이도/다아 잊어버
　　　　　　　　　　　　　　　　　　　　렸었다

　　　　　　　　　　　　　　　　　　　　　↓(부연)

　　　　　　　　　　　　　　　　③″ 한없이 親한 것이 되어가는 것을
　　　　　　　　　　　　　　　　　　알고 또 느낄 수 있을 따름이었다.

　　　　[현실적 차원]   [신화적 차원]

　　시인의 목소리를 담고 있는 주관화된 화자는 현실적 차원에서 원
텍스트에 대해 의문을 제기한다. 이미 신격화된 원텍스트의 권위를
끌어내리고 있는 것이다. 그러나 그 의문에 대한 답은 노옹의 입장
에서, 그리고 그의 사랑을 인간적으로 이해하고 순수하게 승화시키
려는 화자의 의도 하에서 이뤄진다. 그렇기 때문에 대답하는 화자의
목소리에 노옹의 목소리가 겹치고 있다. 시인은 원텍스트를 세속적
차원으로 격하시켜 회의한 후 다시 노옹의 순수한 사랑의 입장에서
신격화된 차원으로 대답한다. 따라서 대답하는 과정에서 원텍스트
는 다시 격상된다.

원텍스트가 신이함을 배경으로 '꽃'에 대한 수로부인의 미의식과 '수로부인'에 대한 노옹의 미의식을 형상화하고 있다면, <노인헌화가>는 '수로부인'에 대한 노인의 직접적인 사랑에 초점을 맞추어 그들의 교감을 형상화하고 있다. 그 사랑을 해석해내는 관점은 세 번이나 반복되고 있는 '수작'(전반부 2·4연, 후반부 4연)이라는 중심 시어에서 찾아볼 수 있다. 신격화되어 있는 원텍스트의 '노옹'은 '신라의 늙은이' '머리 흰 늙은이' '남의 집 할아비'로 강등되고 '수로부인' 역시 '젊은 여인네' '남의 안사람'으로 일상화된다. '자기의 흰 수염도 나이도' '남의 아내인 것도 무엇도' '벼랑의 높이'도 '다아 잊어버린' 노인은 주책스런 늙은이처럼 묘사되고 있는 것이다. 또한 '꽃을 꺾어다가 내게 줄 사람은 없는가(折花獻者其誰)'라고 근엄하게 명령하는 원텍스트의 수로부인은, '아이그마니나 꽃도 좋아라/그것나 조끔만 가져 봤으면'이라고 말하는 가볍고 호들갑스러운 여성으로 변화되어 있다. 그러므로 당연히 꽃을 주고 받는 그들의 행위도 '수작'으로 세속화될 수밖에 없다. 신적인 차원의 원텍스트를 인간적 차원으로 격하시키는 그 과정에서 유머가 발생하는 것이다. 유머를 불러일으키는 원텍스트와의 주요한 불일치는 다음과 같다.

<삼국유사>		<노인헌화가>
꽃과 노래	→	수작 / 한바탕 건네인 수작 / 도맡아서 건네인 수작
노옹	→	늙은이 / 머리 흰 늙은이 / 남의 집 할아비
수로부인	→	젊은 여인네 / 남의 안사람 / 남의 아내
; 신이함·미의식을 강조	→	희극적이되 지고지순한 남녀의 애정을 강조
(일연의 서술 동기)		(미당의 패러디 동기)

일상적 차원에서 이처럼 웃음의 대상이었던 그들의 사랑은, 그러

나 마지막 연에 오면 이상(理想)의 대상이 된다. '한없이/맑은' 공기나 '한없이 친한' 등의 구절에서처럼 긍정적 형용사로 수식함으로써, 그리고 '말씀과 수작'이라는 시어에서처럼 그 두 단어를 동일화함으로써 시인은 그들의 사랑을 이상화시킨다. 즉 자신의 나이도, 신분도, 현실적 조건도, 위험도 모두 잊어버린 노인의 순수한 사랑은, 속화된 오늘날의 사랑과 대비를 이룬다. 즉 미당은 그가 찾고자 하는 영원한 '사랑' 혹은 '남성상'을 간접적으로 제시하고 있을 뿐만 아니라, 나아가 시인이 몸담고 있는 현실의 윤리·도덕·관습을 간접 비판하고 있다. 과거를 희극적으로 재해석하면서 현실을 간접적으로 비판하고자 하는 것이 바로 향가 <헌화가>를 재기능화시킨 미당의 패러디 목적이자 의도인 셈이다. 이는 현대 시인들이 신화를 패러디하여 당면의 문제들을 해결코자 하는 근본적인 의도이기도 하다. 여기서 패러디는 알레고리와 겹친다. 시인은 <헌화가> 자체를 신화적 알레고리로 파악하고 있으며 이를 재구연함으로써 또 다른 알레고리를 만들어내고 있는 것이다. 따라서 인용시는 꾸밈없는 인간 본성의 발로를 방해하는 요인들을 비판하면서 자유로운 자아실현, 사랑의 용기있는 선택과 자유를 강조하는 로맨스 형식의 우화시가 되는 셈이다.

다음 시 <풍편의 소식>은 『삼국유사』의 기술물만을 원텍스트로 하고 있다.

옛날 옛적에도 사람들의 마음은 千差萬別이어서, 그 사람 사이 제情으로 言約하고 다니며 사람 노릇하기란 참으로 따분한 일이라, 그 어디만큼서 그만 작파해 버리고 깊은 山으로 들어와 버린 두 사내가 있었읍니다. 한 사내의 이름은 <機會 보아서>고 또 한 사내의 이름은 <道通이나 해서>였읍니다. <機會 보아서>는 山의 南쪽 모롱에

草幕을 치고 살고, <道通이나 해서>는 山의 북쪽 洞窟 속에 자리잡아 지내면서, 가끔 어쩌다가 한 번씩 서로 찾아 만났는데, 그 만나는 약속 시간을 정하는 일까지도 그들은 이미 그들 本位로 하는 것은 깡그리 작파해 버리고, 수풀에 부는 바람이 그걸 정하게 맡겨 버렸읍니다.

「아주 썩 좋은 南風이 불어서 山골짜기의 나뭇잎들을 북쪽으로 멋드러지게 굽히며 살랑거리거던 그건 또 내가 자네를 만나고 싶어 가는 信號니, 여보게 <道通이나 해서!> 그때는 자네가 그 어디쯤 마중 나와 서 있어도 좋으이.」 이것은 <機會 보아서>의 말이었읍니다.

그런데 그 <機會 보아서>와 <道通이나 해서>가 그렇게 해 빙글거리며 웃고 살던 때가 그 어느 때라고, 시방도 질마재 마을에 가면, 그 오랜 옛 습관은 꼬리롤망정 아직도 쬐그만큼 남아 있기는 남아 있읍니다.

오래 이슥하게 소식 없던 벗이 이 마을의 친구를 찾아들 때면 「거 자네 어딜 쏘다니다가 인제사 오나? 그렇지만 風便으론 소식 다 들었네.」 이 마을의 친구는 이렇게 말하는데, 물론 이건 쬐끔인 대로 저 옛것의 꼬리이기사 꼬리입지요.

서정주, <風便의 소식> 전문

이렇다 할 연갈이나 행갈이도 없는 장황한 대사와 설명적 묘사, 서사구조가 근간을 이루는 시형식은 기존의 규범화된 서정시로부터 일탈하고자 하는 시인의 의도를 강하게 드러낸다. 이러한 특징은 『삼국유사』의 기술물이 산문으로 이루어져 있고 그 기술물을 모방 인용한 결과이기도 하다. 그러나 이 시에서 원텍스트의 전경화 장치는 미약하다. 제목에서 원텍스트의 흔적을 알 수 있는 것도 아니고, 직접 인용한 구절도 없다. 굳이 찾아보자면 서두의 '옛날 옛적에도

~ 두 사내가 있었읍니다'나 마지막 부분의 '시방도 질마재 마을에
가면 ~ 남아 있읍니다'에서 보이는 설화적 관용구 정도이다. 이 구
절만으로 원텍스트를 추적해 패러디임을 주장하자면, 이 시는 <눈
들 영감의 마른 명태>와 같은 구비설화를 원텍스트로 한 경우에 해
당할 것이다. 그러나 좀더 전문적인 독자라면 이 시의 기본 서사와
따옴표로 묶인 주인공의 이름에서 원텍스트를 알 수도 있다.

　인용시의 원텍스트는 『삼국유사』 소재, '포산이성(包山二聖)' 설
화다. 그 기본 내용은 시에 제시되고 있는 바와 같이, 관기(觀機)와
도성(道成)이라는 두 스님이 각각 산의 북쪽과 남쪽에 거처를 정하
고, 바람을 서로 보고 싶어하는 신호로 삼아 찾아가 만나곤 했다는
이야기이다. 이 시는 독자가 '포산이성'의 설화를 모르고 있다면 패
러디임을 인지하기 어려울 수 있다.

　　신라 때 관기(觀機)와 도성(道成)이란 두 성사(聖師)가 있었는데
어떤 사람인지 알 수는 없다. 둘이 함께 포산에 숨어 살았는데, 관기
는 남쪽 고개에 암자를 지었고, 도성은 북쪽 굴에 살았다. 서로 10여
리쯤 떨어졌으나, 구름을 헤치고 달을 노래하며 항상 서로 왕래하였
다. 관기가 도성을 부르고자 하면 산속의 수목이 모두 남쪽을 향해서
굽혀 서로 영접하는 것같으므로 관기는 이것을 보고 도성에게로 갔
다. 또 관기가 도성을 맞이하고자 하면 역시 이와 반대로 나무가 모
두 북쪽으로 구부러지므로 도성도 관기에게로 가게 되었다. 이와 같
이 하기를 여러 해를 지났다. 도성은 그가 살고 있는 뒷산 높은 바위
위에 늘 좌선하고 있었느데, 어느날 바위 사이로부터 몸을 빼쳐 나와
서는 온몸을 허공에 날리면서 떠나갔는데 간 곳을 알 수 없었다. 혹
수창군에 가서 죽었다는 말도 있다. 관기도 또한 뒤를 따라 세상을
떠났다.

　원텍스트에서 관기와 도성은 신적인 인물이다. 이와 같은 신화적 인물은 초인간적 모델이며 인간 구원을 위한 하나의 문학적 이념이다. 그러나 미당은 역사적·신화적으로 이념화된 그 권위에 대해 의문을 제기한다. 그 일차적 작업으로 미당은 텍스트 속의 인물 관기와 도성을, 그 한자의 뜻를 풀어서 '기회 보아서'와 '도통이나 해서'로 변형시킨다. 그렇다면 시인은 주인공의 이름에 패러디의 흔적을 남겨놓고 있다. 명명(命名)은, 독자가 등장인물이 속한 배경이나 그 인물의 성격 및 사회적 관계를 파악하는 데 영향을 미치며 그 인물에 대한 시인의 평가를 드러내준다. 뿐만 아니라 독자로 하여금 이름에 관심을 갖도록 유도하거나 특정한 반응을 불러일으키게 한다.

　앞에서 살펴본 '눈들 영감'이라는 이름은, 그 의미는 분명치 않으나 해학적이고 그로테스크한 이미지를 환기했다. 이 <풍편의 소식>에서도 '기회 보아서'나 '도통이나 해서'는 세속적이고 유머러스한 의미를 내포하고 있는데, 전자가 그때그때의 사정에 따라 부화뇌동하는 듯한 인상을 자아낸다면 후자는 '이나'라는 조사를 통해 대단치 않다는 의미뿐 아니라 빈정대는 듯한 느낌까지도 준다. 관기(觀機 ; 시기를 살피다)나 도성(道成 ; 사물의 깊은 도리에 통하다)과 같은 신적인 특성을 내포하고 있는 원텍스트의 이름과 비교해볼 때 엄청난 차이가 있다. 원텍스트의 신적인 차원을 격하시킴으로써 인간화시키려는, 그리하여 신적 차원과 인간적 차원의 경계를 무화시

10) (원문) 羅時有觀機, 道成二聖師. 不知何許人. 同隱包山, 機庵南嶺. 成處北穴. 相去十許里. 披雲嘯 月. 每相過從, 成欲致機. 則山中樹木皆向南而俯, 如相迎者. 機見之而往. 機欲成也. 則亦如之. 皆北至. 成乃之. 如是有年. 成於所居之後, 高嵓之上. 常宴坐. 一日嵓縫間 逐身而出. 全身騰空而逝. 莫知所至 或云. 至壽昌郡骸焉. 機亦繼踵歸眞.『三國遺事』. 이민수(역), pp. 485-87.

키려는 미당의 세계관을 볼 수 있다. 이렇듯 명명법은 원텍스트의
전경화 장치에 기여하는 동시에 패러디스트의 의도를 가장 쉽게 반
영할 수 있는 패러디적 장치이다. 물론 풍자적이고 해학적인 시적
형상의 중요한 수단이 되기도 한다.

　미당의 다른 패러디 시와 마찬가지로, 이 시에서도 원텍스트를 구
연해내는 이야기꾼으로서의 화자는 전지적 능력을 소유한다. 사건
의 안팎에서 이야기를 이끌어가며 그 이야기에 논평할 뿐만 아니라
등장인물의 역할까지도 담당하고 있기 때문이다. 원텍스트 안의 서
술자 시점에서 출발하여, 2행에서는 원텍스트 안의 작중인물 시점
으로, 3행에서는 원텍스트 밖의 서술자 시점으로, 그리고 4행에서는
원텍스트 밖의 인물 시점으로 변화한다. 결국 이야기를 설명·요
약 전달하기도 하고 독자에게 직접 말을 건네기도 하고 이야기꾼
으로서의 미당 자신의 해설이 개입되기도 하고 등장인물들의 목소
리를 내기도 한다. 이처럼 미당의 구연 화자는 자연스럽게 원텍스
트와의 대화성을 획득하도록 하며, 독자의 '흥미'를 쉽게 유발하고
독자를 이야기 속으로 끌어들일 수 있도록 한다. 특히 인용시 중간
부분에서 직접화법으로 처리되고 있는 '기회 보아서'와 '도통이나
해서'간의 대화에는 미당의 구수한 입담이 첨가되고 있다.

　이 시에서도 미당은 우리말의 관용구와 호응어구, 대화체, 구어와
방언을 부활시켜 새로운 생명력을 부여하고 있으며, 지시어와 부사
·조사를 적극 활용하여 생동감과 익살스러움을 연출하고 있다.
'<기회 보아서>는 산의 남쪽 모롱에 초막을 치고 살고, <도통이나
해서>는 산의 북쪽 동굴 속에 자리잡아 지내면서, 가끔 어쩌다가
한 번씩 서로 찾아 만났는데, 그 만나는 약속 시간을 정하는 일까지
도 그들은 이미 그들 本位로 하는 것은 깡그리 작파해 버리고'에서
보이는 연결 접속어미의 잦은 사용도 구연의 특성을 돋보이게 한다.

이처럼 설화공간을 원텍스트로 하고 있는 미당의 패러디 시편들은 일차적으로 구연을 전제로 하는 설화적 어법을 특징으로 한다. 이 구연의 어법에서 화자의 위치 및 역할은 참으로 중요한데, 이야기꾼으로서의 화자에 의해 원텍스트와 비판적 거리가 유지되기 때문이다. <걸궁배미>에서 보여주었던 제한적인 논평자로서의 화자는 <풍편의 소식>의 전지전능한 화자와는 상당한 차이가 있는데, 이렇게 화자의 역할이 다양하다는 것은 곧 미당이 창작한 비판적 패러디 방법이 그만큼 다양하다는 것을 의미한다.[11] 또한 화자의 그와 같은 변모는 원텍스트를 전달하는 수동적 화자에서 점차 능동적이고 창조적인 화자로 변모해가는 과정을 한눈에 파악할 수 있도록 한다. 곧 원텍스트에 대한 비평적 독자에서 재창조자로 변해가는 패러디스트의 변모과정을 보여준다 하겠다.

그런데 특기할 만한 사실은, 미당의 패러디 텍스트는 원텍스트에 대한 조롱이나 풍자의 태도가 두드러지지 않는다는 점이다. 단지 그 권위와 근거를 의도적으로 왜곡·변형시키거나 낯설게 치환시키면서 미당 특유의 구연의 어법을 재창조해내고 있다는 점에서 비판적 패러디 유형으로서의 면모를 가질 따름이다. 해학과 유머를 바탕으로 구어체와 토속어를 현대시의 중심부로 끌어들이고, 산문시의 형식과 어법을 새롭게 개발하고, 역설과 왜곡의 방법으로 활용함으로써 풍자와 유머를 유도하고, 나아가 현실에 대한 우회적 대응 방법

---

11) <걸궁배미> → <눈들 영감의 마른 명태> → <노인헌화가> → <풍편의 소식>으로 이어지는 화자의 특성은 다음과 같다.

	<걸궁배미>	<눈들 영감…>	<노인헌화가>	<풍편의 소식>
시점 :	객관적논평자	제한적서술자	제한적서술자+주인공	전지적서술자
화법 :	간접	간접	간접+직접	간접+직접
청자 :	청사배세	현상적청자	내재된청자	현상적청자
		(청자에게 말건넴)		(청자에게 말건넴)

을 모색하고자 했던 미당 시의 특징들이 바로 패러디에 의해 획득
되고 있는 것이다.

풍자적 패러디의 장르 실험

한국 현대시에서 전통장르가 가진 그 권위와 규범 자체를 부정하는 혼성모방적 패러디를 찾기란 쉽지 않다. 그럼에도 전통장르가 지니는 권위와 규범을 재생산하고 그 복제물의 조합에 의해 새로운 시장르를 시도하고 있다는 점에서 김지하의 '담시(譚詩)'와 '대설(大說)'을 중심으로 전통장르에 대한 혼성모방적 패러디의 일단을 짚어보고자 한다.

김지하는 서정민요, 노동요, 서사민요, 판소리, 탈춤 등을 새로운 풍자시의 보고[1]로 파악한 바 있는데, 그는 이러한 우리 고유의 풍자 언어들을 한 데 패러디하여 새로운 풍자시 양식들을 만들어낸다. 그 양식들은 아직 미완인 채 남아있기는 하지만 현대시의 새로운 장르적 시도라는 의의를 갖는다. 그가 이렇게 새로운 시양식 창조에 골몰했던 까닭은, 첫째 기존의 시로는 당시의 현실에 대응할 수 없다는 서정시의 장르적 한계에 대한 자각에서 비롯된 것이고, 둘째로는

---

1) 김지하(1970). 풍자냐 자살이냐. 『민중의 노래, 민족의 노래』(서울 : 동광출판사, 1984), pp. 188-89.

민중지향적인 전통구비장르를 계승·발전시켜 민중의 이데올로기를 구현해내는 동시에, 셋째로는 당시의 정치 현실에 대한 전면적인 풍자를 효과적으로 수행할 수 있는 전략적 시형식을 발굴하려는 의도에서 연유한다. 패러디가 사회적 악의 교정·개선이라는 풍자의 목적에 기여하게 될 때 그것은 문학외적 문맥에서 그 기능을 발휘할 수밖에 없고 결과적으로 이데올로기적 기능을 담당하게 된다. 이와 같은 패러디의 풍자적 특성은 패러디가 사회적 문맥과 연관되고 있음[2]을 공공연하게 드러낸다. 담시나 대설과 같은 패러디를 근간으로 한 새로운 풍자시 양식은 현실의 폭력에 효과적으로 대항하기 위한 패러디의 현실비판적 가능성, 즉 억압적인 현실을 겨냥한 예술적 무기로서의 패러디의 가능성을 시사하고 있는 것이다.

1. '담시'의 경우

김지하는 <오적(五賊)>을 발표할 당시 그 시를 일컬어 시인 스스로 '담시[3]'라고 명명한 바 있다. 세상에 떠도는 구비전승의 '이야기 구조'를 지칭하는 민담에서 '담(譚)'자를 차용하고, '노래'를 지향하는 씌어진 율문이라는 뜻에서 '시(詩)'를 결합한 명칭[4]이다. 온갖

---

2) Linda Hutcheon(1985), p. 178. 참조.
3) 『사상계』 1970년 5월호. 그러나 한국 현대시사에서 '담시'라는 명칭을 김지하가 처음 쓴 것은 아니다. 이 용어가 처음 등장하는 것은 김상훈의 시집 『가족』에서이다. 여기서의 담시 개념은 서사적 서정시쯤 되는 포괄적인 의미이다. (백우사, 1948. <小乙이> <북풍> <草原> <犬記>와 같은 작품). 김재홍(1988). 『현대시와 역사의식』(인천 : 인하대출판부), p. 30. 참조. 담시의 대표적 작품으로는 <오적>(70년 5월, 『사상계』), <앵적가>(72년 10월, 『다리』), <蜚語-소리내력>(72년 4월, 『창조』), <고관>(72년 4월, 『창조』), <육혈포숭배>(72년 4월, 『창조』), <오행>(74년 8월, 일본 『세계』), <분씨물어>(후에 <똥바다>로 개작. 74년 8월, 일본 『세계』), <김흔들 이야기>(86년 씀, 미발표), <고무장화>(86년 씀, 미발표) 등이 있다.

비어와 속어를 동원하여 독자를 향해 풍자적으로 '이야기'하고 있는 이 담시는 기존의 서정시에 익숙한 독자에게는 곤혹스러움을 안겨준다. 이 담시 형식은 논자들에 의해 판소리 자체 내지 단편 판소리로 이해되거나 판소리의 계승으로 간주되었다.[5] 그러나 판소리와 담시는 분명한 차이가 있으며, 또한 판소리의 특징을 계승한 모든 시들이 담시인 것은 아니다.[6] 일반 서정시에 비해 길이가 길고 장편 서사시에 비해서는 짧고, 극적 서사성이 있는 산문적 율문으로 이루어져 있으며, 판소리의 어법과 형상화 방법을 차용하고, 구체적인 현실반영적 요소 및 정치적 풍자성을 지니고 있다는 점에서 담시는 새로운 시양식으로 파악되어야 할 것이다.

대표적인 담시 <오적>을 중심으로 혼성모방적인 패러디의 양상을 살펴보자. 총 326행으로 이루어진 <오적>은 이렇게 시작한다.

<u>詩를 쓰되 좀스럽게 쓰지 말고 똑 이렇게 쓰랏다.</u>
내 어쩌다 붓끝이 험한 죄로 칠전에 끌려가

---

4) 최일남(1984). 『우리 시대의 말들』(서울 : 동아일보사), p. 193. 참조.
5) 임진택의 "이야기와 판소리"<『실천문학』 2호(서울 : 실천문학사, 1981)>가 전자의 대표적인 논문이라면, 염무웅의 "서사시의 가능성과 문제점"<『한국문학의 현단계 1』(서울 : 창작과비평사, 1982)>은 후자를 대표하는 논문이다.
6) 담시가 단편 판소리와 변별되는 점은, 판소리 사설과 비교할 수 없을 정도로 그 길이가 짧고, 행과 연갈이를 의식하여 씌여졌으며, 실제적인 가창법(창법과 아니리) 등을 명시하고 있지 않다는 점에서 찾을 수 있다. 또한 판소리를 계승한 여타의 다른 시들과의 차이는 긴 길이와 장황한 서술성, 표현의 직접성과 대담성에 있다. 뿐만 아니라 담시는 하위 시장르로서의 장편 서사시와도 구별된다. 판소리의 율격, 풍자적이고 해학적인 형상화 방법(반복·나열·과장 등), 판소리적 관용구 및 관용적 통사법, 전지전능한 화자의 기능 등은 일반화된 장편 서사시와 차이가 있다. 또한 논자에 따라서는 담시를 서구의 발라드ballard에서 연유한 것으로 보기도 하지만, 민족적·민중적·구비전통적인 것에서 새로운 시양식의 가능성을 찾고자 했던 김지하의 의도에 비추어볼 때 이는 자연스럽지 못하다.

볼기를 맞은지도 하도 오래라 삭신이 근질근질
방정맞은 조동아리 손목댕이 오물오물 수물수물
뭐든 자꾸 쓰고 싶어 견딜 수도 없으니, 에라 모르겠다
볼기가 확확 불이 나게 맞을 때는 맞더라도
<u>내 별별 이상한 도둑이야길 하나 쓰겠다.</u>(밑줄 필자)

<五賊> : 도입대목

　밑줄 친 대목이 <홍보젼>의 서두인 '북을치되잡스러이치지말고
쪽이러케치랏다'와 '내별별이상한고담하나를히야보리라'라는 구절
을 패러디하고 있다는 것은 주지의 사실이다. <홍보젼>의 이 서두
방식은 판소리 광대의 허두 사설(辭說)이 그대로 남아 있는 대목인
데, 굳이 이 구절을 차용한 것은 담시의 화자가 광대의 역할[7]을 하
고 있음을 드러내고자 의도했기 때문일 것이다. <오적>의 화자는
작중현실을 자유롭게 넘나들며 사건을 전달하는 이야기꾼 혹은 작
중인물로서 사건을 엮어나간다. 미당의 구연(口演) 화자와 비교해보
자면, 김지하의 광대로서의 화자는 4·4조를 근간으로 하는 판소리
율격을 차용하고 있으며 다양한 창과 아니리 등에 의한 음악적 구
현의 가능성을 실현하고 있을 뿐만 아니라 보다 입체적인 목소리와
정치·사회 전반에 대한 방대한 관심, 전지전능한 역할을 담당하고
있다는 데서 차이를 보인다. 김지하는 과거와 현재, 사설과 창과 아
니리, 등장인물과 독자의 사이를 자유롭게 넘나들 수 있는 시적 화
자를 선택하여 풍자의 강도를 높이고 있다.

---

7) 판소리 광대는 극을 계속 진행시켜나가는 서술자로서의 역할과, 때로 극중에 들
어가 장면을 미학적으로 극화하는 등장인물로서의 역할을 동시에 해내야 한다.
화자인 동시에 작중인물이 되어야 하는 것이다. 물론 적극적인 설화나 민담의
구연자들도 이러한 기능을 발휘하기는 한다. 그러나 일정한 율격에 의한 아니리
와 다양한 창법에 의해 가창한다는 점은 광대만이 가지는 특징이다.

4·4조의 판소리 율격을 단적으로 드러내고 있는 위의 첫대목에
서 '붓끝이 험하다' '칠전에 끌려가 볼기를 맞은 적이 있다'는 구절은
시인의 전력(前歷)과 언론탄압의 정치상황을 간접적으로 시사한다.
또한 '시를 쓰되 좀스럽게 쓰지말고'라는 구절로 기존의 시와 담시
의 변별성을 강조하고 있다. 이 대목을 통해 시인이 드러내고자 하
는 바는, 담시 <오적>이

　① 판소리 양식(그 중에서도 특히 <흥보전>)을 차용하고 있다
　② 이 시는 기존의 '좀스런' 시와는 다른 시양식이다
　③ 현실의 言路가 자유롭지 못하다 (그리하여)
　④ '도둑 이야기'라는 설화적 알레고리 형식을 취한다

는 점이다. <오적>은 이야기의 무대를 '옛날도 먼옛날 상달 초사흗
날 백두산아래 나라선 뒷날'이라고 과거로 한정시킴으로써 현실에
대한 풍자적 거리를 획득한다. 오적과 좀도둑 꾀수의 행적이 '전해오
는 옛날 이야기임'을 강조하는 이 설화적 관용구는 허구적 세계, 즉
알레고리의 세계로 들어가는 입구 역할을 한다. 이러한 장치에 의해
도둑 이야기는 당대 현실의 이야기면서도 과거의 허무맹랑한 이야기
가 될 수 있다. 즉 이 이야기가 실재 현실과 구별되는 허구임을 의식
적으로 강조하는 이와 같은 허구화 전략은, 화자가 현실의 세계와 허
구의 세계를 자유로이 오갈 수 있는 단초를 마련해주고 독자로 하여
금 당대의 현실에 대해 일정한 비판적 거리를 유지하게끔 해준다.

　　예가 바로 ① 狶㹝, 蜀獪㹯猿, 跕磔功無㹹, 長猩, 暗㹦瞳이라 이름
하는,
　　② 간뎅이 부어 남산만 하고 목질기기 동탁배꼽 같은

천하흉폭 五賊의 소굴이렷다.

③ 사람마다 뱃속이 오장육보로 되었으되

이놈들의 배안에는 큰 황소불알만한 도둑보가 곁불어 오장칠보,

본시 한 왕초에게 도둑질을 배웠으나 재조는 각각이라

밤낮없이 도둑질만 일삼으니 그 재조 또한 神技에 이르렀것다.

(밑줄, 번호 필자)

<五賊> : 장안에 사는 오적과 그들의 도둑시합 소개 대목

풍자의 대상인 재벌·국회의원·고급공무원·장성·장차관에 해당하는 오적은 을사보호조약에 서명했던 매국노 오적을 환기한다. 이들이 바로 미국과 일본에 나라를 팔아먹은 70년대판 오적이라는 메시지를 담고 있는 것이다. 따라서 이들은 ①의 미친개 제(狾), 교활할 회(獪), 개가 으르렁거릴 의(狋), 원숭이 원(猿·猨), 성성이 성(猩)처럼, 하나같이 짐승에 비유되는 우화적인 기법과 동음의 한자 유희에 의해 풍자되고 있다. 유희적·풍자적으로 사용된 한자는 소리만 같을 뿐 그 의미는 완전히 다르게 바뀌어 있는 것이 예사이다. 이처럼 현실 비판의 대상이 우화적·유희적으로 그려짐으로써 오적에 대한 풍자적 거리는 계속 유지된다.

특히 유식한 말을 상스러운 욕설과 육담으로 희롱해서 뒤집는 것은 판소리 사설의 일차적 묘미다. 인용시도 기존 시의 고답적인 형식과 전통을 서슴없이 파괴하면서 비속어와 음차표기(音借表記)·언풍농월[8] 등을 뒤섞음으로써[9] 패러디가 가진 유희적 동기를 단적

---

8) 언풍농월의 역사는 조선시대까지 소급되며 內談風月·國漢文雜種詩 등의 전개 과정을 거쳐 형성되었다. 이 언풍농월은 한시 양식을 그대로 차용하고 거기에 한자 대신 국문자를 사용하는 순국문체 한시 양식을 일컫는데, 한시를 모방한 일종의 장르 패러디로도 볼 수 있다.

9) 이와 같은 양식들로 독특한 문학세계를 보여준 전례는 김립(김삿갓)의 작품에서

으로 보여주고 있다. 뿐만 아니라 등장인물들의 특징적 묘사와 그들에 대한 시인의 평가를 동시에 드러내기도 한다. 회화적인 웃음을 유발하는 ②의 '간뗑이 부어 남산만 하고 목질기기 동탁배꼽'과 같은 비유도 『삼국지』에 등장하는 폭군에 대한 패러디다. ③은 <홍보전>에서 놀부를 소개하는 대목 '이놈의심술을볼진대다른사람은오장륙보로대놀보난오쟝칠조엿다엇지하야그런고하니심술보한아이더하야겻간엽혜가붓터셔'를 패러디한 부분이다. '-것다' '-럇다(렷다)' '이라' '-으되' '-으나' '-으니'와 같은 어미들도 판소리 사설의 관용적 어미를 차용한 것이다.

판소리 사설이 그렇듯이 이야기를 풀어내는 시인의 사설은 시가 진행될수록 더욱 거침없고 변화무쌍해진다. 다섯 도둑의 묘기자랑 대목도 그렇지만, 포도대장의 눈을 빌려 열거하는 도둑들의 집치레, 방안치레, 도둑 여편네들의 치장치레, 산해진미가 가득한 음식치레 대목은 특히 시인의 풍자적 언어구사력이 십분 발휘되고 있는 부분들이다. 다섯 도둑이 동빙고동에 모여 "십 년간 갈고 닦은 도둑질 묘기 시합"을 벌이는 장면 중에서 국회의원이 등장하는 대목은 정치 현실에 대한 풍자가 가장 돋보인다.

도 찾아볼 수 있다. 그는 위정자의 관직명이나 직함을 음차하여 동음의 짐승에게 비유하는 언어유희를 통해 기존의 규범화된 한시의 틀을 파괴하고 당대 사회의 잘못된 권위의식과 민중수탈에 대한 풍자와 비판을 보여준 바 있다. "日出猿生員 黃昏蚊簷知 猫過鼠盡死 夜出蚤席謝 (해뜰 때 원숭이 들로 나오고/황혼에 모기떼 처마 밑에 모여 드네/고양이 지나가니 쥐가 모조리 죽고/밤이 드니 벼룩이 자리에 나와 쏘네)"(김립. 『김삿갓 작품집』, 허문섭(역음)(서울 : 뜻이있는길, 1994), p. 115./p. 103.)와 같은 시는 元生員・徐進士・文僉知・趙碩士로 표기해야 할 한자를 猿生員(원숭이)・鼠盡死(쥐)・蚊簷知(모기)・蚤席謝(벼룩)로 표기하여, 생원・진사・첨지・석사의 직함을 가진 양반들을 비루한 동물로 격하시키고 있다.

猦獢猀猿 나온다

곱사같이 굽은 허리, 조조같이 가는 실눈,

가래끓는 목소리로 응숭거리며 나온다

털투성이 몽둥이에 혁명공약 휘휘감고

혁명공약 모자쓰고 혁명공약 배지차고

가래를 퉤퉤, 골프채 번쩍, 깃발같이 높이들고 대갈일성, 쪽 째진

배암 샛바닥에 구호가 와그르르

혁명이닷, 舊惡을 新惡으로! 改造닷, 부정축제는 축재부정으로!

근대화닷, 부정선거는 선거부정으로! 重農이닷, 貧農은 離農으로!

건설이닷, 모든 집은 臥牛式으로! 社會淨化닷, 鄭仁淑을, 鄭仁淑을

철두철미 본받아랏!

궐기하랏, 궐기하랏! 한국은행권아, 막걸리야, 주먹들아, 빈대표야,

곰보표야, 째보표야,

올빼미야, 쪽제비야, 사꾸라야, 幽靈들아, 표도둑질 聖戰에로 총궐

기하랏!

孫子에도 兵不壓邪, 治者卽 盜者요 公約卽 空約이니

愚昧국민 그리알고 저리멀찍 비켜서랏, 냄새난다 퉤 —

　　　　　　　　　　　　　<五賊> : 국회의원 등장 대목

이 대목에는 등장인물의 외양적 특징을 중심으로 묘사하는 판소
리의 전형적인 인물 등장법과 인물 내력의 소개법이 차용되고 있다.
위의 외관 묘사는 작중현실을 정상적인 것보다 과장하여 일그러지
게 표현함으로써 그 특징을 강조하는 골계[10]적 웃음을 유발한다.

---

10) 김흥규(1976). 판소리의 서사적 구조. 『판소리의 이해』. 조동일·김흥규(편)(서
　　울 : 창작과비평사, 1978), p. 120.

그러한 외양으로 외치는 언어유희적인 한자 구호들은, 유신시대를 대표했던 혁명·개조·선거·근대화·건설·사회정화란 단어 속에 숨겨진 실상을 폭로함으로써 풍자적 웃음을 자아낸다. 보다 구체적으로는 국회의원들이 외치는 사회적 가치와 그 일그러진 육체간의 심각한 괴리에서, 그리고 겉으로 내세우는 구호와 그 구호 뒤에 숨겨져 있는 부정부패의 간극에서 풍자적 웃음은 야기된다. 또한 이 대목에서 우리는 패러디가 가진 선전·선동의 기능을 읽어낼 수도 있다. 표어식 어법으로 열거되고 있는 '혁명이닷'에서부터 '총궐기하랏!'에 이르는 국회의원의 구호는, 모든 '우매국민'의 표를 착취하려는 국회의원에 대한 신랄한 폭로를 통해 그러한 모순을 인지하고 그 모순에 분노하고 항거하라는, 독자들을 향한 선전·선동의 의미로도 읽혀진다. 시인은 이 언어유희적 구호를 전경화시켜 정치권력의 부도덕성과 정치적 이데올로기의 모순을 비판하고 있으며, 나아가 그 부패한 권력의 희생자가 독자 대중 즉, 민중 자신이라는 사실을 자각하도록 유도하고 있는 것이다.

> 이리한참 시합이 구시월 똥호박 무르익듯이 몰씬몰씬 무르익어 가는데
> 여봐라
> 게 아무도 없느냐
① 나라망신시키는 五賊을 잡아들여라
> 추상같은 어명이 쾅,
> 청천하늘에 날벼락치듯 쾅쾅쾅 연거푸 떨어져 내려 쏟아져 부어 싸니
> 네이－당장에 잡아 대령하겠나이다, 대답하고 물러선다
> 포도대장 물러선다 포도대장 거동봐라

울뚝불뚝 돼지코에 술찌꺼기 허이옇게 묻은 메기 주둥이, 침은 질
질질
　　장비사돈네팔촌같은 텁석부리 수염, 사람여럿 잡아먹어 피가 벌건
왕방울 눈
②　　마빡에 주먹혹이 뛸때마다 털렁털렁
　　열십자 팔벌리고 멧돌같이 좌충우돌, 사자같이 으르르르릉
　　이놈 내리훑고 저놈 굴비엮어
　　종삼 명동 양동 무교동 청계천 쉬파리 답십리 왕파리 똥파리 모두
쓸어 모아다 꿀리고 치고 패고 차고 밟고
　　　　　　　　　<五賊> : 오적을 잡아들이는 포도대장의 활약 대목

　　이 대목은 판소리의 특징적 전개양식인 '창(唱)-아니리'의 교체
방식을 차용하고 있는 대표적인 부분이다. ①은 재담으로 진행되는
'아니리'에, ②는 휘몰이와 같은 '창'에 해당될 것이다. 또한 이 대목
은 화자의 다채로운 기능을 한눈에 볼 수 있도록 한다. 전체적으로
깔려 있는 사건의 서술자로서의 목소리, 대사 부분에서 드러나는 등
장인물들의 목소리, 그리고 '포도대장 거동봐라'에서처럼 사건을 벗
어나 독자에게 직접 말을 건네는 제3자적 목소리 등이 그것이다. 이
렇듯 담시의 화자가 다중적 목소리를 지닌 것은, 창·아니리·너름
새·발림 등을 활용하여 광대 혼자서 극적으로 사건을 전달하는 판
소리의 가창 방식을 모방인용하고 있기 때문이다. 게다가 위의 인용
대목에서는 반복과 나열, 과장과 왜곡, 비속어와 의성·의태어, 언어
유희 등 판소리의 제반 표현가능성이 총체적으로 구현되고 있다.

　　때는 노을이라
　　서산낙일에 客愁가 추연하네

외기러기 짝을찾고 쪼각달 희게 비껴

강물은 붉게 타서 피흐르는데

어쩔꺼나 두견이는 설리설리 울어쌌는데 어쩔꺼나

① 콩알같은 꾀수묶어 비틀비틀 포도대장 개트림에 돌아가네

어쩔꺼나 어쩔꺼나 우리꾀수 어쩔꺼나

전라도서 굶고 살다 서울와 돈번다더니

동대문 남대문 봉천동 모래내에 온갖 구박 다 당하고

기어이 가는구나 가막소로 가는구나

(중략)

어느 맑게 개인날 아침, 커다랗게 기지개를 켜다 갑자기

벼락을 맞아 급살하니

이때 또한 五賊도 六孔으로 피를 토하며 꺼꾸러졌다는 이야기,

② 허허허

이런 행적이 백대에 민멸치 아니하고 人口에 회자하여

날같은 거지시인의 싯귀에까지 올라 길이길이 전해오것다

(밑줄 필자)

<五賊> : 꾀수가 무고죄로 입건되는 대목과 뒷풀이 대목

①은 민중의 표상인 꾀수가 무고죄로 감옥에 끌려가는 부분을 묘사하는 대목이고, ②는 사건을 벗어난 뒷풀이 대목이다. ①, ②의 화자는 모두 사건 밖에 있는데, ①의 화자가 사건의 안팎을 넘나들면서 사건에 개입하고 독자와의 거리를 조정할 수 있도록 주관화되었다면, ②의 화자는 사건 진행과 무관하게 제3자화된 시인의 첨사를 대변한다. 특히 꾀수가 입건되는 ①의 장면묘사는 비장미의 절정을 보여주는데 느린 중모리나 진양조로 부를 법한 춘향전의 이별가나 옥중가, 흥보 마누라의 가난타령의 한 대목을 연상시킨다. 판소리에

서는 광대가 극중 인물의 현실에 동화되어 극 밖에서 해당 인물의
상황을 묘사할 경우 대부분 창으로 가창된다. 이때 청중은 극중 인
물과 동일시되어 창 속의 극중 현실이 현존하는 것처럼 극적 환상
을 일으키게 되는 것이다.[11) 화자가 사건 밖에서 극중상황을 묘사하
고 있는 ①은, 마치 광대가 극 밖에서 진양조나 중모리의 唱에 의해
장면을 극대화시켜 청중의 정서확장에 기여하는 것과 같은 효과를
내고 있다.

　꾀수의 억울함과 비통함을 고조시키는 이러한 비장한 정서는, 지
금까지의 허구화 전략(첫대목의 '옛날도 아주 옛날―')이나 공격적
웃음과 희화화(반복과 나열, 과장과 왜곡, 비속어와 의성·의태어,
언어유희적 표현)로 유지해왔던 풍자적 거리를 일시에 무너뜨리고,
화자와 꾀수는 물론 독자까지 그 일체화 속으로 끌어들여 이야기
속의 폭력성을 실감토록 한다. 게다가 노을을 배경으로 외기러기와
흰 조각달, 붉게 타는 강물이 자아내는 돋보이는 서정성과 함께, '어
쩔꺼나 어쩔꺼나 우리꾀수 어쩔꺼나'의 aaba 형식과 '기어이 가는구
나 가막소로 가는구나'의 댓구적 반복 형식에 의한 유장한 리듬은,
꾀수가 끌려가는 비극적 장면을 극대화하여 극중 현실에 독자를 동
화시키는 데 기여한다. 이러한 서술 구조는 광대·등장인물·청중
간의 비극적 일체화 혹은 비장미의 극대화라는 판소리의 독특한 원
리를 그대로 차용한 것으로 보인다.

　②와 같이 사건 밖에 위치한 제3자화된 화자의 목소리는 판소리
의 연행적 특성을 모방하여 독자의 주의력을 환기하고 이야기 속에
몰입하려는 독자의 감정이입을 단절시키는 적절한 소격 장치로써

---

11) 唱 부분은 청중에게 강한 '정서적 관련(감정이입)'을 불러일으키는데, 청중뿐만
　　아니라 창자 스스로도 작중현실에 일치되거나 깊이 밀착된다. 김흥규(1976), p.
　　117. 참조.

기능한다. 따라서 ①에서 획득한 비장미의 극대화는, 뒤이어 등장하는 화자의 뒷풀이 대목 ②를 통해 다시 풍자적 거리를 획득한다. 해학과 풍자를 거쳐 비애·비장으로, 다시 비애·비장에서 풍자[12]로 돌아가도록 하는 것이다. 특히 밑줄 친 부분은, 첫대목에서 보여준 광대의 허두 사설과 마찬가지로, <흥보전>의 마지막 대목 '그일홈이백셰에민멸치아니할뿐더러광대의가사의짜지올나그사격이천백대의전해오더라'를 패러디하고 있다. 이렇게 본다면 담시의 첫대목과 끝대목은 고전소설 <흥부전>의 서두와 마무리를 모방인용하고 있으며, 작품 외적 존재로서의 화자(혹은 시인)가 개입되고 있다는 점에서 수미상응한다.

2. '대설'의 경우

이상과 같은 담시의 특성은 현재 미완인 채 남아있는 <대설·南>[13]의 골격을 이룬다. 대설은 패러디의 방법적 측면에서 볼 때 '담시'보다 더욱 대담하다. 방대한 분량의 장형 서사체를 기본 골격으로 판소리와 탈춤의 사설뿐 아니라 온갖 구비문학적 유산과, 유행가·민요·한문·경전, 학술어와 비속어·재담과 욕설 등 모든 이질적이고 불연속적인 담론을 통합하고 있는 이 대설은, 굳이 시라고만 고집할 수 없는 '판(I-27)'이자 '소리이자 노래(I-17)'다. 시·소설·극과 같은 기존의 어느 장르에도 속하지 않는 새로운 문예 양식을 시도하고 있는 것이다. 그럼에도 이 대설을 시장르로 보는 이

---

12) 김흥규(1976), pp. 116-126. 참조.
13) 지금까지 『大說·南』은 첫째판 첫째마당 첫째대목·둘째대목 상·중으로 세 권이 창작과비평사에서 82년·84년·85년에 출간되었다. 그 각가음 I·II·III으로 표기한다.

유는 율문적 특성이 두드러지기 때문이다. 이런 양식적 특징에 대해 서두 부분인 '대설풀이'에서 시인 스스로는 다음과 같이 밝히고 있다.

① 동서고금에도 듣도 보도 생각도 비교도 할 수 없는 이 맹랑한 이야기를 어찌 담을 소리 못 담을 소리, 할 말 못할 말 분명분명 갈라져 있고 제도야 문체야 규모야 이미 굳어질 대로 굳어져 고주알 미주알 시시비비가 더럽게 시끌사끌한 잔망스러울 <小>자, 소리 <說>자 잔소리 <小說> 따위나 저 혼자만 아는 소리 남은 죽어도 모를 소리 두 편 이상 읊어대면 시시할 시자 <詩> 나부랭이로써 말하고 노래할 수 있겠느냐

잔소리나 시시한 소리대가리 위에다 <長篇> <大河> <連作> <敍事> 따위 갓이나 <長> <譚> <劇> 따위 망건을 씌운다고 타고 난 잔소리가 될 것이냐 본시부터 시시한 소리가 근사한 소리가 될 것이냐   (I-17)

② 판이 도무지 바깥나라 眞書 주절대야 사람취급하는 판이니 유식한 한문 몇자 잠깐 빌려 우선 큰 <大>자 이야기 <說>자 <大說>이라, 코쟁이 眞書로는 <BIG STOPY>라 떠억하니 이름 한번 거창하게 붙여놓고 구라를 쳐도 칠 수밖에 없는 일.

도대체가
본시 문학이 어디 따로 있고 이야기가 어디 따로 있었던고?
정치가 어디 따로 종교가 어디 따로
예술이 어디 따로 철학이 어디 따로
역사가 어디 따로 과학이 어디 따로
경제 통신 교육 풍속 전설 신화 주술 은어 속담, 왼갖 유언비어

와 시정잡배의 육두문자가 어디에 따로따로 놀고 있었던고?

(Ⅰ-18,19)

③ 언필칭 大說이란 물건은 바로 이 참생명의 바다에 이르는 한 길목일 뿐,

구차스럽게 현대판 판소리니 판소리의 현대화니 떠벌려쌀 것도 없이 그저 그대로 <이야기>일 뿐이요 개중에도 길고 큼직한 이야기, 더 넓고 더 큰 이야기, 이른바 중생 자신들의 <廣大說>을 만들어주는 한 이야깃거리일 뿐이다.

(Ⅰ-20)

독자(잠재적 청·관중)에게 시인의 서술전략을 먼저 알림으로써 독자의 이해뿐 아니라 주의와 흥미를 유도하고자 자신의 패러디 전략을 노출시키고 있는 부분들이다. 위의 인용문들을 통해 '대설'이라는 장르적 특징을 요약해보자.

먼저, ①에서 밝히고 있듯 대설은 기존의 양식과는 변별된다. 분량·서술양식·문체·구조·표현 등의 측면에서 보여주는 장르적 독창성은, 시인의 지적처럼 장편(長篇)·대하(大河)·연작(連作)·서사(敍事)나 장(長)·담(譚)·극(劇)과 같은 하위양식의 변별적 자질로도 구분되지 않는다. 게다가 대설 전체가 '세로쓰기에 큰 활자'로 인쇄되어 있다는 사실은 세로쓰기에 익숙한 전통형식을 고수하겠다는 의도이자 다른 규범적인 시장르와의 변별성을 가시화하기 위한 의도로 보인다. 이와 같은 창작 의도는 '시인의 원고지의 한 행과 이 책에서의 한 행의 길이가 일치'하도록 배려한 편집자의 의도[14]

---

14) '대설'이란 우연히 붙여신 세 이니라 기존의 문학적 양식이 지닌 답답함에서 새 출구를 찾아보려는 의도에서 발생되었다. <편집자의 말>에서 그러한 의도는 잘 드러난다. "우리는 이야기를 전개하는 시인의 긴 호흡과 새롭게 시도되는 대

에 반영되어, 구송 혹은 가창을 염두에 둔 시인의 호흡을 그대로 살려내고 있다. 특히 "마땅히 대설 읽는 방법이 새로이 있어야 할 터인즉/읽을 때 입으로 소리내 읽되/중몰이로 쓴 것은 중몰이로 읽고 휘몰이로 쓴 것은 휘몰이로 읽고 아니리로 쓴 것은 아니리로 읽고 진양으로 쓴 것은 진양으로 읽어 신명을 내서 쉽거나 어렵거나 간에 사설이란 사설은 다 갖다 장단에 왕창 실으렷다(Ⅱ-4, 5)"[15]라는 시인의 주문은 대설이 연행을 전제로 창작되었음을 단적으로 보여준다.

②에 따르면 대설은 총체적 담론체를 지향한다. 정치·종교·예술·철학·역사·과학 및 '경제 통신 교육 풍속 전설 신화 주술 은어 속담, 왼갖 유언비어와 시정잡배의 육두문자'가 한데 어우러지고 있기 때문이다. 여러 장르의, 여러 담론이 서로 중층적으로 삼투하여 이항대립적인 모든 개념을 아우르는 '운문과 산문, 이야기와 노래, 성경(聖經)과 잡설(雜說), 아어(雅語)와 비어(卑語), 구어(口語)와 문어(文語)'가 혼용하는 다성적 언어인 것이다.

③을 보자면, 대설은 판소리 광대의 사설(광대설) 양식을 모체로 하는 중생 자신들의 방대한 분량의 이야기다. 민중주체적 관점에서 시장 바닥의 떠들썩한 민중의 언어, 중생들의 '큰 이야기'를 전하는 대설의 화자는 판소리의 광대나 담시의 화자보다 더욱 유식하고 전지전능한 모습을 지닌다. 사건이나 등장인물의 심리에 개입하는 정도, 사설의 양, 사설의 범위, 독자에 대한 우월한 위치 등에서 모두

___

설이라는 문학양식을 고려하여 세로쓰기에 큰 활자를 사용함으로써 시인의 자유분방하고 독특한 숨결을 살리고자 노력했다. 참고로 말씀드리면, 시인이 특수 도안하여 쓰고 있는 원고지의 한 행과 이 책에서의 한 행의 길이가 일치한다."
김지하(1982). 『대설·남 : 첫째판 첫째마당』(서울 : 창작과비평사), p. 4.
15) 김지하(1984). 『大說·南 : 첫째판 첫째마당 둘째대목 상』(서울 : 창작과비평사), pp. 4-5.

그렇다.

대설 양식의 유일한 작품인 <남>의 내용과 구성에 대해 시인 스스로는 다음과 같이 밝힌 바 있다.

① 南 중에도 南이요 당하고 당하고 거듭 당해 드디어 남북으로
찢어지고 동강나버린 이 민족, 이 땅, 이 민중, 이 자연중생으로부터
　　그것도 남쪽 땅 바로 이곳에서부터
　　萬國活計 萬民太平 萬生大同의 참생명이 나오신다 했으니
　　　　　　　　　　　　　　　　　　　　　　　　(I-14,15)

② 이 물건이 한번 심히 길고 크고 요란한데 우선 크게는 세 덩어
리쯤으로 첫째는 水山판이라 둘째는 무부판이라 세째는 出關판이라
붙여보고 그 각각이 다시 세 마당씩쯤으로, 그 각각이 또다시 세 대
목씩쯤으로 나누어 불러볼 수 있다 하겠으나,　　　　　　(I-27)

①의 인용 구절에 의하면 <남>의 주제는 '만국활계남조선'(정감
록·미륵사상·강증산·김일부·동학 등에서 주장되는, 세상만민을
구원할 사상이 남쪽 조선에서 나온다는 전설)사상에 입각해, 이 땅
과 이 땅의 민중이 참생명(후천개벽)의 도래지이자 주체임을 확인
하는 내용이다. 따라서 시인에게 있어서 '남'의 의미란 나머지의 뜻
이고 '남조선'은 남아 있는 조선 사람이라는 뜻[16]이다. 소외된 사람,
뿌리 뽑힌 사람, 버려진 절대 다수의 사람들으로서의 민중 개념과
상통한다. ②에 의하면 <남>의 구성은, 크게 세 판(水山판·무부판
·出關판)으로 구성되어 있고 한 판은 각기 세 마당으로, 한 마당은

---

16) 김지하(1984). 『밥 : 이야기모음』(서울 : 분도출판사), p. 43.

다시 세 대목으로 구성되어 있음을 밝히고 있다. 지금(82년~85년)까지 발표된 분량은 첫째판 첫째 마당의 첫째 대목(수산의 증조부 운천이 도솔천에 살다가 지상의 인간 세상으로 추방당하는 이야기)과 둘째 대목 상·중(운천이 大衆禪定에 들어 중생사를 순력하는 이야기)까지밖에 안되는데, 그 분량이 자그마치 세 권에 해당하고 전체 8백 페이지가 넘고 있다. 그러니 이 작품이 다 완성되었을 때의 분량이란 가히 엄청날 것이다.

첫째판 첫째마당 첫째대목을 중심으로 <남>에 나타난 패러디의 일단면을 살펴보자.

① 이 수산이란 놈 족보며 이놈 살아온 내력을 굽이굽이
　　시시콜콜 고부살타구까지 어디 한번 이 광대놈 사설로 들어봐라
　　　　　　　　　　　　　　　　　　　　　　　　　　　(I-30)

② 相對性原理선지피 굳혀 오돌오돌한 해장국, 不確定性原理숨결 죽어 꼬돌꼬돌한 내장국, 莊周胡蝶 물 위에 기름뜬탕, 拈花微笑 꽃잎 끓이고 味素친탕, 生物學的範疇 숭숭 썰어넣은탕, 生哲學 동동 몇잎 띄운탕, 無時禪湯, 機微湯, 華嚴湯, 金剛湯, 永生湯, 神秘湯, 靈性湯, 聖靈湯
　　　　　　　　　　　　　　　　　　　　　　　　　　　(I-99)

③『어허 그것 참 까다롭다. 미국놈 총은 에무완 총이요 쏘련놈 비행기는 미그기라.』

『허허 참 잘 지었네.』

『샌님 저도 운자 하나 불러주시요.』

『서당개 삼년에 글 읊는다더니, 어디 보자, 네놈 운자는 둥자 강자다.』

『빠느니 풀몽둥이요 핥느니 털요강이라.』 　　　　　（I-58）

④ 쉬이-
배고파 죽겠다 좀 쉬었다 하자
어떻게나 떠들어댔는지 아구가 빠져나가버렸구나　　　（I-166）

　<남>에는 광대의 사설과 말뚝이의 사설이 교체되고 있다. ①, ②
가 판소리 광대의 사설을 모방인용하는 부분이라면, ③, ④는 탈춤
판의 말뚝이 재담과 사설을 모방인용하는 부분이다. 판소리 광대는
작품 밖에서 작품 진행을 해설하고, 동작을 설명하고, 대사에 의한
장면을 묘사하고 심리를 전달하고, 또 때로는 작중인물에 대해 평가
와 판단을 내리기도 한다는 사실은 앞서 지적한 바 있다. ①의 화자
는 작품 밖에서 제3자적 입장에서 작품 진행에 개입하는 기능을, ②
의 화자는 작품 안에서 작중인물의 행위 및 사건, 배경 등을 묘사하
거나 설명하는 기능을 담당한다. 이 두 화자 모두 광대의 목소리를
빌고 있다. 반면 탈춤에서는 사건을 장면화시켜 오로지 동작으로만
보여주기 때문에 묘사나 설명보다는 대사가 우선한다. ③의 대사나
④의 말뚝이(취발이) 목소리처럼, 작중인물이 스스로 말하거나 행위
로 보여줄 뿐이지 결코 타인의 심리를 객관적으로 나타낼 수 없는
것이다. 즉 김지하는 대설에서, 판소리로부터는 창자의 서사적 기능
과 문체적 혼합성을, 탈춤으로부터는 극적인 요소와 말뚝이의 비판
적 재담을 끌어오고 있다.
　①은 해결사 수산이의 고향 풍경을 묘사하기 직전, 화자가 사건
밖에서 개괄하는 부분이다. '어디 한번 이 광대놈 사설로 들어봐라'
'이놈 수산이놈의 고향을 한번 보러 가자' '한번 가보는데' '물으시되'
'대답하되' '부르는듸' 등과 같은 광대의 관용적 종결·연결 어미들

은 사건 및 인물과 일정한 거리를 유지한 제3자적 목소리를 담고 있을 뿐만 아니라 다음 장면의 묘사나 서술 대목을 이끄는 역할을 한다. ②는 운천의 증조부가 살았던 도솔천 묘사 장면 중 먹거리에 해당하는 대목이다. 판소리 사설의 특징인 나열법과 비유법을 십분 활용해 장황한 수사를 펼치고 있다. 이처럼 의도적으로 사용된 한자들은 한자가 지시하는 관념과 이데올로기를 풍자하고 조롱한다. 특히 나열에 의한 ②와 같은 서술 방식은 <남>의 가장 핵심적인 패러디 방법이 되고 있다. 희화적 과장과 언어유희로 연속되는 나열은 반복에서 오는 경쾌한 흥과, 풍자적 의미의 충돌을 유발한다. 그러나 이 나열적 수사가, 장황한 '편집자 주'를 필요로 하는 그의 현학성과 결합을 하면 그 장황함은 필요 이상으로 극대화되어 지루하고 산만해진다.

③은 탈춤의 '양반과장' 중, 말뚝이와 양반이 만나 서로 운자(韻字)를 주고 받으며 희롱하는 장면을 그대로 패러디하고 있다. 이처럼 노골적인 욕설과 음담, 어희를 구사하면서 정치판과 위정자들을 비판하는 화자는, 민중의 체험과 정서를 철저히 주변화된 그들의 언어로 전달하려는 시인의 문학관을 대변하고 있다. ④는 '배꼽 아래 단전(丹田)에다 잔뜩 힘 모으고 된장 한번 풀어보는데/자, 쳐라! (Ⅰ-27, 28)'와 한 쌍을 이루는 말뚝이의 추임새로, 한바탕의 춤사위가 시작될 때와 그 춤사위가 끝나고 다른 장면이나 사건으로 이행될 때 사용되는 전형적인 사설이다. 특히 시인은 <남>의 각 권을 '그러고 나서 다음 대목으로 넘어가자/쉬이이이-'와 같은 말뚝이 사설로 끝맺고 있다. 이러한 직접적인 말건넴의 어투는 시인(가창자)이 독자(청관중)로부터 단절 또는 분리되지 않고 상호교감이 이루어지는 연행의 현장성을 그대로 구현하고 있다.

<남>이 갖는 다성성은 이처럼 다채로운 화자의 목소리에서 비롯

되기도 하지만, 구체적으로는 온갖 종류의 노래와 시가 직접 인용되고 있는 데서도 찾아볼 수 있다.

① 사공의 뱃노래 가물거리고
    불꺼진 항구드라 물없는 사막이다
    울려고 내가 왔나 영산강아 말해다오
    삐빠빠룰라 쉬스 마이 베이비
    부루라이또 요꼬하마하마하마하마—   (I-46, 47)

② 저리시구 저리시구 잘한다 품바하고 잘한다
    네 선생이 누구인지 남보다 잘한다   (I-51)

③ 가리라
    이제 떠나가리라
    나직한 한줄기 이 흐느낌 끌어안고
    떠나가리라
    이름모를 거리거리
    울부짖는 저 머나먼 벌판, 벌거벗은 저 고통 속으로,

                                                    (I-148)

①은 뽕짝과 팝과 앤카(えんか, 演歌)를, ②는 각설이 타령을 패러디한 부분이다. 사실 <남>에 인용되고 있는 삽입가요는 이뿐만 아니다. 1권의 경우만 하더라도 액맥이 타령(월령가)·유행가(두만강)·민요(콩점이) 등이 패러디되고 있다. 이와 같은 삽입가요들은 이야기의 줄거리를 구성한다기보다는, 다성적이고 총체적인 문체와 판소리의 서사구조인 '부분의 독자성'[17]에 기여한다. 또한 이러힌 삽

입가요는 특정의 상황이나 사건을 직접 전달하거나 설명하는 방법을 지양하고, 그 상황이나 사건과 유사하거나 대립적인 정서와 흥을 불러일으켜 간접적으로 전달하는 데 용이하다. 묘사를 극대화시킴으로써 익숙함과 흥미를 유발하고 현장성 획득에 기여하게 하는 우회적 기법이다. 사실 <남>의 경우 이야기의 줄거리에 비해 그 분량이 방대해지는 것은 이러한 부분적 삽입이나 부분적 세부 묘사가 극대화되어 있기 때문이다.

③은 수산의 증조부 운천이 도솔천왕으로부터 온갖 죄를 선고 받고 도솔천을 떠나며 부르는 이별 노래의 부분이다. 이 대목은 첫째판 첫째마당 첫째대목의 절정 부분에 해당하며, 희화적 과장과 풍자적 비판으로 연속되던 사설은 여기 와서 비극적인 감동과 비장한 정서적 공감을 자아낸다. 해학이나 풍자가 어떤 대상이나 상황에 일정한 비판적 거리를 유지함으로써 가능하다면, 이러한 슬픔·비장함·침통함·엄숙함은 청중의 몰입을 요하는 부분으로 앞서 고찰한 바 있는 <오적>에서 꾀수가 감옥에 끌려가는 대목의 비장한 절창과 같은 기능을 담당한다.

총체적 담론 양식을 지향하는 <남>은 분명 패러디의 한 정점을 보여준다. 위에서 살펴본 판소리·탈춤·민요·설화 등의 구비 전통장르는 물론, 온갖 종교(증산교를 비롯한 유교·불교·도교·기독교·회교·배화교 등)와 사상, 양산박 도둑떼의 반란이나 칭기스칸의 세계 지배와 같은 동서양의 역사(내지는 민중사) 등에 대한 대담한 인용·발췌가 이루어지고 있다. 이와 같이 광대한 시공간을 넘

---

17) 각 부분은 이야기 줄거리에 포함된 여러 상황을, 그리고 그 상황 자체의 흥미와 감동을 위해 독자성을 가지고 있다. 조동일은 '부분의 독자성'이라 하고, 김흥규는 '부분이나 상황의 독자적인 美의 쾌감의 추구'라고 명명한다. 조동일(1969). 흥부전의 양면성. 『계명논총』 제5집, pp. 16-18. 참조/김흥규(1976), p. 116.

어서 수많은 인물과 사건과 사상을 재구성하는 시인의 상상력과 지식의 최대치는, 곧 패러디의 극대화된 양상이다. 그러나 장황한 수사와, 전체적 흐름에 비해 불필요하게 부연된 사설은, 판소리 양식의 특징인 부분의 독자성의 차원을 넘어 독자들에게 심한 혼란스러움과 지루함을 가중시키기도 한다. 그럼에도 담시나 대설 양식은 현대문학사에서 그 선례를 찾아보기 힘든 장르에 속한다는 점, 방대하고 직접적인 묘사방법을 통해 현실을 풍자하는 비판적 상상력을 구현하고 있다는 점에서 그 시사적 의의를 갖는다. 민중적인 이야기꾼이 엮어가는 이러한 시형식은, 패러디의 풍자적 특성과 패러디의 총체적 형식을 실험한 새로운 장르적 시도의 결과라고 볼 수 있다.

3

비문학장르와의 경계 허물기와
패러디의 전위성

숫자의 형태적 배열과 수식·도형의 차용

장르란 현실을 이해하고 파악하는 방법이자 수단이다. 또한 장르
란 창작자에게는 창조의 재료이자 규범이며, 수용자에게는 기대의
지평이 된다. 창작자나 수용자 모두가 장르의 양식적 틀로 현실을
바라보고 포착하며 그 틀을 통해 미적 공감을 느낀다는 점에서 그
렇다. 때문에 한 장르의 독특한 양식이 낡은 인습으로 느껴질 때 창
작자는 다른 장르의 질료적·형식적 틀을 차용하여 그것들을 자양
분으로 삼아 새로운 양식을 만들어낸다. 시장르도 마찬가지다. 기존
의 시어가 포착하지 못하는 현실의 구체성을 새롭게 전달하고자 비
문학장르[1]를 패러디하기도 한다. 이때 시는 형식 파괴나 언어의 뒤
틂을 극단적인 형태로 드러내기도 하고 의미의 난해성과 유희성을

---

1) 비문학장르란 문학의 경계를 넘어서는 모든 사회과학 담론이나 타예술 장르를
  일컫는다. 같은 언어를 매체로 하는 문학장르간의 패러디 양상은 전통장르 패러
  디와 서구문학 패러디에서 포괄적으로 논의한 바 있기에, 여기서는 우리 현대시
  에 두드러지게 차용되고 있는 수학과 미술, 영화를 비롯한 기타 대중매체로 확
  대시켜 논하기로 한다. 특히 최근에 올수록 원텍스트의 범주가 기성품으로서의
  일상적 대상으로까지 확대되고 있는데 이를 통칭하여 비문학장르라 한다.

초래하기도 한다.

장르간의 상호교류에 대한 논의는 오래전부터 있어 왔다. 장르간의 분화의식이 더욱 심화되는 한편 인접장르들이 서로 통합되고 있는, 오늘날과 같은 장르의 양극화 현상에 대한 이해를 도모하기 위해서 장르간의 상호교류 연구는 더욱 절실히 요구된다 하겠다. 특히 패러디는 한 장르에서 다른 장르로의 변이로 기술[2]된다는 로즈의 지적이나, 패러디는 예술상호간의 담론discourse의 한 형식[3]이라는 허치언의 지적은, 장르간의 상호관계를 연구하는 데 있어서 패러디가 유효한 척도가 될 수 있음을 시사한다. 이러한 비문학장르에 대한 패러디 연구를 통해 얻을 수 있는 이점은 시를 언어의 틀로써만 이해하려는 좁은 시각을 극복할 수 있으며, 또한 우리 현대시가 비문학적 타장르와 열린 관계를 유지함으로써 시적 상상력의 자양분을 어떻게 배양하고 있는지에 대한 구체적 검증이 가능하다는 점이다.

서로 다른 장르의 독자성이 충돌하여 빚어내는 창조적인 시양식의 발아를 우리는 30년대 이상(李箱) 시에서부터 찾아볼 수 있다. 이상(李箱)은 건축학도였다. 필연적인 이유는 아니겠지만 그래서인지 그의 시는 수학이나 건축학과 밀접한 상관관계를 갖고 있고 이에 대한 연구도 소기의 성과를 거둔 바 있다.[4] 상당수의 작품에 추

---

2) 그러나 로즈는 패러디의 대상을 '선언어화된 형식preformed literary material'으로 한정한 바 있다. Marget A. Rose(1979), p. 35.
3) Linda Hutcheon(1985), p. 9.
4) 김용운(1973). 이상문학에 있어서의 수학. 『신동아』, 1973년 2월호.
　　　(1973). 이상의 난해성─이상과 파스칼의 대비적 조명. 『문학사상』, 1973년 11월호.
　　　(1985). 자학이냐 위장이냐. 『문학사상』, 1985년 12월호.
　　최혜실(1992). 이상문학과 건축─언어예술과 시각예술간의 갈등. 『문학사상』, 1992년 8월호.

상적 도형을 그려넣거나 수와 수식을 삽입시켰는가 하면, 숫자를 거꾸로 쓰는 일도 서슴지 않았다. 문자 매체에 대한 회의, 수학의 고의적 문맥화, 기호의 추상적 공간화로 요약되는 이러한 시작업은 기존의 관습적인 시쓰기를 전복하고 있을 뿐만 아니라 새로운 독법을 요구한다. 그의 시는 일견, 규범적인 시장르에 근본적인 회의를 제기하고 독자들을 당혹스럽게 하기 위해 씌어진 것처럼 보인다. 숫자·수식·도형들이 만들어내는 이러한 비상식적·비문맥적·불연속적인 의미 맥락을, 평자들은 이상(李箱)의 이상심리와 연결시키거나 초현실주의, 다다이즘의 영향으로, 혹은 당대 식민지 사회에서 지식인의 자의식과 관련시켜 해석해 왔다. 그러나 수학 및 실용과학 장르에 대한 패러디라는 관점에서도 새롭게 검토될 만하다. 새로운 시형식을 시도하고 있는 그의 패러디 텍스트들은 도처에 수많은 수수께끼를 던져놓고 독자들의 적극적인 의미해독을 유도하고 있다.

1. 수·도형의 상징성과 형태성을 차용하는 방법

패러디는 분명 원텍스트 혹은 현실의 실체를 새롭게 인식하게 하는 재해석의 공간을 제공한다. 시장르와 동떨어진 장르를 원텍스트로 차용할수록 그 새로움의 강도는 더욱 증대될 수 있으나 성공적인 시적 형상화를 위해서는 고도의 기술을 요구한다는 어려움이 있다. 이상(李箱)의 시는 수와 수식, 점·선·면·입체 등으로 이루어진 수학 및 기하학적 도형이 상당한 비중을 차지한다. 그것들은 시인 내면의 주관화된 유희와 비유로 사용되고 있어 그의 시를 신비화시키는 요인이 되기도 하는데, 숫자나 도형의 형태적이고 상징적

김윤식(1992). 유클리드 기하학과 광속(光速)의 변주(變奏)-이상문학의 기호체계 분석. 『문학사상』, 1992년 9월호.

인 측면을 조명해 보면 그의 많은 시들이 구체시와도 같은 단순성
을 노출시키고 있음을 알 수 있다.

患者의容態에關한問題.

以上 責任醫師 李 箱

李箱, <詩第四號> 전문

1934년 7월 28일자 『조선중앙일보』에, 연작시 <오감도(烏瞰圖)>
중 하나로 발표[5]된 작품이다. 숫자의 배열과 그 배열이 만들어내는
도형, 의학적 용어, 그것들 자체로 수학적·의학적 담론을 패러디하
고 있음을 전경화하고 있다. 그러나 숫자나 도형, 전문용어를 시에

---

5) 이 시는 이보다 앞서 1932년 7월 『朝鮮と建築』에 '診斷 0:1'이라는 소제목으로
   <建築無限六面角體>라는 큰 표제 하에 일문시로 발표되었다. 이때의 숫자판은
   정상으로 되어 있었으며 대각선의 점들도 오른쪽 상단에서 왼쪽 하단으로 이루
   어져 있다.

인용한다고 해서 모두 다 패러디가 될 수는 없을 것이다. 이 시가 패러디 텍스트인 까닭은 일차적으로 숫자의 나열 방식이 시의 중심 구조를 이루고 있기 때문이고, 이차적으로는 의사의 진단서 형식을 차용하고 있기 때문이다.

이 시를 일독한 독자는 첫행부터 막연해지기 시작하는데 그 막연함은 다음과 같이 정리된다. 첫째, 십진법에 의해 배열된 숫자는 무슨 의미이고 ·이 만드는 대각선은 무엇을 의미하는가, 숫자들은 왜 거꾸로 배열되어 있는가. 즉 숫자판에 대한 의문이다. 둘째, 진단 결과인 '0·1'이라는 의미는 무엇인가, 왜 이러한 진단서의 형식을 취하고 있으며, 환자는 누구인가. 이는 진단서 형식과 그 결과에 대한 의문이다. 이러한 의문이 풀렸을 때 이 시의 패러디 효과는 드러나게 될 것이다.

언뜻 시력검사판을 연상케 하는 숫자 배열부터 생각해보자. 십진법에 의해 나열된 100개의 숫자에 주목해보자면 이 숫자들은 세계에 존재하는 모든 숫자를 십진법에 의해 압축하고 있다. 게다가 일반적으로 100이라는 숫자는 우주의 상징이기도 하다.[6] 또한 100개의 숫자에 의해 확보된 사각형 □은 제목의 '四'와도 형태상·의미상 연관되는데, 四라는 숫자도 기독교의 四位(聖父·聖子·聖身·聖母)와 같은 가장 완전한 것과 사방위(四方位)에 의한 우주 공간을 상징한다. 이러한 사각형 □은 대각의 점들에 의해 두 개의 삼각형 ◹과 ◺으로 분할되는데, 이 ◹과 ◺은 꼭지점을 중심으로 세워놓으면 △과 ▽이 된다. 이것들은 각각 그의 다른 시들에서 여자와 남자를 의미하는 도형이다.[7] 결국 십진법에 의한 나머지 숫자 0~9를 가

---

6) 김용운(1973). 이상문학 속의 수학. 『신동아』, 1973년 2월. 참조.
7) 남녀의 대조적 모습을 △ ▽의 도상으로 상징하는 시들로는 <▽의 遊戱>, <破片의 景致>, <神經質的으로 肥滿한 三角形>, <線에 關한 覺書 7>등이 있다.

로 열 줄과 세로 열 줄로 배열하고 있는 형태는 세계 혹은 그 세계 속의 소자아를 표현하고 있는 셈이다.

그렇다면 '진단 0·1'의 의미는 무엇인가. 지금까지 0과 1은 각각 여성 : 남성, 무(無)의 세계 : 유(有)의 세계, 죽음 : 삶의 대립을 의미하는 것[8]으로 알려져 왔다. 그 해석적 근거를 보충해보자. 먼저 십진법에 따르면 1과 0은 모든 숫자의 시작이요 끝이다. 우주의 시작과 끝, 즉 알파요 오메가다. 또한 시각적으로 대각의 점을 중심으로 이루어진 두 개의 삼각형 △과 ▽의 꼭지점이 바로 1과 0이다. 십진법에 의한 100개의 숫자에 의해 사각형 □으로 형태화되는 우주 혹은 자아는 간단히 이항대립적 두 개의 숫자와 기호, '0·1'로 진단되는 것이다. 물론 선대칭에 의해 분할되는 △과 ▽을 남녀로 파악할 때, ▽의 꼭지점을 이루는 0을 여성으로, △의 꼭지점을 이루는 1을 남성으로 해석할 수 있으며 그 의미는 삶과 죽음, 음과 양, 천국과 지옥과 같은 모든 이항대립적 요소로 설명될 수 있음은 물론이다. 이러한 해석은 결과적으로 선행 연구의 기본 입장과 맞아 떨어진다. 이렇게 본다면 사각형 □은, 이항대립적인 △과 ▽이 결합된 이상적 결합 상태 혹은 완전한 우주를 상징한다. 그의 다른 시 '□ 나의 이름<선에 대한 각서 7>'이라는 구절에서도 □은 완전한 자아를 의미한다.

숫자를 '거꾸로 배열한' 이유는 사각형 □이 대각의 점들 ∵에 의해 한 칸씩이 어긋나게 분할되어 있는 것과 관련이 깊은데, 그 의도는 분열되고 전도되고 어긋나 있는 환자의 상태를 가시화시킨 것으로 보인다. 그러한 환자의 상태는 또한 시 전체가 진단서 형식을 차용할 수 있는 동기를 부여한다. 여기서 자연스럽게 환자는 누구인가라는 문제로 넘어간다. 환자를 진단하는 의사는 분명 이상(李箱) 자신이다. 그

---

8) 『원본주석 이상문학전집 1 시』, 이승훈(엮음)(서울 : 문학사상사, 1989), p. 26.

렇다면 의사인 시적 자아는 정상인가? 즉 환자의 상태가 전도된 것인지, 환자를 진단하는 의사의 시각이 전도된 것인지가 모호하다. 따라서 이 시는 '책임의사' 이상(李箱)이 세계를 진단하고 있다고도 볼 수 있고, 또 자신이 스스로를 진단하고 있다고도 볼 수 있다. 그러므로 거꾸로 분할된 채 어긋나 있는 사각형 ◪ 의 상태는 곧 이 세계 자체이자 이상 자신의 용태가 된다. 세계가 병들었기 때문에 자아가 아픈 것이고, 자아가 병들었기 때문에 세계는 전도되고 어긋나 있는 것이다.

위와 같이 이상(李箱)은 숫자와 그 숫자가 만들어내는 도형의 상징에 의지해 세계 혹은 자아의 용태를 진단하고 있다. 수학과 점·선·면에 의한 기하학의 질서로 이 세계를 설명하려 했다는 점에서 보자면 이 시는 분명히 원텍스트의 규범을 계승하는 모방적 패러디 유형에 속한다. 그러나 이 세계의 질서 자체가 한낱 전도되고 어긋난, 반복되는 숫자로 이루어져 있을 뿐만 아니라 궁극적으로 0·1밖에 안된다는 사실에 초점을 맞춰보자면 이 시는 수학적 질서를 부정하고 있는 것처럼 보인다. 특히 진단서를 작성해야 하는 의사 자신이 환자일 때 진단서의 권위는 철저히 부정된다. 수학의 법칙을 자연 인식의 수단으로 믿고 있는 기존의 수리적이고 과학적인 우주관에 정면으로 도전하고 있는 셈이다. 이렇게 보자면 이 시는 원텍스트를 비판적으로 재해석하는 비판적 패러디 유형에 속할 수 있다. 이렇듯 그의 모든 텍스트들은, 세계와 자아에 대한 부정의 정신을 수학의 언어를 빌어 표출하고 있다고 해석한다면 그것들은 모방적 패러디에 속할 것이며, 수학적 질서와 형태를 부정한 것이라고 해석한다면 비판적 패러디에 속하게 될 것이다. 이러한 이중성 또한 이상의 패러디 텍스트의 특징이다.

기하학적 도형을 차용하고 있는 시를 보자.

某後左右를除하는唯一痕迹에잇어서

翼殷不逝 目大不覩

胖矮小形의神의眼前에我前落傷한故事를有함.

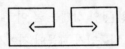

臟腑라는것은浸水된畜舍와區別될수잇슬는가.

李箱, <詩第五號> 전문

  이상(李箱) 자신이 편집을 맡은 바 있는 『조선과 건축』(31년 10월)을 통해 <이십이년(二十二年)>[9]이라는 제목으로 발표된 바 있는 이 시는 <시제4호>와 나란히 재발표(『조선중앙일보』 34년 7월 28일자)되었다. 이전의 시에서는 찾아볼 수 없는 도형의 삽입이 눈에 띈다. 통상적인 띄어쓰기의 무시, 기하학적인 도형의 사용, 크기가 다른 활자의 활용, 암호처럼 나열된 한자 등, 얼핏 보아도 언어의 뒤틀림이 심하고 독자의 접근을 쉽사리 허용하지 않는 시다. 그러나 반면, 이러한 입체적 특징은 세계의 질서를 기하학적 관점에서 파악하고 기하학적 형태로 재구성하고자 했던 이상(理想)의 패러디 동기를 가시화시키고 있다.

  이 시는 처음 발표할 때의 제목이 '二十二年'이었다는 데에 해석의 열쇠가 있다. 그가 태어난 해가 1910년이고 이 시가 처음 발표된 해가 1931년이었으므로, '22년'은 창작 당시 시인의 실제 나이에서 비롯된 제목임을 쉽게 알 수 있다. 즉 인용시는 '22세'를 기준으로

---

9) 『朝鮮と建築』에 일문시로 발표할 당시의 시에는 '某後左右'가 '前後左右'로, 마지막 연이 괄호로 묶여 있다.

자신의 과거와 미래를 점검하고 있는 시로 보인다. 일문시로 발표했을 당시에는 '전후좌우(前後左右)'로 표기되어 있었던, 1행의 '모후좌우(某後左右)를제(除)하는유일흔적(唯一痕迹)'이라는 의미부터 보자. 이 구절은 흔히 二十二에서 전후 혹은 좌우의 二를 떼어낸 '十'의 의미로 이해되어 왔다.[10] 그 '十'은 형태상 십자가 즉, 신 앞에 선다는 의미와 네 갈래 길 한가운데 선다는 의미를 암시한다. 또한 전·후·좌·우를 없앤다는 의미는 현재 자신의 위치에서 과거·미래·꿈(이상)·절망을 모두 없애버린다는 의미이기도 하다. 현실의 가장 본질적인 혹은 현상적인 존재로 선다는 의미이다. 이러한 의미에 주목해볼 때 4행의 도형은 시인의 현재 상황을 二十二라는 숫자로 도형화한 것으로 보인다. 또한 활자를 크게 확대한 2행의 '익은불서목대부도(翼殷不逝 目大不覩)[11]'는 『장자(莊子)』의 <산목편(山木篇)>의 한 구절을 패러디한 것으로, 이 구절과 4행의 도형을 연결시켜 보면, 날지 못하고 보지 못하는 '날개'와 '눈(目)'에 대한 추상적 도형화라고 할 수도 있다.

3행에서 시인은 반왜소형(胖矮小形 ; 뚱뚱하고 키가 작은) 앞에서 내가 낙상한 일이 있다고 고백하고 있다. 한데 왜 '뚱뚱하고 왜소한 신'일까. 이 의문은 4행의 도형이 여자의 가슴 혹은 엉덩이를 추상화시킨 것은 아닐까라는 추측과 연결되면서 그 신이 여성임을 암시하기 위한 구절로 읽혀진다. 그러므로 도형의 가운데를 비워놓은 것은 시인이 낙상한 곳이 바로 굴곡진 여성의 가슴 혹은 자궁이라는 사실을 도형화하여 낙상과 침수를 시각화시킨 것으로 읽혀진다. 이

10) 『원본주석 이상문학전집 1 시』(서울 : 문학사상사, 1989), p. 27. 참조.
11) 앞의 책, p. 27. 참조. "저렇게 넓은 날개를 가지고도 높이 날지 못하고 저렇게 큰 눈을 가지고노 살 보지 못하는가." 『莊子』, 김달진(역해)(서울 : 고려원, 1987), p. 296.

때 낙상과 침수는 성교의 의미로 연결된다.[12] 결국 나(남성)와 반왜 소형의 신(여성)이라는 대립 구도 속에서, 신 혹은 여성을 도형화하여 상대적으로 나의 왜소함을 강조하는 효과를 얻고 있다. 자신의 왜소함과 무용성을 강조하는 이 구절에는 현재 시인의 반성적 자의식이 투영되어 있다. 언어유희에 의한 고의적 변형은 '낙상(落傷)한 고사(故事)를유(有)함'이라는 구절에서도 볼 수 있는데 여기서의 '고사(故事)'는 '사고(事故)'로 뒤집어 읽으면 쉽게 이해된다.

또한 마지막 행에 따르면, 4행의 도형은 시인의 내장기관, 즉 '침수된 축사'를 형상화하고 있는 것으로도 보인다. '침수된 축사'의 원관념이 '장부(臟腑 ; 오장육부)'라는 점과 당시 결핵을 앓고 있는 시인의 신체 상태에 대한 은유로 읽혀지기 때문이다. 또한 '장부'는 '장부(丈夫)'라는 동음의 한자를 연상케 하는데, 자신을 비소화시키고 장부로서 감당해야만 하는 모든 책임과 당위를 거부하기 위한 언어유희로 보인다.

다양한 해석의 단서를 제공하고 있는 이러한 도형은 시인의 주관적 인식을 암호화하면서 추상에 의한 유희성을 드러내준다. 결국 시인은

① 二十二라는 시인의 나이(1행)
② 날지 못하고 보지 못하는 날개와 눈(2행)
③ 여자의 가슴 혹은 자궁(3행)
④ 침수된 축사(시인의 오장육부)(5행)

---

12) 이 도형을 정귀영은 욕구의 리비도성으로 파악하고 있는데 凹은 여성을, ↓은 남성을 표상하는 것으로 이해하고 있다. 이승훈도 凹은 오렌지·대포·포도의 이미지를 표상하는 것으로 여성을, ↓는 대포의 이미지로 남성을 표상하고 이 것이 결합된 도형은 '성교'를 의미하는 것으로 인식하고 있다. 『원본주석 이 상문학전집』, p. 28. 참조.

등의 의미를 추상화시키기 위해 기하학적 도형을 차용하고 있는 것이다. 이처럼 패러디스트로서의 이상(李箱)은 선이나 면에 의한 추상적 도형을 패러디하여 새로운 시형식을 시도한다. 기하학적 정신과 입체적 차원을 시 속에 끌어들임으로써 시어의 영역을 확대시키고 있는 것이다. 즉 수학과 같은 비문학장르를 패러디하고 있는 그의 텍스트들은 독자의 상상력을 자극하는 동시에 의미의 개방성 및 난해성을 유도하고 있다. 따라서 그의 독자들은 게임을 하듯 여기저기 숨겨진 단서들을 조합하여 패러디 텍스트의 공백을 메꾸고 그의미를 능동적으로 구체화시켜야만 한다.

2. 자연과학의 법칙과 구조를 차용하는 방법

이 방법은 수학적·건축학적 원리가 내재화되어 있기 때문에 시각적으로 형태화하는 첫번째 방법보다 더 난해하고 오독의 가능성이 더욱 많다.

異常한 可逆反應

任意의半徑의圓(過去分詞의時勢)

圓內의一點과圓外의一點을結付한直線

二種類의存在의時間的影響性
(우리들은이것에관하여무관심하다)

直線은圓을殺害하였는가

顯微鏡

그밑에있어서는人工도自然과다름없이現像되었다.

李箱, <異常한 可逆反應> 중

인용시는 1931년『조선과 건축』에 실린 일어(日語)로 된 작품이다. 제목부터 보자. '가역반응'[13]이라는 화학 용어를 차용하고 있는데, 역으로 진행되는 가역반응 자체가 이상하다는 것인지 아니면 가역반응을 일탈했기에 이상하다는 것인지 그 의미는 모호하다. 제목과 똑같은 1연도 마찬가지다. 한 연으로 활자를 크게 강조하여 그러한 궁금증을 증대시키고 있다. 2연의 '임의의반경의원'이란 반지름의 길이를 임의로 하는, 즉 크기가 자유로운 원을 의미한다. 이렇게 그려진 원의 상태를 시인은 형용사(완료형과 수동형에 사용)의 성질을 띤 '과거분사의시세'라 한다. 이 원은 형상적 측면에서 완전한 형태의 우주를 의미할 수도 있고, '시세(時勢)'라는 의미에 초점을 맞춘다면 임의적인 기존의 세계 질서를 의미할 수도 있다. 따라서 3연의 '원 안의 한 점과 원 밖의 한 점을 연결시킨 직선'이란 완전한 형상을 파괴하는 행위일 수도 있고, 또 세계의 질서 안과 밖을 연결시키는 행위일 수도 있다.

이러한 원 : 직선의 이항대립적 구조는 마치 <시제4호>의 0·1이나, <시제5호>에서의 신 : 나의 대립 관계를 연상시킨다. 원과 직선의 의미는 이 시에서도 역시 세계와 자아, 시간과 공간, 제도적 질서와 일탈, 인공과 자연 등 이항대립적인 모든 체계로 확대할 수 있다.

---

13) 가역반응의 사전적 정의는, A라는 물질로부터 B라는 물질을 생성하는 화학반응이 상황을 달리하는 경우로, B물질로부터 A물질을 생성하는 것처럼 역으로 진행할 수 있는 반응을 일컫는다.

원 ; 여성, 과거분사(완료형·수동형), 자연, 0, 神, 세계, 정신, 삶, 음
직선 ; 남성, 현재형(진행형·능동형), 인공, 1, 人間(我), 자아, 물질, 죽음, 양

4연에서 시인은 원 : 직선, 이 두 존재가 '시간적 영향성'이 있으나 우리는 그 관계에 대해 무관심하다고 한다. 그러나 이 시간적 영향에 대한 구체적 의미는 모호하다. 단지 제목과 연관시켜 볼 때, 원은 직선을 선행하는데 직선이 원을 살해함으로써 원과 직선의 선후관계 및 그 구별이 없어지는, 그와 같은 가역반응의 과정에 무관심하다는 의미인 듯하다.

원 안의 한 점과 원 밖의 한 점이 만나는 직선의 행위를 시인은 5연에서 '직선은원을살해하였는가'라고 묻고 있다. 역시 활자를 크고 진하게 확대하고 있는 것으로 보아 그 의미를 강조하고 있음이 분명하다. 이 물음에 대한 답은 다음 연에서 이루어진다. 렌즈의 초점을 통과한 물체를 크게 확대시키는 현미경의 원리에 의해, 원 밖의 점은 원 안의 점을 통과하면서 원을 살해하고 있다. 그림으로 그리면 다음과 같다.

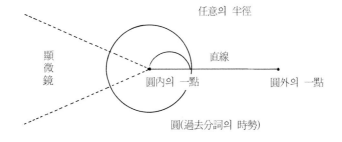

任意의 半徑

顯微鏡

直線

圓內의 一點　　　圓外의 一點

圓(過去分詞의 時勢)

이처럼 물체를 실제의 크기보다 확대해 보여주는 현미경의 렌즈 밑에서는, 직선도 원처럼 보이고 인공도 자연과 같이 보인다는 것이다. 현미경의 렌즈가 의미하는 바 역시 분명치는 않으나, 극도로 확

대된 관점에서 보자면 이 세계의 모든 이항대립적 경계는 무의미하
다는 뜻으로 해석된다. 이와 같은 우호적 해석에도 불구하고 이 시
의 의미는 분명하게 전달되지 않는다. 단지 비문학적 담론인 화학
(가역반응) · 기하학(원과 직선) · 물리학적 원리(현미경)를 차용하
여 시의 언어를 확장시키고 있으며 상상력의 구조를 새롭고 풍요롭
게 하고 있다는 점은 분명하다. 그러나 독자가 메꾸어야 할 텍스트
의 공백이 너무 크다는 점에서 의미실현의 장애요인이 되고 있다.
전문적인 비문학장르를 패러디할 때 시적 형상화의 성패여부는 전
달 매체가 다른 두 텍스트를 접합시키는 고도의 시적 기술에 있다
는 점을 다시 한번 확인시켜주는 작품이다.

　　<선에관한각서 3>은 숫자와 점의 기하하적 배열과 수식을 차용
하고 있다.


```
        1   2   3
  1     ·   ·   ·
  2     ·   ·   ·
  3     ·   ·   ·
        3   2   1
  3     ·   ·   ·
  2     ·   ·   ·
  1     ·   ·   ·
```

$$\therefore \ _n P_h = n(n-1)(n-2)\cdots\cdots(n-h+1)$$

（腦隨는부채와같이圓까지展開되었다, 그리고完全히回轉하였다）

　　　　　　　　　　　　李箱, <線에關한覺書 3> 전문

　　이 시 역시 1931년『조선과 건축』에 발표된 일문시다. 언어는 거

의 배제되고 숫자와 기호 및 수식이 시 전체를 차지하고 있다. 기존의 시형식에 대한 일탈과 부정이 극점을 이룬다. '선에관한각서'라는 제목부터 특이하다. 시 전체 안에서는 어떠한 선도 드러나 있지 않고, 게다가 약속이나 요구사항을 적은 문서를 지칭하는 각서의 형식과는 전혀 어울리지 않기 때문이다. 제목도 만만치 않지만 시의 본문도 마찬가지다. 숫자와 점으로 배열된 처음 연의 오른쪽과 아래는 왜 숫자가 비워져 있는가, 점들이 의미하는 바는 무엇인가. 그리고 2연의 순열 공식은 무엇을 의미하는가, 괄호 안의 구절은 어떻게 해석해야 할까.

1·2·3이라는 숫자와, 점의 배열로 이루어진 첫연을 보자. 이 시는 '삼진법'의 원리에 의해 숫자가 배열되고 있다. 그 기본원리는 앞에서 살펴본 <시제4호>와 유사한데, <시제4호>가 십진법에 의해 숫자가 거꾸로 배열되고 대각의 점들을 중심으로 한 숫자씩 어긋나 있었다면, 이 시는 삼진법에 의한 기본 숫자를 가로 세로로 배열한 후 그 가운데를 숫자 대신 점으로 메꾸고 한 층위를 더 설정하고 있다는 차이가 있다. 삼진법을 택한 이유는 3차원의 현실세계, 3위일체, 천지인(天地人) 삼재(三才) 등에서 비롯되는 세계표상을 의미하기 위한 것으로 보인다. 실제로 3으로 상징되는 원초적 역동주의는 대부분의 종교에서 발견되고 있는데, 원형적으로는 탄생·삶·죽음 또는 과거·현재·미래의 이미지 등을 예시한다.[14]

두 점을 최단거리로 이으면 선이 생긴다. 이 사실에 주목해, 하나의 점을 다른 점들과 이었을 때 생기는 여러 개의 선들에 대한 이해는 이 시 해석에 중요한 관건이 된다. 먼저 9개의 점을 중심으로 형성되는 선들은, □·△·◇의 도형은 물론 사방대칭선들을 만들어

---

14) Georges Nataf(1981). *Symboles Signes et Marques* (Paris : Berg International). 『상징·기호·표지』, 김정란(역)(서울 : 열화당, 1987), p. 142.

내고 있다. 그림으로 그려보자면 다음과 같다.

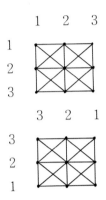

　9개의 점이 만들고 있는 가장 큰 사각형 □은, 두 대각선 ×에 의해, 네 꼭지점이 각각의 뿔이 되는 큰 삼각형 4개와 가운뎃점이 뿔이 되는 작은 삼각형 4개로 분할된다. 또한 큰 삼각형은 그 안에 각각 田과 같은 네 개의 작은 사각형을 품는다. 그 작은 네 개의 사각형은 각각 또 다시 4개씩의 크고 작은 삼각형들을 갖는다. 이처럼 사각형 안에 들어 있는 삼각형들, 그 삼각형들 안에 들어 있는 작은 삼각형과 사각형들은 남녀양성이 혼재하는 전체성을 표현한다.[15] 세계(자아)는 음과 양으로 결합된 소세계(소자아)를, 그리로 각각의 소세계(소자아)는 다시 음과 양으로 결합된 더 작은 소세계(더 작은 소자아)로 미분되고 있는 것이다.

　또 다른 관점으로 이 9개의 점들을 살펴보자면 ∵ .∵ ⋯ ︰과 같은 4개의 대칭선을 추출할 수 있다. 균형과 질서를 잡기 위한 가장 기본적인 원리가 대칭이다. 이상의 문학은 모티브 · 구성 · 소재 등에서 대칭을 근간으로 하는 경우가 많은데,[16] 대칭구조는 앞에서

---

15) 앞의 책, p. 151.

살펴본 0 : 1, 신 : 나(인간), 원 : 직선, 여자 : 남자와 같이 그의 시의 근간을 이루는 이항대립적 세계인식과도 맞닿아 있다. ∴는 숫자들 간의 정(正)대칭 관계를, ⋯은 역(逆)대칭 관계를 이룬다. 마찬가지로 잠정적인 정대칭 ∵과 역대칭 : 도 상정해 볼 수도 있겠다. 삼진법에 의한 순차적 나열(1·2·3)과 역의 나열(3·2·1)로 배치된 9개의 점들에 의해 가로·세로·대각으로 대칭이 형성되고 있는 것이다.

이러한 직선과 교점의 관계는 수학의 순열·조합의 원리와 기하학적 원리를 차용한 것이다. 다음 연의 순열 공식은 이를 증명해준다. 이 공식에 따르면 9개의 점들이 만들어내는 선의 결합수는 순열의 조합수만큼이나 다양하다. 그러므로 시에 차용된 순열 공식 '$_nP_h$ = $n(n-1)(n-2)\cdots(n-h+1)$'(서로 다른 n개의 물건 중 h개만 골라서 나열시키는 방법의 수)은 두 층위의 9개의 점(×2), 즉 18개의 점이 만들어내는 모든 점들의 결합수를 추상화시킨 것으로 보인다. 삼진법과 18개의 점들, 즉 수(식)와 점(선)들은, 모든 소자아들이 결합하여 대자아를 이루고 그것들이 서로 대칭구도를 이루고 있는 세계의 질서를 추상화하고 있다.

또한 일련의 대칭축을 일정한 각도(120·180·90·30°)로 회전시켜 배열하면 방사선상의 대칭도형이 생기고, 가운뎃점을 중심으로 1 : 1의 등거리를 형성한다. 이것을 방사대칭이라 하며 가운뎃점을 대칭점이라 한다.[17] 이렇게 보면 괄호 속의 '뇌수는부채와같이원까지전개되었다,그리고완전히회전하였다'라는 뜻도 해독될 듯하다. 즉 사방팔방으로 이루어진 선대칭은 마치 부챗살과 같은 형태를 띠고

---

16) 최혜실(1991). 1930년대 한국 모더니즘 소설 연구. 서울대학교 박사학위논문, 미간행, p. 70. 참조.
17) 앞의 책, p. 70. 참조.

있고 그것은 또 360°를 이루고 있기 때문이다. 특히 괄호 속의 구절은 헝가리 건축학자 모호리 나기이의 글을 패러디한 것[18]한 것이기도 한데, 모호리 나기이의 글에서 '부채꼴 인간'이란 원시적이고 전인적인 인간을 의미한다. 따라서 이 마지막 구절은, 순열의 결합수만큼 다양한 세계(자아)가 바로 전인적인 세계(자아)라는 의미로 해석될 수 있다. 즉 전인적인 세계는 곧 원 ○이나 사면체 □와 같은 완전한 상태를 의미하는 것으로 보인다.

이렇듯, 이상(李箱)은 수학·기하학·건축학이 갖는 독특한 원리를 끌어들여 시적 상상력의 새로운 탈출구를 모색했다. 수와 식, 도형의 기호작용에 의해 시인이 전달하고자 하는 의미를 추상화시키고자 하는 데서, 나아가 언어가 전달할 수 없는 것을 전달하고자 하는 데서 그의 패러디 동기를 찾아볼 수 있다. 그는 수학이나 기하학 및 기타 실용과학이 갖는 추상적·확정적·고정불변적 질서를 동경했거나 그렇지 않으면 그것들에 대한 거부감을 가지고 있었던 것으로 보인다. 인간 내면의 질서와 우주의 질서를 숫자나 기하학적 도형으로 형상화한 그의 작품들에는 수학적 인식체계에 대한 지향성과 그것에 대한 부정의식이 동시에 드러나고 있기 때문이다.

이와 같은 그의 패러디 작업은 분명 의미있는 작업임에도 불구하고 난점을 안고 있다. 수학·기하학·건축학과 같은 비문학장르를 지나치게 전문적이고 주관적으로 차용하여 전문적인 시 연구자들조차도 의미해독에 어려움을 겪고 있기 때문이다. 그의 패러디 텍스트

---

18) 『朝鮮と建築』1932년 9월호에 발표한 권두언에는 "教育問題······/부채꼴의 人間 ······ 原始人은 혼자서 獵師, 工藝家. 建築師, 醫師를 겸했다······ 現代人은 그 중 하나를 선택한다.//미래는 전인적인 人間을 요구한다<R>"라는 모호리 나기이의 글을 인용하고 있는 이상의 글이 있다. 이상이 편집을 담당했던 『朝鮮と建築』이라는 잡지의 권두언 중에서 R이라는 이니셜은 이상의 것으로 알려져 있다. 이어녕(1977). 『이상수필전작집』(서울 : 갑인출판사), p. 244.

들은 마치 암호와도 같다. 하지만 패러디가 구체화되기 위해서는 무엇보다도 패러디스트의 동기와 패러디 텍스트의 의미가 독자들에게 분명하게 전달될 수 있어야 한다. 그러므로 패러디의 지나친 전문화나 주관화는 경계해야 할 것이다. 원텍스트에 대한 독자의 정보가 부족할 경우, 패러디스트의 의도와 너무 동떨어진 독서를 하게 되거나 작품의 구조적 회로를 찾아내기 어려워 답답하고 흥미를 상실한 독서가 될 우려가 있기 때문이다.

회화에서 차용한 이미지의 동시적 병치

회화와 시는 모두 이미지에 의해 구성되며 이미지를 통해 표현된다. 그러나 시가 대상화되지 않는 비실재적 장르인 반면, 회화는 여러가지 물질적 재료로 대상화되는 실재적 장르이다. 또 다른 관점에서 보자면, 회화가 공간적 제한에 의해 제재 선택을 한정받는 한편, 시는 제재 선택에서는 자유롭지만 언어의 재현적 한계라는 점에서 제약을 받는다. 매체적 속성이 다른 장르간의 역동적 교류라는 관점에서 시가 회화를 패러디한다는 것은, 구체적인 회화 작품을 원텍스트로 하면서 화가가 공간 속에 표현해놓은 선과 색채를 시간성에 의존하는 시의 언어로 재창조해내는 행위를 일컫는다. 그러므로 '회화에 대한 패러디 시 연구'는 '시에 나타난 회화성 연구'와는 분명하게 변별된다. 회화성 연구란 이미지를 핵심으로 하는 시적 특징에 관한 연구인 바, 일례로 이미지스트라 불리우는 현대 시인들을 대상으로 하는 일련의 회화성이나 이미지 연구가 이에 해당한다. 그러나 회화에 대한 패러디 연구는 기존의 회화 작품을 의식적으로 전경화시킴으로써 두 텍스트간의 대화성을 환기시키는 텍스트에 한정한다. 이럴 경우 원텍스트의 어떠한 회화적 특성이 어떠한 동기와 어떤 언어로 차용되고 있는가에 대한 고찰에 중점을 두어야 한다.

김춘수는 시창작에 있어 미술이나 음악과 같은 비문학장르로부터 많은 도움을 받았으며 실제로 그것들을 성공적으로 형상화시킨 대표적인 시인이다. 특히 회화에 대한 그의 관심은 집요했다. 그는 일상적 의미와 기존의 시규범을 벗어나기 위해 회화 작품을 차용하여 그것들을 자신의 언어로 재구현해내고 있다.

1. 한 편의 회화 작품을 대상으로 하는 방법

회화에 대한 패러디 역시 원텍스트로서의 회화 작품에 대한 시인의 감상을 전제로 한다. 그 원텍스트는 시인의 사실적인 묘사에 의해 재구축될 수도 있고, 시인의 주관적이고 관념화된 진술에 의해 재구축될 수도 있다. 그러나 회화 작품을 사진으로 찍은 듯 사실적 언어로 재현한다는 것은 불가능한 작업일 뿐만 아니라 창조적이지도 않다. 회화를 대상으로 한 김춘수의 패러디 텍스트는 원텍스트의 회화적 특성이 시인의 주관에 의해 선택적으로 변형되고 있다.

여기에 섰노라. 흐르는 물가 한 송이 水仙되어 나는 섰노라.

구름 가면 구름을 따르고, 나비 날면 나비와 팔랑이며, 봄 가고 여름 가는 온가지 나의 양자를 물 위에 띄우며 섰으량이면,

뉘가 나를 울리기만 하여라. 내가 뉘를 울리기만 하여라.

(아름다웠노라

아름다왔노라)고,

바람 자고 바람 다시 일기까지, 해 지고 별빛 다시 널리기까지, 한 오래기 감드는 어둠 속으로 아아라히 흐르는 흘러가는 물소리……

(아름다왔노라
아름다왔노라)고,

하늘과 구름이 흘러가거늘, 나비와 새들이 흘러가거늘,

한 송이 水仙이라 섰으량이면, 한 오래기 감드는 어둠 속으로, 아 아라히 흐르는 흘러가는 물소리……

　　　　김춘수, <나르시스의 노래-살바도르 달리의 그림에> 전문

제목과 부제로 미루어 보아 달리의 <나르시스의 변신Metamorphosis of Narcissus>을 원텍스트로 하고 있음을 알 수 있다. 이 달리의 <나르시스의 변신>도 '나르시스의 신화'를 원텍스트로 한 패러디 텍스트다. 그러므로 김춘수의 <나르시스의 노래>는 문학(신화) → 회화 → 문학(시)이라는 이중의 패러디 과정을 거치고 있다. [그림 참조]

달리의 그림은 하나의 모티브가 다른 모티브로 변신하는 환상을 그려보이고 있다. 그림의 오른쪽 부분은 나르시스가 죽어 변했다는 수선화를 중심으로 구성되어 있는데 그 수선화는 엄지·검지·중지에 의해 세워진 알 속에서 피어나 있다. 알이 나르시스의 완전하지만 폐쇄된 에고의 세계를 상징한다면, 손은 나르시스의 자의식을, 수선화는 나르시스의 아름다움을 상징한다. 즉 달리는 나르시스를

Salvador Dali, <나르시스의 변신 Metamorphosis of Narcissus>(1936)

자의식·미의식·에고의 상징으로 파악한 듯하다. 정확히 반으로
접은 듯한 왼쪽 부분은 오른쪽과 대비적이다. 시간의 터널을 지난
듯 손가락·알·수선화는 황폐하게 말라 비틀어지고 물에 반쯤 잠
긴 채 형해화되어 있다. 그러나 그 형해화된 손가락·알·수선화의
그 형상을 가만히 들여다보면, 성인 남자가 왼쪽 무릎을 세우고 왼
팔을 늘어뜨리고 고개를 숙인 채 자신의 내면을 들여다보면서 고뇌
하는 모습으로도 보인다. 이때 손가락 뼈와 말라 비틀어진 알은 각
각 팔다리와 머리가 되고, 시들은 수선화는 뒤로 묶은 머리채가 된
다. 폐허화된 이미지의 효과를 강조해주던 누런 빛은 건장한 남자의
살빛으로 변하면서 고뇌하고 절망하는 인간의 실존적 이미지를 형
상화하고 있다.

　동일한 대상에 대해 시간을 달리하여 찍은 두 장의 사진을 펼쳐
놓은 듯한 이 그림은, 물을 경계로 서로를 반영하고 있다. 즉 달리는

나르시스의 변신과정을 이중화상의 효과[1]를 통해 재창작하고 있다. 이 이중화상은 여러 측면에서 이뤄지고 있는데, 그림을 오른쪽에서 왼쪽으로 보느냐 아니면 왼쪽에서 오른쪽으로 보느냐에 따라 변신의 과정이 다르게 보이도록 배열하고 있는 점, 수선화가 핀 알을 들고 있는 손의 형상과 자신의 얼굴을 들여다보고 있는 나르시스 모습을 동시적으로 병치시키고 있다는 점, 보는 관점에 따라 나르시스 모습 자체가 건장한 사내의 이미지로도 보이고 폐허화된 이미지로도 보이게 하고 있다는 점, 좌우의 배경이 고대와 현대로 대비되고 있다는 점 등이 바로 그것이다.

이와 같은 이중화상은 꿈과 현실, 무의식과 의식, 환상과 실재라는, 상반된 세계의 변증법적 통합이 만들어내는 초현실주의의 비전을 그려보이기 위한 것으로 보인다.

이같은 달리의 그림을 패러디하고 있는 김춘수의 <나르시스의 노래>는 또 다른 정신과 감수성에 도달하고 있어, 달리적 상상과 김춘수적 상상이 어떻게 부합되고 또 어떻게 차별화되는지를 보여준다. <나르시스의 노래>는, 물에 비친 자신의 모습을 아름다운 물의 요정이라 생각하여 그를 사랑하고 그리워하다가 빠져 죽어 수선화로 변했다는 '나르시스 신화'와 달리의 그림을 동시에 패러디하고 있다. 때문에 달리의 그림을 모르는 독자라도 시의 의미해독에는 별 지장이 없다. 그러나 시인이 굳이 부제를 붙여 달리의 <나르시스의 변신>을 끌어들이고 있는 까닭은 무엇일까. 첫째는 달리의 초현실주의적이고 그로테스크한 이미지와 메시지를 차용하기 위해서이고, 둘째는 달리의 그림을 환기하면서 읽어달라고 독자들을 향해 적극적으로 요구하기 위해서다. 실제로 달리의 그림을 배제한 독서를 하

---

1) 박래경(1974). 초현실의 세계-에른스트/달리/미로를 중심으로. 『서양미술전집 샤갈』(서울 : 한국일보사), pp. 127-28.

자면 '여기에 섰노라. 흐르는 물가 한 송이 水仙되어 나는 섰노라', '(아름다왔노라/아름다왔노라)고'의 의미는 쉽게 이해되다 못해, 난해시 혹은 무의미시를 특징으로 하는 김춘수의 시답지 않게 너무 단순해진다.

그러나 부제의 요청에 따라 달리의 그림을 원텍스트로 했을 때 '물가의 수선'이나 '아름다왔노라'의 의미는 상당히 모호해지고 난해해진다. 왜냐하면, 첫째로는 어둡고 그로테스크한 달리의 그림과 맑고 투명한 김춘수의 시가 빚어내는 대조성 때문이고, 둘째는 달리의 그림에서 '물가의 수선'이 이중성과 애매성을 띠고 있기 때문이다. 즉 '여기에 섰노라. 흐르는 물가 한 송이 水仙되어 나는 섰노라'는, 달리의 그림 중 인간의 실존적 존재확인을 위한 자세를 환기하며, '(아름다왔노라/아름다왔노라)'도 신화 속 나르시스의 외모가 아니라 시간과 풍화를 견디는 실존적 자각에서 비롯되는 고독한 아름다움을 환기한다. 그러기에 '뉘가 나를 울리기만 하'고 '내가 뉘를 울리기만 하'는 그 아름다움은, 달리의 그림과 김춘수 시 사이의 대화성에서 비롯되는 그로테스크함을 간직한 것이다.

나르시스 신화나 달리의 그림, 그리고 김춘수의 시 모두에서 공통적으로 강조하는 것은 '물'의 이미지다. 신화 속의 물이 나르시스의 얼굴을 비춰주는 실제적인 거울의 이미지를 강조하고 있다면, 달리의 물은 그림에서 보는 바와 같이 화가 자신의 어두운 내면을 반사하는 탁한 이미지가 가미되어 있다. 이에 비하면 김춘수 시 '어둠 속으로 아아라히 흐르는 흘러가는 물소리……'는 맑게 흘러가는 물소리를 강조한다. 그 의성어가 바로 '아아라히'인데 그 음상이 탁하거나 무겁지 않다는 점에서 달리적 어둠을 한층 맑게 걸러준다. 특히 그 물소리는 '울리다'라는 동사와도 어우러져 맑은 슬픔, 즉 내면화된 '울음'의 이미지를 자아낸다. 팔랑이는 나비와 흘러가는 세도 닿

리의 그림과는 다른 밝고 동적인 분위기를 연출하고 있다. 잦은 연
갈이 및 쉼표와 말없음표는 흐르는 물의 시각화 장치이자 이와 같
은 존재론적 시간과 내면을 향한 응시, 거기서 비롯되는 아름다움이
라는 복잡한 메시지를 담을 수 있는 여백을 마련하기 위한 장치라
볼 수 있다. 4연과 6연의 괄호쓰기 또한, 한 폭의 캔버스 안에 여러
차원이 병치되어 있는 달리 그림의 특성을 반영한 듯, 내면과 외면
을 동시적으로 제시하는 입체적 효과를 내고 있다. 요컨대 달리가
나르시스 신화를 그로테스크한 환상으로 제시하고 있다면, 김춘수
는 원텍스트의 분위기를 차용하여 내면화시킴으로써 투명한 비극적
아름다움으로 변용시키고 있다. 화가가 대상을 관찰하여 대상의 내
적 의미를 간소한 선의 형체로 표현하듯, 김춘수는 달리의 그림을
주관화시켜 재해석하고 있는 것이다.

　시인이 회화 속에 들어가 원텍스트의 의미를 주관화시켜 재해석
하고 있는 경우를 <샤갈의 마을에 내리는 눈>에서도 볼 수 있다.

　　　샤갈의 마을에는 三月에 눈이 온다.
　　　봄을 바라고 섰는 사나이의 관자놀이에
　　　새로 돋는 靜脈이
　　　바르르 떤다.
　　　바르르 떠는 사나이의 관자놀이에
　　　새로 돋는 靜脈을 어루만지며
　　　눈은 數千數萬의 날개를 달고
　　　하늘에서 내려와 샤갈의 마을의
　　　지붕과 굴뚝을 덮는다.
　　　三月에 눈이 오면
　　　샤갈의 마을의 쥐똥만한 겨울 열매들은

다시 올리브빛으로 물이 들고
밤에 아낙들은
그해의 제일 아름다운 불을
아궁이에 지핀다.

김춘수, <샤갈의 마을에 내리는 눈> 전문

이 작품 역시, 현실을 모방한 것이 아니라 기존의 예술작품을 대상으로 창작하고 있다는 점에서, 그리고 의식적으로 원텍스트를 전경화시키고 있다는 점에서 패러디 텍스트로서의 근거는 마련될 수 있다. 따라서 독자로 하여금 원텍스트를 환기하면서 읽어달라는 시인의 적극적인 요구를 담고 있는데, 구체적으로는 '샤갈'이라는 이름과 '샤갈의 마을' '사나이' '샤갈의 마을의 지붕과 굴뚝' '올리브빛' 등의 시어를 통해 원텍스트를 전경화시키고 있다. 이러한 시어들은 샤갈의 그림과 김춘수의 <샤갈의 마을에 내리는 눈>간의 유사성과 차이성을 전제로 한 독서를 유도한다. 이때 원텍스트는 김춘수의 주관화되고 내면화된 언어에 의해 변형되기 때문에 원텍스트와 패러디 텍스트간의 대화성은 획득된다. 이처럼 패러디 텍스트가 원텍스트의 어떤 요소를 의식적으로 반복하거나 모방인용할 때 그 각각의 텍스트들이 포함된 문맥(시·공간)의 차이, 즉 원텍스트 문맥에서 패러디 텍스트 문맥으로의 이동에 의해 새로운 의미는 구축될 수 있는 것이다. 특히 장르를 달리한 모방인용은 장르간의 매체적 상이성으로 인해 원텍스트와의 차이는 더욱 강조될 수 있다. 김춘수는 다른 글에서 이 시의 원텍스트를 좀더 분명하게 밝힌 바 있다.

나는 반쯤 졸음에 취한 기분으로 언젠가 본 샤갈의 「마을」이라는 화제(畵題)의 그림을 생각하고 있었다. 그러나 내 머릿속을 한순간

「샤갈의 마을」이라고 하는 하나의 이미지가 스쳐갔다. 시가 한 편 씩 어질 것 같은 기분이었다.

　이리하여 한 2,3일을 만지작거리다가 이 시가 완성된 것이다.

　샤갈의 그림인 「마을」에서 특히 인상깊었던 것은, 커다란 당나귀의 눈망울이었고 그 당나귀의 눈망울 속에 들어앉아 있는 마을이었다. 그리고 그 환상적인 색채가 또한 인상적이었다.[2] (밑줄 필자)

인용문은 <샤갈의 마을에 내리는 눈>의 원텍스트가 샤갈의 <나와 마을Moi et le village>(1911)이라는 점과, 그 중에서도 '당나귀의 눈망울'과 그 속에 들어앉은 '마을', 그 환상적인 색채가 패러디 동인이 되었다는 사실을 고백하고 있다. <나와 마을>은, 샤갈 스스로가 "나의 고향 마을은 암소의 얼굴로 상기된다. 인간에게 순응하는 듯한 암소의 눈과 나의 눈이 합해지고 있다"[3]라고 밝힌 바 있듯, 흰암소와 올리브빛 사내를 양편에 위치시켜 대각의 ×선과 중앙의 ○선을 중심 구도로 유년시절의 체험을 자유스럽고 몽상적으로 그리고 있다.[4] [그림 참조]

　샤갈은 유년의 근원으로 암소를 선택하고, 세계의 중심으로 자신의 유년 공간을 선택한다. 그림의 오른쪽 하단부 △부분에서 샤갈은, 꽃나무(풀)를 들고 있는 올리브빛의 사나이에게 자신의 현재를 투사키시고 있다. 반대편 왼쪽 상단부 ▽는 유년의 근원적 상징인 흰암소가 있는 공간으로 유년의 단편들이 환상적으로 파편화되어 있다. 특히 단순한 선분할에 올리브빛과 붉은빛의 보색 대비를 이루

　2) 김춘수(1986). 샤갈의 마을에 내리는 눈.『시와 시인의 말』, 서정주(외)(서울 : 창우사), p. 96.
　3) 변종하(1972). 인간의 고향은 어디에?―샤갈의 사상과 작품.『서양미술전집 샤갈』(서울 : 한국일보사), p. 89. 재인용.
　4) 윤호병(1994). 문학과 회화.『비교문학』(서울 : 민음사), pp. 283-295. 참조.

Marc Chagall, <나와 마을 Moi et le village>(1911)

는 △의 현재와, 섬세하고 동적인 선분할에 푸른빛과 분홍빛이 어우러져 몽상적인 분위기를 자아내는 ▽의 과거는, 색깔과 선분할에 의해서도 선명하게 대조를 이룬다. 또 다른 대칭적 구도는 위·아래로도 이루어진다. 교회와 농가 및 일하러 나가는 농부와 거꾸로 걷는 아내를 그린 상단부 ▽ 부분과, 작은 꽃나무 가지를 들고 있는 건강한 사내의 손을 그린 하단부 △ 부분이 그것이다. 이 두 부분은 섬세한 선의 분할로 구성되어 있다는 공통점을 갖는다.

이처럼 ×자로 교차된 과거와 현재의 대칭 부분들은 변별적으로 단절되기보다는 혼용되어 있다. 그 이유는 먼저, 흰색을 덧칠함으로써 색들의 경계를 희미하게 처리하는 혼합기법과 기억·희망·꿈과 같은 몽상의 동시적 재현법에서 찾을 수 있다. 또한 각 부분을 하나로 엮고 있는 중앙의 ○선과, 중앙을 향하고 있는 암소와 사나이의 마주친 시선, 그리고 사방을 향하고 있는 사람들의 동적인 움직임 때문이기도 하다. 여기서 비롯되는 환상성이 서로의 경계를 삼투하는 화해로운 이미지를 환기하는 것이다. 이렇듯 샤갈은 농촌생활과 토속적 풍경들로 이루어진 유년체험을 몽환적인 상상력과 혼합적인 색채로 표현하고 있다.

김춘수가 샤갈의 그림에서 보았던 것도 바로 이러한 유년체험과 환상적 요소이다. 원텍스트를 변형시킨 구체적인 양상을 보자. 먼저 샤갈의 그림이 갖는 환상적이고 서정적인 분위기는 '삼월'과 '눈'을 결합시킴으로써 재구축된다. 시인이 새롭게 부여한 이미지 '삼월에 내리는 눈'은 병치적 이미지에 의한 모순어법의 하나로 그의 조어법(造語法)의 특징을 반영하고 있다. 이러한 구절은 상서로우면서 불안한, 풍요로우면서 긴장된, 봄과 겨울이 혼재한 환상의 세계를 촉발시키는 단초를 마련해준다. 봄이 다가오고 있는데 눈이 내리는 아이러니컬한 정경이 한 사나이의 마음에 일으키는 동요[5]는, 패러디 텍스트의 시적 원동력으로 작용하고 있으며 새로운 욕망을 암시하는 3행과 6행의 푸른 '정맥'에 의해 구체화되고 있다. 그 동요에 의해, 원텍스트에서 올리브빛 사나이에 오버랩되어 있듯이 김춘수는 '사나이'라는 시어에 시적 자아를 투사시킨다. 슬라브적 유년의 세계를 환상적 화폭에 담고 있는 원텍스트와 다르게 시인은 한국적인 유년과 현재를 한 편의 서정시 속에 압축하고 있다. 하지만 원텍스

---

5) 김춘수(1986), p. 97.

트의 사나이가 '암소'를 통해 유년의 공간을 환기하고 있다면, 패러디 텍스트 속의 사나이는 '삼월에 내리는 눈'을 통해 유년을 환기하고 있다는 차이가 있다.

특히, 김춘수의 한국적 풍경은 '삼월에 내리는 눈'과 푸른 '정맥', '쥐똥만한 겨울 열매'와 아궁이에 지피는 '불'의 이미지를 새롭게 부각시킴으로써 획득되고 있다. 그 주요 이미지들은 다음과 같은 원텍스트의 주요 모티브들을 변형시킨 것이다.

<마을과 나>	<샤갈의 마을에 내리는 눈>
왼쪽의 암소	→ 삼월에 내리는 눈
오른쪽 올리브빛 사나이	→ 사나이의 관자놀이 '정맥'
하단부의 꽃가지	→ 올리브빛 '쥐똥만한 겨울 열매'
상단부 슬라브적·유태적인 마을 풍경	→ '밤에 아낙들은/그해의 제일 아름다운 불을/아궁이에 지핀다'와 같이 한국적인 분위기
'암소 : 사나이'의 대칭 구도	→ '눈 : 정맥'의 대비
(과거 : 현재)	(과거 : 현재)
(흰색 : 초록색)	(흰색 : 푸른색)
	(겨울 : 봄)

원텍스트 속에 존재하지 않는 '아궁이의 불'은, '봄을 바라고 섰는 사나이'와 '불을 지피는 아낙'의 사랑[6]에 대한 은유로써 패러디 텍스트만의 특징이다. 두 텍스트간의 위와 같은 변별성은 곧 김춘수의 <샤갈의 마을에 내리는 눈>이 샤갈의 <나와 마을>과 의미적 긴장

---

6) 김현자(1987). 한국 현대시의 구조와 청자의 반응에 관한 연구.『논총』52집. 이화여자대학교 한국문화연구원. pp. 47-48.

혹은 대화적 관계를 유지하고 있으며, 원텍스트와 다른 새로운 의미를 형성하고 있다는 점을 단적으로 보여준다.

2. 여러 편의 회화 작품을 원텍스트로 하는 방법

여러 편의 회화 작품을 원텍스트로 차용하되 그 작품들의 창작 배경이나 화가의 삶이 부차적인 패러디 대상이 되는 경우도 있다. 루오의 작품을 원텍스트로 하는 김춘수의 시들은 루오 그림에 특징적으로 드러나는 소재나 화법, 구도, 색감 등을 패러디의 대상으로 삼고 있다.

그 하나, 몸져누운 어릿광대
衣籠과 갓으로 이름난
그때의 統營邑 明井里 갓골
토담을 등에 지고 쓰러져 있던
엿장수 아저씨,
기분 좋아 실눈을 뜨고
입에는 게거품을 문
거나하게 취한 얼굴 滿月 같은 얼굴,
엿판을 허리에 깔고
기분 좋아 흥얼대던 육자배기
場打令,
그러나 그는 울고 있었다.
해저무는 더딘 봄날 멀리멀리 지워져 가던
閑麗水道 그 아득함,

그 둘, 郊外의 예수

예루살렘은 가을이다.
이천 년이 지났는데도
집들은 여전히 눈 감은 잿빛이다.
예수는 얼굴이 그때보다도
더욱 문드러지고 윤곽만 더욱 커져 있다.
左右에 선 야곱과 요한,
그들은 어느쪽도 자꾸 작아져 가고 있다.
크고 밋밋한 예수의 얼굴 뒤로
영영 사라져 버리겠다. 사라져 버릴까?
해가 올리브 빛깔로 타고 있다.
지는 것이 아니라 솔가리처럼 갈잎처럼
타고 있다. 냄새가 난다.
郊外의 예수, 예루살렘은 지금
유카리나무가 하늘빛 꽃을 다는
그런 가을이다.

　　　　　　김춘수, <루오 할아버지가 그린 油畫 두 점> 전문

이 작품도 제목과 소제목을 통해 원텍스트를 전경화하고 있다. 첫번째 시 '그 하나, 몸져누운 어릿광대'의 원텍스트는 어릿광대를 소재로 한 루오의 작품들[7]이고, 두번째 시 '그 둘, 교외의 예수'는 루오가 말년에 그린 일련의 종교적 풍경화[8]를 대상으로 하고 있다. 인

---

7) <어릿광대Pierrot와 원숭이>(1910), <3인의 어릿광대>(1917), <광대>(1925), <늙은 어릿광대와 개>(1925), <서커스>(1930), <다친 어릿광대>(1932), <流星의 서커스>(1935), <귀족적인 피에로>(1941), <푸른 어릿광대들>(1943), <두 광대>(1947), <앉아있는 어릿광대>와 같은 작품들의 창작 여두에서도 알 수 있듯 어릿광대는 초기에서부터 만년에 이르기까지 그의 주된 테마였다.

용시는, 소제목을 따로 붙인 것에서도 알 수 있듯이, 별 관련성이 없어보이는 두 편의 시를 한 데 묶어놓고 있다. '그 하나'가 담 밑에 쓰러져 있던 통영의 엿장수를, '그 둘'이 예루살렘 교외의 예수를 소재로 하고 있는데, 이 둘간의 매개항을 찾기란 쉽지 않다. 그러나 루오의 그림을 잘 알고 있고 이 시가 루오의 그림을 패러디하고 있다는 사실을 알고 있는 독자라면 이 두 편의 시를 잇는 매개항을 쉽게 발견할 수 있다.

두터운 색채와 강렬한 선을 특징으로 하는 개성적인 회화 기법으로 죄와 구원이라는 비극적 주제를 즐겨 다룬 루오의 대표적인 작품에는, 어릿광대와 그리스도를 소재로 한 유화와 판화들이 많다. 루오는 무대 위의 서커스 자체를 편화된 삶의 모습으로 인식했다. 화려한 분장과 옷차림으로 웃음과 재주를 파는 어릿광대의 고달픈 생활 속에서, 그리고 뭇사람들 앞에서 웃기기를 멈추고 자기 자신으로 돌아온 어릿광대의 고독과 피로 속에서, 루오는 인간의 숙명적 비애를 발견했던 것이다. 그는 다음과 같이 말한 바 있다.

피에로, 그것은 나이다. 우리들이다. 만일 사람이 우리 모습을 본다면 알지 못할 연민의 정에 가슴이 메어지지 않는 사람이 없으리라. (중략) 나는 내가 말하고 싶은 모든 것을, 그것도 아주 완전하게, 피에로와 그의 꿈에 예약하고 있는 셈이다.[9]

---

8) <교외의 그리스도>(1920), <나자렛의 가을>(1948), <풍경 : 세 사람이 있는>(1948), <가을, 또는 성서의 풍경>(1949), <성서의 풍경>(1949), <달빛>(1952), <만추 Ⅲ>(1952), <예루살렘>(1954). 이같은 작품들의 공통점은 예수를 포함한 3인 구도의 성서 풍경이라는 점, 가을을 배경으로 한다는 점이다.
9) 유근준(1972). 형상을 통한 신앙고백의 예술—루오의 생애와 작품들. 『서양미술전집 루오』(서울 : 한국일보사), p. 97. 재인용.

Georges Rouault,<다친 어릿광대 Le clown blessé>(1932)

Georges Rouault,<수난받은 예수 Téte du Christ>(1937-1938)

어릿광대는 루오에게 있어 고독과 비애의 인생 상징이다. 고통에 내리눌리고 재난에 둘러싸인 평범한 인간들의 선천적인 선(善)함을 변호하는 <다친 어릿광대>를 비롯한 일련의 '어릿광대' 작품들은, 긴 측면의 얼굴에 돋아난 광대뼈, 늘어진 턱, 감은 눈, 여윈 옆얼굴과 숙인 고개 등을 특징으로 한다. 이러한 모습이 바로 루오에게 비친 연민의 인간상이자 온갖 고통을 감내하는 장엄한 인간의 모습이다. 이 장엄함을 근간으로 어릿광대의 모습은 곧 그의 또 다른 중심테마였던 예수 그리스도의 모습과 오버랩된다. <수난받은 예수>에서 루오는 예수의 얼굴을 굵은 선과 거친 면으로 편화시켜 놓고 있다. 그와 같은 단순한 편화에는 예수의 수난과, 예수를 박해했던 인간의 잔인함과 무지함이 압축되어 있다. 즉, 예수의 모습에는 수난의 고통스러움과 그것을 극복하는 장엄함이, 그리고 인간의 어리석음과 비애에 대한 신적인 연민과 동정이 깃들어 있는 것이다. 특히 <다친 어릿광대>에서 양쪽 사람에게 부축을 받고 있는 늙고, 지치고, 아픈, 중앙의 어릿광대는 이 수난받은 예수의 모습과 일치한다. 어릿광대의 인간적 비애와 우수는, 예수 그리스도가 보여주었던 수난에의 믿음과 장엄함에 비견된다.

다시 김춘수의 <루오 할아버지가 그린 유화 두 점>으로 돌아가 보자. 첫번째 시 '몸겨누운 어릿광대'는 엿장수의 비애를 역설적으로 시화하고 있다. 다시 말해, 쓰러져 있는 엿장수의 모습에, 비애와 우수를 간직한 루오적 어릿광대의 모습을 오버랩시키고 있는 것이다. 시의 배경이 되고 있는 '통영'은 시인의 고향이다. '의롱(衣籠)과 갓으로 이름난/그때의 통영읍 명정리 갓골'이라는 시의 첫구절을 통해, 시인은 루오의 프랑스적 어릿광대가 아닌 자신의 한국적 어릿광대를 제시하기 위한 공간을 마련한다. 해 저무는 봄날, 술에 취해 엿판을 허리에 깔고 토담에 쓰러진 채 기분좋아 육자배기와 장타령을 흥얼대던 엿장수의 '만월같은 얼굴' 속에서, 시인은 울고 있는 엿장수의 내면을 읽어낸다. '기분좋아 흥얼대다'와 '울고 있었다'라는 대비적인 서술어를 '아득함'이라는 하나의 정서로 통합해내고 있는 것이다. 이러한 구조는 바로 루오가 어릿광대의 화려한 웃음과 분장의 이면에서 인간적 비애를 읽어내는 것과 일치한다. 루오가 그 인간적 비애를 어둡고 거친 색채와 굵은 선으로 시각화했다면 김춘수는 육자배기와 장타령으로 청각화하고 있다.

두번째 시 '교외의 예수'는 루오가 그린 일련의 '성서 풍경'을 그

Georges Rouault, <교외의 예수 Christ dans la banlieue>(1920)

원텍스트로 한다.[그림 참조]

　이 시의 두번째 소제목은 루오의 <교외의 예수>라는 작품의 제목에서 차용했을 수도 있다. 이 그림에서 예수는 원광과 같은 달 아래 두 아이를 거느리고 있다. <풍경 : 세 사람이 있는>은 그의 일련의 성서풍경 중에서 임의로 선택해본 작품이다. 가을을 시간적 배경으로 하고 있다는 점, 흰옷의 그리스도가 두 명의 인물을 거느리고 있다는 점, 그 배경으로 교회와 농가들을 배치시키고 있다는 점, 상단부에는 해(달)가 짙은 빛을 구식까지 비치고 있다는 점 등에서 두

Georges Rouault, <풍경 : 세 사람이 있는 Paysage : avec trois personnages>(1920)

오의 '성서 풍경'의 특징을 고스란히 가지고 있다.[그림 참조]

　김춘수 시의 '예루살렘은 가을이다'라는 첫행은 바로, 루오의 성
서 풍경이 대부분 가을을 배경으로 하고 있다는 사실을 환기시킨다.
'이천 년이 지났는데도/집들은 여전히 눈 감은 잿빛이다'라는 구절
에서 '이천년'이라는 시간의 경과는 원텍스트의 배경을 패러디 텍스
트의 현재로 이끌어오는 구실을 한다. 특히 '눈 감은 잿빛'은 어둡고
탁한 루오 그림의 색감과 질감을 떠올리게 한다. 4, 5행의 '예수는
얼굴이 그때보다도/더욱 문드러지고 윤곽만 더욱 커져 있다'도 루오

그림의 짓이긴 듯한 덧칠의 화면 처리와 굵고 진한 윤곽선을 시적으로 형상화한 것으로 보인다. 이러한 루오의 개성적인 화법과 윤곽선 및 색채는 미에 대한 기존의 상식적 규범을 무너뜨리고 있다는 데 의의가 있는데, 이는 루오가 천착했던 죄와 구원의 문제에서 비롯되는 내면적 절박성과도 관련 깊다. 따라서 '여전히 눈감은 집'과 '문드러지고 윤곽만 커진 예수의 얼굴'은 표면적으로 루오 그림의 특징을 차용하고 있지만, 그 이면으로는 진실에 대한 무지와 외면으로 상징되는 현실을 암시하고 있을 뿐만 아니라 그 현실의 희생자이자 구원자의 모습을 시화한 구절로 읽혀진다.

그리고 6, 7행의 '좌우에 선 야곱과 요한/그들은 어느쪽도 자꾸 작아져 가고 있다'라는 구절도 예수(항상 흰옷을 입고 있다)와 두 사람이 서 있는, 루오의 3인 구도의 성서 풍경을 재현한 구절이다. '올리브 빛깔의 해'도 마찬가지다. 이 올리브빛은 김춘수 시의 개성적인 빛깔인 동시에 루오 그림의 전체적인 빛깔과 같다. 10~13행의, 해가 '지는 것이 아니라 솔가리처럼 갈잎처럼/타고 있다. 냄새가 난다'는, 해가 지는 모습을 '솔가리'나 '갈잎'처럼 올리브빛으로 탄다라고 시각화시켰다가 거기서 한 단계 나아가 '냄새'까지를 부여하고 있다. 즉 시각을 후각화시키고 있는데, 이는 첫번째 시가 엿장수의 비애를 청각화시킨 것과 대비된다.

김춘수 시의 돌연한 이미지와 서술들은 이처럼 루오의 그림을 배경으로 읽었을 때 해석의 실마리가 마련된다. 한 편의 시에 묶여 있으나 전혀 무관해 보이던 첫번째 시와 두번째 시의 연관성도 마찬가지다. 루오가 어릿광대의 이미지와 예수의 이미지를 동일시하고 있듯이, 김춘수는 '이천년이 지난' 통영의 엿장수와 '이천년' 전의 '예루살렘의 예수'를 동시적으로 재현하고 있는 것이다. 그러므로 <루오 할아버지가 그린 유화 두 점>이라는 제목은 실제로 루오가 그린 원텍스트 두 점을 지칭하는 것이 아니라, 루오가 즐겨 다루었던 소재와 풍경을 차용하여 시인 김춘수가 그린 루오풍의 두 편의 시그림인 것이다. 이렇듯 패러디가 주는 즐거움은 특별한 유머로부터만 생겨나는 것이 아니라, 원텍스트와 패러디 텍스트간의 연루와 거리에 의한 상호텍스트적 '도약'으로부터, 그리고 거기에 독자가 개입하는 정도로부터 생겨나기도[10] 하는 것이다.

김춘수가 쓴 8편의 <이중섭> 연작시와 <내가 만난 이중섭>은 이중섭이 그린 여러 편의 회화를 주된 대상으로 하되 부차적으로 화가의 삶을 끌어들이고 있는 작품들이다. 대체로 유사한 이미지와 구성방식을 취하고 있는 9편의 '이중섭' 연작들은, 그의 다른 시들과 마찬가지로 행과 행 사이의 과감한 생략, 설명적 서술의 배제, 이미지들의 병치로 원텍스트를 주관적으로 재형상화하고 있다.

나의 연작시 <이중섭>은 이중섭의 그림 몇 폭을 염두에 두고 씌여졌다. 그리고 거기에는 또한 그의 전기적인 일면과 나 자신의 사적인 경험들이 어우러져 있다. 나는 그를 예술가로 본 것이 아니라 한 사람의 희귀한 자질의 인간으로서 보았다. (중략) 그는 퇴화된 그대로 문명의 생리를 따라가지 못하고 있었다.(밑줄 필자)[11]

우리나라 화가 중 이중섭만큼 많은 현대 시인의 사랑을 받고 있는 화가는 드물다.[12] 그의 삶과 예술이 빈번하게 시적 대상이 되고

---

10) Linda Hutcheon(1985), p. 156. 참조.
11) 김춘수(1987). <이중섭>의 연작시에 대하여, 『시집 이중섭』(서울 : 탑출판사), pp. 137-38.
12) 이중섭에 대한 시인들의 편애는, 『시집 이중섭』(서울 : 탑출판사)이라는 책을 통해서도 한눈에 알 수 있다. 이 시집에는 이중섭의 생애와 예술을 대상으로 하는 현대시 70여편이 묶여 있다.

있는 이유는, 일차적으로는 그의 불우하고 기이한 생애와 예술가적인 삶 때문이고 이차적으로는 그의 그림이 가지고 있는 이야기성과 시적 감수성 때문이다.[13] 그의 작품이 도달하고 있는 회화적 완성도도 큰 몫을 담당하고 있음은 물론이다. 김춘수가 이중섭에게 많은 관심을 기울이게 된 데도 이러한 이유들이 작용했을 것이다. 그러나 인용문에서도 밝히고 있듯이, 보다 직접적으로는 '속도와 변동'을 특징으로 하는 이 시대의 문명 반대편으로 '퇴화된' 채 '문명의 생리를 따라가지 못하'는 이중섭의 삶과 예술 생명을, 김춘수는 자신의 것으로 인식한 때문이다.

저무는 하늘
동짓달 서리 묻은 하늘을
아내의 신발 신고
저승으로 가는 까마귀,
까마귀는
南浦洞 어디선가 그만
까욱 하고 한 번만 울어 버린다.
五六島를 바라고 아이들은
돌팔매질을 한다.
저무는 바다,
돌 하나 멀리멀리

---

13) 이중섭은 곧잘 시읽기를 즐겨했고 낙서하듯 시를 쓰기도 했으며 그의 주변에는 그림 그리는 친구 못지 않게 시쓰는 친구들도 많았다. 그는 한 편의 습작시 <소의 말>을 남겼다. '맑고 참된 숨결/나려 나려 이제 여기에 고웁게 나려/두북 두북 쌓이고/철철 넘치소서……//삶은 외롭고 서글픈 것./아름답도다./두 눈 맑게 뜨고/가슴 환히 헤치다'. 김광림(1987). 내가 본 그림 속의 이중섭이 시. 『시집 이중섭』(서울 : 탑출판사), p. 120.

아내의 머리 위 떨어지거라.

김춘수, <李仲燮 4> 전문

　제목은 물론이고, 저무는 하늘, 까마귀, 아내, 남포동(南浦洞), 오류도(五六島), 아이들 돌팔매 등의 시어는 이중섭의 그림과 그의 삶을 환기시킨다. 이러한 시어는 의식적인 원텍스트의 전경화 장치가 될 수 있다. '저무는 하늘'이나 '까마귀'와 같은 시어는 이중섭의 <달과 까마귀>를, '아이들의 돌팔매' 역시 알몸으로 뛰노는 아이들이 어우러진 그의 동자 그림들을 차용한 구절들이다. 특히 휘황한 보름달을 배경으로, 무리져 있는 네 마리 까마귀를 향해 날아드는 한 마리의 까마귀로 구도를 잡고 있는 <달과 까마귀>는 인용시의 기본 골격을 이룬다.[그림 참조]

　이중섭은 6·25와 남북분단으로 인해 대구·부산·충무·제주도 등으로 그 거처를 옮겨다니면서 삶의 편력을 계속했다. 김춘수의 '이중섭' 연작시들도 이러한 편력을 따라가면서 조명하고 있다. 그 중 <이중섭 4>는, 이중섭은 '남포동'과 '오류도'에, 부모형제는 북쪽에, 사랑하는 아내와 아이들은 일본에 흩어져 살던 부산 피난 시절의 가족애와 그리움을 시화한 작품이다. 특히 '저무는 바다'라는 구절은 현해탄을 가운데 두고 서로를 그리워해야만 했던 이중섭과 그의 아내의 사연을 간직하고 있다. '이중섭' 연작시에서 '바다'는 이중섭이 아내·아이들과 행복했던 서귀포의 한때를 회상시켜주는 꿈의 공간이자 그들과의 재회를 막는 현실적인 장애 공간으로 묘사된다. 인용시는 후자의 관점에서 그려지고 있다.

　이러한 이중섭의 본능적 결핍감을 김춘수는 그의 그림 <달과 까마귀>와 동자 그림들을 차용하여 우회적으로 묘사한다. 이중섭의 고통스런 현실을 표상하는 퀭한 까마귀의 눈과 절박한 날개짓은,

이중섭, <달과 까마귀> (1954)

'아내의 신발 신고/저승으로 가는 까마귀'로 변형되고 있다. 이 까마귀는 아내를 향한 그리움과 절망적인 현실 속에서 몸부림치고 있는 이중섭의 객관적 상관물이다. 특히 '남포동 어디선가 그만/까욱 하고 한 번만 울어 버린다'는 구절은 아내에게 갈 수 없는 이중섭의 현실을 김춘수가 내면화시켜 서술한 부분이다. '오륙도를 바라고 아이들의 돌팔매질'이라는 구절 또한 이중섭의 은지화나 엽서화에 등장하는 순진무구한 알몸의 아이들을 연상케 하는데, 김춘수는 이 구절에 가족과의 재회를 가로막고 있는 현실에 대한 이중섭의 원망을 '돌팔매'에 간접 투사시키고 있다. '돌 하나 멀리멀리/아내의 머리 위에 떨어지거라'라는 마지막 구절도 아내와의 거리를 돌팔매로 닿을 수 있는 가까운 거리로 나타냄으로써 아내에 대한 그리움을 극대화하고자 한 것이다.

다시 전체적으로 보자면, 1행의 '저무는 하늘'은 10행에서 '저무는 바다'로 변한다. 김춘수는 <달과 까마귀>가 부산 피난 시절에 그려졌다는 점에 초점을 맞춰 원텍스트의 '하늘'을 '바다'로 재구성해내고 있다. 또한 까마귀 네 마리가 무리져 있는 곳에 한 마리가 날아가고 있는 원텍스트의 구도에서, 시인은 가족을 향해 날아가고픈 이중섭의 욕망을 읽어내기도 한다. 때문에 원텍스트에서 강조되고 있는 까마귀의 눈은, 곧 패러디 텍스트에서 '까욱'하고 '울어 버리는' 것으로 변형되고 있다. 특히 '돌팔매'와 '한 번만 울다'는 패러디 텍스트로서의 독창성을 확보해주는 중심 시어다. 이 시어들은 강렬하고 천진스러우면서도 절제된 분노와 비극성을 환기시켜준다. 이데올로기에 의해 분단된 현실에 적응하지 못한 채 희생되어버린 이중섭의 삶과 그림에서, 시인 자신의 삶을 동시에 읽어내고 있는 김춘수의 언어들은 이처럼 철저하게 통제되고 내면화되어 있다. 그의 시들이 이중섭의 그림들을 소재로 하고 있으면서도 그림과는 전혀 다른 느낌을 주는 것은 바로 이 때문이다.

이상과 같이, 회화를 패러디하고 있는 김춘수의 시는 시각예술과 언어예술이 대화하는 복합적인 상상의 공간 속에 존재한다. 원텍스트의 제목·소재·색채·질감·화법(畵法) 따위는 물론 메시지나 사상까지를 언어화함으로써 시의 언어에 구체적 시각성과 의미의 복합성을 부여하고 있다. 좀더 구체적으로는 회화가 화가의 메시지를 동시적 화면으로 제시하듯이 김춘수는 언어의 인과적·계기적 요소를 배제하여 동시적으로 병치시킨다. 그 뿐만이 아니다. 그 원텍스트를 철저하게 내면화·주관화시켜 재현한다. 그 결과 이미지와 이미지 사이가 과감히 생략되고 그것들이 서로 충돌하는, 모순적인 조어를 만들어내 의미 해독이 난해한 혹은 무의미지향의 시들을 창조하고 있는 것이다. 즉 <나르시스의 노래>처럼 의미의 복합성과 애매성을 부여하기도 하고, <샤갈의 마을에 내리는 눈>이나

<루오 할아버지가 그린 유화 두 점>, '이중섭' 연작시들처럼 방법적으로는 난해 혹은 무의미를 지향하기도 한다. 그런 점에서 김춘수의 회화에 대한 패러디는 회화예술의 미적 경험과 그 질감을 시의 언어에 접목시키고 시의 지평을 열어보이려는 새로운 작업으로 해석될 수 있다.

대중문화의 반영과 비판적 유희

　30년대에 이상(李箱)이 그 선구적 선례를 보여준 바 있으나, 우리 현대시사에서 비문학장르와의 본격적인 교류는 80년대 오규원과 황지우를 필두로 박남철·유하·장정일·장경린과 같은 시인들에게서 두드러진다. 그들이 보여준 패러디의 특성은 문학 작품을 비롯한 다른 예술장르, 특히 광고·신문기사·영화·만화·TV 프로 등 대중매체 전반을 시장르에 끌어들이고 있다는 점이다. 그 결과 문학과 비문학장르간의 경계는 물론, 고급예술과 대중예술의 경계, 예술과 일상의 경계마저도 와해되고 있다. 80년대의 문화적 역동성을 반영한다고 볼 수 있겠다. 이러한 역동성은 나아가 (원)텍스트의 권위와 규범 그 자체가 불가능할 뿐만 아니라 (원)텍스트와 현실간의 구분도 불가능하다는, '혼성모방적' 패러디의 양산 현상과도 연결된다. 임의성·우연성·세속성·복제성을 특징으로 하는 이러한 패러디는 반면, 극적이며 다중적이고 복합적인 특징을 갖는다. 그러한 패러디는 독자들에게 현실의 정체를 인식하게 하는 동시에 삶의 의미를 반성케 하기 위한 후기자본주의의 징후적 표현이자 현실반영의 방법론적 선택인 셈이다. 대표적인 시인으로 오규원과 황지우를 들수 있다. 특히 오규원은 70년대 데뷔시절부터 최근에 이르기까지 패러디에 천착하고 있어 그의 시적 전개 과정은 패러디의 발달사를한눈에 파악할 수 있도록 해준다.[1] 그러나 여기서는 그의 80년대의작품들을 중심으로 살펴보고자 한다.

1. 원텍스트를 변형하여 차용하는 경우

황지우는 '시적인 것'에 대한 새로운 의미 부여와 '파괴의 양식화'를 위한 다양한 패러디 방법으로 80년대의 현실 구조를 탁월하게비판하고 있는 대표적 시인이다. 그는 다양한 비문학장르를 차용하여 이들을 재조립하거나 재해석함으로써 원텍스트의 통상적인 의미와 기존의 시형식을 파괴한다.

> 나는 말할 수 없음으로 양식을 파괴한다. 아니 파괴를 양식화한다.
> (중략) 말하는 양식의 파괴와 파괴된 이 양식을 보여주는 새로운 효
> 과의 창출을 통해 이 침묵에 접근하고 있다. ①눈에 보이는 텍스트를
> 눈에 보이지 않는 콘텍스트 속에 잡아 넣어 우리에게 낯익었던 것들,
> 이를테면 ②신문의 일기예보나 해외 토픽, 비명(碑銘), 전보, 연보(年
> 譜), 광고 문안, 공소장, 예비군 통지서 등 일상의 거의 모든 프로토콜
> 들을 마치 처음 본 것처럼 아주 '낯설게' 느끼도록 하는 효과에 나는
> 치중한다. (밑줄과 번호는 필자)[2]

인용문을 통해 표명하는 '일상의 거의 모든 프로토콜들'이란, ②

---

1) 징끝별(1994) 참조.
2) 황지우(1986). 『사람과 사람 사이의 信號』(서울 : 한마당), p. 23.

이외에도 벽보·텔레비전 프로·음표 및 도표·시사만화·정치적 슬로건·애국가·화장실 낙서 등 이루 헤아릴 수 없이 많다. 시인이 이와 같은 비문학적 형식들에 주목하는 이유는 이런 형식들에 내재된 지배 이데올로기의 허위를 드러내고자 하는 데 있다. ①에서 지적하고 있는 '눈에 보이는 텍스트를 눈에 보이지 않는 콘텍스트 속에 잡아 넣는' 것이란, 기존의 텍스트에 은폐된 진실을 밝힘으로써 현실의 참된 실상을 독자들에게 제시한다는 의미이다. 그는 자신의 형태파괴를 위한 패러디 전략을 다음과 같이 요약하고 있다.

그러니까 형태파괴의 전략은 1)우리 삶의 물적 기초인 파편화된 모던 컨디션과 짝지워진 「훼손된 삶」에 대한 거울이며 ; 2)파시즘에 강타당한 개인의 「내부 파열」에 대한 창이며 ; 3)의미를 박탈당한 언어의 넌센스, 즉 지배 이데올로기에 대한 교란이었으며 ; 4)검열의 장벽 너머로 메시지를 넘기는 수화(手話)의 문법이었다고나 할까요?[3]

여기서 알 수 있듯 황지우는 진정한 의사소통을 방해하는 현실의 정치·경제적 억압에 대한 우회적 대응 전략으로, 현실의 참된 모습을 독자에게 가장 선명하고 충격적으로 보여주기 위한 시적 장치로, 이데올로기화된 기존의 시형식을 파괴하기 위한 도구로 패러디를 선택한다. 따라서 그의 패러디는 독자들에게 '있는 그대로의 현실'을 보여줌으로써 그 현실을 바로 보고 삶의 의미를 반성케 하는 전략인 셈이다. 황지우의 패러디 텍스트 중 원텍스트에 대한 시인의 의도적 조작이 개입된 경우를 보자.

---

3) 황지우(1992). 끔찍한 근대성. 『문학과 사회』, 1992년 겨울호, p. 1514.

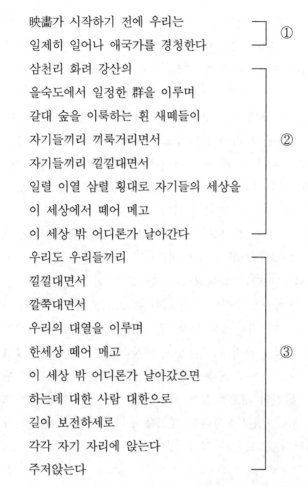

映畵가 시작하기 전에 우리는
일제히 일어나 애국가를 경청한다 ┐ ①

삼천리 화려 강산의 ┐
을숙도에서 일정한 群을 이루며
갈대 숲을 이룩하는 흰 새떼들이
자기들끼리 끼룩거리면서
자기들끼리 낄낄대면서 ②
일렬 이열 삼렬 횡대로 자기들의 세상을
이 세상에서 떼어 메고
이 세상 밖 어디론가 날아간다 ┘

우리도 우리들끼리 ┐
낄낄대면서
깔쭉대면서
우리의 대열을 이루며
한세상 떼어 메고 ③
이 세상 밖 어디론가 날아갔으면
하는데 대한 사람 대한으로
길이 보전하세로
각각 자기 자리에 앉는다
주저앉는다 ┘

황지우, <새들도 세상을 뜨는구나> 전문

80년대만 해도 영화관에서는 본영화가 시작되기 전 애국가가 나왔고 관객 일동은 애국가가 끝날 때까지 기립하여 국가에 대한 충성과 경의를 표해야 했다. 이 시는 그러한 한 시대의 문화적 관습을 배경으로 하고 있다. 인용시는 크게 세 부분으로 나뉜다. ①은 시의 상황설정이고, ②는 '삼천리 화려 강산'이라는 애국가와 함께 동시적으로 상영되었던 영상화면에 대한 시인의 주관적 묘사 부분이다. 그러므로 이 시는 애국가에 대한 패러디이면서, '을숙도'나 '흰 새떼'들로 수식되는 영상화면에 대한 패러디가 된다. ③은, ②의 영상화면 속의 새떼들과 대비되는 시적 화자의 상황이다. 영상 속의 새떼들이 장엄하게 혹은 화려하게 날아오르는 것을 보는 동안 화자는 새떼들과 동일시되어 '이 세상 밖 어디론가 날아'가고자 한다. 그러나 시의 반전은 마지막 4행에서 이루어진다. '대한 사람 대한으로/ 길이 보전하세'를 끝으로 화자는 자기 자리에 주저앉기 때문이다.

나라 사랑을 일깨우고 다짐하기 위해 부르는 애국가야말로 신성한 것인 동시에 그 국가의 지배 이데올로기를 대표한다. 그러나 애국가를 패러디하고 있는 '대한 사람 대한으로/길이 보전하세'와 '삼천리 화려 강산'이라는 구절에는 지배 이데올로기에 대한 냉소와 반어가 담겨 있다. 이 '격하'에서 희극성은 유발된다. 시인은 화려강산과 대비되는 현실을 얘기하고 싶었고, 비굴하게 이 땅에 주저앉아 있을 수밖에 없는 자아의 존재를 부각시키고 싶었던 것이다. 이렇듯 이 시는 ②와 ③간의 대조적 상황, 즉 원텍스트가 놓여진 상황과 그것이 받아들여지는 현실상황과의 대조를 통해 아이러니와 풍자가 극대화된 패러디 효과를 유도하고 있다.

<원텍스트가 놓여진 상황>		<시적 자아의 현실 상황>
삼천리 화려강산의 을숙도	:	영화관 안
흰 새떼들	:	우리들
끼룩대다 · 낄낄대다	:	낄낄대다 · 깔쭉대다
날아가다	:	주저앉다

이 시의 묘미는 원텍스트의 상황과 패러디 텍스트의 상황간의 대조성에 있다. 시인은 이와 같은 대비적 구조 속에서 원텍스트 ②가 불러일으키는 환상과, ③이 환기하는 현실의 억압을 동시적으로 제시한다. 애국가와 더불어 펼쳐지는 화면을 보면서 시인의 낭만적 서정성과 비판적 현실인식은 동시에 발동하지만, 현실인식은 서정성을 압도하고 만다. 결국 시인이 풍자하고 싶었던 것은 애국가 그 자체라기보다는, 영화관에서 애국가가 불려지고 그 애국가의 영상화면이 현실의 진실을 은폐하고 있다는 사실에 있다. 신성한 애국가와 오락성·외설성을 근간으로 하는 밀폐된 영화관, 게다가 화려하고 서정적인 영상화면과 데모와 파업으로 얼룩진 현실간의 간극이 바로 이 시의 패러디 동기가 되고 있는 셈이다.

또한 외부를 향했던 풍자의 화살이 바로 화자 자신에게 꽂히고 있다는 데서도 이 시의 묘미를 찾을 수 있다. 현실에 대한 환멸의 태도를 드러내며 '세상 밖으로' 날아가고 싶어하지만 '주저앉고'마는 시적 자아의 자기인식에서 이 시는 쓰디쓴 웃음을 마련한다. 이 웃음에는 떠나고자 하는 욕망에도 불구하고 떠나지 못하는, 아니 떠날 수 없는 자신에 대한 냉소가 담겨 있고, 되돌아올 수밖에 없고 떠남이 허용되지 않은 현실의 숨막힘이 내재되어 있다. 그러한 욕망과 현실과의 간극은, 새들의 자유로움을 대변하는 '끼룩대다'라는 의성어와 인간의 부자유로움을 빈정대는 '깔쭉댄다'라는 의태어에 의해 극대화[4]되고 있다.

---

4) "'깔쭉댄다'는 말 속에는 또 변변치 않은 투정이라는 뜻이 들어 있다. 이 시의 내면에는 여러 겹의 빈정거림이 깔려 있다. 첫째, 시인은 세상을 바꾸지 못하고 깔쭉거리기만 하는 자신을 빈정거린다; 둘째, 시인은 새들처럼 어디론가 날아가도록 허용하지 않는 세상을 빈정거린다; 셋째, 시인은 특정한 대상이 아니라 보편적인 부정의 관점에서 모든 자질구레한 시의 세부들을 빈정거리며 발언하고 있다." 김인환(1993). 구조와 실천. 『상상력과 원근법』(서울 : 문학과지성사), p.

이러한 빈정거림은 제목에서도 드러난다. '새들도 세상을 뜨는구나'라는 표면적 진술 속에는 '도'라는 특수조사의 쓰임에 의해 인간이라면 당연히 떠날 수밖에 없고 떠나야만 하는 현실에 대한 부정이 깔려 있다. 그와 같은 뉘앙스에 의해, '날아오르는' 원텍스트의 새떼들의 자유로움과 '주저앉을' 수밖에 없는 패러디 텍스트의 화자의 고통스러움간의 갈등은 더욱 대조된다. 이 시는 결국, 영화관에서 본영화가 시작되기 전에 나오는 '애국가 화면'에서 비상하는 새떼의 영상을 차용하여, 시인의 현실적 '자유'에 대한 열망과 그것을 허용하지 않는 고통스러운 현실 상황을 역설적으로 표현하고 있다.

대담한 실험과 전위적 수법으로 기존의 시형식에 도전하는 황지우의 시편들은 일상적인 독서행위로는 접근이 불가능하다. 그는 기술 불가능한 것까지를 시화하고 있기 때문이다.

나는 시를, 당대에 대한, 당대를 위한, 당대의 유언으로 쓴다.
上記 진술은 너무 오만하다 (   )
위풍 당당하다 (   )
위험천만하다 (   )
천진난만하다 (   )
독자들은 (   )에 ○표를 쳐 주십시오.   ①
그러나 나는 위험스러운가 (   )
얼마나 위험스러운가 (   )   ②
과연 위험스러운가 (   )에 ?표 !표를 분간 못하겠읍니다.
不在의 혐의로 나는 늘 괴로와했읍니다.
당신은 나에게 감시당하고 있는가 (   )   ③

---

172. 참조.

당신은 나를 감시하고 있는가 (　)

　　독자들이며 오늘 이땅의 시인은 어느 쪽인가 (　)

　　어느 쪽이어야 하는가 (　) ○표 해 주시고 이 물음의 방식에도 양
자택일해 주십시요.

황지우, <도대체 시란 무엇인가> 중

　　이 시는 실용문, 즉 설문양식을 패러디하고 있다. 그 문항들이 시
인에 의해 재설정되고 있다는 점에서 원텍스트를 의도적으로 변형
시킨 예에 속한다. 인용시는 세 부분으로 나뉘는데, 독자 스스로 ①
과 ③에는 ○×를, ②에는 ?!를 채워넣음으로써 텍스트의 의미를 완
성하게끔 유도하고 있다. 독자가 (　) 속에 어떤 부호를 넣느냐에 따
라 시인의 시정신에 대한 평가가 다르게 이루어질 뿐만 아니라 독
자의 세계인식과 문학관까지도 다르게 확인될 수 있도록 하고 있다.

　　'당대에 대한, 당대를 위한, 당대의 유언으로' 시를 쓰고 싶지만
정작 시인 자신은 당대에 부재하지 않은가라는 자기반성이 주된 의
미를 형성하고 있는 이 시는, 새로운 시쓰기를 역설하는 일종의 '시
론시'로서 패러디의 자기반영성과 장르혼합을 특징으로 하는 메타
시[5]로도 볼 수 있다. 이러한 특징은 글쓰기와 글읽기뿐 아니라 현실
에 대한 반성적 진단을 유도한다. 게다가 작품 속에 수많은 선택의
가능성을 던져놓고 있어서 독자들은 시험지를 풀듯 그 문제들에 대
답하면서 텍스트의 의미를 완성시킨다. 완성된 의미는 물론, 독자마
다 다를 것이다. 즉 독자의 역할과 독서행위의 중요성을 강조하는
대표적인 시형식이다. 독자의 적극적 개입을 유도하는 이러한 열린
시형식은 전통 서정시의 고정관념을 해체할 뿐만 아니라 텍스트의

---

5) 이 개념에 대해서는 이승훈·박상배·김준오 좌담(1996. p. 97)을 참조할 것.

의미 완성권을 독자에게 넘김으로써 시인이 주장하는 강경한 이데올로기적 입장을 완충시켜 준다. 이렇듯 황지우는 우리 시에 등장해 본 적이 없는 설문양식을 차용함으로써 형식적 새로움을 환기하고 패러디의 유희성을 극대화한다. 결국 그에게 있어 패러디란 현실에 대응하는 대중화 전략인 동시에 유희성과 예술성을 확보하도록 하는 시적 장치인 것이다.

패러디라는 '인위적 장치 혹은 방법적 전략'을 시적 대응 방식으로 유용하게 활용하고 있는 또 다른 시인으로 오규원을 꼽을 수 있다. 80년대의 정치현실에 비판적으로 접근했던 황지우와 비교해볼 때, 그는 보다 넓게 후기자본주의 사회의 물화된 현실에 더 많은 관심을 기울인다. 따라서 자본주의 사회의 정치적·상업적 언어가 곧 그의 패러디 대상이 된다.

―― MENU ――

샤를르 보들레르	800원
칼 샌들버그	800원
프란츠 카프카	800원
이브 본느프와	1,000원
에리카 종	1,000원
가스통 바쉴라르	1,200원
이하브 핫산	1,200원
제레미 리프킨	1,200원
위르겐 하버마스	1,200원

시를 공부하겠다는
미친 제자와 앉아
커피를 마신다
제일 값싼
프란츠 카프카

오규원, <프란츠 카프카> 전문

　서구의 시인·소설가·문학(문화) 이론가들의 이름과, 일상에서
흔히 접하는 메뉴판(식단표)의 틀을 패러디하고 있는 작품이다. 세
계적인 문학과 석학을 대표하는 이들의 이름을 커피 메뉴판의 항목
에다 끌어다 놓음으로써, 인문주의적 지성과 감성이 커피 한 잔의
가격으로 물화되고 속화되는 현실을 비판한다. 문학이 음식으로 물
화됨으로써 문학 생산자도 하나의 상품이 되고 만다. 각 연에서 보
여주고 있는 문학 생산자의 이름뿐만 아니라 그 가격의 차이는 시
인의 주관적 판단(창작물과 이론의 차이, 시대적 순차, 시인이나 대
중의 선호도, 성별의 차이 등)에 의해 책정되고 있다. 그런 의미에서
이 시는 비문학장르를 혼성모방적으로 패러디하면서도, 원텍스트에
시인의 의도적 조작을 첨가하여 차용하고 있는 시이다.
　원텍스트를 다소 변형시켜 차용한 후 마지막 연에서 시적 화자는
스스로를 냉소적으로 인식하고 있다. 이와 같은 '원텍스트의 차용＋
(원텍스트와 대조되는/유사한) 패러디스트의 상황제시'는 패러디의
모범적 공식이다. 시를 '공부'하고 있는(이 진술 속에는 시란 절대로
공부로 되는 것이 아니다라는 의미와, 세계의 위대한 문학가들이
1000원 안팎에 팔리는 현실 속에서 시를 공부한다는 것은 미친 짓
이다라는 양의적 의미가 내포되어 있다) 현실에 대한 비판과 그러
한 현실을 부정하면서도 벗어나지 못하는 스스로에 대한 부정의식

을 담고 있다.

이처럼 오규원의 패러디는 주로 현대의 일상생활이 소비와 직결되어 있다는 자각에서 비롯된다. 메뉴판을 방법적으로 인용하여 문학이나 인간도 상품처럼 소비되고마는 일시적이고 '덧없는' 존재임을 암시하는 이 시도 마찬가지다. 세계가 속물스러울수록 그런 세계를 향한 오규원의 응전양상은 그 속물스러운 세계의 화법과 똑같아지는 것이다. 메뉴판을 인용한 그의 패러디는 속물스러운 세계에 대한 문명비판적 성격을 띨 뿐만 아니라 풍요롭고 아름답고 초월적이라는 시에 대한 낡은 믿음을 거부하고자 하는 의도를 간접적으로 시사한다.

2. 원텍스트를 그대로 차용하는 경우

원텍스트를 그대로 인용하여 그것이 놓여지는 맥락의 차이에 의해 새로운 의미를 형성하도록 하는 방법이다. 따라서 인용된 원텍스트 자체에는 시인의 주관이나 의도적 변용이 개입되지 않는다. 황지우의 <벽 1>은 그 대표적인 작품이다.

　　예비군편성및훈련기피자일제자진신고기간

　　자 : 83. 4. 1~지 : 85. 5. 31.

　　　　　　　　　　　　　　　　　황지우, <벽 1> 전문

예비군 편성 및 훈련을 기피한 자의 자진 신고 기간을 관보·신문·게시판 따위에 알리는, 관청의 공고문을 그대로 반복하고 있는 시다. 이처럼 공고문구를 그대로 옮겨놓고 시라고 제목을 붙일 수 있는 것은 그 공고문 자체가 아이러닉한 시적 상황을 내포하고 있기 때문이다. 공고문은 첫째, 시국 사건으로 도피중이거나 수배중인

사람들, 소위 '도발이'들이 처해 있는 상황과 예비군법이라는 실정법의 명목으로 이들을 찾아내려는 당국의 의도를 환기시킨다. 둘째로 '83.4.1. ~85.5.31.' 이라는 기간과 그 기간을 나타내는 '자' '지'라는 단어가 환기하는 아이러닉한 의미이다. 이 기간은 민주화를 향한 열기가 가장 뜨거웠던 시기이다. 게다가 자(自)와 지(至)에 해당하는 음은 마치 어린 아이가 담벼락에 낙서해 놓은 상스러운 말처럼 들림으로써 공고문의 내용은 완전히 야유의 대상이 되고 만다. 한자의 음을 이용하여 본래의 의미와는 전혀 다른 의미를 만들어내는 언어 유희를 활용하고 있다. 독자에게 낯익은 공고문의 내용이 충격적인 냉소와 야유로 바뀌고 있는 것이다. 또한 활자를 작게 하고 띄어쓰기를 무시함으로써, 상대적으로 시 전체에 여백을 주고 있다. 이는 공고문 이면에 숨겨져 있는 많은 시대적 진실을 환기한다. 다른 관점에서 보자면 띄어쓰기가 무시된 글자들은 출구 없는 벽 같은 현실을 가시화하고 있으며, 작은 활자들은 공고문의 내용이 중요하지 않거나 무시되어야 한다는 시인의 의도를 드러내고 있다. 제목을 '벽'이라고 한 한 의도도 거리의 벽보문임을 암시하고 나아가 현실이 '벽'과 같은 제도적 장치 속에 놓여 있음을 드러내고자 한 것이다.

이처럼 이 시의 야유와 풍자의 일차적 대상은 예비군법과 같은 관제적인 제도이지만 이차적 대상은 그 공고문 이면에 숨어 있는 정치적 현실을 겨냥하고 있다. 독자들은 이같은 비판의 대상보다는, 공고문의 언어형식을 그대로 도입하여 정반대의 냉소를 전하고 있는 비판의 방법에 신선함을 느낀다. 황지우 시인은 대중매체나 일상의 단편들을 패러디적 재치와 기지에 의해 시적 사실로 전환시킨다. 이러한 패러디적 민첩함은 특히 민감한 사회 변화에 대해 즉각적인 반응을 유도한다는 점에서 당대의 독자 체험에 크게 의존한다. 즉 당대의 현실을 이해하고 공감하는 독자들의 능동적 독서에 의해 그의 패러디 텍스트의 의미는 완성되는 것이다. 따라서 그의 일탈적인 패러디 텍스트들은 대체로 풍자의 양식을 지향하게 되며, 그런 점에서 시인의 비판적 현실인식을 반영한다.

원텍스트를 그대로 차용하되 짜집기 형태로 혼성모방하고 있는 경우도 있다.

> **김종수** 80년 5월 이후 가출
> 소식 두절 11월 3일 입대 영장 나왔음
> 귀가 요 아는 분 연락 바람 누나
> 829-1551
>
> **이광필** 광필아 모든 것을 묻지 않겠다
> 돌아와서 이야기하자
> 어머니가 위독하시다
>
> **조순혜** 21세 아버지가
> 기다리니 집으로 속히 돌아오라
> 내가 잘못했다
>
> 나는 쭈그리고 앉아
> 똥을 눈다
>
> 황지우, <심인> 전문

1연부터 3연까지는 신문의 심인란(사람을 찾는 광고란)을 그대로 옮겨놓은 후, 마지막 연에서 시적 자아의 현실상황을 제시하고 있다. 오규원의 <프란츠 카프카>에서도 지적한 바 있지만, 원텍스트의 객관적 인용과 시적 자아의 자기발견적인 현실상황을 병치시키는 구조는 패러디에서 쉽게 발견되는 공식이다. 원텍스트의 현실과 시적 자아의 현실을 인접시킴으로써 현실은 원텍스트가 되고 원텍스트는 현실이 된다. 패러디가 서로 침투하고 교차하여 동질성을 갖도록 하는 전형적인 환유의 수법[6]임을 확인시켜 주는 셈이다.

1연에서 3연까지는 찾는 사람의 이름, 가출 혹은 실종 날짜, 가출 사유만이 다를 뿐, 흔히 볼 수 있는 심인란의 유형화된 관용구들이다. 찾고 있는 **김종수·이광필·조순혜**, 이 각각의 이름을 시인은 크고 진한 활자로 변별화시키고 있는데, 거기에는 독자의 관심을 끌려는 시인의 의도적 전략이 내포되어 있다. 즉 그 이름들은 세 가지 층위에서 해석될 수 있다. 첫째는 사실적인 층위로, 신문 심인란 그대로의 현실적인 인물들을 지칭한다. 둘째는 역사적인 층위로, 1연의 1행 '80년 5월 이후 가출'이라는 구절에 유의할 때 그 이름들은 80년 '오월광주'의 비극으로 실종된 사람들을 환기한다. 이때 각각의 이름들과 연락처, 가출 내용들은 역사적인 그들의 아픔과 고통을 실재화시키는 효과가 있다. 세째는 포괄적인 관념의 층위로, 실종된 이상(理想)의 다른 이름들이다. 시대적인 문맥에서 보자면 자유나 민주와 같은 사회적 이상이 되겠지만 개인적인 문맥에서는 사랑이나 가족애, 그밖의 다른 것도 될 수 있다.

그 이름이 무엇을 의미하든, 문제는 이 구체화된 이름들이 심인란의 상투적 관용구 속에 놓여있다는 사실이다. 이와 같은 사실은 구체화된 이름과 연락처들을 철저하게 익명화시킬 뿐만 아니라 구체

---

6) 패러디는 과거의 작품이나 장르에서 출발하여 그것의 은유적 각색을 환유적 문학전통에 삽입시킨다. 이것은 과거와 현재의 텍스트들을 뒤죽박죽으로 만들어 버린다. 다시 말해서 원래의 텍스트나 장르는 현재의 텍스트나 장르로 재배열될 수 있다는 것이다. Patricia Waugh(1984), p. 96 /김준오(1992), p. 165.

적이고 시대적인 고통까지를 상투화시킨다. 또한 1~3연에 해당하는 이 심인의 다급함과 절실함은, 4연의 화장실에 앉아 똥을 누고 있는 화자의 상황과 대조되면서 더욱 희석되어버린다. '쭈그리고 앉아/똥을 누'는 시적 자아의 자세는 가장 본능적이고 개인적인 행위로 일체의 역사적·시대적 의미가 제거된 모습이다. 그 모습은 또한 시인 스스로에 대한 냉소적 투사이기도 하다. 결국 이 시는 심인란의 상투적 형식과 '쭈그리고 앉아/똥을 누'는 시적 자아를 병치시킴으로써 시대적 고통과 진실을 역설적으로 부각시키고 있다. 또한 이러한 역설적 상황은 독자들로 하여금 적극적으로 그 시적인 의미를 찾고 재구성하게 하고 나아가 현실의 삶을 반성하도록 한다. 요컨대 이 시에서 패러디는 뒤틀린 현실의 단면을 보여줌으로써 타인의 아픔과 시대적 아픔에 무심한 시적 자아와 독자의 삶에 대한 반성적 인식을 유도하는 시적 장치로 활용되고 있다.

원텍스트의 객관적 상황과 시적 자아의 현실상황을 대조적으로 병치시키는 방법이 좀더 극단적으로 전개될 경우, 현실의 단편들을 무작위적으로 끌어모아 그것들을 조립하고 거기에 무의미한 일상의 모습을 끼워넣는 수법으로까지 발전한다. 황지우 시에 등장하는 일상적 메모, 신문기사의 단편, 시사만화들의 몽타지는 현실이 파편화되어 있다는 가정에 근원을 두고 있다. 이로써 삶의 모습을 있는 그대로 보여주면서, 그것들을 엮어 구체화시켜야만 하는 독자의 적극적인 해석을 유도해낸다.

패러디적 발견이란 이렇듯 기존에 널려있는 모든 양식들을 새로운 의미의 위상에 놓는 일이다. 그리하여 일상의 자질구레한 것들을 인용하여 형상화하기 어려운 역사적 사실과 의미를 재현해낼 뿐만 아니라, 자유로운 의사소통이 불가능한 상황에서 우회적인 의사소통의 가능성을 모색할 수 있도록 한다.

오규원은 한 단계 더 나아가 신문이나 대중잡지, 텔레비전의 상품 광고와 같이 기능화되고 수단화된 언어를 집중적으로 몽타주한다.

드봉 미네르바
브라 스스로가 가장 아름다운 바스트를 기억합니다
비너스 메모리브라
　　　국회의원 선거 이후 피기 시작한
　　　아이비 제라늄이 4, 5월이 가고
꽃과 여인, 아름다움과 백색의 피부,
그곳엔 닥터 벨라가 함께 갑니다. 원주통상
　　　6월이 되었는데도 계속 피고 있다
착한 아기 열나면 부루펜시럽으로 꺼주세요
　　　여소야대 어쩌구 하는 국회가
까시렐-빠르쟌느의 패셔너블센스
　　　말의 성찬이 6월에서 7월로 이사하면서
　　　　　　　오규원, <제라늄, 1988, 신화> 중

이 시도 광고 문안의 객관적 인용과 정치 현실의 묘사가 전형적인 환유의 방법으로 병치되고 있는 작품이다. 언뜻 보기에 직접적인 관련이 없는 두 파편적 사실들의 병치적 나열은 독자에게 들여쓴 부분과 내쓴 부분을 등가로 읽을 것을 요구한다. 일종의 교차읽기 cross-reading[7]를 유도한다. 현대사회에서 상품광고는 인간의 소비 욕망을 부추긴다. 광고문안, 즉 광고가 만든 기호는 가짜욕망, 최면, 허위의식, 물질적 속물성으로 특징지워지는 상업주의적 욕망에 불

---

7) Marget A. Rose(1979), p. 49.

과하다. 그런 점에서 광고는 허위의 물질적 풍요를 가장하며 허위의 욕망을 자극하고, 나아가 대중적이고 상업적인 예술현상으로서의 키취를 조작한다. 광고문안을 정치상황과 병치시킴으로써, 우리의 정치현실이 허위와 과장으로 둘러싸인 광고문안과 같다는 사실을 폭로하며 그 둘 모두를 신랄히 비판한다.

특히 자의적인 행갈이와 불연속적인 리듬이 불러일으키는 단편화 효과는, 기존의 서정시 형식을 위협할 뿐만 아니라 광고가 내포하고 있는 정치성과 정치적 이데올로기가 내포하는 허위성을 폭로하는 기능을 한다. 그리하여 독자는 정치에 대한 어떠한 직접적인 비판보다도 더욱 신랄한, 그러나 유희적인 풍자의 공간을 경험하게 되고, 그 병치적 대조 혹은 유사가 주는 반전으로 인해 신선함을 느낀다. 예술과 삶, 문학적 언어와 비문학적 언어, 과거와 현재, 텍스트와 텍스트의 간극이 붕괴되고 해체되는 데서 비롯되는 방법적 가벼움과 해방을 경험하게 되는 것이다. 이처럼 상업적 선전문구를 그대로 도입하는 오규원의 작업은 대중의 감수성에 쉽게 접근한다는 장점을 지닌다. 실제로 8, 90년대 시들에서 그의 아류적 작품들은 수없이 많다.

권위적이고 관념화된 언어에 대한 부정을 기반으로 정치와 폭력, 물질만능의 자본주의 세태를 반영하고 있는 오규원과 황지우의 패러디는 80년대와 90년대를 대표하는 시정신이자 시형식이 되고 있다. 그들의 패러디는 비문학장르를 적극적으로 시에 차용한 결과 시의 실험성과 시형식의 개발이라는 의의를 획득하였으며, 많은 독자들의 관심을 유발함으로써 시의 대중화에 기여하기도 했다. 비문학적·일상적 인접매체와의 교류를 통해 신선한 '의미'와 '유희'와 '재미'를 불러일으키는 데 성공했기 때문이다. 유희성과 오락성은 패러디가 가진 본질적인 기능의 또 다른 단면이기도 하다. 이와 같은 특성이 풍자와 절묘하게 결합할 때 그 현실비판력은 증대될 수 있다. 그러나 풍자성이 결여되고 방법적 새로움마저 둔진해졌을 때의 치명적인 결함은, 비판하려던 타락한 현실의 논리 속으로 말려들어가 일회성·경박성·오락성·요설성에 봉사함으로써 자기붕괴될 소지가 있다는 점이다. 이는 일련의 자본주의와 상업주의의 논리에 오염되어 있으면서 그 논리를 비판하는 시들이 가진 양면성이기도 하다.

8, 90년대에 이르면 패러디의 기능과 역할은 다양하다기보다 무한하다고 표현하는 편이 더욱 적합해진다. 방법적 회의와 부정을 통해 현실과 언어에 날카로운 비판적 시각을 견지한 채, 늘 새로운 면모를 시도할 수 있는 시적 동력을 패러디가 담당하고 있는 것이다. 따라서 이 시대의 혼성모방적 패러디는, 현실이 배제된 혹은 현실모방을 포기한 언어가 아니라 시인이 몸담고 있는 현실주의자로서의 면모와 연결된다. 오규원이나 황지우와 같은 시인들은 패러디를 통해 시장르의 새로운 미학적 가치를 구현해내는 데 성공한 대표적인 시인들이다. 아니 그 반대로, 이들에 의해 패러디가 가진 미학적 가능성이 십분 발휘되고 있는 측면도 있다. 그러므로 어떠한 현실적 동기에서 어떠한 미학적 가치를 구현해내고 있느냐에 따라 패러디의 가능성과 한계는 진단되어야 할 것이다.

4

서구문학 수용과 패러디의 진보성

서구문명 지향의 암시적 모방인용

　서구문학을 모방인용하는 패러디는 비교문학적 관점에서 '밖으로부터'의 동인에 의해 창작된 것이다. 여기서 비교문학적 관점이라 함은 '두 작품들 사이에 놓여진 언어적 벽(壁)'을 전제로 성립됨은 물론이다. 이러한 관점에서 이루어지는 패러디적 접근은 모든 나라의 문학 전통이 그러하듯이 우리 현대문학도 서구문학[1]과의 관계 속에서 끊임없이 변화·발전해왔다는 사실에 대한 검증과정이 될 것이다.

　단순한 모방이나 표절과 변별되는 패러디의 중요한 특징은 원텍스트와의 대화성 및 원텍스트의 흔적 남기기에 있음은 앞서 지적한 바 있다. 그러나 서구문학 패러디에서 이 잣대의 적절한 운용은 쉽지 않다. 전통장르 패러디에 있어 원텍스트는 이미 사회적·문화적

---

1) 여기서 서구문학이라는 말은 '외국문학'을 포함하는 개념이다. 우리 현대문학의 비교문학적 수용과정에서 외국문학이라고 하면 주로 서구문학에 한정되었고 서구문학은 곧 서구의 문명과 문물의 대명사였다. 이러한 특성을 고려해 외국문학 일반을 서구문학으로 명명하고자 한다.

동질성을 확보하고 있는 경우가 많기 때문에 유명한 한 구절이나 고유명사 하나만을 인용해도 그 자체로 가시적인 패러디 전경화 장치가 될 수 있으며 일반 독자도 원텍스트를 쉽게 소급할 수 있다. 그러나 원텍스트가 서구문학일 경우에는, 시인이 가시화된 방법으로 원텍스트를 전경화하지 않는다면 일반 독자는 패러디 텍스트임을 인지하기가 어렵다. '언어를 달리하'는 데서 비롯되는 리듬·어조·상징 및 문화적 배경의 차이는, 일차적인 번역과정에서부터 원텍스트를 굴절시키기 때문이다. 설령 잘 번역된 원텍스트라 하더라도 전혀 다른 언어와 전혀 다른 문화 구조 속에 놓임으로써 재맥락화되기도 한다. 특히 알려지지 않은 새로운 작품일 경우나 심하게 의역(意譯)되거나 오역(誤譯)된 경우라면 더욱 그렇다. 따라서 외국어에 대한 정확한 이해 없이는 서구문학의 해석과 수용에 있어 예기치 못한 오류를 범하기 십상인데, 부분적인 자구의 오해 이외에도 언어체계 및 문화적 배경의 차이로 인한 오역은 원텍스트에 대한 의도적인 재창작과 구별을 모호하게 한다. 오역보다는 정도가 덜하지만 의역의 경우도 마찬가지다.

서구문학과의 관계 속에서의 패러디·영향·번안·표절의 문제는 예나 지금이나 매우 복잡한 사안이다. 2, 30년대에는 서구문학에 대한 독자들의 이해가 보편화되지 않았기 때문이고, 최근에는 그 양상이 보다 전문화·다양화·세분화되고 있기 때문이다. 그러므로 서구문학과의 관계 속에서 패러디를 고찰할 때의 어려움은 원텍스트의 전경화 장치를 비롯해 패러디 텍스트로서의 근거를 밝혀내는 일이다. 그렇지 않고는 패러디인지, 단순한 영향인지, 번안인지, 잘못된 번역인지, 아니면 표절인지 변별할 수 없기 때문이다.

한편, 언어의 벽을 달리하는 작품들간의 상호교류에서 영향·표절·패러디 여부를 구별하는 문제는 시대적 요구와도 관계가 깊다.

서구문학을 적극적으로 받아들여 자국의 문학을 문체·소재·줄거리·표현법 등의 측면에서 보충하고자 하는 시대에는, 그 수용의 태도와 기교만을 평가할 뿐이지 모방이나 표절이란 문제는 생각하지 않는 경향이 있다. 이러한 상황에서 창작되는 패러디를 살필 때에는 원텍스트에 대한 감화력이 크기 때문에 그 권위와 근거를 수용하려 한다. 이렇게 본다면, 한 시대의 서구문학에 대한 수용 욕구는 패러디의 원텍스트에 대한 비판의 강도와 반비례하는 경향이 있다. 서구문학에 대한 수용 욕구가 강할수록 원텍스트에 대한 조롱과 비판의 특성은 약화되는 것이다. 그러므로 서구문학 패러디는 특히 원텍스트의 수용 과정과 그 시대적 맥락을 함께 고려해야 한다.

우리 현대시에서 서구문학에 대한 패러디의 경우, 패러디의 변별 문제는 최초의 서구 스타일의 신체시 혹은 신시[2]라 평가되는 최남선의 <해에게서 소년에게>(1908)서부터 제기된다.

> 텰……ㄹ썩, 텰……ㄹ썩, 텩, 쏴……아.
> 싸린다, 부슨다, 문허바린다,
> 泰山갓흔 놉흔뫼, 딥태갓흔 바위ㅅ돌이나
> 요것이 무어야, 요게 무어야,
> 나의큰힘, 아나냐, 모르나냐, 호통싸디하면서,
> 싸린다, 부슨다, 문허바린다,

---

2) <海에게서 少年에게>를 이광수는 "서양시의 본을 받은 시로 인쇄가 되어서 세상에 발표된 것으로는 맨 처음"이라고 지적한 바 있다. (이광수. 육당 최남선론. 『조선문단』 6호, p. 82.) 그러나 이병기·백철 (1973). 『국문학전사』(서울 : 신구문화사), pp. 260-61에서는 신체시의 효시를 『소년』 창간호의 권두시라고 지적하면서 인용시에는 <九作三篇>이 적혀 있다. 이러한 혼선이 암시하듯 신체시의 효시를 <海에게서 少年에게>(1908)라고 보기도 하고(조연현(1956), 『한국현대문학사』(서울 : 현대문학사), p. 48.) <九作三篇>(1907)으로 보기도 한다.(조지훈(1973). 한국현대시사의 관점. 『조지훈전집 3』(서울 : 일지사), p.166.)

텰……ㄹ썩, 텰……ㄹ썩, 텩, 튜르릉, 콱.

최남선, <海에게서 少年에게> 중

『소년』 창간호에 발표되었던 위의 인용시는 의성어로 이루어진 첫행과 끝행이 각 연마다 동일하게 반복되어 있고 각 연마다 똑같은 행 수와 일정한 음수율을 가지고 있다는 것을 그 특징으로 한다. 그러나 이 작품이 바이런G. G. Byron의 <대양The Ocean>에서 그 중심 이미지와 구조를, 그리고 테니슨A. Tennyson의 <부서져라, 부서져라, 부서져라Break, Break, Break>[3]에서 제목 및 반복구를 차용하고 있다는 지적은 이미 기정 사실화되어 있다.[4]

The armaments which thunderstrike the walls
　　Of rock-built cities, bidding nations quake,
And monarchs tremble in their capitals ;
　　The oak leviathans, whose huge ribs make
　　Their clay creator the vain title take
Of lord of thee, and arbiter of war ; −
　　These are thy toys,
(드르를퉁탕 벼락소래를 내이면서, 바윗돌노 치싸흔
　都邑의 城壁을 문흐질너, 그 帝王과 人民으로 하여곰
　서울에서 벌벌벌 썰게하난 大碗口−
泰山ㅅ덤이갓히 크나크게 생긴물건이 그것만든 사람저로하여곰

---

3) "Break, break, break,/On the cold gray stones, O Sea! (부서져라, 부서져라, 부서져라./차디찬 잿빛 바위 위에, 오 바다여!)". 테니슨의 <Break, Break, Break>의 일부. 최창호(공저)(1965). 『영시개론』(서울 : 신구문화사), pp. 263-64.
4) 정한모(1974). 『한국현대시요람』(서울 : 박영사), p. 19.

「*海上*의 *王*」이라, 「*戰爭*의 *主力*」이란
*虛*ㅅ된 일홈을 부치게하난 *大軍艦*－
이 짜위는 다 너의 작난ㅅ감이로다.)

G. G. Byron, <The Ocean> 중, *鰲浪*(역)[5]

<해에게서 소년에게>를 <대양>과 비교해보자면, 양시 모두가 형식과 주제 및 시상의 배열이 유사한 점, 각 연마다 번호가 붙어 있는 점, 거의 비슷한 길이(<대양>은 각 행이 9행, <해에게서 소년에게>는 7행)로 모두 여섯 연으로 이루어져 있다는 점 등에서 유사하다. 바다의 웅장함과 광대무변함에 비유되는 소년의 용기와 그 가능성을 고무시켜 현실을 타개할 주역으로 삼고자 하는 최남선의 취지는 곧 바이런의 시정신과 상통한다. 두 텍스트간의 관련성이 단적으로 드러난다고 지적되는 위의 인용 텍스트들을 비교해 보자.

<The Ocean>
① 드르를퉁탕 벼락소래를 내이면서
② 문흐질너/벌벌벌 썰게하난
③ 바윗돌노 치싸흔 도읍의 성벽/태산ㅅ뎀이갓히 크나크게 생긴물건
④ 이 짜위는 다 너의 작난ㅅ감이로다

<해에게서 소년에게>
①′ 텰……르썩, 텰……르썩, 텩, 튜르릉, 콱
②′ 짜린다, 부슨다, 문허바린다
③′ 태산갓흔 놉흔뫼, 딥태갓흔 바위ㅅ돌이나

5)『소년』, 제3년 제3권, pp. 5-11.

④′ 나의큰힘, 아나냐, 모르나냐, 호통까디하면서

  가장 비슷하다고 지적되는 부분의 유사성 치고는 미비한 편이다.
그렇다면 최남선은 <대양>을 의식적으로 모방인용하여 바이런이
사용한 시의 구성기법·행과 연의 구분·소재와 이미지를 자기 것
으로 만든 다음, 이를 당시 우리의 사회적 맥락에 맞게 재창조하고
있는 셈이 된다. 특히 당시의 우리 시가장르였던 시조·가사·민요
·창가 등과 비교했을 때 현격히 자유로운 리듬, '요것이 무어야, 요
게 무어야' '아나냐, 모르나냐'와 같은 구어체 사용, '짜린다, 부슨다,
문허바린다'에서 보여주는 점층적 나열과 순수한 우리말의 사용, 나
아가 개항 이후 본격적으로 쓰이기 시작한 구어체 종결어미인 '-다'
의 연이은 반복[6] 등은 시의 의미를 선명하게 강조할 뿐만 아니라 시
의 호흡을 새롭게 한 점들이다. 특히 첫행과 끝행의 의성어에 의한
후렴구의 강조는 시의 감각을 활성화시키고 있다.
  상황이 이와 같다면 이 두 텍스트간의 관계를 어떻게 규정지어야
하는가. 단순한 영향으로 파악하기에는 모방인용의 의도성과 유사
성이 큰 편이고, 그렇다고 표절로 보기에는 그 차이점 또한 너무 크
다. 그러나 비교문학적 관점에서, 볼 때 표절이 아닌 의식적 모방인
용은 흔히 패러디나 번안으로 설명될 수 있다.
  먼저, 의식적인 모방 혹은 차용으로 판단할 수 있는 근거들을 살
펴보자. 최남선은 <해에게서 소년에게>를 발표했던 『소년』에, 바이
런의 <해적시(海賊詩)>[7]와 테니슨의 <제석(除夕)>[8]을 연이어 자신

---

  6) 김용직(1983). 『한국근대시사 1』(서울 : 새문사), pp. 99-100.
  7) 『소년』, 제3년 3권, pp. 4-8. 시의 말미에 최남선은 일본의 바이런 전공자 木村
    鷹太郞의 日譯本을 보고 중역한 사실을 밝히고 있다.
  8) 『소년』, 제3년 9권.

이 직접 번역하여 게재하고 있으며 오랑(鰲浪)으로 하여금 바이런의 <대양>을 번역하도록 하여 원문과 함께 싣고[9] 있다. 이런 사실을 두고 볼 때 그는 굳이 원텍스트를 숨기고자 했던 의도가 없었던 것으로 보인다. 또한 발표 당시 '시'라고만 표기했을 뿐 서명(署名)을 밝히지 않았다는 사실과, 당시의 신체시라는 장르 자체가 다분히 모방적(일본수입품)이었고[10] 예술적 독창성이 그다지 문제시되지 않았다는 사실[11]에 주목해 볼 때, <해에게서 소년에게>는 시인 개인의 독창적인 시작품을 창작하려는 동기보다는, 대사회적인 목적을 위해 기존의 텍스트를 활용하려는 집단적 창작동기가 더 강하게 작용했던 작품임을 간접적으로 확인할 수 있다. 소유 개념으로서의 작품에 대한 저작권 및 소유권, 그와 관련된 작품의 독창성, 창작 주체로서의 자의식의 확립 등을 특징으로 하는 모더니티가 확립되기 이전의 창작 태도가 반영된 것으로 볼 수 있을 것이다. 이러한 사실은 인용시가, 패러디의 집단 창작적 측면과 이데올로기적 기능을 적극 활용하고 있는 텍스트임을 시사한다.

다음으로는 번안adaptation의 가능성에 대해 살펴보자. 이 작품이 『소년』의 권두시로 씌어졌고, 초창기 『소년』의 권두시 대부분이 서구시를 번역 내지 번안한 것에 속한다는 사실은 이 작품이 번안으로 창작되었을 가능성을 시사한다. 번안에 대한 개념은 논자에 따라 다소 차이가 있으나[12] 일반적으로 외국작품을 자국의 사회적 맥

---

9) 『소년』, 제3년 6권.

10) 정한모는 최남선이 명명하고 있는 '신체시'라는 명칭 혹은 장르가 19C말의 '일본 신체시'에 대한 뒤늦은 모방이라고 지적한 바 있다. 정한모(1974). 육당의 시가. 『한국 현대시문학사』(서울 : 일지사), p. 179.

11) 강남주(1981). 한국근대시 형성 이전 단계의 시양식 고찰. 『부산수산대논문집』 26집, pp. 126-27.

12) 번안의 개념은 외국 작품을 국어로 옮기되 옮긴 사람의 창의력이 가미되어 원작과는 다른 면모를 지니게 된 작품을 생산하는 행위를 일컫는다. 외국 명작의

락에 맞게 개작하는 행위를 일컫는다. 이는 넓게 보자면 패러디와 유사하다. 개작과 재맥락화로 인해 원텍스트의 의미가 달라지고 따라서 원텍스트와도 일정한 비평적 거리가 획득될 수 있기 때문이다. 이러한 번안 양식은 다른 나라의 문학을 수용하려는 욕구가 팽배한 시대에 외국문학을 차용하는 필연적인 한 과정으로 나타날 뿐더러 자국의 문학이 소재 빈곤에 허덕일 때 더욱 성행한다는 점에서, 서구문학을 원텍스트로 하는 모방적 패러디 동기와 특히 흡사하다. 그러나 패러디는 번안에 비해 원텍스트와의 차이를 의도적으로 전경화해야 하고 그 원텍스트의 흔적을 반드시 남겨놓아야만 한다.

<해에게서 소년에게>는 패러디와 관련된 또 다른 문제를 환기한다. 당시만 해도 우리 문단에는 고전문학의 '용사법'에 익숙했던 창작 관행이 잔재해 있었다는 점이다. 용사를 할 경우에는 굳이 그 전거를 가시적으로 외재화시킬 필요는 없었다. 한시의 경우 제목에다 '독(讀)'이나 '차(次), 화(和)' 등의 글자를 사용하는 경우가 있었으나, 제한된 글자(5언/7언) 안에서 표현해야 하는 한시의 장르적 특징과 한시 자체가 최소한 사서삼경을 독파한 일정 수준 이상의 독자를 전제로 했기 때문에 그 전거를 밝히지 않아도 서로 알아볼 수 있는 것이 일반적 관례였다. '별곡'와 같은 장르는 용사를 중심 전략으로

줄거리만 가져다가 이곳의 인물로 개편해야 한다는 협소한 정의<이병기·백철 (1973). 『국문학전사』(서울 : 신구문화사), p. 231>에서 점차, 반드시 한국을 무대로 개작하여야 한다는 조건으로 못박을 필요는 없으며 개작으로 인해 궁극적으로 추구하는 작품의 의미가 달라졌다면 제2의 창작으로서 독자적 가치를 인정해야 한다는 주장<서대석(1973). '蘇知縣羅衫再合'系 번안소설연구. 『동서문화연구』 5집(대구 : 계명대학교출판부), pp. 180-82>과, 외국 작품을 대상으로 하여 줄이고, 보태고, 고친 정도가 심한 개념<조동일(1989). 『한국문학통사 3』(서울 : 지식산업사), p. 99>으로 확대 정의되고 있다. 이러한 개념을 아우르듯, 바이스슈타인은 "번안이란 原典에 충실한 개작에서부터 창조적 배반을 통한 독창적 개작에 이른다"고 정의하고 있다. Ulrich Weisstein. 『비교문학론』, p. 11.

표명하고 있는 대표적인 장르였으며 그밖의 고전시가에서도 용사적 전통은 쉽게 발견된다. 이러한 관행에 익숙했던 당시의 문학 향유자들은 원텍스트의 전경화 장치의 필요성을 그다지 절감하지 못했으며 또 새삼스러웠을 수도 있다. 2, 30년대 대부분의 패러디 텍스트들은 원텍스트의 전경화 장치가 미약하다는 특징은 이러한 사실을 간접적으로 증거한다. 전통장르에 대한 모방적 패러디의 경우도 원텍스트에 대한 집단적 공유라는 전제 속에서, 별다른 원텍스트의 전경화 장치가 없이 패러디로서 창작되고 향유될 수 있었던 것은 이와 같은 배경 때문으로 보인다.

결국, 발표 당시의 정황과 두 텍스트간의 연관성에 비추어볼 때 <해에게서 소년에게>는 의식적인 모방인용의 차원에서 이루어진 창작이라는 점과 다른 지면을 통해 원텍스트의 전경화 장치가 간접적으로나마 이루어지고 있다는 점으로 인해 패러디로서의 가능성을 시사한다고 볼 수 있다. 그러나 원텍스트를 의식적으로 전경화하지 않고 원텍스트가 우리 문단에 거의 알려지지 않아 원텍스트와의 대화성을 확보하지 못하고 있다는 점에서 패러디로서의 가능성은 희석되고 있다. 따라서 서구문학 패러디 텍스트를 '예고'하는 작품 정도로 볼 수 있겠다.

이처럼 원텍스트를 어떻게 전경화시키느냐 하는 문제는 패러디 여부를 변별하는 척도가 되기도 하며 나아가 패러디 텍스트로서의 성공여부를 좌우하기도 한다. 원텍스트를 지나치게 표면적으로 가시화시킬 경우 자칫 패러디 텍스트의 의미구조는 평면화되어 버릴 수 있다. 반면 원텍스트를 자연스럽게 내재화할 경우 독자가 패러디 텍스트임을 인지하지 못해 두 텍스트간의 대화성은 거세되기 때문이다. 그러므로 원텍스트 전경화 장치는 그 방법이 얼마나 새로운가, 작품 전체와 어떠한 유기적인 구조를 이루고 있는가, 독자가 인지할 수 있는가에 대한 끊임없는 연구 속에서 새롭게 개발되어야 한다.

지금부터 살펴볼 서구문학에 대한 모방적 패러디의 가장 큰 특징은 패러디 전경화 장치가 간접화되어 있거나 암시되어 있다는 점이다. 당시의 창작 풍토에서 원텍스트를 전경화하는 방법적 장치가 풍요롭지 못했을 뿐만 아니라 용사적 전통에 익숙했던 탓도 있을 것이다. 이러한 맥락에서 일반 독자들에게 잘 알려져 있지 않은 서구문학을 원텍스트로 하면서 그 원텍스트를 분명하게 전경화시키지 않을 경우 독자들이 그 원텍스트를 추론하기란 쉽지 않다. 텍스트 외적인 문맥까지를 검토해봐야 하기 때문이다.

1. 시의 구조와 문체를 모방인용하는 경우

전통적인 시형식이나 당대의 규범화된 시형식으로는, 변화를 필요로 하는 당대 현실을 표출할 수 없다고 판단한 일군의 시인들이 눈을 돌려 발견한 것은 서구문학의 전통이었다. 그들은 서구문학의 틀과 그 정신을 빌어 새로운 형식으로 당대 현실을 그리려 했다.

① 文明과 自然의 아름다운 婚姻
　知慧와 勝利 눈부시는 나라 나라는
　말머리 무겁고 눈방울 영롱한 種族에게 주리라
　歷史는 꿈많은 시절의 日記처럼
　하로 하로 淸新한 「페-지」만이 붙어가리라
　검은 機關車 車머리마다
　장미꽃 쏟아지게 피워보내마
　無知와 不幸과 미련만이 君臨하던

재빛 神話는 사라졌다고 사람마다 일러줘라
숨쉬는 鋼鐵 꿈을 아는 動物아

김기림, <知慧에게 바치는 노래> 중

② 궤도 위에 철(鐵)의 풍경을 질주하면서
그는 야생한 신시대의 행복을 전개한다.-스티븐 스펜더

폭풍이 머문 정거장 거기가 출발점
정력(精力)과 새로운 의욕 아래
열차는 움직인다
격동의 시간
꽃의 질서를 버리고
공규(空閨)한 나의 운명처럼
열차는 떠난다
검은 기억은 전원(田園)에 흘러가고
속력은 서슴없이 죽음의 경사를 지난다

박인환, <列車> 중

김기림의 시 ①은 『해방기념시집』(1945년 12월)에 발표되었다. 현대문명의 가능성을 노래하고 있다는 점과 원텍스트의 전경화 장치가 미약하다는 점에서, 최남선의 <해에게서 소년에게>를 연상케 한다. 김기림 역시 새로움의 표상인 자본주의·자유·서구문명에 대한 동경을 가지고 있었으며, 그에게 있어서 이와 같은 새로운 것의 수용이란 곧 신세계의 비전과 등가를 의미했다. 『개벽』(1949년 3월)에 발표된 ②의 박인환 시도 마찬가지다. 주지하다시피 근대는 증기기관의 발명과 그 발명이 낳은 도시풍경과 함께 시작한다. 서구문명과 도시적 삶이라는 명백한 시적 지향성을 설정하고 있었던 김기림이나 박인환에게, 증기기관과 관련된 동력과 속도는 최고의 시적 소재였고 그 구체화된 상징물로서의 '달리고 달리는' 기(관)차·국제열차·전망차 등은 현대사회의 비전을 대변해주는 것이었다.

위의 두 인용시들은 현대문명의 상징인 기차를 의인화시키고 있다는 점, 기차의 운동과 속도가 안내하는 새로운 세계에 대한 비전을 제시하고 있다는 점, 순차적 흐름에 의한 풍경의 동적 전개를 보이고 있다는 점, 구체적인 시어 및 중심 이미지가 유사하다는 점 등에서 공통점을 찾을 수 있다. 이러한 공통점은 좀더 거슬러 올라가면 스티븐 스펜더Stephen Spender의 <급행열차The Express>를 의식적으로 모방인용한 결과로 판단된다. ①이 원텍스트가 내재화·간접화되어 있는 암시적 패러디인 반면, ②는 제사 형식으로 그 전경화 장치를 외재화시키고 있다. 특히 ②의 텍스트는 패러디의 모방인용이 하나의 전략으로 분명하게 인식되고 있다는 점에서 주목된다. 원텍스트를 보자.

> After the first powerful plain manifesto
> The blake statement of pistons, without more fuss
> But gliding like a queen, she leaves the station.
> Without bowing and with restrained unconcern
> She passes the houses which humbly crowd outside,
> The gasworks and at last the heavy page
> Of death, printed by gravestones in the cemetery.
> Beyond the town there lies the open country
> Where, gathering speed, she acquires mystery,
> The luminous self-possession of ships on ocean.

(처음에는 강력하고 명백한 선언

피스톤의 검은 聲明이 있고 나서, 조용하게

여왕처럼 미끄러지면서 열차는 역을 떠난다.

인사도 없이 억제된 마음으로

교외에 초라하게 밀집된 집들과 가스공장을 지나

그리고는 마침내 공동 묘지의 비석에 새겨진

죽음의 따분한 페이지를 지나간다.

도시를 넘으면 田園이 열리고

거기에서 열차는 속력을 더해 신비와

대양의 기선이 갖는 밝은 침착을 얻는다.)

S. Spender, <The Express 급행열차> 중[13]

이 원텍스트를 근거로 다시 인용시로 가자. 김기림이 쓴 ①의 시가 패러디 텍스트로 보기에는 그 전경화 장치가 미약하다는 사실은 앞서 지적한 바 있다. 다른 텍스트를 전제로 창작되었다는 것은 분명한데 그 흔적을 의도적·가시적으로 드러내지 않았을 때 과연 패러디 텍스트가 될 수 있는가. 이럴 경우는 작품을 발표할 당시 원텍스트가 어느 정도 인지되고 있었느냐하는 사회적 맥락이나 사회적 공인도를 살펴보아야 한다. ①의 시는 45년에 발표되었다. 그러나 35년에 이미 최재서는 일간신문에 스펜더의 "도덕적 주제를 탐색하는 현대작가"라는 글의 내용을 간략히 소개하고 있으며,[14] 1936년 임학수의 글에서도 스펜더는 잠깐 언급된다.[15] 1935년에 박용철은

---

13) Stephen Spender. 『스티이븐 스펜더』, 범대순(역)(서울 : 탐구당, 1987), pp. 142-45.

14) 최재서(1935). 사회적 비평의 대두—1934년도의 영국평단회고. 『동아일보』, 1. 30.~2. 3.

15) 임학수(1936). 현대영미시의 동향. 『조선일보』, 36. 9. 30.~10. 6.

스펜더에 대해 좀더 자세히 언급하면서 특히 <특급열차>라는 제목
으로 앞서 인용한 <The Express>의 한 구절을 다음과 같이 번역
소개하고 있다.[16]

    최초의 힘차고 明白한 重大宣言이 있은 다음.
    피스톤의 黑色 聲明 그러고는 더 시끄러움없이
    女王같이 미끌리여 저는 정거장을 떠난다
    허리굽힘도없이 節制된 無關心으로
    卑賤하게 밖에 모여드는 家屋들을 지난다.
    瓦斯-場과 마침내는 墓地의 墓碑石으로
    印刷된 주검의 무거운 페지를 지난다

   ①의 시 <지혜에게 바치는 노래>가 발표되기 10년전부터 스펜더
라는 시인과 그의 시 <The Express>의 똑같은 구절이 소개될 정
도라면, 김기림이 이 작품을 발표할 당시 스펜더의 이 시는 이미 일
반 독자에게까지 보편화되었을 것이다. 게다가 김기림도 그의 산문
여러 곳에서 스펜더에 대해 언급하고 있다. 비록 <지혜에게 바치는
노래>를 발표한 이후이긴 하지만, 이 <The Express>의 7행을 제
사 형태로 『시론』(1947)에 직접 인용하고 있으며,[17] 『시의 이해』
(1950)에는 시 전문을 원문과 함께 번역하여 인용하고 있다.[18] 이러
한 사실들은 <지혜에게 바치는 노래>가 <The Express>를 원텍스

---

16) 박용철(1935). 현대 영국의 젊은 시인들. 『신동아』, 1935년 9월호, pp. 156-57.
17) 이 시가 인용된 글은 『시론』에 재수록된 "30년대의 소묘"이다. 이 글은 원래
    1933년부터 1940년까지 잡지와 신문에 발표한 네 편의 글을 모아놓은 것이다.
    그러나 발표 당시의 글에는 이 시가 인용되고 있지 않은 것으로 볼 때 책으로
    묶으면서 삽입한 것으로 보인다. 『김기림 전집 2』(서울 : 심설당, 1988), p. 43.
18) 『김기림 전집 2』(서울 : 심설당, 1988), pp. 250-52.

트로 창작된 패러디 텍스트가 될 수 있음을 간접적으로 전경화시키는 근거가 될 수 있다.

패러디란 원텍스트와의 대화성을 전제로 합법화되고 정당화된다는 사실을 환기하면서 ①의 시에 나타난 구체적인 원텍스트와의 대화적 국면을 보자. 현대문명에 대한 스펜더의 비전은 '죽음의 따분한 페이지'를 넘어 전개되는, '금속(鐵)의 풍경'을 통해 구체화된다. 반면 김기림의 비전은 '지혜와 승리 눈부시는 나라'의 '청신한 페ー지'로 수렴되고 있다. 김기림이 본 서구문명은 바로 '스피드'[19]에 의한 기계문명의 혁명이었고, 그 동력과 속도는 곧 신세계로 이어지고 있었다. <The Express>가 '기차'의 달리는 동적 움직임에 초점을 맞춰 '금속의 풍경'을 형상화시키고 있다면, <지혜에게 바치는 노래>는 기차의 동적 움직임을 축소하고 새로운 역사가 펼쳐질 '청신한 페ー지'를 강조하고 있다. 패러디는 유사성 속에서 상이성을 확립시키는 현대적 재기호화[20]이다.

원텍스트의 흔적을 강하게 담고 있으면서도 그것과의 차이는 다음의 두 구절에서 단적으로 드러난다.

<The Express 급행열차>　　<지혜에게 바치는 노래>
　피스톤의 검은 성명　　→　검은 기관차 차머리
　죽음의 따분한 페이지　→　청신한 「페ー지」

패러디 텍스트의 '청신한 페ー지'는 원텍스트의 '죽음의 따분한

---

19) 김기림은 자신의 글에 스윗타스의 말을 인용해 기계의 아름다움에 대해 예찬하면서 그 아름다움을 현대시에 적용시키고 있다. 즉 현대시가 갖추어야 할 세 가지 명제를 지적하고 있는데, 기계에 대한 열렬한 미감과 동적인 미, 그리고 일하는 미를 포함시키고 있다. 『김기림 전집 2』(서울 : 심설당, 1988), pp. 82-83.
20) Linda Hutcheon(1985), p. 18.

페이지'를 전제로 했을 때 그 의미가 더욱 분명하게 살아난다. 후자가 부정적인 과거에 대한 형상화라면 전자는 긍정적인 미래적 비전의 형상화다. 일종의 반대진술인 셈이다. 특히 패러디 텍스트가 『해방기념시집』에 발표되었다는 점에 주목해보자면 '해방'과 맞물린 사회적 문맥은, 원텍스트와 다른 새로운 의미를 구축하도록 한다. 비록 시적 형상화의 차원에서는 관념성을 면치 못하고 있으나, 패러디 텍스트가 놓여진 사회적 문맥을 이해하는 독자에게 '강철 꿈을 아는 동물'로 비유되는 이 검은 기관차는 곧 해방의 역사로 나아가도록 하는 안내자이자 풍요와 지혜가 약속되는 공장의 나라를 향해 달리는 개척자로 읽혀질 것이다. 전경화 장치가 미약한 것은 사실이지만 이처럼 원텍스트의 권위와 규범을 계승하면서도 대화성을 유지하고 있다는 점은 패러디 텍스트로서의 취약점을 보완해 준다.

②의 <열차>는 스펜더의 <The Express>에서 'Steaming through metal landscape on her lines/She plunges new eras of wild happiness(17·18행)'을 번역하여 제사 형태로 직접 인용하고 있는데, 원텍스트의 이 두 행은 패러디 텍스트의 뼈대를 이룬다. 오른쪽 상단에 스펜더의 이름과 그의 작품을 공식적으로 재인용하고 있는 이러한 제사 형태는, 오늘날에는 일반화된 모방인용의 방식이 되고 있지만 당시로서는 모더니스트로서의 풍모가 돋보이는 시적 장치라 할 수 있다. 뿐만 아니라 원텍스트의 권위와 규범을 계승하기 위한 방법적 혹은 의도적 인용이라는 패러디의 동기를 좀더 분명하게 밝히려는 의도적 장치이기도 하다. 따라서 박인환의 패러디 동기는, 자신의 작품 <열차>가 스펜더의 <The Express>와 혈연적으로 문맥을 같이하거나 공분모가 있음을 암시하려는 의도에서 비롯되는 것으로 보인다. 말하자면 이 제사를 자신의 시적 주제를 암시하는 문패처럼 사용하고 있는 셈이다.

일반적으로 제사는 원텍스트의 한 구절을 직접·간접 인용할 수 있고, 원작자의 이름이나 원텍스트의 작품명까지도 제시할 수 있다. 때로는 시인 자신의 목소리를 제사로 표현할 수도 있는데 이런 제사는 패러디와 무관한 경우가 많다. 이처럼 패러디에서 제사는 원텍스트를 전경화하는 가장 흔한 방법이다. 패러디 텍스트의 주제 혹은 시의 배경(등장인물의 성격, 플롯)이 되는 원텍스트를 직접 인용하기 위해 주로 사용된다. 이는 곧 창작 및 비평의 기능을 동시에 수행하기 위한 의도적인 장치로, 간혹 화자의 현학성과 학식을 드러내기 위한 전략으로 사용될 때도 있다.

②의 시에서 제사는 특히 원텍스트의 계승을 보다 적극적으로 환기한다. 김기림의 시와 마찬가지로 이 시도 해방 후의 시대적 요청에 적극 부응하기 위해 쓰여진 것인데, 박인환의 시 대부분이 그렇듯이, 유창한 호흡과 화려한 언어로 가득차 있다. '죽음의 경사' '슬픈 관습' '봉건의 터널' '특권의 장막'이 의미하는 어둡고 경직된 과거의 역사를 헐어버리고, '새로운 의욕'으로 '율동하는 풍경'과 '광선의 진로'를 따라 '영원의 거리'를 찾아 달리는 열차는 '아름다운 새날'로 이어지고 있다. 모더니스트 박인환은 봉건·관습·특권의 과거 유산을 거부하기 위해 미래의 시인으로 대표되었던 스티븐의 '금속의 풍경'을 끌어들이고 있는 것이다.

두 텍스트간의 대화성을 보자. 열차의 '출발-전진-도착'이라는 서술구조는 동일하지만 <The Express>는 1연 29행으로, ②의 <열차>는 3연 26행으로 이루어져 있다. 열차의 움직임을 원텍스트가 '미끄러진다(gliding)·떠난다(leaves)·지난다(passes)·달린다(goes)·돌진한다(plunges)·도착한다(reaches)'라는 중심 서술어로 묘사한 데 비해, 패러디 텍스트는 '움직인다·떠난다·지난다·활주한다·(지나오다)'라는 중심 서술어로 묘사한다. 패러디란 의도적이거나 객관적으로 원텍스트를 반복함으로써 새로운 의미를 회복·개조·재생산하는 것이다. 인용된 부분만을 중심으로 두 텍스트간의 반복성과 차이성을 정리하면 다음과 같다.

⟨The Express⟩		⟨열차⟩
강력하고 명백한 선언	:	정력과 새로운 의욕
피스톤의 검은 성명	:	폭풍
죽음의 따분한 페이지	:	죽음의 경사
전원	:	전원
공동묘지	:	공규한 나의 운명
속력	:	속력
검은 (성명)	:	검은 (기억)

　다소 도식적으로 추출한 감이 없지 않으나, 박인환의 ⟨열차⟩는 위와 같은 원텍스트와의 유사성 속에서 새로운 독자성을 확보하고 있다. 특히 3연의 '공규한 나의 운명' '검은 기억' '죽음의 경사'에 내포되어 있는 원관념은 바로 일제 치하와 해방직후의 어두운 우리 현실을 그대로 담고 있다. 김기림과 마찬가지로, 해방이후 좌우 이데올로기의 첨예한 대립 속에서 사회의식으로 무장한 스펜더의 작품을 모방적으로 인용하고 있다는 점은, 박인환이 사회주의적 비전에 많은 관심을 기울이고 있었음을 시사한다. 비판의 표적이 되고 있는 가난·관습·봉건·특권·빈곤과 같은 시어들에서도 그러한 지향성을 엿볼 수 있다. 따라서 '정력과 새로운 의욕 아래' 기계문명과 새로운 사회를 향해 달려가는 박인환의 ⟨열차⟩는 8·15이후 새나라 건설의 민족적 당면과제에 대한 자각과 희망찬 미래에의 믿음

을 구체화시키고 있다. 요컨대 그는 스펜더의 시구를 직접 인용함으로써 기계문명과 사회주의적 비전의 대명사로 통용되던 원텍스트에 대한 독자의 기대감을 환기시키는 동시에 그 권위를 당시의 상황에 새롭게 적용하고자 한 것이다.

서구문학을 대상으로 한 모방적 패러디의 보다 적절한 전형을 보자.

1 <돈키호테>에서

(상략) 한번 칼을 뽑았다가 끝장을 보지 않고 도로 꽂는 것은 騎士道가 아니다. 그대 책상 물림들이 골백번 아우성을 친다 한들 내가 눈썹 하나 까딱 할 줄 아는가? 나는 이미 騎士로서 일생을 끝마치기로 결심한 사람이다. 오직 나는 그대들을 포함한 모든 사람들의 행복한 삶을 위하여 티끌만큼의 邪念도 없이 내 목숨 다하는 그날까지 역사의 한 길을 前進할 뿐이다.

2 <햄릿>에서

이제 나에게는 죽느냐? 사느냐? 하는 판가름이 남았을 따름이다. 가혹한 이 운명의 화살을 맞고도 참아 견디며 살아남을 것인가? 아니면 죽어서 이 삶의 쓰라림과 괴로움에서 벗어날 것인가? 그러나 살아서 참고 견디자니 이 뒤틀린 세상, 눈꼴신 자칭 騎士들의 오만과 횡포, 그 학대와 멸시를 이 이상 더 어떻게 감수한단 말인가? 더우기나 참지 못할 것은 <사슴인 줄 알면서도 말이라고> 발라맞추는 무리들의 소행과 내가 그렇듯 코에 걸어온 민중 자체로부터의 배반으로서 이것들은 나를 절망의 수렁으로 몰아넣는다. (중략) 이것은 나의 어리석음에서가 아니라 나의 현명함이 나를 이꼴로 만들고 있으니 이 또한 어인 까닭일까? 어여쁜 <오필리아>여! 이 영원한 방황을 용서해다오.

3 <파우스트>에서

여러분 나를 정녕 기쁘게 하는 것이 무엇인지 아십니까? 누구나
듣고자 하지 않는 것을 나는 노래하고 말하는 것이랍니다…….

구상, <상황> 중

이 시는 『한국문학』 79년 5월호에 발표되었다. 각각의 소제목을
통해서 세르반테스의 『돈키호테』, 셰익스피어의 『햄릿』, 괴테의 『파
우스트』를 원텍스트로 하고 있음을 전경화시키고 있다. 돈키호테가
비현실주의자(이상주의자·몽상가)의 무모한 행동을 통해 현실과
환상과의 간극을, 햄릿이 현실로부터의 배반과 복수에 갈등하는 윤
리적·도덕적 갈등을, 파우스트가 이상적 인식과 현실적 경험 사이
의 갈등을 상징하는 전형화된 인물들임을 참고로 할 때, 이 패러디
텍스트의 제목 '상황'은 인간에게 주어진 모든 현실적 조건과 이상
적 조건과의 갈등을 환기시킨다.

첫번째 시는 맹목적으로 환상을 좇는 돈키호테의 목소리를 빌어,
역사를 향한 '기사도'적 사명감과 실천에 몸바쳤다고 착각하는 자의
허황된 자기도취를 보여준다. 또한 두번째 시는 햄릿의 방백을 차용
하여 고통스러운 삶과 민중을 배반하고 있는 이 '뒤틀린 세상'을 벗
어나고자 하나 신념과 실천의 결여로 괴로워하는 나약한 인간상을
구현하고 있다. 특히 이 부분은 『햄릿』 제3막 1장 '엘시노성'의 장면
중 햄릿의 유명한 대사[21]를 직접 차용하고 있다. 세번째 시는 파우

---

21) "햄릿 : 사느냐, 죽느냐, 이것이 문제로다. 참혹한 운명의 화살을 맞고 마음 속으
    로 참아야 하느냐, 아니면 성난 파도처럼 밀려오는 고난과 맞서 용감히 싸워 그
    것을 물리쳐야 하느냐. 어느 쪽이 더 고귀한 일일까. (중략) 이 세상의 채찍과

스트의 목소리를 빌어 '누구나 듣고자 하지 않는 것'으로 추상화된, 시대의 진실을 있는 그대로 직시할 것을 역설적으로 촉구하고 있다.

이 시의 묘미는 돈키호테·햄릿·파우스트의 목소리를 빌고 있는 주체가 각각 누구인가에 따라 해석이 달라지는 데 있다. 발표된 지면[22]에 의하면 파우스트는 시인의 대변자임은 분명하다. '역사의 한 길' '민중 자체의 배반' 등의 시어가 등장하고 있는 것으로 보아 이 시는 발표 당시인 79년 박정권 말기의 정치적 알레고리임을 알 수 있다. 따라서 돈키호테와 햄릿은 아마도 당시의 정치적 입장을 대표하는 인물임을 유추해볼 수 있겠다. 이렇게 볼 때 돈키호테는 무모한 독재자를, 햄릿은 우유부단한 민주인사를, 파우스트는 관념적인 시인를 비유하고 있는 것으로 보인다. 결국 시인은 당대의 정치적 '상황'을 여러 각도에서 읽어내고 있는 셈이다. 이처럼 패러디는 시의 메시지를 다의적으로 함축하게 할 뿐만 아니라 시대현실에 대한 비판을 간접화하는 기능을 한다. 역사적 사실을 허구화된 기존의 텍스트를 통해 회화화함으로써 예술은 그것이 속해있는 세계와 연관을 가진다는 패러디의 자기반영성과 현실에 대한 패러디의 풍자성를 동시에 보여주고 있는 것이다.

조롱을, 무도한 폭군의 거동을, 우쭐대는 꼴불견들의 치욕을, 버림받은 사랑의 아픔을, 재판의 지연을, 관리들의 불손을, 선의의 인간들이 불한당들로부터 받고 견디는 수많은 모욕을 어찌 참아나갈 수 있단 말인가. (중략) 오, 아름다운 오필리아! 기도하는 미녀여, 그대의 기도 속에서 나의 죄도 용서를 받게 하라." William Shakespeare(1600). *Hamlet*. 『셰익스피어 4대 비극』. 이태주(역) (1991)(서울·범우사), p. 62.

22) 발표(『한국문학』 1979년 5월호) 당시 세번째 시는 "여러분! 시인인 나를 성성 기쁘게……"라고 되어 있다.

2. 시의 양식적 특징을 모방인용하는 경우

시의 양식적 특징을 모방인용하는 대표적인 예로는 김기림의 장시 <기상도>[23]를 들 수 있다. 현대문명과 현대정치가 직면하고 있는 불안과 공포의 단면도를 그려보이고 있는 이 <기상도>가 "엘리어트의 <황무지(荒蕪地)>와 스펜더의 <비엔나>에서 힌트를 얻어 씌어진 작품"[24]이라는 사실은 이미 지적된 바 있으며, 엘리어트T. S. Eliot의 <황무지>(1922)와의 대비연구는 이미 상당한 진척이 있었다.[25]

엘리어트에 대한 김기림의 경도는 그의 시론 도처에서 발견되는데 그 중 일부만을 발췌해보자.

　　① "엘리오트"는 "빅토-리안"의 꿈나라와 "죠-지안"의 田園과 "이마지스트"의 美學의 동산에서 <u>詩를 現代文明의 "荒無地" 속에 끌어내오기</u>까지는 좋았으나[26]

　　② 「엘리엇」·「헉슬레」·「웨스트」 등의 오늘의 「새타이어」문학에서 울려 나오는 것도 <u>문명에 대한 이 조소</u>의 소리임에 틀림없다.[27]

---

23) 장시 <기상도>는 1935년 5월부터 『중앙』과 『삼천리』에 발표되었으나, 다시 정리 개작하여 1936년 창문사에서 간행되었고 1948년 산호장에서 재판되었다.
24) 김종길(1969). 한국에서의 장시의 가능성. 『문화비평』, 1969년 여름호, p. 233.
25) 이창준(1973). 20세기 영국시 비평이 한국 현대시 비평에 미친 영향. 『단국대 논문집』 7집.
　　이창배(1980). 현대 영미시가 한국의 현대시에 미친 영향. 『한국문화연구』 13집, 동국대 한국문화연구소.
　　문덕수(1981). 『한국모더니즘시연구』(서울 : 시문학사), pp. 203-231.
　　김윤식(1975). 『한국현대시론비판』(서울 : 일지사), p. 248.
26) 김기림(1935). 午前의 詩論·基礎篇續論(5)-시인의 포-즈. 『조선일보』, 1935. 4. 23.

③ 현대시에 혁명적 충동을 준 엘리엇의 <황무지>와 최근으로는 스펜더의 <비엔나> 같은 시가 모두 <u>장시인 것은 거기에 어떤 시대적 약속</u>이 있는 것은 아닐까.[28]

④ <u>1차 대전 후 저 혼미와 불안에 찬 20년대의 정신적 징후</u>를 그(엘리엇)의 독특한 <u>상징주의적 방법</u>으로 정확하고 예리하고 함축있게 짚어내서 보여준 곳에 그의 시의 밑바닥에는 남다른 성격이 있는 듯하다.[29](밑줄 필자)

김기림이 엘리어트의 <황무지>에서 읽어내고 있는 것은, ①, ②에서처럼 현대문명에 대한 비판과 풍자의 가능성, ③처럼 현대문명을 반영하는 시양식으로서 장시의 가능성, ④의 시대적 혼미와 불안을 드러내는 상징주의 수법의 가능성 등이다. 김기림은 특히 장시양식의 가능성에 많은 관심을 기울였는데, 장시야말로 복잡하고 굴곡이 많은 현대문명을 반영하고 비판하기 위한 필연적 요구이자 대안이라고 인식했다. 김기림이 <황무지>를 모방인용하고자 하는 동기가 여기에 있는 것이다. <기상도>도 가시적으로 원텍스트를 전경화하고 있지는 않다. 따라서 당시의 원텍스트가 일반 독자에게 얼마만큼 알려져 있었는가하는 사회적 문맥, 그리고 두 텍스트간의 대화성을 통해서 패러디 텍스트로서의 타당성을 살펴보아야 할 것이다.

위의 인용문 중 ①, ②, ③은 35년 4월에서부터 36년 1월 사이에

---

27) 『조선일보』, 1935. 9. 17.~10. 4.에 발표. 『김기림 전집 2』(서울 : 심설당, 1988), p. 177.

28) 『조선일보』, 1936. 1. 1~1. 5.에 발표. 『김기림 전집 2』(심설당, 1988), p. 102.

29) 『자유신보』, 1948. 11. 7.에 발표. 『김기림 전집 2』(서울 : 심설당, 1988), p. 384.

발표된 산문들이다. <기상도>가 『중앙』지에 35년 5월부터 연재 발표되었음에 주목해볼 때 김기림은 <기상도>를 발표하기 이전부터 엘리어트와 그의 장시 <황무지>를 일반 독자에게 연이어 소개했음을 알 수 있다. 또한 1930년대 우리 문단 전반에는 이미 엘리어트가 번역 소개되고 있었다. 그 중에서도 1935년 박용철에 의해 <황무지>의 일부분이 <환영(幻影)의 도시(都市)>라는 제목으로 일부분이 번역된 것[30]은 특기할 만하다. 여기서 박용철은 이 시의 주제적 특징을 '현대 사회의 허위와 혼란과 추악'의 문제로 파악하고 있으며, 연상의 자유로운 이동(영화적 수법), 고전문학의 인용과 언급, 새타이어(풍자시) 전통의 부활 등을 19세기에서 벗어난 새로운 수법의 개발로 부각시키고 있다. 특히 <황무지>의 인용 방법에 대해서는 "그(엘리어트)는 동서고금의 문학을 풍부히 뇌리에 저장하고 있어서 항상 그것이 시행간에 그림자를 출역(出役)시켜서 그의 일행의 시는 흔히 그 배후에 고전이나 현대작가의 일편(一篇)의 시 일권(一卷)의 저술을 끌고다닌다"라고 지적한다.

박용철의 이와 같은 지적은 김기림의 <기상도> 창작과 거의 동시적으로 이루어진 것으로, <황무지>에 대한 김기림의 인식도 그와 유사했을 것이며 나아가 <기상도> 창작 과정에도 영향을 미쳤을 것으로 짐작된다. 뿐만 아니다. 김기림도 산문에서 <프루프록크>의 초두 부분과 <황무지>의 초두 부분을 직접 인용한 바 있으며[31], 『자유신보』(48년 11월 7일자)에 엘리어트를 소개하기도 했으며 또 시 한 편을 번역 발표[32]하기도 했다. 패러디 분석에 이러한 사실들이 중요한 이유는, 김기림이 <기상도>를 발표할 당시 많은 독

---

30) 박용철(1935), pp. 154-56. 참조.
31) 『김기림 전집 2』(서울 : 심설당, 1988), p. 240. / p. 260.
32) <窓 머리의 아츰>, 『김기림 전집 1』(서울 : 심설당, 1988), p. 380.

자들이 이미 엘리어트와 그의 <황무지>에 대한 정보를 가지고 있었다는 사실의 일차적 근거, 즉 텍스트 밖의 사회적 문맥이 원텍스트의 전경화 장치를 담당하는 간접 조건이 되기 때문이다.

원텍스트와 패러디 텍스트와의 대화적 양상을 보자. '새로운 시', '모더니즘시'의 대명사로 평가되었던 <황무지>는 물질문명의 부패와 타락, 일차대전 후의 정신적 불모, 가치와 믿음의 부재, 성적(性的) 타락, 그리고 재생이 거부된 죽음 등과 같은 세기말적 문명비판을 담고 있다. 게다가 <황무지> 자체가 수많은 각주와 기존의 온갖 담론의 혼용체를 이루는 패러디의 대명사격인 작품이다. 패러디에서 비롯되는 기지와 아이러니, 다성성과 병치 등에 의해 충격적이면서 다채로운 시의 재미가 극대화되어 있다 하겠다.

<기상도> 역시 <황무지>는 물론, 그 이외의 다양한 담론들을 차용하여 패러디 형식을 적극적으로 활용하고 있다. 현대라는 복잡한 시대를 역동적으로 포착할 수 있는 새로운 시적 방법을 추구하고 있다는 점, 현대문명의 황폐화와 그 부활을 주제로 현대사회의 부조리와 모순을 비판·풍자하고 있다는 점, 장시라는 형식과 그 구성이 유사하다는 점, 이질적인 공간과 잡다한 사건들이 몽타주 혹은 콜라주되고 여러 목소리가 삽입되어 다성성을 획득하고 있다는 점 등에서 <기상도>는 <황무지>의 권위와 규범을 계승한다. 하지만 전체적인 시의 길이, 시적 상황과 배경, 중심 이미지 등의 측면에서 두 텍스트는 다음과 같은 차이성을 드러낸다.

<황무지>
① 5부 32연 433행
② 현대문명에 대한 불길한 예언 → 현대문명의 파괴상 → 현대문명의 구원의 구조

③ 1차 세계대전으로 인한 황무지적인 시대상황에 대한 폭로

④ 천둥과 불

⑤ 런던에서 빠리로, 동부 유럽에서 인도를 무대로 그곳에서 벌어진 일, 지금 벌어지고 있는 일들을 조망

<기상도>

①′ 7부 49연 424행

②′ 태풍경보 → 태풍의 내습 → 태풍해제의 구조

③′ 30년대 국제정세의 풍자적 기상도

④′ 태풍

⑤′ 쥬네브·스마트라·중국·아메리카·시베리아 등 세계 도처의 정치기상을 조망

작품의 도입부부터 보자. 원텍스트가 제사로 시작하듯이 패러디 텍스트도 제사로 시작한다. 즉 <기상도>는 <황무지>의 제사 형식을 모방하고 있지만 그 역할은 차이가 있다. <황무지>의 제사가 기존의 텍스트를 재인용함으로써 원텍스트의 전경화 장치가 되고 있다면, <기상도>의 제사는 작품의 창작동기 및 의도를 밝히는 시인의 직접적인 목소리라는 점에서 패러디 전경화 장치와는 무관하다.

한개의 現代의交響樂을 計劃한다 現代文明의 모-든面과稜角은 여기서 發言의權利와機會를 拒絶당하는일이없을것이다. 無謀대신에 다만그러한 寬大만을準備하엿다.

<기상도>[33]

33)『중앙』35년 5월호. p. 104. 발표 당시에는 題詞가 있었으나 시집으로 묶여나오면서 이 제사는 누락되었다.

'Nam Sibyllam quidem Cumis ego ipse oculis meis

vidi in ampulla pendere, et cum illi pueri dicerent :

(한번은 쿠마에서 나도 그 무녀가 조롱 속에 매달려 있는 것을 보
았지요. 애들이 <무녀야 넌 뭘 원하니?> 물었을 때 그네는 대답했지
요. <죽고 싶어.>)

<황무지 : 44~45쪽>[34]

엘리어트의 제사는 로마의 궁정 시인이었던 페트로니우스의 『사
티리콘Satyricon』 48장 <트리말키오의 향연>에서 인용한 것으로,
술에 취한 주인 트리말키오가 신기한 이야기를 해서 술친구들을 압
도하려는 장면이다. 이 장면에서 나오는 인용 부분의 대화는 또 희
랍 신화[35]를 패러디하고 있다. 결국 이 제사는 희랍신화 → 『사티리
콘Satyricon』 → <황무지>에 이르는 이중의 패러디 과정을 거치고
있는 것이다. 엘리어트는 늙고 메말라들어 조롱 속에 갇힌 희랍의
무녀를 등장시킴으로써 <황무지> 전체가 가지고 있는 현대문명에
대한 예언적 속성을 부각시키고, 현대문명의 폐허적 단면을 상징적
으로 드러내고자 한다. 반면 <기상도>의 제사에는 '현대의교향악'
과 '현대문명의 모ー든면과능각'을 담고자 하는 창작동기를 자신의
목소리로 드러내고 있다. 이 '현대의교향악'이라는 단어는 많은 것
을 암시한다. 웅장하고 다양한 소재적 측면에도 적용되지만, 여러
언어와 목소리가 뒤섞여 이루는 다성성과도 많은 관련이 있기 때문
이다. 김기림은 단지 제사의 형식만을 원텍스트에서 차용하여 자신

---

34) T. S. Eliot(1922). 『황무지』, 황동규(역)(서울 : 민음사, 1991).
35) 앞날을 점치는 힘을 지닌 희랍 신화의 무녀 쿠마는 아폴로 신에게서 손안에 든
   민지민큼 많은 햇수의 수명을 허용받으나 그만큼의 젊음도 달라는 청을 잊고
   안했기 때문에 늙고 메말라 조롱 속에 들어가 아이들의 구경거리가 된다. T. S.
   Eliot(1922), pp. 44-45.

의 창작동기를 설명하고 있는 것이다.

<기상도>의 다성성은 크게 세 가지 방식으로 이루어진다. 첫째는 대화체나 독백체(1인칭·3인칭)를 자유롭게 구사하는 다양한 화자의 목소리, 둘째는 수많은 문학 및 성경(경전)들의 인용구, 셋째는 기상예보나 게시판과 같은 전문 언어 혹은 일상 언어의 차용 등이 그것이다. 이러한 다성성을 송욱은 '쪼각난 산문'에 불과하며 '외신에 나타난 정도의 사건'을 아무런 원칙없이 마구 등장시키[36]고 있다고 지적하고 있지만, 패러디적 측면에서 보자면 이런 평가는 다시 한번 검토되어야 한다. 특히 두세번째 특성이야말로 대표적인 패러디적 모방인용이기 때문이다. <기상도>의 이러한 다성성은 <황무지>의 다성성을 모방인용한 결과이기도 하다. 이 세 가지 측면에서 <황무지>와 <기상도>가 이루고 있는 대화성을 살펴보자.

① 흥「옛날에 옛날에 破船한 沙工」인가봐
　　結婚式 손님이 없어서 저런게지
　　「오 파우스트」
　　「어디를 덤비고 가나」
　　「응 北으로」
　　「또 성이 났나?」
　　「난 잠쟎고 있을 수가 없어 자넨 또 무엇뗌에 예까지 왔나?」
　　「괴테를 찾어 다니네」　　　　　　　　　　<기상도 : 133쪽>

And if you don't give it him, there's other will, I said.
Oh is there, she said. Someting o'that, I said.

---

36) 송욱(1963). 『시학평전』(서울 : 일조각), p. 192.

Then I'll know who to thank, she said, and give me a
straight look.
HURRY UP PLERSE ITS TIME
(네가 재미를 주지 않으면 다른 여자들이 주겠지.
　오오 그런 여자들이 있을까, 릴이 말했어.
그럴걸, 하고 대답해줬지.
그렇다면 고맙다고 노려볼 여자를 알게 되겠군, 하고 말하겠지.
<서두르세요, 닫을 시간입니다.>)

<황무지 : 70~71쪽>

② 「하느님이여 카나안으로 이르는 길은
어느 불ㅅ길 속으로 뚫렸습니까」
祈禱의 중품에서 禮拜는 멈춰섰다
아모도 「아-멘」을 채 말하기전에
門으로 門으로 쏟아진다……　　　<기상도 : 138쪽>

Son of man, You cannot say, or guess, for you know only
A heap of broken images, where the sun beats,
And the dead tree gives no shelter, the cricket no relief,
And the dry stone no sound of water. Only
There is shadow under this red rock,
(인자여, 너는 말하기는커녕 짐작도 못하리라
네가 아는 것은 파괴된 우상더미뿐
그곳엔 해가 쪼아대고 죽은 나무에는 쉼터도 없고
귀뚜라미도 위안을 주지 않고
메마른 돌엔 물소리도 없느니라.

단지 이 붉은 바위 아래 그늘이 있을 뿐.)

<황무지 : 48~51쪽>

　③ 低氣壓의 中心은/「발칸」의 東北/또는/南米의 高原에 있어
/690밀리/때때로/적은 비 뒤에/큰 비/바람은/西北의 方向으로/35
미터

<기상도 : 134쪽>

Frisch weht der Wind/Der Heimat zu/
Mein Irisch Kin,/Wo weilest du?
(<바람은 상쾌하게/고향으로 불어요/
　아일랜드의 님아/어디서 날 기다려 주나?>)

<황무지 : 50-51쪽>

　<기상도>는 ①에서처럼 대화체나 독백체(1인칭·3인칭)를 자유
롭게 구사하는 시적 화자를 설정하고 있다는 점에서, ②에서처럼 수
많은 성경의 구절을 인용하고 있다는 점에서 <황무지>를 모방적으
로 계승하고 있다. ③에서도 <황무지>가 오페라 아리아를 직접 차
용하고 있듯이 <기상도>에서는 기상예보를 직접 차용하고 있다.
원텍스트가 보여준 다성성의 표현양식이 패러디 텍스트에서 동일하
면서도 다르게 차용되고 있는 것이다.
　다시 ①을 보자. 두 여자가 주고 받는 대화와 그 대화를 전하는
또 다른 여자의 독백이 혼합되어 있는 원텍스트에 비해, 패러디 텍
스트는 태풍(자연)과 파우스트(인간의 관념)가 만나고 있는 장면을
독백과 대화로 처리하고 있다. ②의 경우, 원텍스트가 오페라 <트리
스탄과 이졸데>의 '배꾼의 아리아'를 직접 삽입하듯, 패러디 텍스트

는 태풍을 예고하는 기상예보를 삽입시키고 있다. 비문학적 언어를 그대로 차용하고 있다는 점에서는 동일하다. 또한 ③은, 원텍스트의 구절이 『에스겔』, 『전도서』, 『이사야』에 나오는 성경 구절들을 조합하고 있다면[37] 패러디 텍스트에서는 태풍의 내습 장면을 『출애굽기』를 끌어들여 묘사하고 있다. 김기림은 모세가 출애굽을 이끌던 당시의 위기와 현대의 위기를 동시적으로 오버랩시키고 있는 것이다. 신화나 성경, 오페라나 민요, 유명한 문학작품의 일부분을 인용한 후 그것들을 현대 일상의 사소하고 음탕한 행위와 병치시켜 괴기스럽고 아이러닉하게 왜곡하는 것이 엘리어트의 장기였듯, 김기림도 서구문화의 전통에서 비롯되는 성경과 기상예보, 유명한 저자 및 문학작품의 고유명사와 상황들을 차용해 다성적이고 불연속적인 시적 문맥을 만들어내고 있다. <기상도> 도처에 편재해 있는 다음과 같은 구절들은 그 대표적 예들이다.

· 「솔로몬」의 死者처럼/빨간 술을 빠는 자못 점잔은 입술들

(136쪽)

· 「나리 저건 默示錄의 騎士ㅂ니까」   (137쪽)

· 圖書館에서는/사람들은 거꾸로 서는 「소크라테쓰」를 拍手합니다/
생도들은 「헤-겔」의 서투른 算術에 아주 歎服합니다   (139쪽)

· 너는 埃及에서 돌아온 「씨-자」냐   (148쪽)

· 「타골」의 귀는 응당 소라처럼 幸福스러울게다   (150쪽)

---

37) 인용 구절은, 구약 『에스겔』 2장 1절에 나오는 "그가 내게 이르시되 인자야 일어서라. 내가 네게 말하리라", 『전도서』 12장 5절의 "그런 자들은 높은 곳을 두려워할 것이며 길에서는 놀랄 것이며 살구나무가 꽃이 필 것이며 메뚜기도 짐이 될 것이며 원욕이 그치리니", 『이사야』 32장 2절의 "(의로운 왕은) 광풍이 피하는 곳, 폭우를 가리우는 곳 같은 것이며 마른 땅에 냇물 같을 것이며 곤비한 땅에 큰 바위 그늘 같으리니"에 대한 패러디이다. T. S. Eliot(1922), pp. 48-49.

이질적인 언어로 조합된 패러디는 병치적 인유의 방식으로 이루어지고 있다. 김기림 자신은 이를 '연상(聯想)의 비행(飛行)'[38] 기법이라는 말로 표현한 바 있지만, 평자에 따라서는 몽타주[39]로 명명하기도 했다. 물론 이러한 연상의 기법은 엘리어트의 패러디 기법을 모방인용한 결과이다. 엘리어트가 그러했듯 김기림도 의식적으로 인용구와 인용구를 연결해주는 언어를 제거하고 그것들을 그대로 병치시키는 방법을 시도한다. 현대문명의 여러 단면을 단편적으로 제시하는 효과는 물론, 병치된 이미지들과 의미들이 독자에게 강렬한 힘을 발휘하도록 하는 효과를 의도한 것이다. <기상도>의 시읽기의 어려움은 대부분 이러한 비약적 병치에서 비롯된다.

또한 우파니샤드의 언어를 빌어 마무리하는 <황무지>의 종결방식을 모방인용하여, 김기림은 일기예보 형식의 게시판 언어를 빌어 <기상도>를 마무리한다. 두 텍스트 모두 다른 텍스트의 언어를 차용하여 현대문명의 위기를 해제시키면서 시를 마무리하고 있는 것이다.

(市의 揭示板)
市民은
우울과 질투와 분노와
끝없는 탄식과

---

38) "연상작용에 의하여 이 「이미지」는 다른 「이미지」를, 그 「이미지」는 또 다른 「이미지」를 불러온다."<『김기림 전집 2』(서울 : 심설당, 1988), p. 334.> 이러한 지적은 일찌기 박용철이 지적한 바 있었던 '연상의 자유로운 이동(영화적 수법)'이라는 단어를 환기한다.<박용철(1935) p. 154.>

39) 박용철은 "이 시의 인상은 한개의 모티브에 완전히 통일된 악곡이기보다 필름의 다수한 단편을 몬타-쥬한 것 같다"고 지적한 바 있다. 박용철(1940). 『박용철전집 2권』(서울 : 동광당서점), p. 95.

원한의 장마에 곰팽이 낀
추근한 雨備를랑 벗어버리고
날개와 같이 가벼운
太陽의 옷을 갈아 입어도 좋을게다

<기상도 : 154쪽>

Datta. Dayadhvam. Damyata.
　　　Shantih shantih shantih

<황무지 : 118-119쪽>

　〈황무지〉의 대단원은 인류가 타락과 멸망의 위기로부터 벗어나 인간성을 회복하고 구원을 받을 수 있다는 가능성을 제시하면서 종결된다. 그러한 영적 구원은 'shantih'라는 단어로 표현되는데, Datta (주고), Dayadhvam(동정하고), Damyata(자제)함으로써 'shantih'를 누릴 수 있다는 것이다. 이 'shantih'라는 단어는 산스크리트어로 '이해를 초월한 평화'라는 뜻이며, 우파니샤드의 결어이기도 하다. 엘리어트는 우파니샤드의 종결 형식을 패러디한 것이다. 〈기상도〉도 마찬가지이다. 태풍경보해제를 알리는 일기예보 형식의 '시의 게시판'은 구성상의 완결을 위한 것으로, 앞부분의 태풍경보를 예고하는 게시판과 상응한다. 패러디 텍스트의 날개와 같이 가벼운 '태양의 옷'은 원텍스트의 '샨티'라는 구절을 은유적으로 차용한 것으로, 태풍의 해제이자 현대문명의 평화를 의미한다.
　결국 〈기상도〉는 〈황무지〉의 양식적 특성, 즉 장시 형식을 비롯해 제사 방식, 다성성(몽타주 혹은 콜라주), 문명 비판의 풍자성, 형상화 구조와 표현법 등을 모방인용하고 있다. 그러나 기상예보나 게시판과 같은 전문적·일상적 언어를 도입하고, 자연 현상으로서의 태풍 이미지를 끌어들이고, 또한 당시 일본을 비롯한 서구 강대국들의 제국주의적 강탈에 대한 비판을 하고 있다는 점에서 원텍스트와 차이가 난다. <기상도>는 이처럼 <황무지>를 원텍스트로 하는 양식적 차원의 패러디 텍스트로 설명될 수 있다. 하지만 <황무지>를 논외로 하더라도, 그 자체의 다성성만으로도 패러디 텍스트가 될 수 있다.

이상에서 살펴본 바와 같이 서구문학에 대한 모방적 패러디 유형은 대체로 암시적 패러디의 형태를 띠고 있으며 원텍스트의 권위와 근거를 모방하려는 특징을 지닌다. 따라서 원텍스트에 대한 전경화 장치는 텍스트 밖의 사회적 동기와 문맥 속에서 간접 확인되는 경우가 많았다. 그러나 원텍스트의 전경화 장치가 미약할 경우 원텍스트에 대한 환기력은 약해지고 따라서 원텍스트와 패러디 텍스트간의 대화성은 약해질 수밖에 없다. 잘 알려지지 않는 서구문학 작품을 원텍스트로 할 경우에는 특히 그렇다. 원텍스트의 전경화 장치와 두 텍스트간의 팽팽한 대화성을 기본조건으로 해야 하는 패러디 텍스트로서는 결정적인 결함이라 할 수 있다. 특정 작품에 대한 문체적·양식적 모방과 서구문명에 대한 동경을 근간으로 하는 이 패러디 유형은 그러므로, 원텍스트에 대한 비판적·풍자적 동기보다는 그 원텍스트가 가진 새로움과 낯설음을 계승하려는 수용적 동기를 강하게 드러낸다. 이런 특징은 패러디가 다른 언어의 문화와 문명을 수용하는 데 유효한 방법적 장치가 될 수 있음을 시사한다.

주체적 자각과 아이러닉한 재맥락화

　서구문학에 대한 우리의 태도를 비판적으로 점검해보려는 문제제기가 보이기 시작한 것은 대체로 5, 60년대를 전후해서이다. 이러한 문제제기는, 문학 외부적으로는 역사적 상황에 대한 주체적 인식에서 비롯된 것이며 문학 내부적으로는 우리 고전문학의 가치를 새롭게 평가하고자 하는 반성적 자각에서 비롯된 것이다. 서구문학에 대한 비판적 패러디는 바로 이러한 시대적 분위기 속에서 창작된다. 그러나 아쉽게도 우리 현대시에서 이 유형의 패러디는 어느 한 시인에게 집중적으로 드러나지 않으며 작품 편수도 그다지 많지 않다.

1. 어구적 재해석을 시도하는 부분 인용

　5, 60년대만 해도 우리 문단은 서구문학의 상당한 축적과 학식있는 중산층 독서대중을 확보하고 있었으므로, 패러디스트는 서구문학을 대상으로 비판적 재해석을 시도하는 모험을 감행할 수 있었다. 그러나 예외적으로 40년대의 윤동주의 시에서 서구문학적 전통에

대한 비판적 패러디의 맹아를 찾아볼 수 있다. 비판적 재해석이란 서구문학 전통에서 그 원텍스트를 차용하되 기존의 의미와 전혀 다른 관점에서 접근하는 태도를 말한다.

마태福音 五章 3-12

 슬퍼하는 자는 복이 있나니
 슬퍼하는 자는 복이 있나니
 슬퍼하는 자는 복이 있나니
 슬퍼하는 자는 복이 있나니
 슬퍼하는 자는 복이 있나니
 슬퍼하는 자는 복이 있나니
 슬퍼하는 자는 복이 있나니
 슬퍼하는 자는 복이 있나니
 저희가 永遠히 슬플 것이요.

윤동주, <八福> 전문

윤동주가 독실한 기독교 신앙을 가진 가정에서 자랐고 그의 많은 시가 신앙적 체험과 고백을 근간으로 하고 있음은 잘 알려진 사실이다. 이 시는 1940년에 발표된 작품으로 서구문학의 근간이 되고 있는 성경을 비판적으로 재해석하고 있어 주목된다. 원텍스트는 『마태복음』 5장 3절에서 12절까지의 산상수훈인데, 여기서 예수는 마음이 가난하고 슬프고 핍박받는 자는 영원한 복을 누릴 것이다라는 8가지 영적·윤리적·도덕적 교훈을 다음과 같이 설파한 바 있다.

심령이 가난한 자는 복이 있나니 천국이 저희 것임이요

애통하는 자는 복이 있나니 저희가 위로를 받을 것임이요

온유한 자는 복이 있나니 저희가 땅을 기업으로 받을 것임이요

의에 주리고 목마른 자는 복이 있나니 저희가 배부를 것임이요

긍휼히 여기는 자는 복이 있나니 저희가 긍휼히 여김을 받을 것임
이요

마음이 청결한 자는 복이 있나니 저희가 하나님을 볼 것임이요

화평케 하는 자는 복이 있나니 저희가 하나님의 아들이라 일컬음
을 받을 것임이요

의를 위하여 핍박을 받는 자는 복이 있나니 천국이 저희 것임이라

나를 인하여 너희를 욕하고 핍박하고 거짓으로 너희를 거스려 모
든 악한 말을 할 때에는 너희에게 복이 있나니

기뻐하고 즐거워하라 하늘에서 너희 상이 큼이라 너희 전에 있던
선지자들을 이같이 핍박하였느니라

『마태복음』 5장 3절~12절

'-한 자는 복이 있나니 저희가 -이오'라는 기본 통사가 반복되는
원텍스트의 8가지 복(심령의 가난, 애통, 온유, 의에 대한 갈망, 긍
휼, 마음의 청결, 화평, 의를 위한 핍박)은 패러디 텍스트에서 모두
'슬픔'으로 뒤바뀌고 있다. 원텍스트의 팔복을 8가지(번)의 슬픔 아
니 영원한 슬픔으로 재해석하고 있는 이 시는, 서구문학의 근간이
되고 있는 『성경』을 원텍스트로 하고 있고 그 원텍스트를 의식적으
로 전경화하고 있다는 점에서 패러디 텍스트임이 분명하다.

그러나 논자에 따라서 그 해석에는 다소 차이가 날 수 있다. 윤동
주 시의 일관성의 맥락에서 볼 때 이 시는 내세(미래)의 구원에 대
한 믿음을 가지고 현실의 고통과 슬픔을 감내하며 살겠다는 기독교

인으로서의 삶의 자세를 보여준다고 볼 수 있다. 이렇게 본다면 이 시는 원텍스트의 의미를 모방적으로 계승한 패러디 유형에 속하게 될 것이며 원텍스트의 권위를 빌어 윤동주의 종교적 신념을 극단적으로 표명한 작품으로 읽혀져야 할 것이다. 이때 8번에 걸친 '슬퍼하는 자는 복이 있나니'의 반복은 현실의 괴로움을 승화시키려는 시인 의지를 반영하고 있는 셈이다. 또한 같은 맥락에서 슬퍼하지 않는 자는 복을 받지 못한다는 역설을 내포하기도 한다.

반면, 비판적 패러디의 관점에서 보자면 그 해석은 전혀 달라진다. 원텍스트의 팔복 중 '슬퍼(애통)하는 자는 복이 있나니'라는 구절만을 차용하여 여덟 번에 걸쳐 반복함으로써, 그리고 '저희가 위로를 받을 것임이요'를 '저희가 영원히 슬플 것이요'로 반대 진술함으로써 원텍스트의 의미를 완전히 뒤바꿔 놓고 있는 것이다. 특히 '슬퍼하는 자는 복이 있나니'의 반복은 독자로 하여금 강복(降福)의 가능성에 대한 기대를 고조시키고 나아가 주술적 믿음을 환기시키는 기능을 담당한다. 이와 같은 반복은 패러디적 위반 혹은 전도를 예고하는 동시에 그 강도를 더욱 강화시켜 준다. 원텍스트에 대한 독자의 기대가 고조되면 될수록 그 반전의 효과도 더욱 강화되어 비판적 패러디의 효과는 높아지기 때문이다. 유독 '슬픔'에 초점을 맞춘 까닭도 '복'을 '슬픔'으로 전도시켜 복음주의에 대한 아이러닉한 회의를 드러내고자 한 것으로 보인다. 따라서 끝연은, 슬퍼하는 자는 '영원히 슬플 뿐이다'라는 냉소적인 풍자를 담고 있다.

모방적 패러디로 해석하자면 원텍스트의 가르침과 그 권위에 의지해 현실적 고난에 대해 위로를 받으려는 패러디 동기로 파악된다. 반면 비판적 패러디로 해석하자면 원텍스트의 복(福)과 위로가 현실적으로는 실현되지 않아 영원히 슬플 수밖에 없다는 원텍스트에 대한 강한 회의를 보여주려는 패러디 동기로 파악된다. 전자의 해석은 시적 일관성이라는 측면에서 윤동주의 시 대부분이 종교적 체험과 신념을 형상화하고 있다는 데 초점을 맞춰 그 타당성을 끌어들이고 있다. 그러나 텍스트상의 문맥으로 볼 때 이 시는 후자의 비판적 패러디로 보는 것이 더 타당할 것으로 보인다. 내세적 구원이나 낙천적 복음주의란 현실 속의 인간을 구제하지 못하는 허망한 약속일 뿐이다라는 원텍스트에 대한 회의 또한 종교적 체험이며 신념을 위한 부정이 될 수 있기 때문이다. 신앙적 믿음과 그 신념은, 뜻대로 되지 않는 현실의 자아가 갖는 신앙에 대한 회의를 통해 반석이 되는 것이다.

서구문학에 대한 비판적 패러디는 김수영의 텍스트에서야 비로소 본격화된다.

당신이 내린 決斷이 이렇게 좋군
나하고 別居를 하기로 작정한 이틀째 되는 날
당신은 나와의 離婚을 결정하고
내 친구의 미망인의 빚보를 선 것을
물어주기로 한 것이 이렇게 좋군
집문서를 넣고 六부 이자로 十만원을
물어주기로 한 것이 이렇게 좋군

十만원 중에서 五만원만 줄까 三만원만 줄까
하고 망설였지 당신보다도 내가 더 망설였지
五만원을 無利子로 돌려보려고
피를 안 흘리려고 생전처음으로 돈 가진 친구한테
정식으로 돈을 꾸러 가시 안됐지
이것을 하고 저것을 하고 저것을 하고 이것을

하고 피를 흘리되 조금 쉽게 흘리려고
저것을 하고 이짓을 하고 저짓을 하고
이것을 하고

그러다가 스코틀랜드의 에딘바라 대학을 다니는
나이어린 친구한테서 편지를 받았지
그 편지 안에 적힌 블레이크의 詩를 감동을 하고
읽었지 "Sooner murder an infant in its
cradle than nurse unacted desire" 이것이
무슨 뜻인지 알았지 그러나 완성하진 못했지

이것을 지금 완성했다 아내여 우리는 이겼다
우리는 블레이크의 詩를 완성했다 우리는
이제 차디찬 사람들을 경멸할 수 있다
어제 국회의장 공판의 칵텔 파티에 참석한
天使같은 女流作家의 냉철한 지성적인
눈동자는 거짓말이다
그 눈동자는 피를 흘리고 있지 않다
善이 아닌 모든 것은 惡이다 神의 地帶에는
中立이 없다
아내여 화해하자 그대가 흘리는 피에 나도
참가하게 해다오 그러기 위해서만
이혼을 취소하자

　　　<註> 英文으로 쓴 블레이크의 詩를 나는 이렇게 서투르게 意譯
했다—"상대방이 원수같이 보일 때 비로소 우리는 자신이 善의 入口

에 와있는 줄 알아라"

　　<註의 註> 상대방은 곧 미망인이다

　　　　　　　　　　　　　　김수영, <離婚取消> 전문

　66년에 발표된 작품으로 3연에서 블레이크의 시 한 부분이 직접 인용되고 있다. 빚보·부부싸움·별거·이혼과 같은 지극히 일상적이고 사적(私的)인 문제를 시화하고 있는데, 자신의 소시민적 속물근성을 적나라하게 폭로함으로써 반성하는 김수영의 시적 전략이 돋보이고 있다. 또한 '서적어와 속어의 중간쯤 되는 말들'로 이루어진 이 시의 산문성과 일상성에는 '사실주의적 문체를 터득했을 때 비로소 비사실에로 해방된다'[1]고 확신했던 그의 시정신이 깃들어 있다.

　시 중간에 인용된 영문 귀절은, 낭만주의의 선구적 시인 블레이크 W. Blake의 시 <지옥의 격언(抄) Proverbs of Hell>의 한 부분이다. 이 <지옥의 격언>에는 블레이크의 타고난 직관력과 상상력이 돋보이는 25개의 짤막짤막한 아포리즘이 담겨 있다. 제목의 Proverb는 '살아가는 데 교훈이 되고 경계가 되는 짧은 말의 잠언·속담·격언'과 같은 의미로 번역되는 것이 일반적이다. 그러나 구약성서 중 솔로몬과 현자들의 지혜로운 말을 모아 엮은 고유명사로서 『잠언』을 지칭하기도 한다. 후자의 관점에서 제목을 해석한다면 성경에 대한 패러디로 볼 수도 있다. 김수영의 시에 인용된 원텍스트의 구절은 다음과 같다.

　　—Exuberance is beauty.

---

1) 『김수영 전집 2 산문』(서울 : 민음사, 1981), p. 287/p. 301.

—If the lion was advised by the fox, he would be cunning.

—Sooner murder an infant in its cradle than nurse unacted desires

—Where man is not, nature is barren.

—Enough, or Too much!

(—넘쳐흐름이야말로 아름다움이다.

—사자가 여우의 충고를 받으면 교활해질 것이다.

—행하지 못할 욕망을 심어주기보다는 갓난아기를 요람에서 죽여버리는 편이 낫다.

—인간이 없는 곳에 자연은 不毛地다.

—충분히! 아니면 지나치게 많이!)

W. Blake, <Proverbs of Hell 지옥의 격언> 중[2]

블레이크가 이 시의 제목을 <지옥의 격언>이라고 붙인 데는 풍자적 의도가 깃들어 있다. 위의 인용 부분도 그렇지만, 인용하지 않은 부분의 '욕망할 뿐 행하지 않으면 질병이 생긴다' '흙벌레는 쟁기를 용서한다' 혹은 '고여있는 물에서 기대할 수 있는 것은 독이다'와 같은 구절은 삶의 보편적 진리를 담고 있다. 이런 점에서 이 시의 제목은 '삶의 격언' '경험의 격언'이라야 마땅하다. 그러나 시인이 굳이 '지옥의 격언'이라고 명명한 것은 인간의 자발적인 충동을 억제하고 인간을 타락시키는 산업화된 이 시대를 '지옥'으로 빗대어 풍자하고자 했기 때문이다. 블레이크에게 비친 당대의 악은 무엇보다도 산업화로 인한 합리주의적 세계관, 좀더 엄밀히 말하면 기계론적 우주관이었다.

---

2) W. Blake. 『천국과 지옥의 결혼』, 김종철(역)(서울 : 민음사, 1974), pp. 64-67.

김수영이 인용한 영문 구절은 "행하지 못할 욕망을 심어주기보다는 갓난아기를 요람에서 죽여버리는 편이 낫다"라고 직역된다. 이 원텍스트의 구절은 <이혼취소>에서 어떻게 재해석되는가. 화자와 화자의 아내는 별거와 이혼이라는 난제 속에서 빚보를 물어주기 위해 별 '짓'을 다하며 '피'를 흘린다. 이와 대척점에 선 사람들은 '피를 흘리지 않는' '차디찬 사람들'인데, 그들은 화자에게 돈을 꾸어주지 않은 사람일 수도, '칵텔 파티에 참석한/천사같은 여류작가'일 수도, '친구의 미망인'일 수도 있다. 아니 그 여류작가가 바로 돈을 꾸어주지 않은 사람이거나 친구의 미망인일 수도 있다. 화자는 현실 속에서 선한 의지로 살고 싶어하지만 자신의 불완전한 선한 의지는 현실에서 늘 '피'를 흘리게 하고 '피'를 흘리지 않는 차디차고 악한 사람들을 경멸하도록 만든다. '선이 아닌 모든 것은 악이다'라는 이분법적 논리에 의해, 화자와 아내는 '피'를 흘린다는 점에서 같은 편이 된다. 즉 피흘림(나와 아내) : 피흘리지 않음(차디찬 사람들), 선 : 악 이라는 논리에 의해 아내와 화자는 아군이 되어 화해의 계기를 마련하게 되는 것이다. 이 과정에서 화자는 블레이크의 시를 다음과 같이 변형시킨다.

<지옥의 격언> : 행하지 못할 욕망을 심어주기보다는 갓난아기를 요람에서 죽여버리는 편이 낫다

↓

<이혼취소> : 상대방(미망인)이 원수같이 보일 때 비로소 우리는 자신이 선의 입구에 와있는 줄 알아라

패러디 텍스트의 '선이 아닌 모든 것은 악이나 신의 지대에는/중립이 없다'라는 구절은 선과 악, 천국과 지옥, 신과 인간에 대한 이

분법적 화두로 대표되는 블레이크 시정신에 대한 패러디로도 파악될 수 있다. 블레이크가 현대사회를 지옥으로 인식했듯이 김수영도 '이혼'을 결정하고 '피'를 흘리게 하는 현실을 지옥으로 파악한다. 그러나 김수영의 시적 화자는 '신의 지대'에서나 가능한, 선이 아니면 악이라는 극단적인 이분법적 태도를 아이러닉하게 인간의 삶에 적용시켜 아내와의 '이혼취소'를 결정하고 있다는 점에서 원텍스트를 비틀고 있다.

특히 원텍스트를 비트는 주된 역할은 <주(註)>와 <주(註)의 주(註)>가 담당한다. 인용시는 직접인용의 부호와, '그 편지 안에 적힌 블레이크의 시를 감동을 하고/읽었지' '블레이크의 시를 완성했다'라는 구절에 의해 원텍스트를 전경화하고 있다. 시인이자 독자라는 패러디스트의 이중성을 직접적으로 보여주는 구절이다. 그러므로 원텍스트를 밝히고자 하는 의도에서라면 굳이 주(註)를 붙일 필요는 없었을 것이다. 따라서 두 개의 주를 사용한 데는 좀더 특별한 시인의 의도가 있는 것이다.

먼저 <주>에서 밝히고 있는 원텍스트에 대한 '서투른 의역'은 의역을 넘어 원텍스트의 의미를 부정하는 정도로까지 나아간다. '행하지 못할 욕망은 심어주지 않아야 한다'라는 원텍스트와 '우리는 선의 입구에 와 있다'라는 패러디 텍스트의 의역 사이에는 '빛보는 서는 게 아니다 → 빛보로 나(우리)는 피흘린다 → 나(우리)의 피흘림은 선의 결과이다'와 같은, 숱한 의미의 단계들을 생략하고 있기 때문이다. 이러한 '의역'은 곧 원텍스트의 의미를 패러디스트가 주관적으로 재해석한 데서 비롯된다. 게다가 '상대방은 곧 미망인이다'라는 <주의 주>까지를 읽는 독자는 미묘한 뉘앙스를 인식하게 된다. 원수로 보이는 상대방이 바로 '미망인'이라고 굳이 밝힌 이유는, 독자들이 그 상대방을 '차디찬 사람들'이나 '아내'로 오해하지 않게 하려는 의도이기도 하겠지만, 오히려 '상대방은 곧 차디찬 사람들 혹은 아내이다'라는 사실을 역설적으로 강조하려는 의도일 수도 있다.

<이혼취소>에서 김수영은 <주>와 <주의 주>라는 각주 양식을 적극적으로 활용함으로써 원텍스트의 의미, 즉 그 권위와 근거를 비틀어 재해석하고 있다. 시의 의미를 본문으로만 국한시키고 확정시키려는 기존의 관습적 독서를 김수영의 각주는 여지없이 무산시킨다. 이때 주(註)의 목적은 본문의 텍스트를 보충하는 것이 아니라 이를 바꿔놓고 전이시키는 역할을 하기 때문이다. 이렇듯 각주는 패러디스트의 패러디의 전략을 드러내는 주요한 장치로 사용될 수 있다.

2. 구조적 반전을 시도하는 부분 인용

김수영의 시에는 서구의 문학가·이론가의 이름이나 작품들이 상당히 자주 언급되고 있음에도 불구하고 시인 스스로는 '국내의 선배 시인한테 사숙한 일도 없고 해외시인 중에서 특별히 영향을 받은 시인도 없다'[3]고 밝힌 바 있다. 이렇게 당당하게 밝힐 수 있었던 것은, 첫째 서구문학 전통을 끌어오기는 하되 그 권위와 근거를 계승하는 것이 아니라 비판적 거리를 유지하고 있기 때문이며, 둘째 원텍스트를 부분적으로만 인용하고 있었기 때문이다. 휘트먼 W. Whitman의 시를 제사로 부분 인용하여 패러디 텍스트의 중심 뼈대로 삼고 있는 경우를 보자.

> 그는 裁判官처럼 판단을 내리는 게 아니라

---

3)『김수영 전집 2 산문』(서울 : 민음사, 1981), p. 287.

救濟의 길이 없는 事物의 주위에 떨어지는
太陽처럼 판단을 내린다   ─월트 휘트먼

나는 어느날 뒷골목의 발코니 위에 나타난
생활에 얼이 빠진 여인의 모습을 茶房의 창너머로 瞥見하였기 때
문에
다음과같은 쪽지를 미스터 리한테 적어놓고
시골로 떠났다

「태양이 하나이듯이
생활은 어디에 가보나 하나이다
미스터 리!

절벽에 올라가 돌을 차듯이
생활을 아는 자는
태양아래에서
생활을 차던진다
미스터 리!

문명에 대항하는 비결은
당신 자신이 文明이 되는 것이다
미스터 리!」

김수영, <미스터 리에게> 전문

아직까지 김수영과 휘트먼과의 친화 관계는 구체적으로 언급된
바 없다.[4] 그러나 직접성과 산문성, 경험의 자유로운 투사(投射), 자

유의 시정신 등은 그들 시세계의 공통점이다. 1959년에 발표된 이 시는 휘트먼의 텍스트를 원텍스트로 창작하고 있음을 명시하고 있으나, 작품명을 밝히고 있지 않은 한두 구절만으로 원텍스트를 찾기란 여간 어려운 일이 아니다. 서구문학을 원텍스트로 삼고 있는 경우는 특히 그렇다. 극단적으로 말하자면 이 구절이 휘트먼의 시구절인지 기타 산문의 한 구절인지도 불명확하고, 설령 이 구절로부터 역추적하여 원텍스트를 찾고자 할 때 김수영의 번역이 <이혼취소>에서처럼 직역이 아닐 수도 있다는 장애에 부딪치기 때문이다. 인용된 구절이 원텍스트에서 어떠한 문맥으로 사용되었는지 알 수 없을 경우 당연히 원텍스트와의 대화성은 물론 패러디 동기도 읽어내기 어려워진다. 즉 텍스트의 일차적인 해석이 불가능해지는 것이다.

1연은 일인칭 화자의 산문적인 서술로 이루어져 있다. '생활에 얼이 빠진 여인'의 모습을 주의깊게 본 후 미스터 리에게 쪽지를 적어 놓고 '시골'로 떠난다는 내용이다. 여기서 독자는, 화자가 여인에게서 본 것은 무엇일까, 왜 떠났을까, 쪽지의 내용은 무엇일까와 같은 의문을 갖게 된다. 2연에서부터 4연까지가 그 쪽지의 내용인데, 태양이 하나이듯 생활은 하나이다, 생활을 차던진다, 문명에 대항하는 비결은 스스로가 문명이 되는 것이다라는 것이 그 주요 메시지다. 그러나 그 의미는 쉽게 해독되지 않는다. 이때 독자는 다시 제사의 인용문을 소급해서 읽게 된다. 그러나 제사의 원텍스트가 패러디 텍스트의 전체 의미를 좌우하고 있으며, 분명치는 않으나 제사와 본문 사이에는 긴장의 기운이 감돌고 이로 인해 원텍스트와 패러디 텍스트가 맞서고 있다는 정도를 감지할 뿐, 역시 명쾌한 해석은 불가능

---

4) 한 연구사는 시인과의 인터뷰 과정에서 시인 자신이 휘트먼의 영향을 받았다고 고백하더라고 술회한 바 있다. 황동규(1983). 양심과 자유, 그리고 사랑. 『김수영의 문학』, 황동규(편)(서울 : 민음사, 1983), p. 9.

하다. 원텍스트와 패러디 텍스트가 맞서고 있다는 점에서 비판적 패러디라 할 수 있겠다.

어쨌든 이 시는 패러디스트의 의도와 독자의 해독 능력이 맞아 떨어지지 못할 때 발생하는 의미해독의 난해 혹은 실패를 단적으로 드러내준다. 원텍스트의 전경화와 패러디스트의 의도가 지나치게 주관화·암호화되어 있기 때문이거나, 반대로 원텍스트가 잘 알려지지 않은 것이라서 원텍스트에 대한 독자의 이해가 부족하기 때문에 의미실현에 실패하고 있다. 혹은 패러디 텍스트를 창작할 당시의 당대독자에게는 이 원텍스트가 잘 알려져 있는 것이었으나 시간이 지나 지금의 독자에게는 전혀 알 수 없게 되어 패러디로서의 기능을 제대로 발휘하지 못하게 된 경우일 수도 있다. 이럴 경우라면 특히 패러디가 가진 수용사적 맥락의 중요성은 다시 한번 확인된다. 어느 쪽에 문제가 있건 이는 패러디 창작 및 수용의 측면에서 바람직한 현상은 아니다.

여기서 패러디의 근본적인 문제점으로 지적되고 있는 '패러디스트의 자의적 동기'와 '한정된 전문 독자의 요구'라는 패러디 소통의 장애 요인을 지적할 수 있다. 원텍스트와 패러디 텍스트, 원텍스트가 놓인 상황과 패러디 텍스트가 놓인 상황, 그 사이에서 생기는 긴장과 대화성이야말로 패러디의 문학적 성패의 요점인데, <미스터리에게>에서는 그것들간의 간극이 너무 멀어 의미실현에 실패하고 있다. 그러므로 패러디스트는 원텍스트에 대한 독자의 이해를 고려해야 하며 패러디스트의 주체적인 이해와 상상력 속에서 분명하게 전경화시켜야 한다. 특히 원텍스트는 패러디 텍스트의 형식과 내용이 보여주는 여러 요소에 유기적으로 결합될 수 있는 범주에서만 모방인용되어야 한다.

원텍스트의 일부분을 재해석하여 패러디 텍스트의 전체 구조로 차용하고 있는 또 다른 예를 80년대 오규원의 시에서도 찾아볼 수 있다. 그의 작품에서는 원텍스트의 해석적 권위에 대한 도전이 보다 분명하게 드러난다.

> 바람이 분다, 살아봐야겠다—고 한 당신의 말 그대로
> 바람이, 바람이 분다.
>
> 허나 인간인 당신에게는 인간인 다른 사람들에게 한 말과 마찬가지로밖에 할 수 없음을 용서하시라.
>
> 바람이 분다. 보라, 그러나 바람은 인간의 마음으로 불지 않고
> 미안하지만 바람의 마음으로 분다.
> 오규원, <바람은 바람의 마음으로—발레리에게> 전문

이 시에서 두 번이나 반복되고 있는 '바람이 분다, 살아봐야겠다'는, 발레리Paul Valéry의 <해변의 묘지>에 나오는 유명한 구절이다. 설사 독자가 이 구절이 발레리의 텍스트라는 사실을 몰랐다 하더라도 '발레리에게'라는 부제와 1연의 '—고 한 당신의 말 그대로'라는 구절에 의해 이 시가 발레리의 텍스트를 대상으로 패러디한 것임을 알 수 있다. 시창작에 있어서 부제는 텍스트 해석의 폭을 좁히기도 하고 때로는 있으나마나한 군더더기처럼 사용될 때도 많다. 그러나 패러디에서 부제의 사용은 패러디 텍스트임을 전경화시킬 수 있는 가장 간단하고 손쉬운 방법이다. 주로 원작자의 이름이나 원텍스트명, 혹은 원텍스트의 주인공이나 주요한 배경(시공간·중심어구) 등을 끌어내어, '—에게' '에 부쳐' '—에(서)' '—풍으로(—조로)' 때로는 더 직접적으로 '—에 대한 패러디' 등과 같은 다양한 접

미사를 붙여 활용된다.

원텍스트가 되고 있는 <해변의 묘지>는 "오 나의 영혼이여, 영원히 삶을 갈망치 말고/온 가능의 영역을 샅샅이 규명하라"라는 핀다로스의 <텔포이 축승가(祝勝歌)>를 희랍어 제사로 인용하면서 시작하는 장시다. 오규원 시에 인용된 구절은 <해변의 묘지>에서 가장 유명하고 중요한 부분이다.

> Le vent se lève!······ Il faut tenter de vivre!
> L'air immense ouvre et referme mon livre,
> La vague en poudre ose jaillir des rocs!
> Envolez-vous, pages tout éblouies!
> Rompez, vagues! Rompez d'eaux réjouies
> Ce toit tranquille où picoraient des focs!
> (바람이 인다!······ 살려고 애써야 한다!
> 세찬 마파람은 내 책을 펼치고 또한 닫으며,
> 물결은 분말로 부서져 바위로부터 굳세게 뛰쳐나온다.
> 날아가거라, 온통 눈부신 책장들이여!
> 부숴라, 파도여! 뛰노는 물살로 부숴 버려라
> 돛배가 먹이를 쪼고 있던 이 조용한 지붕을!
>   Paul Valéry, <Le Cimetière Marin 해변의 묘지> 중[5]

발레리 시에서 세찬 '바람'은 바다와 더불어, '내 책(장들)'이 의미하는 관념에 불과한 삶의 허구적 요소를 날려보내는, 인간 삶에 활력을 주는 요소이자 생동하는 삶 그 자체를 나타낸다. 삶에 대한 끈

---

5) P. Vallery. 『해변의 묘지』, 김현(역)(서울 : 민음사, 1994 개정판), pp. 102-05.

질긴 생명력을 상징하는 '바람이 분다, 살아봐야겠다'라고 발레리가 계시하는 원텍스트의 관념은 견고하다. 그러나 오규원은 현실적이고 사실적인 차원으로 '바람'에 접근함으로써 원텍스트의 권위에 도전한다. 바람이 인간의 마음과 합치하지 못하고 따로 떨어져 분다고 함으로써 자연과 인간, 관념(허구)과 현실이 단절되어 있음을 보여준다. 다시 말하자면 바람은 바람의 질서에 의해 불고 그 바람이 상징하는 현실의 온갖 시련과 고통은 바람의 질서로 인간에게 불어닥칠 뿐, 살아보려는 인간의 의지와는 무관하다라는 시니컬한 태도를 보이고 있다. 결국 시인은 비꼬는 어조로, '용서하시라', '미안하지만 바람의 마음으로 바람이 분다'라고 냉소적으로 마무리한다. 원텍스트와 패러디 텍스트간의 의미적 차이는 다음과 같다.

<해변의 묘지> : 자연/인간의 일치
바람이 분다 → (인간의 마음으로 분다) → 살아봐야겠다

<바람은 바람의 마음으로> : 자연/인간의 단절
바람이 분다 → 바람의 마음으로 분다 → (살아봐야 별 수 없다)

원텍스트의 한 행을 가지고 비판적 재해석이 두드러진 한 편의 패러디 텍스트를 만들어내고 있다는 사실은 패러디스트로서의 오규원의 면모를 단적으로 보여준다. 독자의 기대를 환기하고 그것을 파괴하는 것이 패러디의 본질적 특성이라면 <바람은 바람의 마음으로>는, 삶에 대한 강인한 인간 의지를 노래했던 발레리의 텍스트를 환기한 후, '미안하지만'이라고 하면서 독자가 기대했던 것과 충돌하게 만든다. 패러디의 희극성은 원텍스트에 대한 독자의 기대를 위반하는 데서 발휘된다.

서구문학에 대한 비판의 강도는 박남철의 텍스트에서 한 절정을 이룬다.

① 지금, 하늘에 계시지 않은 우리 아버지 이름을 거룩하게 하옵시며,
    아버지의 나라이 말씀이 아니시며, 뜻이 하늘에서 이룬 것 같
이, 그러나 땅에서는 아직도 이루어지지 않았나이다 (중략)

    대개 나라와 권세와 영광이 아버지께 영원히 있다고 말해지고
있사옵니다, 언제나 출타중이신 아버지시여
                                    박남철, <주기도문> 중

② 지금, 하늘에 계신다 해도
    도와 주시지 않는 우리 아버지의 이름을
    아버지의 나라를 우리 섣불리 믿을 수 없사오며 (중략)
    제발 이 모든 우리의 얼어 죽을 사랑을 함부로 평론ㅎ지 마시고
    다만 우리를 언제까지고 그냥 이대로 내버려 둬, 두시겠읍니까?

    대개 나라와 권세와 영광은 이제 아버지의 것이
    아니옵니다(를 일흔 번쯤 반복해서 읊어 보시오)
    밤낮없이 주무시고만 계시는
    아버지시여
                                    박남철, <주기도문, 빌어먹을> 중[6]

기도는 신앙인이 신(神)과 교통할 수 있는 가장 중요한 통로이다.

---

6) 박남철(1984). 『地上의 人間』(서울 : 문학과지성사).

특히 주기도문은 서구정신을 대표하는 절대적 로고스 혹은 진리로서의 '말씀'을 대표하기 때문에 그 말씀을 부정한다는 것은 서구문학의 전통을 부정하는 것과 동일한 의미를 갖는다. 기도의 대상과 여섯 가지의 간구, 그리고 송영의 부분으로 이루어진 주기도문은 『마태복음』에 전해진다.

하늘에 계신 우리 아버지여 이름을 거룩히 여김을 받으시오며
나라이 임하옵시며 뜻이 하늘에서 이룬 것 같이 땅에서도 이루어지이다
오늘날 우리에게 일용할 양식을 주옵시고
우리가 우리에게 죄지은 자를 사하여 준 것같이 우리 죄를 사하여 주옵시고
우리를 시험에 들게 하지 마옵시고 다만 악에서 구하옵소서(대개 나라와 권세와 영광이 아버지께 영원히 있사옵나이다 아멘)

『마태복음』 6장 9절-13절

박남철의 시 ①, ②는 주기도문을 패러디한 연작시인 셈이다. ①의 시는, 계신 → 계시지 않은, 임하옵시며 → 말씀 아니며, 이루어지나이다 → 아직도 이루어지지 않았나이다, 있사옵나이다→ 말해지고 있사옵니다와 같이 원텍스트의 긍정 서술어를 부정 서술어로 바꿈으로써 주기도문을 비판적으로 재해석하고 있다. 반면 ②의 시는 여기서 한 단계 더 나아가 통사·어조·문맥의 차원에서 원텍스트에 대한 강도 높은 부정을 보여주고 있다. 두 번의 괄호를 사용해 한 일흔 번쯤 반복해 읊을 것을 강요하고 있는, '믿습니다'와 '아니옵니다'는 원텍스트에 대한 강한 반대적 의미를 드러낸다. 즉 하늘과 땅, 하느님과 인간이 철저히 분리되어 있고 이 시대에 하느님

은 죽었다라는 철저한 무신론적 입장을 반복성에 의해 전파하려는 의도를 담고 있다. 이러한 '(일혼 번쯤 반복해서 읊어 보)'라는 괄호 사용의 이면에는 종교적(설교) 담론에 대한 부정을 내포하고 있는데, 즉 종교적 신념의 대부분이 막무가내의 '반복적 읊음'에 기대고 있다는 사실을 폭로하고 있다. 윤동주의 <八福>에서 보여주고 있는 반복성을 환기시킨다. 또한, '그냥 이대로 내버려 둬, 두시겠읍니까?'라는 설의적 반문과 '얼어죽을' '빌어먹을'과 같은 상소리가 환기하는 부정의 의미도 강하다. 두 시 모두에서 '출타중'이거나 '주무시고만 계시는' 하나님은 주기도문 속에서의 그 권위와 근거는 거의 부정되고 있는 모습이다.

다른 시인의 작품을 응용하는 패러디에서 가장 두드러진 특징은 '유머와 풍자'를 드러낸다는 점이다. 윤동주·김수영·오규원·박남철의 일련의 시가 보여주는 아이러니와 풍자도 같은 맥락이다. 패러디에서 희극적 효과의 주요원천 중 하나는 텍스트간의 부조화된 병치였고, 그 부조화된 병치 속에 차용된 원텍스트는 독자의 기대를 환기한 후 위반한다. 특히 비판적 패러디는 원텍스트를 아이러닉한 방식으로 재읽기하거나 원텍스트에 내재된 모순과 부조화를 그 특징으로 한다. 원텍스트와의 희극적 불일치 및 비판적 거리가 이미 함축하고 있듯이 이 비판적 패러디는 원텍스트가 가진 모순과 이중성을 폭로하는 데 유효한 형식이며, 아이러니와 역설이 극대화된 유형이다. 따라서 규범화되고 관념화된 언어의 모방에서 한 걸음 나아가 그것들을 거부함으로써 기존의 언어 질서를 파괴하고 재조정하려는 전략을 내포하고 있다. 즉 이 유형에는 처음부터 반권위주의적 태도가 바탕이 되어 있는데, 이와 같은 부정의 정신이 바로 비판적 패러디의 본질인 것이다.

현실비판의 간접화와 베끼기 전략

　원텍스트의 권위 및 근거를 문제삼지 않는 혼성모방적 패러디는 8, 90년대 들어 성행한다. 그 직접적인 이유는, 80년대라는 특수한 정치적 억압 상황에서 우회적인 현실비판의 역할과 문학적 여과 장치로서의 역할을 효과적으로 수행할 수 있었기 때문이었다. 이러한 시대적 요청은 서구문학을 대상으로 하는 패러디 유형과도 맞아 떨어졌으며 방법 역시 다양했다. 특징적인 양상은 복제의 메커니즘 속에서 원텍스트로서의 서구문학이 지니는 원본성이 대량생산·대중화되어 그 자체의 의미가 해체된다는 데 있다. 또한 원텍스트의 권위나 규범과 무관하게 패러디스트의 필요성에 따라 자의적으로 차용되기 때문에, 원텍스트에 대한 공격성과 풍자성은 거세되는 반면 현실에 대한 반영성과 비판성에 기여하기도 한다. 이때 패러디의 목표물은 차용 대상으로서의 원텍스트라기보다는 텍스트 밖의 현실이 되는 경우가 많다. 이에 대해서는 오규원과 황지우의 80년대 시를 중심으로 살펴볼 것이다.

1. 원텍스트의 상황이나 분위기를 차용하는 방법

황지우는 시의 메시지뿐 아니라 그 멧시지를 전달하는 형식과 기술의 중요성을 깊이 인식했던 시인이다. 광주항쟁과 군부독재로 요약되는 80년대 초반의 정치 상황을 배경으로 창작된 그의 시들은 현실에 대한 비판적 성찰과 항의를 드러내고 있어 정치풍자시의 일종이라 할 수 있다. 그러나 그 형식은 결코 직접적이지 않다.

> 쉬페르비에르 詩를 읽어도 좋고, 김승옥의 『서울 1964년 겨울』을
> 읽어도 좋지만 하나도 안 읽어도 좋다.

잎이 지는 4월에서
눈 내리는 7월까지
市中에는 아무런 일이 없었다.
시민들은 대개 축구장으로 가고
테라스에서 노인들은
내기 체스를 두었다 복덕방과
의사당이 특히 한산했다
아침에 우유와 뉴스가 오고
혹은 주문한 히아신스꽃이 배달오기도 하고
이따금 먼 친척의 부음이 오기도 했지만
전철이 그 시간에 1번街를
소리내며 지나갔다.

황지우, <몬테비데오 1980년 겨울> 중

시인 자신의 목소리를 담고 있는 이 시의 제사는 시 전체에서 그

야말로 있어도 좋지만 없어도 무관하다. 그러나 이 제사에 의해 인용시는 쉬페르비에르 Jule Supervielle의 시세계나 김승옥의 『서울 1964년 겨울』에 대한 패러디 텍스트임이 전경화되고 있다. 뿐만 아니라 있으나마나 한 이 제사에 의해 시전체는 여러 겹의 의미망을 형성한다. 미약하기는 하지만, 이 시가 서구문학의 패러디가 될 수 있는 것은 불란서 시인 쉬페르비에르이라는 이름 때문이다.

일단 이 시의 독서과정을 따라가 보자. 맨 처음 제목을 읽은 독자는 정치적·사회적으로 불안한 남미 우루과이의 수도 '몬테비데오'라는 도시와 '1980년 겨울'이라는 시간 사이의 연관성에 대해 생각할 것이다. 그 다음, 문제의 제사를 읽고 쉬페르비에르의 시들과 김승옥의 『서울 1964년 겨울』을 연상할 것이다. 그렇다면 이 작품의 독자는 쉬페르비에르의 시만을 알고 있는 경우, 『서울 1964년 겨울』만을 알고 있는 경우, 이 둘을 다 알고 있는 경우, 이 둘을 전혀 모르는 경우로 구분되고 그에 따라 시의 해독은 다소 차이가 날 것이다. 또한 제목에서 암시하고 있는 '1980년의 몬테비데오'의 정치상황에 대한 정보가 있는 독자와 정보가 없는 독자도 섬세한 시읽기에서 차이가 날 것이다. 그러므로 원텍스트의 권위와 근거를 사정없이 부정하고 있는 '읽어도 좋지만 하나도 안 읽어도 좋다'는 제사의 구절은 시인 자체가 이 시가 다양하게 읽히기를 의도하면서, 궁극적으로는 이 모든 정보를 종합해서 읽어달라는 독자를 향한 역설적 요구를 담고 있는 셈이다.

쉬페르비에르는 김수영의 시[1]와 산문[2]에도 등장한다. 김수영은

---

1) "「고맙습니다. 고맙습니다」/西洋과 東洋의 差異. 나는 餘裕있는 詩人-슈뻬르비엘이/물에 빠진 뒤에 나는 젤라틴을 통해서/詩의 進擊性을 본다<伴奏曲>"라는 시구절에서 김수영은 쉬페르비에르 시의 여유에 초점을 맞춰 인용한 바 있다. 『김수영전집 1 詩』(서울 : 민음사, 1981).
2) 『김수영전집 2 산문』(서울 : 민음사, 1981), pp. 167-174. 참조.

그의 산문에서 쉬페르비에르 시가 가진 연극성과 구상성이 풍자로 이어지고 있으며, 이 '스토리'의 풍자성이 그의 작품을 비극적 풍자로 연결시키고 있다고 지적한 바 있다. 그렇다면 김승옥의『서울 1964년 겨울』은 어떠한가. 사소한 것들의 의도적인 열거와 건조한 묘사를 특징으로, 극단적인 소외와 무관심에서 비롯되는 인간성의 공백을 보여주는 작품이라 할 수 있다. 특히 아이러닉한 현실묘사는 현실의 비극성을 더욱 강조하고자 하는 작가의 의도적인 서술 전략을 드러낸다. 황지우는 쉬페르비에르라는 이름과 김승옥의 작품 이름을 끌어들여, 연극성·풍자성과 아이러닉한 현실묘사라는 두 가지의 효과를 유도한다.

쉬페르비에르와 김승옥, 이 둘에 대한 정보가 없는 독자라면 첫 구절부터 당황하게 되는데 '잎이 지는 4월' '눈 내리는 7월'과 같은 절후가 맞지 않는 표현 때문이다. 언뜻 김춘수의 "칠월에 산다화가 피고 눈이 내리고<처용삼장>"라는 병치적 모순어법을 연상케도 하지만, 제목의 '몬테비데오'라는 단어로 인해 시 전체가 이국적인 일상의 풍경을 노래하고 있다고 읽혀지기 쉽다. 그러나 쉬페르비에르의 시를 알고 있는 독자라면 그의 시적 특징인 산문성과 이야기성을 빌어 우리의 일상을 풍자적으로 묘사하고 있다고 읽을 것이며, 『서울 1964년 겨울』을 알고 있는 독자라면 아이러닉한 서술묘사라는 사실을 첨가하여 읽을 것이다. 여기에 제목이 환기하고 있는 우루과이의 수도 몬테비데오의 80년 겨울의 정치상황을 알고 있는 좀더 민첩한 독자라면 이 시 제목을 '서울 1980년 겨울'로 읽어낼 것이다. 결과적으로 이 제사는 다양한 독자의 반응을 유도한다. 즉 원텍스트에 대한 독자들의 정보량에 따라 텍스트의 공백을 메꾸어갈 것을 요구하고 있는 셈이다. 패러디 텍스트가 지니고 있는 메시지는 독자가 원텍스트를 인지하고 있을 때만 그 효능이 나타난다고 할 수 있으며, 또한 그것은 텍스트에 대한 독자의 다양한 반응을 결정하게 되는 것이다.

그렇다면, 제목과 제사에서 암시하고 있는 모든 정보를 갖고 있는 독자는 이 시 전체가 반어적 진술에 의해 전개되고 있음을 간파한 후 시 전체의 표면적 진술과 내포적 의미를 뒤집어 읽을 태세를 갖춘다. 그럴 경우 '아무런 일이 없었다' '한산했다'의 표면적 진술은 반대 의미로 읽혀진다. '4월에서' '7월까지'라는 구절은 '1980년의 5월과 6월'을, 나아가 '80년 오월 광주'를 환기한다. 이러한 정보를 염두에 두면서 시 전체를 읽어나갈 때, 무사태평하고 안락했던 80년 오월 서울의 일상은 시인의 역설과 가장에 의해 묘사되고 있음을 간파하게 되는 것이다. 그리하여 왜, '시중(市中)'에는 아무런 일이 없었고 '의사당'은 한산하기만 했는지에 대해 의문을 갖도록 한다. 즉 시인은 계엄상태에 들어간 도시의 표면적인 일상사에 대해 진술하면서 그 이면으로는 어쩌자고 도시와 의사당은 항거하지 않았는지에 대한 반성을 촉구하고 있다. 반어적인 풍자법이 노리는 이중 효과다. 이처럼 황지우는 원텍스트들이 환기하는 극적 분위기와 아이러닉한 형상화 방법을 차용하여 80년대의 한국 현실을 우회적으로 비판하고 있는 것이다.

작가의 이름이나 작품 이름만으로 원텍스트의 극적 분위기나 상황 전체를 환기하는 이러한 패러디 기법이 가져다주는 효과는 일차적으로 독자의 상상력을 풍요롭게 해준다. 뿐만 아니라 직접적인 현실대입이나 그 현실에 대한 감정이입을 막아줌으로써 현실과 일정한 거리를 유지하도록 한다. 그런 점에서 이 시는 현실을 직접 반영하는 전통적인 리얼리즘 시와는 다르다. 또한 시·소설의 허구 세계와 사실적인 역사의 세계를 섞어놓아, 허구와 리얼리티간의 경계[3]를 모호하게 한다. 이럴 때, 다소 성의없어 보이는, 없어도 좋을 듯한 인용시의 제사는, 과거에 잘 알려진 텍스트를 자기반영적으로 활용하여 문학비평의 기능은 물론 현실반영을 간접화시켜 주고 있으며 이 작품이 패러디 텍스트임을 전경화시키고 있는 셈이다. 이런 장치에 의해 독자는 원텍스트와 패러디 텍스트, 과거와 현재를 끊임없이 비교하여 그 간격을 좁히고 새로운 시각으로 현재를 조명하도록 요청받는다.

원텍스트에서 극적 상황을 차용하고 있다는 점에서 <몬테비데오 1980년 겨울>과 동일하지만, 반드시 원텍스트에 대한 정확한 정보가 있어야만 시 해독이 가능한 경우도 있다.

— 잉게 숄著. 박종서譯. 靑史. 188면. 값 1,900원

"어머니 오셨어요?"
"오냐, 잘 지냈니?"
"네."

(사이……말 없음)

"얘야, 내일이면, 네가 그 자리에 없겠구나"
　　　　황지우, <아무도 미워하지 않는 자의 죽음> 전문

이 시는 제목과 부제를 통해 패러디임을 전경화시키고 있다. 원텍스트인 잉게 숄의 넌픽션소설 『아무도 미워하지 않는 자의 죽음』은 나치즘에 대항하여 저항운동을 펴다 죽은 뮌헨 학생들의 생활을

---

3) Patricia Waugh(1984), p. 123.

묘사하고 있다. 황지우는 나치즘의 독재와 폭력에 대항하는 학생운동을 그린 원텍스트의 상황을 패러디 텍스트에 그대로 반복하여 80년대 우리 현실을 우회적으로 보여준다. 반복은 문맥을 전복시킨다. 패러디는 원텍스트를 반복함으로써 그것이 놓인 문맥의 차이에서 발생하는 재맥락의 효과를 유도한다. 따라서 완전한 반복일수록 원텍스트의 권위와 근거는 철저하게 부정된다. 원텍스트를 거의 똑같이 반복하고 있는 이 시에서 주목해야 할 부분은 부제의 '188면'이라는 면수이다. 여기에 시 해석의 열쇠가 있다. 시인이 부제로 밝히고 있는 '잉게 숄著. 박종서譯. 靑史. 값 1,900원'에 해당하는 원텍스트는 187면 "역자의 말"에서 끝나고 있다. 187면에서 역자는 다음과 같이 말한다.

마지막 면회에서 어머니가
「이제 너의 방은 언제나 비어 있겠구나.」
하고 슬픔을 감추지 못하는 말씀을 하시자, 죠피는
「엄마, 1. 2년이면 끝날 거예요.」
하며 어머니를 위로하였다. 이 말은 나치의 파멸을 확신하고, 마지막 한순간까지 저들의 파멸 뒤에 오는 자유의 날을 기다리겠다고 확고한 결의를 나타내고 있다.
이보다 20여년 전에 프란츠 카프카는 이렇게 말한 적이 있다.
「자유로운 자는 항상 태연하고 조용하다—비록 처형 당하기 직전이라도」
이렇게 그들은 사라져 갔다. 그러나 그들은 오늘날까지 아니 앞으로도 길이 독일 학생들의 귀감이 될 것이다.[4]

---

4) 잉게 숄.『아무도 미워하지 않는 자의 죽음』. 박종서(역)(서울 : 청사, 1980), p. 187.

황지우 시의 부제로 인용되고 있는 원텍스트의 188면은 백지다. 165면에서 소설은 끝이 나고, 187면에서 후기인 '역자의 말'조차 끝나고 있다. 시인은 역자의 말이 끝난 그 다음 면, 즉 188면에 원텍스트에서 죠피가 처형되기 직전 어머니와 나눈 마지막 대화를 그대로 반복하면서 우리 현실을 풍자한다.

원텍스트의 '이제 너의 방은 언제나 비어 있겠구나'가 황지우 시에서는 '애야, 내일이면 네가 그 자리에 없겠구나'로 변형되고 있다. 원텍스트의 '너의 방은 언제나 비어 있겠구나'와 패러디 텍스트의 '네가 그 자리에 없겠구나'의 언술 차이는 원작자와 패러디스트의 내면의식의 차이를 그대로 반영한다. 인용 부분에도 언급되고 있지만, 원작자는 나치의 파멸을 확신하고 자유에 대한 확고한 신념이 있기 때문에 "엄마, 1. 2년이면 끝날 거예요.」라는 대사로 원텍스트의 끝을 맺는다. 그러나 패러디 텍스트에는 그러한 신념이 보이지 않는다. 단지 '네가 그 자리에 없다'라는 사실만을 드러내고 있다. 더욱 암울한 패러디 텍스트의 정치 현실을 부각시키고자 하는 의도로 읽혀진다.

이 시는 분명, 독자들이 원텍스트에 대한 정보를 가지고 있지 않으면 시의 해석 및 패러디스트의 동기나 목적 등을 올바로 이해하기 힘들다. 1연의 인삿말이 어떤 상황에서 오가고 있는 것인지, 2연의 말없음이 무엇을 의미하는지, 그리고 3연의 '자리에 없음'이 또 무슨 의미인지 알 수 없기 때문이다. 그렇기 때문에 이 시는 원텍스트의 상황, 즉 학생·민중운동을 하다 체포되어 처형될 죠피와 그 어머니와의 마지막 면회 장면을 패러디하고 있다는 사실을 독자가 알아야만 이해될 수 있다. 특히 부제에서 원텍스트의 역자·출판사·가격까지를 명시하고 있는 것은, 반드시 그 번역서라야만이 '188면'의 의미가 살아날 수 있고 시 전체의 의미가 전달될 수 있다는 패러디스트의 의도를 강조하기 위해서이다. 이렇듯 황지우의 시편들은 지식인 문학이 갖는 제반 특징을 고스란히 갖고 있다는 점에서 주목을 요한다. 동·서양과 고전·현대를 넘나들며 인문적이고 사회·정치·경제적인 지식을 총동원하여 원텍스트로 활용하는 데서도 그러한 특성은 입증된다. 그의 방대한 지식이야말로 현실을 형상화하기 위한 인문주의자의 인위적 장치로서의 패러디, 그 원천이 되고 있다.

황지우는 이렇듯 제목과 부제를 기발하게 활용하여 아이러닉한 패러디 텍스트의 상황을 만들어내고 있다. 서구문학 작품의 내용과 구조를 고스란히 빌려옴으로써, 패러디를 현실 비판을 위한 보다 정교한 장치로 활용하고 있는 것이다. 이때 원텍스트의 역사적 상황은 폭력적인 우리의 정치현실을 풍자하기 위한 자기반영의 기능을 발휘한다. 이는 패러디스트가 원텍스트를 하나의 알레고리로 파악하고 있다는 증거이기도 하다. 이러한 원텍스트의 차용은 결과적으로 현실과 일정한 거리를 유지하는 데 기여한다. 그리하여 현실을 냉정하게 주시할 수 있는 안목을 제시하고 현실을 각성시킴으로써 패러디는 역사적·실천적 맥락을 획득한다. 황지우는 당면한 현실 문제를 보다 효과적으로 인식시키기 위해 패러디를 구사하는 것이다.

2. 원텍스트를 그대로 베껴쓰는 방법

서구문학 작품을 원텍스트로 차용하되 그 상황이나 분위기가 아닌, 원텍스트의 부분 혹은 전체를 '변용없이' 그대로 끌어다 쓴다는 점에서 오규원의 패러디는 방법적으로 한 단계 더 나아가고 있다. 원텍스트에 대한 직접적인 변용이 거의 없다는 점에서 모방적 패러디와 변별되며, 비판적 해석이나 부정의식이 거세되어 있다는 점에서 비판적 패러디와도 구별된다. 원텍스트의 구절은 패러디 텍스트 속에 효과적으로 그대로 짜깁기되고 있어 시인이 패러디 텍스트임을 전경화하지 않는다면 표절과 구별되지 않는 난점이 있다.

종일 말을 달림. 저녁에야 酌婦 둘이 서 있는 주막을 발견하고 길을 멈춤. 환상과 현실. 나의 현실은 내가 그곳에 있으므로 나의 현실, 내가 그곳에 숨쉬므로, 내가 그곳을 느끼므로 나의 현실. 잠시 눈을 감았다 뜸. 너희들은 酌婦. 아가씨들이여, 나의 말을 믿어 주십시오. 여러분의 외모에 분명히 나타나는 바와 같은 지체 높으신 아가씨들에게 해를 가하는 것은 제가 속한 기사단에 어울리지도 합당하지도 않는 일입니다.

酌婦들, 酌婦답게 웃음을 터뜨림. 現實에서.
돈 키호테, 돈 키호테답게 웃음. 현실을 밟고 올라선 로시난테 위에서.
　* 本稿中 고딕 部分, 소설 『돈 키호테』에서 引用
　　　오규원, <등기되지 않은 현실 또는 돈 키호테 略傳> 중

이 시는 "본고중 고딕 부분, 소설 『돈 키호테』에서 인용"이라는 각주를 달고 있다. 이 시에서도 각주는 단순히 시 이해에 도움을 주는 해설의 차원을 넘어, 패러디 텍스트의 중요한 구성요소로써 전경화되고 있다. 시인 자신이 각주로 밝히고 있기도 하지만 고딕체 부분은 세르반테스의 『돈 키호테』에서 돈 키호테의 대사를 직접 인용한 부분(1권 2장)[5]이다. 이 인용으로 인해 패러디 텍스트의 화자인

---

5) 번역본에 따라 다소 차이가 있겠지만, 이 대사와 유사한 부분은 "존귀하신 아가씨들이여, 부디 달아나지 마십시오. 그리고 조금도 해를 끼쳐 드리려고 하는 것이 아니니, 아무 염려 마십시오. 기사도의 예법으로 말씀드리건대, 누구에게도

돈 키호테가 얘기하고 있는 부분과 겹쳐진다. 시인 자신이 고딕체로 표기하지 않았거나 각주에서 출전을 밝히지 않았다면, 독자는 제목을 참고로 이 패러디 텍스트가 단지 『돈 키호테』의 극적 상황만을 빌려오고 있다고 생각할 것이다. 그만큼 인용된 원텍스트의 구절은 어조나 내용면에서 패러디 텍스트에 적절히 융해되어 있다. 오규원의 시는 마치 원텍스트 『돈 키호테』의 한 구절 같고, 시적 화자를 묘사하고 있는 시인은 세르반테스와 같기 때문이다. 이러한 발상법은 혼성모방적 패러디가 원본성을 인정하지 않는 데서 비롯되는 것이다. 물론 원텍스트와 패러디 텍스트와의 구별을 모호하게 하는 원인이 되기도 한다.

오규원은 먼저 기사소설과 현실, 과거와 현재를 구별하지 못하는 돈 키호테에게 시적 자아를 투사시킴으로써 원텍스트에 등장하는 주인공의 성격과 행동을 모방인용한다. 시인은 언어가 빚어내는 온갖 환상을 삶의 유일한 진리로 믿는 50대의 빼빼마른 시인이자 교수라는 시적 화자의 현실과, 돈 키호테의 현실을 동일시한다.[6] 세르반테스가 돈 키호테를 희화화하여 웃음거리로 만들듯 오규원도 자신의 시적 화자를 희화화한다. 그러나 세르반테스가 이미 깨어진 중세적 관념과 이상을 광신하는 인물과 그 인물이 속한 근세적 환경

해를 입히는 것을 용납치 않거늘, 하물며 지체 높으신 아가씨들께 그럴 수가 있겠사옵니까."이다. Cervantes. 『돈키호테』. 박영이(역)(서울 : 불후문고, 1993), p. 35.

6) '라 만챠의 케하다 또는 키하다'라는 본명을 가진 원텍스트의 주인공 돈 키호테는 '몸은 여위고 얼굴은 빼빼 말랐으며', 기사소설을 너무 탐닉한 나머지 경작지를 팔아 책을 사고 또 그 책을 읽느라 날과 밤을 지샌다. 잠은 부족하고 독서량은 많다 보니 뇌수가 말라붙어 온전한 판단력을 잃게 된 그는, 소설 속의 온갖 황당무계한 일들이 실제로 일어났던 사실이라 믿었을 뿐만 아니라 그 주인공을 본받고자 한다. 자기가 읽은 기사소설 속의 주인공을 본받아 불의와 정의와 사악을 시정하고자 온갖 모험과 고통을 겪는다.

이 충돌하면서 빚어내는 시대착오적 행동들을 희화화하는 데 목적을 두고 있다면, 오규원은 언어가 만드는 환상 혹은 관념을 신봉하는 인물과 그 인물이 속한 자본주의 현실의 물질적 조건이 충돌하면서 빚어내는 갈등을 웃음거리로 만들고 있다.

특히 패러디 텍스트가 보여주는 희화화의 이면에는, 돈 키호테의 진실이 세상 사람들의 입장에서 볼 때 허구이지만, 돈 키호테의 입장에서 보면 세상 사람들의 진실이야말로 허구에 불과하다는 전언이 내포되어 있다. 그러므로 현실을 현실로 인정하지 못하는 환상 속의 돈 키호테는 현실 속의 작부를 지체 높으신 아가씨로 보고, 환상을 인정하지 않는 현실 속의 작부들은 돈 키호테를 비웃는다. 또한 환상과 현실이 전도된 돈 키호테의 우스꽝스러운 모습을 보면서 현실의 독자도 '작부처럼' 웃음을 터뜨리게 된다. 원텍스트의 돈 키호테와 패러디 텍스트의 돈 키호테, 허구와 현실, 환상과 실제가 뒤섞이고 그것들의 가치가 전도되는 데서 비롯되는 웃음이다. 그러므로 그 웃음에는, 현실을 인정하지 못하는 돈 키호테와 환상을 인정하지 않는 작부로 비유되는 현대인의 정신적 분열과 정신적 위기 상황에 대한 날카로운 풍자가 깔려 있다.

돈 키호테는 자신이 신앙처럼 믿는 허구의 세계를 이 지상에서 실현하기 위해 수많은 곤욕을 치르고, 때로는 목숨마저 내던지기를 주저하지 않는 희비극적 인물이다. 그러나 "나는 내가 누군 줄 아오 ─돈 키호테는 말했다─, 나는 내가 말한 것보다 더한 사람이 될 수 있다는 것도 알고 있소(『돈 키호테』 1권 5장)"라고 얘기하는 돈 키호테는 단순한 과대망상자만은 아닌 것이다. 그는 단지 자신의 현실보다 큰 이상을 가진 자일 뿐이다. 그는 이상과 현실 사이에서 갈등하는 하나의 상징적 인물이고 그 갈림길에서 비극적 투쟁을 하는 숭고한 영웅인 셈이다. 오규원의 패러디 텍스트가 희비극적인 것은 돈 키호테의 이런 특성에서 연유한다. 이렇게 볼 때 패러디 텍스트의 '등기되지 않은 현실'이란 실제 현실과 반대되는 상상·꿈·이상·환상 등으로 불릴 수 있는 세계를 지칭한다.

이처럼 오규원은 실제와 환상, 정상과 광기, 비극과 희극, 지혜와 우매 같은 반대 상황들을 혼재시킴으로써 현대판 『돈 키호테』를 쓰고 있다. 특히 원텍스트의 한 구절을 그대로 차용하여 고딕체로 삽입함으로써 과거와 현재를 나란히 병치시키는 시대착오적 서술 anachronism 혹은 동시적 서술 synchronism의 효과를 노리고 있다. 패러디의 또 다른 특징이 시대착오적·동시적 서술임을 증명하고 있는 셈이다. 이러한 서술은 궁극적으로 세르반테스가 『돈 키호테』를 썼던 시대와 오규원이 <등기되지 않은 현실 또는 돈 키호테 약전(略傳)>을 쓰는 시대와의 차이를 전경화한다. 이렇게 시간적인 거리감을 상기시킴으로써 의도하는 효과는 독자가 리얼리티의 환상 illusion of reality을 깨고 시의 허구성을 깨달을 수 있도록 하는 것이다.

원텍스트를 변용하지 않고 그대로 차용하고 있는 또 다른 시의 예를 <나의 데카메론>에서도 볼 수 있다. 시의 전체 구조로는 보카치오 C. Boccaccio의 『데카메론』의 상황을 차용하고 있으며, 부분적으로는 프랑스 상징주의 시인 쥘르 라포르그 J. Laforgue의 <일요일 Dimanches>의 마지막 연(인용시에서는 밑줄친 부분)을 그대로 인용하고 있다. 극적 상황의 차용과 그대로 베끼기가 공존한다.

2月 6日, 일요일. 10時 5分前 起床. 커튼을 걷고 창밖을 내다봄. 거리는 오늘도 安寧함. 安寧한 거리에 하품나옴.
(중략)
亡界의 洙暎은 金禹昌의 농사가 잘 되어 술맛이 좀 풀린다고 히죽

웃음. 오후 3時. 엿가락처럼 늘어져 누워 있는 나에게 亡界의 쾰르凩
으로부터 便紙 옴.

　　오, 정말 쓸모없는 시인이구나
　　너무 들어박혀 있으면 病들지
　　이렇게 좋은 날씨에 房구석에 박혀 있는 사람은 없지
　　약방에 가서 싸구려 해열제라도 사와라
　　그것도 좀 운동이 될 테니까.
　　좀 운동이 될까 하고 하품 다시 함. (밑줄 필자)
　　　　　* 本文中 4行의 라포르그 詩는 「일요일」에서 引用.
　　　　　　　　　　　　　　　　　오규원, <나의 데카메론> 중

　<등기되지 않은 현실 또는 돈 키호테 약전(略傳)>과 마찬가지로
이 시에서도 주(註)를 사용해 원텍스트를 전경화하고 있다. 패러디
방법에서 제목의 '빌려오기'는 주제를 다른 문맥으로 바꾸거나 새로
운 생각을 명료화시키는 역할을 한다. <나의 데카메론>은 보카치
오의 『데카메론』[7]에서 제목을 빌려오고 있다. 백 편에 달하는 이야
기가 묶인 원텍스트가 당시의 사회 각층의 인물들과 시대상을 적나
라하게 묘사하면서 현실적 향락을 예찬한 것처럼, 패러디 텍스트

---

7) <데카메론>이란 제목은 '10일'을 의미하는 그리스어다. 1348년 동방에서 시작
　되어 서구에서도 만연한 무서운 페스트를 피해, 프로렌스 교외 별장에서 10일 동
　안 신사 3명, 숙녀 7명이 노래와 춤과 함께 나눈 100여 가지의 이야기가 한 테두
　리 안에 구성되어 있다. 그 이야기에는 각 계층의 인물이 등장하고 이야기 자체
　도 행복한 것, 우스꽝스러운 것, 호색적인 것, 익살스러운 것, 낭만적이거나 비극
　적인 것들로 이루어져 있다. 그 序詞에는 불행한 사람들을 위로하고 흥미와 충
　고, 고통의 망각과 해방을 위해 이 책을 쓴다라는 저자의 언급이 있다. C.
　Boccaccio. 『데카메론』. 『세계문학전집 3』, 정봉희 (역)(서울 : 정음문화사, 1984),
　pp. 15-17.

<나의 데카메론>도 표면적으로는 일요일 하루를 소소히 묘사하면서 물리적인 안녕과 빈둥거림을 예찬하고 있다. 그러나 그 표면적 진술의 이면에는 무기력한 소시민으로서의 하루에 대한 깊은 반성이 깔려 있다.

시적 화자가 일요일 하루 동안 한 일이란, 10시 5분전에 일어나서 창 밖을 내다보다 변소를 2번 왕복하고 TV 스위치를 1번 누르고, 『오늘의 스타』라는 책을 1분만에 보다 심심해 시계를 본 것이 전부다. 절망도 희망도 없는 무감각한 권태의 하루다. 그러나 정체성 상실에 봉착한 듯한 시적 화자가 실제로 독자들에게 전달하고자 하는 메시지는, 꿈많은 17세 소녀가 데브콘에이에 중독되고 가슴 부푼 22세 처녀가 결핵을 앓는 노동현장의 현실과 그 현실에 무감각한 소시민의 '안녕'한 삶과의 대비에 있다. 화자에 의해 고의적으로 비틀어진 아이러닉하고 유머러스한 이 '안녕'은 라포르그의 시귀절을 그대로 인용함으로써 극대화된다.

> ─Allons, dernier des poétes,
> Toujours enfermé tu te rendras malade!
> Vois, il fait beau temps tout le monde est dehors,
> Va donc acheter deux sous d'ellébore,
> Ça te fera une petite promenade.
> (─한데, 정말 쓸모없는 시인이로구나.
> 너무 갇혀만 있으면 병들지
> 이런 좋은 날씨에 집에 있는 사람은 아무도 없으니
> 약방에 가서 값싼 열식는 약이라도 사오너라.
> 그것도 좀 운동은 되니까.)
>
> J. Laforgue, <Dimanches 일요일 1>[8] 중

라포르그의 시적 화자는 화창한 일요일에 "약혼자가 자연의 운행에 따라 사라지는 것"을 보며 "<혼자 있는 자에게 화 있을지어다>가 무슨 상관이랴"라고 자조하다, 위의 인용 부분처럼 끝을 맺는다. 오규원은 라포르그의 이와 같은 '슬픔 속에서 빛나는 유머'를 환기하기 위해 그의 시를 부분적으로 반복해서 베끼고 있다. 즉 불란서 시인의 텍스트를 빌어, 일요일 내내 방 안에만 갇혀있는 스스로를 쓸모없는 혹은 병든 시인이라고 자조하면서 운동이라도 할 겸 약을 사오라고 자조하고 있는 것이다. 이러한 원텍스트의 구절은 패러디 텍스트에서 완전히 자기 텍스트화되어 그 변별을 어렵게 한다. 단지 원텍스트의 '그것도 좀 운동은 되니까'라는 구절이 패러디 텍스트에서는 '좀 운동이 될까 하고 하품 다시 함'으로 바뀌고 있다. 이러한 바꿈은 반어적이고 희극적이다. 즉 라포르그의 자기소외와 허무주의는 오규원의 풍부한 착상과 재치를 통해 희극적으로 재생된다. 또한 <나의 데카메론>은 '데카메론'이라는 제목이나 라포르그의 시 구절뿐만 아니라, '2月 6日, 일요일. 10시 5분전 기상. 커튼을 걷고 창밖을 내다봄. 거리는 오늘도 안녕함'과 같은 일기(메모)형식이 차용되고 있으며, '미당' '수영' '김우창' '쥘르' 등의 고유명사도 인용되고 있다. 그러나 그 이름들이 환기하는 텍스트들의 정통성이나 권위는 상실된 채 아이러닉한 분위기만을 자아낼 뿐이다.

이처럼 패러디의 계획은 '언어를 달리하는' 문화와 전통에 대한

---

8) J. Laforgue. 『피에로들』, 민희식(역)(서울 : 민음사, 1976), pp. 24-31. 27세때 폐결핵으로 요절한 라포르그(1860-1887)는 전생애를 근대정신의 병폐인 권태와 우울, 고독감으로 일관했다. 그는 1880년경 등장한 데카당파 시인들 중 가장 뛰어난 시인이었으며 비애와 自嘲, 유우머와 풍자를 환상적으로 혼합하여 상징주의의 독자적인 영역을 개척한 시인이라 평가되었다. 그러한 그의 시는 비관주의를 직접적으로 호소하고 외치는 것이 아니라 그러한 인생을 마치 피에로가 하는 것처럼(<피에로의 말>) 희롱하면서 유머를 끌어내는 여유를 보여준다.

애정과 비판을 보여주기도 한다. 언어의 벽을 허무는 국가와 국가, 민족과 민족, 문화와 문화간의 대화는 문학의 연속성과 유동성에 대한 믿음을 확인하게 하는 패러디적 재방문을 통해 이루어질 수 있을 것이다. 다른 언어를 토대로 창작된 작품을 변형하여 우리 언어로 새롭게 확장·전환하고 있는 서구문학에 대한 패러디의 전개양상은, 무엇보다 패러디가 서구의 문학을 수용하고 그것과 대화하는 주요한 기능을 담당하고 있다는 사실을 반증하고 있다 하겠다.

5

한국 현대시간의 교류와
패러디의 이념성

형상화 및 시정신의 동일화

모든 시는 알게 모르게 선행 텍스트를 딛고 서있게 마련이고 모든 시인들은 나름의 방식대로 선행 텍스트를 활용한다. 이때 시인들이 의지하는 선행 텍스트들은 곧 시의 전통이자 관습이 된다. 이러한 국면은 문학이 창작·향유되는 기본적인 존재방식의 하나이다. 그러나 선행 텍스트에 대한 후배시인들의 의식적·무의식적인 일체의 '영향 관계'를 획일적으로 패러디라고 추적할 수는 없다. 패러디적 관계가 성립될 수 있는 가장 중요한 조건, 즉 창작동기에 패러디적 의도가 있느냐, 선행 텍스트의 흔적을 의식적으로 전경화시키고 있느냐, 선행 텍스트와의 대화성이 확보되고 있느냐, 선행 텍스트의 활용이 얼마만한 유효성을 발휘하느냐 하는 점들이 충족되어야 할 것이다. 이같은 조건들이 충족되었을 때 패러디 텍스트들은 선행 텍스트 사이에 끼어들어가 새로운 관계를 생산하고, 선행 텍스트를 통해 세계와 관계하고 세계에 개입한다. 독자 또한 텍스트와 텍스트 사이의 혈연적 계보 속에서 텍스트 의미를 능동적으로 재구성할 수 있어야 한다.

이러한 작업의 일환으로 한국 현대시 안에서 시작품과 시작품이 맺는 패러디적 관계, 즉 우리 현대시를 대상으로 한 패러디 중 원텍스트의 권위와 그 근거를 모방·계승하고 있는 모방적 유형을 살펴보자. 주로 원텍스트의 시적 형상화 방법과 세계인식 및 시정신을 모방인용하고 있는 이 유형 역시 원텍스트의 전경화 장치는 미약하다. 그러나 인구에 회자되어 사회적 공인을 받고 있는 동시대 시인의 유명한 텍스트는 굳이 모방인용의 사실을 전경화하지 않더라도 그 출처를 쉽게 알 수 있다. 일반적으로 유명한 텍스트일수록 패러디되기 쉬운 속성이 있고 그러한 텍스트는 웬만한 독자라면 익히 알고 있기 때문이다. 우리처럼 현대시의 역사가 짧은 경우에는 특히 그러하다.

1. 중심 이미지나 서술어를 차용하는 방법

하나의 텍스트를 놓고 그것이 패러디 텍스트인가 아닌가에 대한 판단은 연구자의 입장과 관점에 따라 다소 차이가 있을 수 있다. 전경화 장치가 미약한 패러디 텍스트들이 바로 그러한 의문을 제기하도록 한다. 그러므로 원텍스트가 담보하고 있는 대중성·규범성·문학적 성취도 등에 의거해 판단해야 할 것이다. 이를테면 특정 시인의 특정 텍스트가 환기될 정도의 지명도와 사회적 공인이 형성된 시어나 이미지를 재맥락화한 텍스트가 있다고 하자. 그 시어나 이미지를 읽는 상식적인 독자라면 당연히 그 특정 텍스트를 환기하게 될 것이다. 이때 재맥락화한 텍스트는 특정 텍스트와 대화적 관계에 놓이게 된다. 이럴 경우는 굳이 가시적인 원텍스트의 전경화 장치가 없더라도 패러디로 보아야 할 것이다.

마슬간집 양지끝에 고양이 조름 졸때
울 밑 석류알이 소리없이 벌어졌네
투명한 석류알은 가을을 장식하는 홍보석이어니
누구와 저것을 쪼개어 먹으며 시월상달의 이야기를 남기리……
　　　　　　　　신석정, <秋果三題-석류> 전문

　　인용시는 시집『촛불』(1939)에 수록된 작품이다. 청명한 시월 하루, 텅 빈 마당의 양지 끝에서 고양이가 졸고 있는 적막한 풍경은 벌어진 석류 열매 사이로 빽빽히 밝힌 붉고 투명한 석류 알맹이와 대조를 이룬다. 홍보석으로 비유되는 석류알은 소중한 것을 전해주고 싶다는 열망을 환기시키고 그 열망은 자연스럽게 부재하는 사람에 대한 그리움으로 전화된다. 그러나 자세히 들여다보면 '석류'라는 시적 소재도 그러하거니와, '조름졸다', '투명한', '홍보석', '시월상달의 이야기' 들은 매우 낯익은 시어들이다. 소재나 형상화 측면에서 정지용의 <석류>를 환기시킨다.

　　한 겨을 지난 石榴열매를 쪼기여
　　紅寶石 같은 알을 한알 두알 맛 보노니,

　　透明한 옛 생각, 새론 시름의 무지개여,
　　金붕어 처럼 어린 녀릿 녀릿한 느낌이여.

　　이 열매는 지난 해 시월 상ㅅ달, 우리 둘의
　　조그마한 이야기가 비롯될때 익은 것이어니.

　　자근아씨야, 가녀린 동무야, 남몰래 깃들인

네 가슴에 조름 조는 옥토기가 한쌍.

정지용, <石榴> 중[1]

31년『시문학』3호에 <석류 외 3제>라는 제목으로 발표된 작품
이다. 사실 석류는 기이한 형태와 맛, 향기로 인하여 시의 소재로
자주 쓰여왔다. 특히 정지용의 <석류>는 이미지스트의 대가답게
냄새·맛·느낌·소리·생김새에 천착하여 감각적으로 형상화시
킨 백미의 작품이다. 이 시에서 '석류'는 "우리 둘의/조그마한 이야
기"가 있었던 과거의 투명한 옛생각으로 시적 화자를 끌고가는 매
개물이다. 석류는 형태적 유사성으로 인해 옥토끼·금붕어·홍보
석·무지개 등의 이미지를 환기하며 그 이미지들은 신비롭고 아름
다운 유년의 고향으로, 나아가 '신라천년의 푸른 하늘'로까지 확대
된다.

정지용의 이 시를 알고 있는 독자라면 신석정의 <추과3제-석
류>가 바로 정지용의 시를 원텍스트로 하고 있다는 것을 쉽게 알
수 있다. 원텍스트의 제목 '석류 외 3제'와 비교해볼 때 '추과3제'라
는 제목의 유사성, 한 연이 2행으로 이루어진 시의 구조, 시의 중심
을 이루는 시어·이미지 및 형상화 방법간의 반복성은 자칫 표절의
의심까지를 갖게 한다. 인용 부분을 중심으로 본 두 텍스트간의 반
복성은 다음과 같다.

---

1) 정지용의 이 시도 시인이 애송했던 한시를 근간으로 한다.
　　榴花映葉未全開　　　石榴꽃 잎에 어울려 봉오리 지고보니,
　　鬼影沈沈雨勢來　　　느티나무 그늘 침침하니 비올 듯도 하이.
　　小院地偏人不倒　　　집 적고 휘진 곳이라 오는 이도 없고야,
　　滿庭鳥跡印蒼笞　　　삿삿히 밟은 새 발자욱 이끼마다 놓였고녀.
　정지용. 녹음애송시.『정지용전집 2 산문』(서울 : 민음사, 1988), p. 298.

<석류>		<추과3제－석류>
내 가슴에 조름 조는 옥토끼	→	양지끝에 고양이 졸음 졸때
투명한 옛 생각	→	투명한 석류알
홍보석 같은 알	→	가을을 장식하는 홍보석
석류열매를 쪼기여/맛 보노니	→	저것을 쪼개어 먹으며
시월 상ㅅ달, 우리 둘의/이야기	→	시월상달의 이야기

　두 텍스트간의 이와 같은 유사성과 상이성은 신석정이 정지용의 텍스트에 감화를 받고 그 텍스트를 의도적으로 모방인용함으로써 새로운 텍스트를 생산한 결과로 보인다. 무의식적인 영향이라고 보기에는 그 유사성이 너무 크고, 단순한 모방이나 표절이라고 보기에는 원텍스트의 사회적 인지도가 너무 높을 뿐만 아니라 그 상이성 또한 크다. 게다가 신석정이 30년『시문학』으로 등단한 후 정지용·박용철·이하윤·김기림 등과 교유한 것을 감안해볼 때 더더욱 단순한 모방이나 표절은 아니었을 것이다. 그러므로 원텍스트와의 유사점은 원텍스트를 의도적으로 모방인용했다는 암시적인 전경화 장치로 보아야 할 것이며, 원텍스트와의 상이성은 패러디 텍스트로서의 개성으로 보아야 할 것이다.

　그렇다면 원텍스트와의 대화성은 어떻게 획득하고 있는가. 원텍스트는 석류를 매개로 '우리 둘의 조그마한 이야기'가 있었던 과거의 시월상달을 추억하는 시인의 풍요로운 내면풍경에 초점을 맞추고 있다. 반면 패러디 텍스트는 석류가 놓인 마당의 풍경을 중심으로 '시월상달의 이야기'를 남길 수 있는 대상에 대한 그리움에 초점을 맞추고 있다. 특히 패러디 텍스트의 '누구와 저것을 쪼개어 먹으며 시월상달의 이야기를 남기리'라는 구절은, 원텍스트의 '이 열매는 지난 해 시월 상ㅅ달, 우리 둘의/조그마한 이야기가 비롯될때 익은 것이어니'에 대한 패러디로 읽혀진다. 그러므로 패러디 텍스트의 '누구'는 선택적인 미래의 대상이라기보다는 원텍스트의 '우리 둘'이 었던 대상을 지칭하고 그 대상에 대한 부재의 상황을 강조한다. 또한 빈 집의 적막 속에서 '소리없이 벌어지는' 패러디 텍스트의 석류 알은, 원텍스트의 '쪼기어' 맛보고 나누어먹던 풍요로움을 환기시킴 으로써, 그 적막함을 더욱 강조한다.

선행 텍스트를 모방인용하여 새로운 작품을 '창조'하는 것은 패러디의 보편화된 형식이다. 시적으로 성공한 이미지·주제·모티브·문체 등은 한 시인으로부터 다른 시인으로, 한 작품으로부터 다른 작품으로 이동하는 속성을 지니고 있기 때문이다. 그러나 정지용의 시를 원텍스트로 삼고 있는 신석정의 시가 패러디 텍스트로 살아남으려면, 원텍스트와 다른 새로운 것을 지녀야 할뿐더러 유효한 미적 가치를 견지해야 한다. 그러나 신석정의 시가 정지용 시와 다른 어떠한 미적 가치를 견지하고 있는가라는 관점에서 접근했을 때 결코 긍정적으로 답할 수 없다. 신석정의 텍스트는, 정지용의 텍스트에 비해, 적막함과 그리움의 정서가 강조된 반면, 시적 상상력의 폭이나 감각, 의미의 복합성이 적어지고 소품과 같은 명징한 풍경만을 담고 있다. 요컨대 중심 시어나 이미지 차원에서 이루어지는 이러한 패러디적 모방인용은 선행 텍스트가 쌓은 상징성에 힘입어 패러디 텍스트에 밀도있는 암시성을 부여해주는 장점이 있는 건 사실이다. 그러나 원텍스트의 해석적 범위를 벗어나기 어렵다는 한계가 있다.

이미지나 서술어에서 한 단계 나아가 중심 모티브까지를 모방인용하고 있는 경우를 보자.

① 내일 모레가 六十인데
　　나는 너무 무겁다.

나는 너무 느리다.

나는 外道가 지나쳤다.

가도

가도

바람이 입을 막는 往十里.

박목월, <往十里> 중

② 가도, 가도 붉은 산이다.

가도 가도 고향뿐이다.

이따금 솔나무 숲이 있으나

그것은

내 나이같이 어리고나.

가도 가도 붉은 산이다.

가도 가도 고향뿐이다.

오장환, <붉은 산> 전문

①의 시는 1968년에 상재한 바 있는 『경상도(慶尙道)의 가랑잎』에 수록된 작품이고, ②의 시는 1945년 12월 『건설』에 발표되었던 작품이다. 이 두 시가 독자에게 친숙하게 느껴지는 일차적 요인은 우리의 전통율격을 토대로 운율적 반복과 변화를 한껏 살리고 있다는 점에 있을 것이다. 그러나 보다 구체적인 요인으로는 시의 중심 행위와 모티브를 이루는 '가도 가도ㅡ'라는 반복 어구가 우리에게 익숙하다는 데 있다. 그 반복은 운율적 효과에 그치는 것이 아니라 '가다'라는 의미를 확대하고 심화하는 이중의 효과를 유발한다. '도'의 섭미사 사용은 시인의 세계관 및 역사관을 강조해주는데, '가봐야 제자리'라는 절망적인 현실의 순환성과 '그래도 가야만 한다'라는

현실의 불가피성을 담고 있기 때문이다. 특히 ⓘ의 '가도/가도/바람이 입을 막는 왕십리'라는 구절에 이르면 웬만한 독자라면 김소월 시 <왕십리>를 환기할 수 있을 것이다. 박목월의 시만큼 강하지는 않지만 오장환의 시도 마찬가지다.

> 비가 온다
> 오누나
> 오는 비는
> 올지라도 한닷새 왓스면죠치.
>
> 여드레 스무날엔
> 온다고 하고
> 초하로 朔望이면 간다고햇지.
> 가도가도 往十里 비가오네.
>
> 김소월, <往十里> 중

이 시는 1923년 『신천지(新天地)』에 발표되었던 작품이다. 인용시는 민요적 율격이 두드러질 뿐만 아니라 반복에 따른 의미 변화라든지 간접화된 정감의 처리가 뛰어나 소월시를 대표한다. 온다·오누나·오는·올지라도·왔으면과 같이 연속된 '오' 음은 독자의 관심을 계속해서 내리는 '비'와, 다음 연의 '온다/간다'라는 서술어에 매어두게끔 한다. 게다가 '온다고 했지', '간다고 했지'라는 서술에 의해 독자는 비가 아닌 '누군가'를 상정하게 되고 나아가 이별의 상황까지를 떠올리게 된다. 그래서 내리는 비는 부재 혹은 기다림과 동의어가 되고, 역설적으로 시인은 '한닷새 왔으면 좋지'라고 얘기한다. 그러한 복잡한 상황과 심정은 곧 '왕십리'라는 지명으로 수렴된다.

님의 부재와 기다림을 역설적으로 형상화한 김소월의 '왕십리' 길을, ①의 박목월 시는 지나온 삶의 여정을 되돌아보는 자아성찰의 '왕십리' 길로 변화시키고 있다. '육십'이라는 나이는 삶의 치열한 현장에서 한 발 빗겨서 자신의 삶을 뒤돌아보는 시기이다. 삶의 허무와 죽음을 실제적으로 인식하는 나이이기도 하다. 그 나이의 시인은 '무겁고' '느린' 육신의 무게를 지탱하기 힘들어 하며 지나온 삶을 '외도'로 인식한다. 그 '외도'와 가도 가도 입을 막는 '바람'은 어울리는 한 쌍이다. 바람은 정도(正道)를 가지 못하게 했던 현실적 조건과 시인의 방황을 의미하기 때문이다.

박목월의 '왕십리'는 그러한 현실과 자아의 부정적인 조건을 상징하는 구체화된 지명 이름이다. 그것이 굳이 왕십리인 것은 언어가 주는 뉘앙스와 지역적 특성 때문이다. 그 지명이 주는 한자의 의미와 어감, 즉히 '往'자의 '가다'라는 의미와, 사방으로 트인 '十'자는 시각적으로 헤매임과 방황의 느낌을 강화시킨다. 실제로 교통이 발달하지 않았던 시대에 '십리'란 멀고 험한 길의 보통명사와 다름 없었다. 게다가 왕(往)자는 동음의, 우두머리·최고라는 왕(王)을 환기시켜, '최고로 먼 길 혹은 최고로 힘든 길'이라는 의미를 첨가시켜 준다. 그리하여 '왕십리'는 서울의 실제적인 지명이라기보다는, 5, 6행 '가도/가도'의 중복을 피하고 그 의미를 더욱 강조하는 보편적이고 추상적인 공간이 된다. 말하자면 일정한 단어의 어감이 주는 효과에 그치는 것이 아니라 의미를 확대하고 심화하는 이중의 효과를 거두고 있는 것이다. 왕십리의 이러한 복합성은 소월의 원텍스트를 통해 이미 그 전형성을 획득한 바 있다. 따라서 박목월이 굳이 '가도 가도' '왕십리'라고 한 것은 원텍스트가 이미 획득하고 있는 의미적 복합성을 차용하고자 했던 것으로 보인다. 게다가 외도와 바람은, 왕십리라는 부정적인 현실 조건을 더욱 강화시키는 촉매 역할을 한다.

김소월의 '왕십리'는 또한 ②의 오장환 시에서는 '붉은 산'으로 변형된다. 제목과 함께 두 번이나 반복되고 있는 '붉은 산'은 시인의 부정적인 현실인식을 대변한다. 이 시의 묘미 역시 두 번에 걸쳐 반복되고 있는 '가도 가도 고향뿐이다'라는 구절에 있다. 언뜻보면 이 구절은 '붉은 산'과 동일한 의미를 형성하고 있는 것처럼 보인다. 이럴 경우 '붉은 산·고향·조국'은 황량하고 절망적인 현실조건이라는 같은 의미항을 이룬다. 가도 가도 붉은 산이고 이 척박한 곳이 바로 내 고향이다라고 해석될 수 있기 때문이다. 네 번에 걸쳐 반복되고 있는 '가도 가도'는 그 팍팍한 현실조건을 강조하며, 쉼표를 삽입한 첫행의 '가도, 가도'는 가는 길이 순탄하지 않음을 시각화·리듬화시키고 있다. 그러나 '뿐이다'라는 특수한정조사에 주목해보자면 '붉은 산'과 '고향'은 반대 의미를 형성한다. 가도 가도 붉은 산 천지인데 붉은 산이 아닌 곳은 고향뿐이기 때문이다. 그리고 이따금 보이는 '솔나무 숲'도 '붉은 산'과 대조되는 긍정적인 비전을 상징한다. 그러나 그것은 아직 어린 유목(幼木)이다. 이 시가 45년 말에 발표되었다는 점을 감안할 때 '붉은 산'으로 비유되는 그의 부정적인 현실인식의 저변에는 아직은 어리지만 '솔나무 숲'이라는 해방의 가능성과 기대를 밑바탕으로 깔고 있음을 알 수 있다.

'가도가도'라는 반복 서술어와 '왕십리'라는 지명으로 대표되는 김소월의 <왕십리>를, 박목월과 오장환은 의식적으로 모방인용한다. 박목월이 제목을 통해 직접적으로 외재화시키고 있다면 오장환은 간접적으로 내재화시키고 있다. 그러므로 그들의 시는 원텍스트와의 관계 속에서, 보다 완전하게 이해될 수 있다. '왕십리'라는 지명과 끝없이 '가는' 행위는, 그것이 가지고 있는 긴 역사성과 개별성을 통해 김소월, 오장환, 박목월을 통해 이어지고 있는 것이다. 그들은 각각의 개별적인 현실을 타자의 텍스트를 통해 재인식하고 있는 셈이다. 그 양상을 정리하면 다음과 같다.

김소월<왕십리>   오장환<붉은 산>   박목월<왕십리>
　王십리　　→　　붉은 산(고향)　:　　왕십리
　　비　　　→　　붉은 산　　　　:　　바람
　님의 부재　→　시대적 비전의 부재 : 개인적 자아의 좌표 부재

패러디는 원텍스트를 어떻게 수용했느냐의 흔적이자 원텍스트와 어떻게 달라졌느냐의 차이이다. 김소월의 <왕십리>에 대한 오장환의 <붉은 산>과 박목월의 <왕십리>는, 기존의 작품 형식이나 문체를 유지하면서 이질적인 주제나 내용을 치환하는 일종의 문학적 모방양식으로서의 패러디의 기능을 잘 보여준다. 결국 김소월의 '왕십리'는, 민족적 정한으로부터 출발해 시대적 현실로서의 '붉은 산', 개인적인 삶의 여정으로서의 '왕십리'를 통해 계속 반복된다. 박목월과 오장환은 문체·어법·리듬·운율·어휘 등의 관점에서 김소월 시를 모방함으로써 새로운 패러디 텍스트를 창조해내고 있는 것이다.

이렇듯 시어(서술어)를 중심으로 이루어지는 패러디적 관계는 쉽게 인지되기 어렵다. 원텍스트의 인용 부분이 짧고 인용부호도 없는 경우가 대부분이고 게다가 인용 부분이 패러디 텍스트에 자연스럽게 용해되고 있기 때문이다. 실제로 오늘날의 패러디에 적합한 용법은 과거에는 패러디라고 불린 것이 아니라 모방이라 불렸던 것이다[2]라고 패러디의 모방성을 강조하는 허치언의 지적은, 이와 같은

---

2) Linda Hutcheon(1985), p. 22.

모방적 패러디 관계에 대한 실제적 접근에서 비롯된 것이다. 패러디와 모방은 반복을 통해 과거를 효율적으로 끌어다 씀으로써 다른 텍스트를 병합한다는 점에서 구조적 유사성을 지닌다. 따라서 모방은 그 의도와 형태에 있어서 패러디와 상당히 유사하다. 위의 시들은 패러디라는 것이 바로 의식적 모방의 특수한 형식이며, 기존의 언어를 모방함으로써 스스로의 문체를 확립하는 첫걸음이 될 수 있다는 사실을 재확인시켜 주고 있다.

2. 원텍스트의 구조 및 시정신을 차용하는 방법

패러디를 고무시키는 대상은 정전canon화된 혹은 잘 알려진 작품들이라는 사실을 지적한다는 것은 새삼스럽다. 패러디된 빈도수가 그 작품의 영향력을 입증해주기도 한다는 사실도 마찬가지다. 유명한 작품들을 모방적으로 패러디하는 패러디스트의 동기는 원텍스트의 권위를 재생시켜 그 영향력을 강화시키거나 그 이상의 힘을 발휘하도록 하려는 의도에서 비롯된다.

① 기다리는 하늘 가운데서, 바람에
　뿌리까지 흔들려도 풀잎은,
　(중략)
　어떤 바람에도 물러서지 않고
　어떤 바람에도 구겨지지 않고
　풀밭에서 우리 가슴에서
　칼날이 되어 화살이 되어 풀잎에 맺힌 이슬이 되어
　　　　　　　　　　　　　　정규화, <풀잎 1> 중[3]

② 청교도였던 김수영 시인의 풀과
　바람의 계율 속엔 아직 희망이 남아 있다
　(중략)
　풀은 신기하게도
　더러 바람에 움직이지 않는 놈조차 있다
　그것이 순풍이든 역풍이든 간에
　그것이 복수형의 신앙에 대한
　온몸의 풍자든 반동이든 간에
　바람보다 늦게 누워도 먼저 일어나고
　바람보다 늦게 울어도 먼저 웃는 걸 거부하며
　　　　　　　　임동확, <외로운 단수형의 풀잎 하나> 중[4]

　①, ②는 8, 90년대 민중시를 대표하는 작품들이다. 이 인용시들과 유사한 서술어의 구조는 우리가 익히 알고 있는 김수영의 <풀>에서 찾아볼 수 있다.

　풀이 눕는다
　바람보다도 더 빨리 눕는다
　바람보다도 더 빨리 울고
　바람보다 먼저 일어난다

　날이 흐리고 풀이 눕는다
　발목까지
　발밑까지 눕는다

---

3) 정규화(1984). 『농민의 아들』(서울 : 실천문학사).
4) 임동확(1990). 『살아 있는 날들의 비망록』(서울 : 민음사).

바람보다 늦게 누워도
바람보다 먼저 일어나고
바람보다 늦게 울어도
바람보다 먼저 웃는다
날이 흐리고 풀뿌리가 눕는다

김수영, <풀> 중[5]

동시대 독자를 강하게 사로잡았던 유명한 텍스트의 이미지 혹은
비유는 상징이 되어 후대의 작품 속에 자연스럽게 차용된다. 잘 알
려진 김수영의 <풀>은 최근까지도 많은 시인들에 의해 재조명되고
있어 우리 현대시에서 패러디의 원천적 대상이 되고 있다. 한 연구
자는, 김수영이 <풀>을 독특하게 노래한 이후 '풀'은 많은 시인들의
상상력의 고향 같은 것이 되어 한국 시단이 푸르른 풀밭이 되었다[6]
라고 비유적으로 지적한 바도 있다.

김수영의 시에서 '풀'과 '바람'은 다의적 상징과 넓은 상상력의 폭
을 갖고 있다. '풀'의 일차적 상징은 '시인 자신'을 의미한다. 시인은
'현실'이라는 '바람'에 밀려 쓰러지고 또 쓰러지지만, 시인을 쓰러뜨
린 외부의 현실조건보다 빨리 울어버림으로써 더 빨리 일어난다. 또
한 김수영의 시정신과 4 · 19 이후라는 창작시기를 참고해볼 때 '풀'
의 이차적 상징은 '자유'와 '민중'의 참모습을 의미한다. 이때 바람은
'외세나 권력, 소시민성'을 의미하게 될 것이다. 사실 이러한 풀/바
람의 의미적 대립은 원형적 상징으로도 설명 가능하다. 게다가 풀/

---

5) 이 시는 『論語』의 <顔淵>편 "君子之德風, 小人之德草. 草上之風, 必偃(군자의
   덕은 바람과 같고 소인의 덕은 풀과 같다. 바람이 지나가면 반드시 눕는 법이
   다)"의 구절을 새롭게 변용한 것은 아닐까.
6) 김영무(1982). 김수영의 영향. 『김수영의 문학』, 황동규(편)(1983)(서울 : 민음
   사), p. 324.

바람의 이미지를 끌어다 쓰고 있는 시들이 어디 한둘이겠는가. 하여 비유적 상징으로서의 차용과 패러디적 차용은 구별되어야 한다. 그러므로 ①, ②의 시를 김수영 시에 대한 패러디 텍스트로 파악할 때 주목해 보아야 할 부분은, 바람/풀의 명사적 혹은 상징적 대립보다는, 촉수를 이리저리 뻗고 있는 눕다/일어서다, 울다/웃다와 같은 서술어의 움직임과 시의 구조일 것이다.

①이 원텍스트의 전경화 장치를 내재화하고 있는 데 반해, ②는 '청교도였던 김수영 시인의 풀과/바람의 계율 속엔 아직 희망이 남아 있다'라는 구절과 '바람보다 늦게 누워도 먼저 일어나고/바람보다 늦게 울어도 먼저 웃는 걸 거부하며'라는 구절을 그대로 반복함으로써 원텍스트를 외재화하고 있다. ①의 시가 80년대의 민중지향적 분위기에 힘입어, 물러서지 않고 구겨지지 않는 칼날·화살·이슬과 같은 시어들을 동원해 민중의 역동성·공격성, 투명성을 강화하고 있는 데 반해, ②의 시는 그 역동성과 공격성이 약화된 80년대 말 '외로운 단수형'으로서의 민중을 보여주고 있다. 김수영이 4·19 혁명의 좌절에도 불구하고 다시 일어서는 풀을 노래한 것에 초점을 맞춰, 특히 ②의 경우는 5·18 광주항쟁에 대해 '끝내 운이 피지 않'았지만 '아직 희망이 남아 있다'고 인식한다. ①, ② 모두 원텍스트가 노래하는 민중적 비전을 계승하고 있는 것이다.

이들의 텍스트가 증명하듯 모든 텍스트는 순수한 텍스트로서만 존재하지 않는다. 정도의 차이는 있겠으나 반드시 일정한 사회적·역사적 문맥을 갖기 때문이다. 그러므로 한 텍스트에 대한 반복은 그 텍스트가 놓여진 상황에 따라 각기 다른 종류의 '현실'과 '의미'를 내포하기 마련이다. 따라서 반복은 본질적으로 이전의 텍스트를 위반한다. 단순히 원텍스트의 한 구절만을 반복하는 것이 아니라 사회적·역사적 문맥까지도 겨냥하는 패러디의 대사회적인 기능을 확인할 수 있다. 이들의 패러디적 관계를 서술어의 움직임으로 정리해보면 다음과 같다.

<풀>	: 풀은	바람보다	빨리 눕고(울고) 먼저 일어난다(웃는다)
<풀잎 1>	: 풀잎은	바람에도	물러서지(구겨지지) 않는다
<외로운…>	: 풀잎은	바람에	움직이지 않는다
		바람보다 늦게	누워도(울어도) 먼저 일어난다
			(웃는 걸 거부한다)

　　김수영의 <풀>을 중심축으로 변용의 그물망을 형성하고 있는 정규화라든가 임동확의 텍스트들은, 그 상호텍스트성으로 말미암아 서로의 의미를 보충할 뿐만 아니라 또 다시 무수한 틈새를 가진 패러디 대상으로 남는다. 위대한 패러디스트는 텍스트의 표면적인 차이에 의존하는 것이 아니라 그 텍스트가 속해 있는 맥락의 심층구조 속에서 차이를 발견해내는 자이다. 따라서 맥락에 의한 심층 구조의 차이를 발견하는 순간 패러디스트의 창작욕구는 발동하기 시작한다. 이런 의미에서 패러디스트는 자신의 현재를 항상 사회적·역사적 맥락 속에 위치 지우는 자이며 사회와 역사에 대해 풍부한 지식을 소유한 자들이다.
　　원텍스트를 직접적으로 모방인용하여 원텍스트의 권위와 원작자의 시정신을 한층 강화시키고 있는 경우를 보자.

　　껍데기는 갑시다
　　껍데기는 가고 알맹이만 남읍시다
　　알맹이도 갑시다
　　알맹이도 가고 껍데기도 함께 갑시다

껍데기와 알맹이의 화간도 물러갑시다 물러납시다
그 모오든 알맹이의 허세도 물러갑시다 물러납시다
싸그리 물러갑시다 그럽시다
그리하여 세상은 다시 한 판 시작하는 것
(중략)
오라! 보송보송한 이마여
깨끗한 작은 손이여
그대의 땅에 엎디어 경배하자
그 모오든 껍데기와 너절한 알맹이들 사라진 터에
박세현, <신동엽 흉내내기 1987~1988> 중[7]

'신동엽 흉내내기'라는 제목에서부터 원텍스트를 전경화하고 있다. 흉내내기는 패러디의 또 다른 명칭이다. 제목에 87~88년[8]이라는 시기를 부각시키고 있는 데서도 알 수 있지만, 시인은 그 시기의 현실을 비판하기 위해 원텍스트를 끌어들이고 있다. 원텍스트와 패러디 텍스트가 놓여진 60년대와 80년대라는 사회적·역사적 맥락의 차이에서 발생하는 의미의 충돌을 기도하고 있는 것이다. 87~88년은 민주화 투쟁의 극점에서 보수주의로의 회귀를 상징하는 제6공화국이 탄생되는 시기였다. 보수권은 안정을, 진보권은 민중적 비전의 좌절을 경험했던 시기이기도 하다. 이러한 시대적 변화 속에서 신동엽의 <껍데기는 가라>에 대한 흉내내기는 당연히 시사적인 풍자의 의미를 담는다.

---

7) 박세현(1989). 『길찾기』(서울 : 문학과비평사).
8) 87년에는 80년대 민주화투쟁의 정점을 이루었던 6·10이 있었고, 노태우의 6·
   29 선언이, 그리고 대선이 있었다. 그리고 88년은 노태우 정권의 출범과 총선과
   88올림픽이 있었다.

껍데기는 가라.
四月도 알맹이만 남고
껍데기는 가라.

껍데기는 가라.
東學年 곰나루의, 그 아우성만 살고
껍데기는 가라.
　(중략)
漢拏에서 백두까지
향그러운 흙가슴만 남고.
그, 모오든 쇠붙이는 가라.

신동엽, <껍데기는 가라> 중[9]

　신동엽의 이 시는 참여시 혹은 민중적 자기긍정의 시로 인구에 회자되는 대표적인 작품이다. 껍데기/알맹이, 흙가슴/쇠붙이로 대별되는 선명한 대비구조와, 단호하게 반복되는 '가라'의 명령형 어조에 의해, 동학에서 4·19 혁명으로 이어지는 민중 혁명의 에네르기를 극대화시키고 있다. 원텍스트의 이와 같은 단순성과 선명성이 패러디 텍스트에서는 다소 복잡하게 변형되고 있다.

　박세현은 먼저 원텍스트의 '가라'라는 명령적 어조를 '갑시다'라는 청유형 어조로 바꾼다. 또한 원텍스트의 껍데기/알맹이의 대비구조를 파괴하여 '껍데기'만이 아닌, '껍데기와 알맹이의 화간' 혹은 '알맹이의 허세' '너절한 알맹이'까지를 거부한다. 어조는 더 완곡해진

---

9) 신동엽(1975). 『신동엽전집』(서울 : 창작과비평사).

반면 현실부정의 정신은 더 첨예해지고 있다. 그러기에 '음모'나 '머리없는 열정'은 물론, 닳아빠진 '혁명'조차도 물러나라고 한다. 87~88년간의 사회적 변동 속에서 시인이 바라본 '껍데기'란 당연히 원텍스트에서처럼 정치제도권 내의 위정자들일 것이다. 나아가 '알맹이도 갑시다'의 알맹이란 그 즈음 민주권 및 운동권의 사분오열과 거기서 비롯되는 사상논쟁·노선논쟁의 당사자들로 보인다. 이러한 패권싸움을 '알맹이의 허세 혹은 너절한 알맹이'라고 파악하고 있는 것이다. 즉 박세현이 본 것은 민중권 내의 당파적 분열로 인해 알맹이까지도 썩어 있는 보다 절망적인 현실구조이기에, 그는 원텍스트에서 한 단계 더 나아가 알맹이까지 '싸그리 물러가'고 다시 시작하는 '한 판의 세상'을 열망한다.

제목에서도 암시하고 있듯이 박세현은 신동엽의 <껍데기는 가라>를 흉내내어 87년과 88년의 위정자/민중의 대립구조뿐만 아니라 민중권 내의 분열을 강도 높게 비판한다. 그는 분명 원텍스트 및 원작자의 시정신과 세계관을 계승하면서도, 껍데기/알맹이가 선명하게 변별될 수 있었던 60년대 현실과, 껍데기와 알맹이가 화간하고 알맹이마저 썩어가고 있는 80년대 현실의 차이를 분명하게 인식하고 있다. 이러한 현실의 간극은 곧 원텍스트와 패러디 텍스트와의 차이와, 거기서 비롯되는 두 텍스트간의 대화성을 생성케 한다.

길지 않은 현대시사에서 현대시를 원텍스트로 하면서 그 권위를 계승하고 있는 모방적 패러디의 양상은, 중심 이미지나 서술어에서부터 시의 구조 및 시정신에 이르기까지 다양하다. 이 유형의 패러디 텍스트들은 주로 원텍스트의 시정신이나 원작자의 세계관·이데올로기 등과의 유사성을 토대로 성립되는 경우가 대부분이다. 그러다 보니 자연스럽게 패러디 텍스트가 놓인 개인적·사회적 맥락의 차이를 토대로 대화성이 성립되곤 한다. 따라서 이들 패러디 텍스트의 공통 과제는 동시대라는 조건 속에서, 원텍스트의 권위를 계승하면서 또 어떻게 다르게 원텍스트에 새로운 힘을 부여하는가하는 점에 있다.

현실인식의 차이에 의한 비판적 재해석

　언어와 언어, 텍스트와 텍스트 사이의 개작과 변주는 패러디스트의 열망임에 틀림없다. 특히 선행 텍스트의 세계관이나 이데올로기의 반대적 입지점에 서서 원텍스트를 비판하거나 재해석을 목적으로 하는 비판적 패러디야말로 개작과 변주의 특성을 가장 두드러지게 구현한다. 현대시간의 패러디 중 비판적 유형은, 모든 비판적 패러디가 그렇듯이 선배시인 작품에 대한 권위와 근거를 문제시하는 경우에 해당한다. 즉 우리 현대시의 특징적인 요소 혹은 관습화된 해석에 도전함으로써 상투화되고 자동화된 기대지평을 무너뜨린다. 이때 패러디 대상은 현대시 작품뿐 아니라, 그와 같은 작품들이 생산된 당대의 사회적 관습이나 원텍스트에 대한 일반화된 해석의 관점으로까지도 확대된다. 그러므로 독자는 패러디 텍스트를 읽는 동안, 원텍스트의 제반 기대지평에 대해 패러디스트가 보내는 다방면의 반격에 주목해야 한다.

1. 원텍스트를 부분 계승하면서 비판적으로 재해석하는 방법

사실 모든 텍스트는 이중 혹은 삼중의 의미를 가지고 있기 때문에 텍스트에 대한 새로운 해석은 끊임없이 계속될 수 있다. 이러한 재해석 작업은 이미 자동화되어버린 일련의 문학적 관습들을 거부함으로써 보다 새롭게 인식될 만한 것들에 길을 터주는 일이다. 이는 곧 문학의 긍정적인 변화를 주도하는 지렛대로 간주되는[1] 패러디의 전략과도 상통한다. 비판적 패러디의 유형에서는 원텍스트의 권위와 규범이 강하게 형성되어 있을수록 패러디 텍스트의 해석적 변형은 심하게 나타나는 경향이 있다.

①　　　　　사람들 사이에
　　　　　　사이가 있었다 그
　　　　　　사이에 있고 싶었다

　　　양편에서 돌이 날아왔다

　　　　　　　　　　　박덕규, <사이> 전문[2]

② 미국과 소련 사이에
　섬이 있었다
　나도 그 섬에 태어났다
　북한과 남조선 사이에
　섬이 있다
　나도 그 섬에 가보았다

---

1) Patricia Waugh(1984), p. 90.
2) 박덕규(1984). 『아름다운 사냥』(서울 : 문학과지성사).

함민복, <이북 5도민 회관에서> 중[3]

위의 두 시는 정현종의 <섬>을 원텍스트로 한다. 사람들 사이에 있다는 원텍스트의 '섬'은, 따뜻한 그렇지만 다양한 행복[4]으로 해석되는 것이 일반적이다.

　　사람들 사이에 섬이 있다
　　그 섬에 가고 싶다.

　　　　　　　　　　　　　　　정현종, <섬> 전문

전문이 2행으로 된 이 원텍스트의 묘미는 다의성에 있다. 바다가 아닌 사람들 사이에 있다는 그 '섬'의 실체는 무엇일까. 시인이 가고 싶은 그곳은 독자에 따라 무인도·행복·문학·유토피아 등, 그들이 열망하는 무엇이든 다 될 수가 있다. 그러나 그것이 사람들 '사이'에 있다는 데 주목해서 보자면, 사람 사이의 도달할 수 없는 본질적인 결핍 그 자체를 의미한다고 볼 수도 있다. 따라서 그 섬은 영원히 의미의 불확정성으로 남아있을 것이고 이는 섬의 의미가 얼마든지 다양하게 재해석될 수 있다는 뜻이기도 하다.

인용시 ①에서 화자는 흑백논리에 의한 양극점으로서의 '섬'보다는, 그 중간의 중도적인 그러나 안전한 '사이'에 있고 싶어한다. 그러나 현실은 그것을 허락치 않는다. 흑과 백, 남과 북, 좌우 이데올로기와 같은 이분법적인 틀에 의해 무엇인가 하나만을 선택해야 하

---

3) 함민복(1993). 『자본주의의 약속』(서울 : 세계사).
4) 정현종의 시집 『나는 별아저씨』의 해설에서 김현은 "그 섬에 시인은 이름을 붙이지 아니히겠으니, 나는 그 섬에 행복, 그것이 아니라면 문학이라는 이름을 붙여주고 싶다."라고 지적하고 있다. 김현(1978). 변증법적 상상력. 『나는 별아저씨』, 정현종(1978)(서울 : 문학과지성사).

는 현실에서 '사이'란 회색주의이자 회의주의일 뿐이다. 그러한 기계적 이분법에 의해 삶의 모든 영역들이 재단되는 시대 상황을 박덕규는 풍자하고 있다. 특히 '돌이 날아왔다'는 구절은 80년대에 흔히 볼 수 있었던 시위대와 전경들의 대치상황을 연상케 하는데, 원텍스트와 대조되는 이러한 상황은 두 텍스트간의 의미충돌을 강화시키고 패러디의 반전 효과를 높여준다.

①의 제반 흑백논리는 ②에서 남북분단이라는 보다 구체화된 대립으로 명확해지게 된다. 함민복은 미국과 소련 사이에 있는, 미국에 속하지도 소련에 속하지도 않는, 우리 한반도를 어정쩡한 혹은 불완전한 섬에 비유한다. 또한 시인은, 갈 수 없는 북녘땅을 기억하기 위해 남녘땅에 세워진, 북한에 속하지도 남조선에 속하지도 않는 '이북 5도민 회관'에서 '망명정부'를 연상하며, 바로 그곳을 갈 수 없는 섬에 비유한다. 이 젊은 시인에게 있어서 '섬'이란 냉전체제와 남북분단에 의해 희생된 혹은 상실된 것들에 대한 열망의 비유로 변형되고 있는 것이다.

정현종의 <섬>과 대비되는 두 패러디 텍스트의 기본 통사구조는 다음과 같다.

<섬>	:	사람들 사이에	섬이 있다	그 섬에 가고 싶다
<사이>	:	사람들 사이에	사이가 있다	그 사이에 있고 싶었다
<이북…>	:	미국과 소련 사이에	섬이 있다	그 섬에 태어났다
		북한과 남조선 사이에 섬이 있다		그 섬에 가보았다

<섬>의 '섬'은 너와 나 사이에 있는, 너도 아니고 나도 아닌, 그러나 너와 내가 끊임없이 지향하는 그 무엇이라는 추상화된 의미를 담고 있다. 그러나 <사이>에서는 좌우 이데올로기를 비롯한 모든

흑백논리의 대립 상황으로, <이북 5도민 회관에서>는 냉전체체와 분단상황으로 재해석되고 있다. 원텍스트를 현실세계로 끌어내림으로써 원텍스트의 문맥을 비판적으로 재해석하고 있는 것이다. 이렇듯 박덕규와 함민복에게 있어서 패러디는 언어유희를 유도하는 동시에 원텍스트의 권위에 맞서는 패러디스트의 해석적 권위를 세우기 위한 문체적 장치이자 도구이다. 즉 정현종의 <섬>을 위반하는 힘이자 새로운 종합을 창조해내는 변형의 힘인 셈이다. 비판적 유형이 갖는 이와 같은 패러디의 위반성은, 관습화되고 자동화된 유명한 원텍스트와의 현격한 대조에 의해 그 효과를 백분 창출한다. 이때 패러디는 과거와 현재에 대한 일정한 관점을 제공하고 다양한 해석의 행위에 연루시킨다.

원텍스트에 대해 비판적 거리를 더욱 현격하게 유지하고 있는 경우를 보자.

① 내가 그의 이름을 불러 주기 전에는
　그는 다만
　왜곡될 순간을 기다리는 기다림
　그것에 지나지 않았다.

오규원, <「꽃」의 패로디> 중

② 내가 꽃에게 다가가 '꽃'이라고 불러도 꽃이 되지 않았다. 플라스틱 造花였다.

황지우, <다음 진술들 가운데 버틀란트 러셀卿의
'확정적 기술'을 포함하고 있는 것은> 중

③ 나는 봄에게로 가서 어떤 의미가 되지 않았다 나는

기혼남자였고 아내가 무서웠기 때문이다
나는 봄에게로 가서 꽃이 되지 않았다 내가
인간으로 태어난 사실을 남들도 다 알고 있었기 때문이다
나는 봄에게로 가서 復活하지 않았다 나는
戶籍에 사망신고가 되어 있지 않았기 때문이다
                  오규원, <나는 復活할 이유가 도처에 없었다> 중

④ 내가 그의 단추를 눌러 준 것처럼
누가 와서 나의
굳어버린 핏줄기와 황량한 가슴 속 버튼을 눌러다오
그에게로 가서 나도
그의 전파가 되고 싶다.
                  장정일, <라디오와 같이 사랑을 끄고 켤 수 있다면
                         ─김춘수의 「꽃」을 변주하여> 중[5]

⑤ 나와 섹스하기 전에는
그녀는 다만
하나의 꽃에 지나지 않았다

나와 섹스를 하고 난 후
그녀는 더 이상 꽃인 체하지 않는
利子가 되었다
                         장경린, <김춘수의 꽃> 중[6]

---

5) 장정일(1988).『길안에서의 택시잡기』(서울 : 민음사).
6) 장경린(1993).『사자 도망간다 사자 잡아라』(서울 : 문학과지성사).

패러디스트는 원텍스트를 문체적 장치로 전락시킴으로써 원텍스트나 원작자의 해석적 관점을 뒤집어놓는 데 명수다. ②, ③에는 원텍스트가 내재화되어 있는 반면, ①, ⑤에는 '「꽃」의 패러디'와 '김춘수의 꽃'이라는 제목과 ④에는 '김춘수의 「꽃」을 변주하여'라는 부제에 의해 원텍스트가 외재화되어 있다. 그러나 ②, ③처럼, ①, ④, ⑤도 굳이 제목이나 부제에 의한 원텍스트의 전경화 장치가 없다 하더라도 현대시에 웬만큼 관심있는 독자라면 누구나 쉽게 김춘수의 시를 패러디하고 있다는 사실을 알 수 있다. 그만큼 김춘수의 <꽃>은 사회적 공인도가 높은 작품이며 후배시인들에 의해 가장 많이 패러디된 작품군에 속한다. 패러디된 빈도수가 그 작품의 유명도를 나타내는 척도라는 사실을 증명해보이는 작품이다. 원텍스트의 일부를 보자.

내가 그의 이름을 불러 주기 전에는
그는 다만
하나의 몸짓에 지내지 않았다.

내가 그의 이름을 불러 주었을 때
그는 나에게로 와서
꽃이 되었다.

내가 그의 이름을 불러 준 것처럼
나의 이 빛깔과 香氣에 알맞는
누가 나의 이름을 불러다오.
그에게로 가서 나도
그의 꽃이 되고 싶다.

김춘수, <꽃> 중

잘 알려진 대로, 김춘수는 사물로서의 대상이 아닌 완성된 인격 혹은 절대적 관념으로 '꽃을' 파악한다. 빛깔과 향기에 알맞는 '이름'을 가진 존재자 '너'로 인지하였을 때, 그 꽃은 비로소 존재의 의미를 획득한다. '그'라는 하나의 '몸짓'에 지나지 않았던 불안하고 규정되지 않은 존재는 '이름을 불러주는' 행위를 통해 '너'라는 '잊혀지지 않는 의미'를 얻는 것이다. 그에게 있어서 이름을 불러주는 행위는 숨겨져 있던 존재의 모습을 드러내주는 행위이며, 이는 곧 대상에 대한 규정이자 다른 사물과 구별되는 개별성을 부여하는 행위이다.

김춘수의 <꽃>이 가진 존재론적 관념성에 대해 비판적 거리를 유지하고 있는 오규원·황지우·장정일·장경린은 원텍스트의 중심 통사구조를 그대로 차용하면서 중심 시어만을 현실적이고 물질적인 차원으로 변형시키고 있다. 특히 ①, ④, ⑤의 시는 원텍스트와 구조 및 통사적 측면에서도 거의 일치한다. 먼저 ①의 오규원 시를 보자. '하나의 몸짓'은 '왜곡될 순간을 기다리는 기다림'으로, '꽃'은 '내가 부른 이름대로의 모습'으로, '무엇'은 '의미의 틀'로 바뀌고 있다. 절대의미를 현존케 하는 명명으로서의 '이름'이 오규원에게 와서는 '왜곡'으로 비쳐진다. 즉 무한한 기다림으로만 유보되었던 이름은 명명되는 순간 왜곡되는 것이다. 언어의 순수성에 대해 회의하는 오규원에게 있어서, 명명이란 곧 의미라는 고정관념을 덧씌우는 행위에 불과할 뿐이다. 그 의미의 틀이 완성되면 '그'는 그 틀에 맞는 다른 모습이 되어버리기 때문이다.

그럼에도 불구하고 여전히 추상적·정신적 행위였던 ①의 명명은, ②의 황지우 시에 오면 '조화(造花)'로 물화된다. 가짜가 진짜같고 정작 진짜는 가짜 취급을 받는 사회, 모든 것이 상품으로 전락되고 돈으로 환산되는 사회에서, 모든 인격적인 존재는 욕망과 편리한 삶을 위한 하나의 위조물이나 도구로 격하되고 만다. 오규원의 또 다른 시 ③의 '봄'은, 봄이 환기하는 일반적 의미로서의 부활·해빙·발아에 초점을 맞춰 거기에 시대적 의미를 가미하고 있다. 시대적 의미로 가장 먼저 연상되는 것은 4·19와 그 혁명적 부활이다. 그러므로 '나는 봄에게로 가서 어떤 의미가 되지 않았다' '나는 봄에게로 가서 꽃이 되지 않았다'라고 할 때 이 진술은 '그는 나에게로 와서/ 꽃이 되었다'라는 원텍스트, 즉 김춘수의 <꽃>의 반대적 진술임이 분명하다. 여기서 ③의 패러디 텍스트는 사회·정치적 차원의 의미를 획득한다. 또한 그가 어떤 의미가 되지 못한 이유를 기혼남자였고 아내가 무서웠기 때문이고, 꽃이 되지 못한 이유를 인간으로 태어났기 때문이고, 부활하지 못한 이유를 호적에 사망신고가 되어 있지 않았기 때문이라고 할 때, 그 이면에는 원텍스트가 가진 존재론적인 차원을 현실적이고 사실적인 차원에서 비판적으로 재해석하려는 의도가 내재해 있음을 알 수 있다.

④의 장정일에게 오면 원텍스트의 명명은 '단추를 누르는' 행위로, 꽃은 물리적인 '전파'로 바뀐다. 이를테면 우리가 생활 속에서 하나의 도구적 존재로 라디오를 켰다 껐다 하는 것처럼, 사랑조차도 필요에 따라 스위치로 켰다 껐다 할 수 있는 물화된 대상으로 남게 된다. 나아가 그 조급한 사랑의 욕망은 '굳어버린 핏줄기와 황량한 가슴'마저도 버튼을 누르는 행위로 해소시키고 싶어한다. 라디오·텔레비전·컴퓨터·CD롬 등에 둘러싸인 오늘날의 현대인들은 정보의 홍수 속에서 산다. 그러나 아이러닉하게도 현대인은 그 어느 때보다도 '핏줄이 굳고 가슴은 황량'한 소외와 고립 속에 살고 있다. '우리들은 모두 사랑이 되고 싶다'라는 구절은 이러한 전자화 시대의 인간적 소외와 고립에서 벗어나고 싶은 욕망을 담고 있다.

⑤의 장경린의 시에서는 좀더 성적(性的)으로 도구화되고 금전화된, '섹스'와 '이자'로 변형된다. 이자는 채권자의 입장에서는 덤으로

차지하는 수익이지만 채무자 입장에서는 실제의 빚과는 무관하게 부가적으로 지불해야 하는 이중부담의 빚이다. 그것은 빈익빈 부익부라는 자본주의 원칙에 의한 넘침의 욕망과 결핍의 욕망을 상징한다. 그러므로 '이자가 되고 싶다'라는 구절은 양의적으로 읽힌다. '섹스'라는 성(性)을 매개로 이루어지는 자본주의 사회에서 남녀의 사랑이란 덤이자 빚이라는, 넘침의 욕망이자 결핍의 욕망이라는 메시지가 바로 그것이다. 섹스와 돈으로 환산되는 오늘날의 타락한 인간관계를 풍자하고 있다.

이처럼 똑같은 원텍스트를 대상으로 하는 ①부터 ⑤까지의 패러디 텍스트들은, 존재론적인 차원의 형상화에 주력한 원텍스트에 도전함으로써 본질(관념)과 현상(현실)의 간극에서 비롯되는 사실적 진술을 전략화하고 있다. 원텍스트의 '명명'이라는 것이 우리의 존재를 억압하는 하나의 '관념'이나 '틀' 혹은 '왜곡'에 지나지 않음을 폭로하는가 하면, 모든 것이 도구화되고 물질화된 현대의 실상을 강렬하게 풍자한다. 이런 경우는 원텍스트라는 패러디의 대상과 현실이 모두 공격의 대상, 즉 패러디의 목표가 되고 있다. 특히 김춘수의 <꽃>을 원텍스트로 하는 이 각각의 패러디 텍스트들은 긴 패러디의 역사 속에서 서로의 의미를 보충하는 혈연적 관계를 맺는다. 이처럼 패러디 텍스트의 의미는 텍스트 속에 내재하는 것이 아니라 오히려 다른 텍스트와의 변증법적인 관계에서 생성되는 것이고, 그 직접적인 원인은 바로 텍스트에 접근하는 사회적 문맥의 차이에 있는 셈이다. 패러디가 궁극적으로 미지의 것, 끊임없이 보충되어야 하는 것으로서의 '텍스트성'에, 더 정확히 말하자면 텍스트의 '관계성'에 초점을 맞추고 있다는 사실은 이를 통해 다시 한번 강조된다.

2. 원텍스트를 전면적으로 부정하면서 비판하는 방법

극단적인 반대의 입장에서 원텍스트를 부정적으로 조명해내는 패러디는, 원텍스트와 사상적·이데올로기적 대립을 전제로 하는 경우가 많다. 좌우 이데올로기를 대변했던 리얼리즘과 모더니즘, 참여와 순수, 진보와 보수진영간의 격전장을 방불케 했던 우리 현대시사 속에서는 특히 그렇다. 이처럼 이념적 대립을 첨예하게 반영하는 패러디 텍스트들은 주로 7, 80년대에 많이 창작되었다. 이 시기는 이념적으로, 기존의 규범 혹은 주류와 대립되는 리얼리즘 문학관의 입지점이 강세를 차지했던 때다.

가난이야 한낱 남루에 지나지 않는다−서정주

온갖 궁리 다하여도 모자란 생활비
새끼들의 주둥이가 얼마나 무서운가 다 안다
벌리는 손바닥이 얼마나 두려운가 다 안다
그래도 가난은 한낱 남루에 지나지 않는가?
쑥구렁에 옥돌처럼 호젓이 묻혀 있을 일인가?
그대 짐짓 팔짱끼고 한눈파는 능청으로
맹물을 마시며 괜찮다! 괜찮다!
오늘의 굶주림을 달랠 수 있는가?
청산이 그 발 아래 지란을 기르듯
우리는 우리 새끼들을 키울 수 없다
저절로 피고 저절로 지고 저절로 오가는 4계절
새끼는 저절로 크지 않고 저절로 먹지 못한다
지애비는 지어미를 먹여 살려야 하고

지어미는 지애비를 부추겨 줘야 하고
사람은 일 속에 나서 일 속에 살다 일 속에서 죽는다
타고난 마음씨가 아무리 청산같다고 해도
썩은 젓갈이 들어가야 입맛이 나는 창자

　　　　　　　　　　　　　　문병란, <가난> 중[7]

위의 시는 원텍스트의 한 구절 한 구절을 직접 인용하면서 신랄
하게 공격하고 있다. 비판의 표적이 된 원텍스트는 미당의 <무등을
보며>이다.

가난이야 한낱 襤褸에 지내지않는다
저 눈부신 햇빛속에 갈매빛의 등성이를 드러내고 서있는
여름 山같은
우리들의 타고난 살결 타고난 마음씨까지야 다 가릴수 있으랴

靑山이 그 무릎아래 芝蘭을 기르듯
우리는 우리 새끼들을 기를수밖엔 없다
목숨이 가다 가다 농울쳐 휘여드는
午後의때가 오거든
內外들이여 그대들도
더러는 앉고
더러는 차라리 그 곁에 누어라

지어미는 지애비를 물끄럼히 우러러보고

---

7) 문병란(1986).『무등산』(서울 : 청사).

지애비 지어미의 이마라도 짚어라

어느 가시덤풀 쑥굴헝에 뇌일지라도
우리는 늘 玉돌같이 호젓이 묻혔다고 생각할일이요
靑苔라도 자욱이 끼일일인것이다.
＊ 無等-湖南 光州의 名山.

서정주, ＜無等을 보며＞ 전문

원텍스트의 '타고난 살결 타고난 마음씨' '청태에 낀 옥돌' 등은
미당이 믿는 고귀한 인간의 긍지와 정신을 단적으로 드러내준다. 시
인은 전지적인 어조로, 가난·양육·죽음과 같은 현실적 문제들에
대해 초연한 태도로 살아가야 한다는, 삶에 대한 원숙한 통찰력과
담담한 깨달음을 보여주고 있다. 무등산의 '무등(無等)'에서, '등급이
없음'과 '더할 나위 없음'이라는 의미를 이끌어내어 가난이나 부자라
는 삶의 등급이 없는, 더할 나위 없는 자연인으로서의 삶을 예찬한
다. 가난과 굶주림이 결코 '우리들의 타고난 살결 타고난 마음씨' 즉
우리들의 인격이나 자존심을 가릴 수는 없다고 강조한다. 육체적 고
통과 물질적 결핍에 매달리기보다는 거기에서 한 걸음 물러나, '청
산이 그 무릎에 지란을 기르듯/우리는 우리 새끼들을 기르'고 '지어
미는 지애비를 물끄럼히 우러러보고/지애비는 지어미의 이마라도
짚'으며 자연의 본성에 순응하는 것이 삶의 지혜라 한다. 즉 '어느
가시덤풀 쑥굴헝에 뇌일지라도/우리는 늘 옥돌같이 호젓이 묻혔다
고 생각할일'이라고 역설하고 있다.
　"가난이야 한낱 남루에 지나지 않는다"라는 ＜무등을 보며＞의 첫
행을 제사 형태로 전경화하고 있는 문병란의 ＜가난＞은 원텍스트에
대해 혹독한 비판의 자세를 취한다. '짐짓 팔짱끼고 한눈파는 능청'

5. 한국 현대시간의 교류와 패러디의 이념성　323

에 지나지 않으며 '물끄러미 청산이나 바라보는 풍류'라고 노골적으로 비판한다. 원텍스트의 진술에 '-인가?'라고 설의적 종결어미를 덧붙여 되묻거나 원텍스트의 진술과 반대되는 서술어(시어)를 첨가시켜 '-이다'라고 단정적으로 진술함으로써 원텍스트에 대한 비판적 거리를 획득한다. 또한 민중이 겪는 구체적인 가난과 불행을 격앙된 어조로 사실적으로 표현하면서 원텍스트의 한 구절 한 구절을 뒤집어 놓는다.

<무등을 보며>
① 가난이야 한낱 남루에 지내지않는다
② 어느 가시덤풀 쑥굴헝에 뇌일지라도
　　우리는 늘 옥돌같이 호젓이 무쳤다고 생각할일이요
③ 청산이 그 무릎아래 지란을 기르듯
　　우리는 우리 새끼들을 기를수밖엔 없다
④ 지어미는 지애비를 물끄럼히 우러러보고
⑤ 우리들의 타고난 살결 타고난 마음씨까지야 다 가릴수 있으랴

<가난>
①′ 그래도 가난은 한낱 남루에 지나지 않는가?
②′ 쑥구렁에 옥돌처럼 호젓이 묻혀 있을 일인가?
③′ 청산이 그 발 아래 지란을 기르듯
　　우리는 우리 새끼들을 키울 수 없다
④′ 지애비는 지어미를 먹여 살려야 하고
　　지어미는 지애비를 부추겨 줘야 하고
⑤′ 타고난 마음씨가 아무리 청산같다고 해도

비유적 차원의 원텍스트를 현실적 문맥으로 끌어내려 그 비유가 갖는 허구성을 지적하고는 "결코 가난은 한낱 남루가 아니다/입었다 벗어버리는 그런 헌옷이 아니다/목숨이 농울쳐 휘어드는 오후의 때/물끄러미 청산이나 바라보는 풍류가 아니다"라고 결론을 짓는다. 패러디 텍스트의 '괜찮다! 괜찮다!'와 인용 부분에서 제외된 "괜찮다! 괜찮다! 그대 능청 떨지 말라"라는 구절은 미당의 또 다른 시 <내리는 눈발속에서는>을 겨냥하고 있다.

괜, 찬, 타,……
괜, 찬, 타,……
수부룩이 내려오는 눈발속에서는
까투리 매추래기 새끼들도 깃들이어 오는 소리. ……
괜찬타, ……괜찬타, ……괜찬타, ……괜찬타, ……
　　　　　　　　　　　　서정주, <내리는 눈발속에서는> 중

<내리는 눈발속에서는>은 미당의 자전적 서술에 따르면 가장 고통스러운 절망의 시기에 쓰여진 작품으로, 내리는 눈을 보고 '괜찮타'라는 긍정의 교훈을 발견하고 있다. 이처럼 원텍스트가 삶 그 자체의 고통을 뛰어넘어 그에 대한 넉넉한 포용의 자세를 취하고 있다면, 패러디 텍스트는 궁핍한 현실의 삶에 비판의 자세를 취하고 있다.

미당의 텍스트들이 가지고 있는 가난에 대한 추상성과 관념성에 대한 문병란의 공격성은 '능청'이라는 시어가 단적으로 드러내주는데, 그와 같은 혹독한 비난 속에는 실제적인 민중의 삶을 재현해내려는 의도가 담겨 있다. 민중들의 소외된 삶의 양태와 그 이면에 숨겨진 역동적 에네르기에 대한 형상화는 7, 80년대 리얼리즘의 과제

였다. 이를 위해 문병란은 패러디를 이용해 원텍스트가 가진 비유와 추상의 차원을 현실의 차원에서 낱낱이 까발리고 있는 것이다. 이러한 비판적 태도는 무엇보다도 선배시인의 시정신과 거기에 내포된 이데올로기에 대한 후배시인의 부정적 시선에서 비롯된다. '오 위선의 시인이여, 민중을 잠재우는/자장가의 시인이여'라는 패러디 텍스트의 마지막 부분은 민중 시인 문병란의 문학적 입지점을 가장 극명하게 드러내준다. 그의 분노에 찬 위악적인 어조는 공격적 패러디의 지배적 양상이다. 패러디적 가면은 철저하게 악인으로 변장하여 기존의 전범화되어 있는 것을 깨뜨리는 파괴적 형식이 되기도 하는 것이다.

원텍스트를 전면적으로 부정하되 좀더 간접화된 장치를 활용하고 있는 작품을 보자. 다음 시에서 패러디스트의 태도는 매우 교묘하고 패러디 효과도 복합적이다.

<blockquote>

다닥다닥다닥다닥다닥다닥다닥다닥다

凹凸한 지붕들, 들어가고 나오고,

찌그러진 △□들, 일어나고 못 일어나고,

찌그러진 ◈우들

88올림픽 오기 전까지의

新林山 10洞 B地區가

보인다

'해야 솟아라 지난 밤 어둠을 살라 먹고 맑은 얼굴 고운 해야 솟아라'

솟지 마라

原註 : 따옴표 안에 인용된 구절이 朴斗鎭 「해」의 일부라는 것을 밝히는 것 자체가 불경이다. 그러나 나의 불경은 소년 시절엔 전편을 암송했던 이

</blockquote>

시를 모조리 까먹었다는 데 있지도 않고, 겨우, 혹은 무의식적으로, 생각난 이 구절이 과연 맞게 인용된 것인지 더 이상 확인하려 하지 않는다는 데 있다. 기억이여, 제발 맞아라! 정말 눈물겹도록 이 日出이.

황지우, <'日出'이라는 한자를 찬,찬,히, 들여다보고 있으면> 중

이 시는 산동네(철거촌)의 아침풍경을 각종 도형과 기호를 차용하여 묘사하고 있다. 그 풍경은 '찌그러진'이라는 형용사에 집약된다. 아침해가 너무 쉽게 잠자리로 들어올 수 있는 주거환경, 아침에 못 일어나게 하는 피곤한 노동, 일어나도 갈 데 없는 실업 상태 등을 연상케 한다. 이러한 풍경과 대비를 이루고 있는 것이 '88올림픽'과 '고운 얼굴의 해'인데, 이것들이 바로 황지우의 패러디 목표물이다. 특히 후자의 '해'는 인용부호로 처리되고 있는 박두진의 시구절에서 따온 '해야 솟아라 지난 밤 어둠을 살라 먹고 맑은 얼굴 고운 해야 솟아라'는 패러디 대상과 겹쳐지고 있다. 원텍스트를 인용한 후 그와 반대되는 부정서술어 '솟지 마라'를 이어 진술함으로써 원텍스트를 뒤집고 있다. 따옴표로 전경화된 원텍스트는 패러디스트에 의해 변형되어 있다.

해야 솟아라. 해야 솟아라. 말앟게 씻은 얼굴 고운 해야 솟아라. 산 넘어 산넘어서 어둠을 살라먹고, 산넘어서 밤 새 도록 어둠을 살라먹고, 이글 이글 애띈 얼굴 고은 해야 솟아라.(밑줄 필자)

박두진, <해> 중[8]

황지우는 밑줄친 부분을 중심으로 원텍스트를 간략하게 재구성한

---

8) 박두진(1982). 『박두진전집 1』(서울 : 범조사).

다. 이렇게 재구성한 이유에 대해 시인 스스로는 원텍스트를 '까먹었'으며 또 '확인하지 않았기' 때문이라고 원주(原註)에서 밝히고 있다. 그리고 이렇게 '확인하지 않'은 것이야말로 원텍스트에 대한 불경이라고 덧붙이고 있다. "해야, 고운 해야. 늬가 늬가사 오면, 나는 나는 청산이 좋아라. 훨훨훨 깃을 치는 청산이 좋아라. 청산이 있으면 홀로래도 좋아라"라고 노래하는 원텍스트의 눈부신 '해의 솟음'은, 찌그러진 산동네(철거민촌)의 집들과 찌그러진 암수부호로만 취급되는 도시빈민의 현실에서 볼 때 한낱 허구에 불과하다는 메시지를 시인은 원주를 통해 역설적·우회적으로 기능화시켜 놓고 있다. 이 시의 묘미는 바로 이러한 원주의 활용에 있다.

이 원주는 보다 직접적으로 원텍스트를 전경화시켜줄 뿐만 아니라 원텍스트에 대한 태도와 패러디 전략을 동시에 드러낸다. 사실 이 시가 '불경'스러운 것은 대선배시인의 텍스트를 비판적으로 차용하고 있다는 점이다. 시인은 이 '불경'스러움을 간접화시키고 아이러니의 시적 장치를 위해 원주를 적극적으로 활용한다. 즉, 그는 의도적으로 원텍스트에 대한 불경스러움의 원인을 '까먹은 데'다 '확인하지 않은' 데로 돌려 독자를 혼란시키고 있는 것이다. 이러한 간접화 전략은 문병란의 직접적인 공격성과 대조된다. 그러나 기존의 문학적 권위와 규범에 대한 반성이자 도전의 행위라는 점에서는 동일하다.

이처럼 공격적이면서 비판적인 패러디는 원텍스트가 지니고 있는 허구적 세계의 한계를 보여줄 뿐만 아니라, 원텍스트의 합법성에 의문을 제기하는 하나의 위협, 심지어 혼란을 야기시키는 어떤 힘으로 간주될 수 있다. 그런 의미에서 패러디는 문학적 규범들을 '비사실화하고 찬탈해버린다'.[9] 새로운 언어를 통해 세계를 드러낸다는 것은 기존의 언어가 지배하고 있는 현실에 대한 거부와 부정을 의미한다. 그러기에 이전의 텍스트들을 비판하고 새로운 텍스트를 만들어내는 하나의 '글쓰기'는, 기존의 다른 '글쓰기'를 거부한다. 이때 비판적 패러디는 흔히 패러디 대상으로서의 원텍스트에 대한 공격은 물론, 패러디 목표물로서의 현실에 대한 강한 풍자성을 동시에 발휘할 수 있다.

9) Linda Hutcheon(1985), p. 123.

자기반영적 되풀이와 비평적 시쓰기

　'한국 현대시'들을 끌어와, 어떻게 조합하고 치환하는가하는 문제가 패러디 창작의 궁극적인 열쇠라고 믿는 시인군들이 있다. 바로 현대시를 대상으로 혼성모방적 패러디를 창작하는 시인들이다. 진정한 의미의 독창성이란 존재하지 않는다고 믿는 이들에게, 창작이란 이미 존재하는 다른 작품들을 소재로 '또 다른' 작품을 만드는 것을 의미한다. 다시 말해 창작이란 수많은 기존의 텍스트들로부터 '빌어옴'이고, 시인이란 이미 존재해 있는 텍스트의 번역자이자 주석자일 뿐인 것이다. 이때 패러디의 자기반영적이고 비평적인 형식은 특히 강조된다. 사실 모든 패러디는 선행 텍스트들을 빌어 현재의 메시지를 전달하고 있다는 점에서 자기반영적 특성을 지니고 있으며, 선행 텍스트에 대한 현재적 의미를 담고 있다는 점에서 비평적 담론과 겹친다. 그러나 이 유형의 혼성모방적 패러디는 원텍스트의 권위나 규범과 전혀 무관하게 단지 패러디 텍스트의 의미실현을 위해 무차별적으로 원텍스트를 끌어다쓰고, 게다가 우리 현대시를 원텍스트로 하기 때문에 언어적·시대적·장르적으로도 일치하고 있다는 점에서 자기반영적 특성이 더욱 강조된다. 또한 원텍스트에 대한 이차 담론으로서의 특성을 보다 전략적으로 활용하고 있다는 점에서 비평적 시쓰기의 특징이 두드러진다.

1. 원텍스트의 부분을 삽입·조합하는 방법

한 편 혹은 여러 편의 원텍스트에서 일부분을 따와 한 편의 시로 재구성하는 혼성모방을 그 특징으로 하는 방법이다. 원텍스트에 대한 경의나 비판의 동기가 없이도 선행 텍스트를 그대로 자기 텍스트화하는 이러한 패러디 기법은 대중화·복제화·주체의 소멸 등을 특징으로 하는 후기자본주의의 대표적 기법이자 하나의 이념으로 수용되고 있다.

온갖 젖과 꿀과 분비물 넘쳐 질퍽대는 그 약속의 땅 밑에서
고문 받는 몸으로, 고문 받는 목숨으로, 허리 잘린
한강 철교 자세로 이게 아닌데 이게 아닌데 이게 아닌데
틀어막힌 입으로 외마디 비명 지르는 겨울 나무의 혼들, 혼의 뿌리들
바람 부는 날이면 압구정 하늘에 뿌리고 싶다.
나무는 자기 몸으로 나무다 푸르른 사월 하늘 들이받으면서
나무는 자기의 온몸으로 나무가 된다—일수 아줌마들이
작은 쪽지를 돌리듯 그렇게 저 말가죽 부츠를 신은
아가씨에게도 주윤발 코트 걸친 아이에게도 삐라 돌리고 싶다
(중 략)
젖과 꿀이 메가톤급 무게로 굽이치는 이 거리.
미동도 않는 보도블록의 견고한 절망 밑에서
아아, 마침내, 끝끝내, 꽃피는 나무는

자기 몸으로 꽃필 수 없는 나무다 (밑줄 필자)
* 황지우의 시를 부분적으로 패러디하거나 인용했음을 밝혀둔다
유하, <바람 부는 날이면 압구정동에 가야 한다 3> 중[1]

유하의 시에서 선배시인들의 흔적을 찾아내는 일이란 쉬운 일일 뿐만 아니라 그의 시를 이해하는 지름길이기도 하다. 그는 끊임없이 선배시인의 언어를 자기 언어화한다. 부제와 각주로 밝히고 있듯이 인용시는 황지우의 시 <겨울-나무로부터 봄-나무에로>를 원텍스트로 한다. 밑줄친 부분이 바로 원텍스트를 그대로 끌어오고 있는 부분이다.

나무는 자기 몸으로
나무다
자기 온몸으로 나무는 나무가 된다
자기 온몸으로 헐벗고 零下 十三度
零下 十二度 地上에
온몸을 뿌리박고 대가리 쳐들고
무방비의 裸木으로 서서
두 손 올리고 벌 받는 자세로 서서
아 벌 받은 몸으로, 벌 받은 목숨으로 起立하여, 그러나
이게 아닌데 이게 아닌데
 (중 략)
푸르른 사월 하늘 들이받으면서
나무는 자기의 온몸으로 나무가 된다

---

1) 유하(1993). 『바람부는 날이면 압구정동에 가야한다』(서울 : 문학과지성사).

아아, 마침내, 끝끝내
꽃피는 나무는 자기 몸으로
꽃피는 나무이다
                    황지우, <겨울-나무로부터 봄-나무에로> 중

　황지우의 시는, 겨울 나무가 온갖 추위와 고통을 이겨내고 봄을
맞이하는 모습을 어구적 반복을 극대화하면서 힘차게 묘사하고 있
다. 그 묘사의 사실성과 극적 효과는 또한 빈번히 사용되고 있는 쉼
표와 부사·감탄사·연결어미 등에 의해 증폭된다. 이 겨울 나무는
영하 십삼도의 지상에서 무방비의 나목으로 선 채, 온 혼으로 버티
고 몸 속으로 불타오르면서 '영상 십삼도 지상'으로 밀고 올라가 마
침내 '푸르른 사월 하늘 들이받으면서' 자기 몸으로 꽃핀다. 현실의
고통과 그 혹독함을 온몸으로 버텨내고 극복하려는 나무의 몸짓은
현실에 뿌리를 박고 몸 전체로 현실의 고통을 이겨내는 삶의 의지
혹은 자세를 상징한다.
　패러디 텍스트 <바람 부는 날이면 압구정동에 가야 한다 3>을
원텍스트와 비교해본다면, 우선 생동감있는 구어체 표현을 근간으
로 수식어가 많다는 점이 공통적이다. 그러나 패러디 텍스트는 자본
주의의 상징 공간인 '압구정동'을 부각시키고 있으며, 그 묘사에 있
어 산문성과 구체성, 요설성이 더욱 강화되고 있다. 인용 부분을 중
심으로 두 텍스트간의 착종관계를 살펴보면 다음과 같다.

<겨울-나무로부터 봄-나무에로>　　<바람 부는 날이면……>
벌 받은 몸으로, 벌 빋은 목숨으로　→　고문 받는 몸으로, 고문 받는 목숨으로
두 손 올리고 벌 받는 자세로　　　→　허리 잘린/한강 칠교 자세로
이게 아닌데 이게 아닌데　　　　　→　이게 아닌데 이게 아닌데 이게 아닌데

나무는 자기 몸으로/나무다 → 나무는 자기 몸으로 나무다

푸르른 사월 하늘 들이받으면서 → 푸르른 사월 하늘 들이받으면서

나무는 자기의 온몸으로 나무가 된다 → 나무는 자기의 온몸으로 나무가 된다

아아, 마침내, 끝끝내 → 아아, 마침내. 끝끝내. 꽃피는 나무는

꽃피는 나무는 자기 몸으로 　　　 자기 몸으로 <u>꽃필 수 없는</u> 나무다

<u>꽃피는</u> 나무이다

　위와 비교에서 한눈에 알 수 있듯, 유하는 밑줄친 부분만을 변형시키고 나머지는 그대로 베껴와 짜깁기하고 있다. 이처럼 재복제의 성격을 갖는 '베끼기doubling'와 '짜깁기collage·montage'에 의해 원텍스트를 재배치하고 새로운 문맥과 결합시킴으로써 의미적 변용을 구축한다. 원텍스트의 자기 몸으로 '꽃피는 나무이다'가 패러디 텍스트의 '꽃필 수 없는 나무다'로 반대해석된 끝맺음에서도 알 수 있지만, 희망차고 의지적인 원텍스트의 목소리에 비해 유하의 패러디 텍스트는 요설적이고 절망적으로 길게 산문화되어 있다. 압구정동이라는 영하의 보도블럭 밑에서 신음하고 있는 패러디 텍스트의 '배나무'는 '미동도 않는 보도블록의 견고한 절망 밑에서' 끝내 '꽃필 수 없는' 절망의 나무다. 이같이 절망적인 목소리는 곧 80년대와 다른, 90년대의 시대 상황에 대한 간접 비판으로 읽혀진다.
　유하의 시가 한 편의 작품을 원텍스트로 하는 것이라면, 다음의 박상배 시는 여러 작품을 원텍스트로 하고 있다.

　① <u>내 누님같은 생긴 꽃아 너는 어디로 훨훨 나돌아 다니다가 지금 되돌아와서 수줍게 수줍게 웃고 있느냐</u> ② <u>새벽닭이 울 때마다 보고 싶었다.</u> ③ 꽃아 순아 내 고등학교 시절 널 읽고 천만번을 미쳐 밤낮없이 널 외우고 불렀거늘 그래 지금도 ④ <u>피 잘 돌아가고 있느냐</u>

잉잉거리느냐 새삼 보아하니 이젠 아조아조 늙어 있다만 그래두 내
기억 속에 깨물고 싶은 숫처녀로 남아 있는 서정주의 ③ 순아 난 잘
있다 오공과 육공 사이에서 민주와 비민주 보통과 비보통 사이에서
잘도 빠져 나가고 있단다 그럼 또 만나자 ③ 꽃나비꽃아 (밑줄과 번
호는 필자)

박상배, <戲詩·3> 전문[2]

이상적인 패러디 독자는 패러디 텍스트를 구성하는 수많은 인용
과 인유가 어떻게 전체적 구조와 유기적으로 짜여져 있는가를 풀
수 있어야 한다. '희시'라는 제목에서도 알 수 있지만 인용시는 미당
서정주의 여러 시편들을 짜깁기하여 만든 유희적 기능이 강조된 작
품이다. 특히 이 제목은 전통 한시를 패러디했던 조선 후기 김삿갓
의 희시를 연상케 하는데, 제목에서부터 기존 시장르를 희롱하고자
한 의도를 드러내고 있는 셈이다. 패러디 텍스트에 번호를 매긴 밑
줄친 부분의 원텍스트는 다음과 같다.[3]

①′ 인제는 돌아와 거울앞에 선/내 누님같이 생긴 꽃이여

<菊花옆에서>

②′ 내 너를 찾어왔다……臾娜. 너참 내앞에 많이있구나 내가 혼자
서 鐘路를 거러가면 사방에서 네가 웃고오는구나. 새벽닭이 울때마다
보고싶었다……

<復活>

---

2) 박상배(1994). 『잠언집』(서울 : 세계사).
3) 이승훈은 이 시를 패스티쉬의 개념으로 파악하고 있으며, 인용된 텍스트들을 밝
   힌 바 있다. 이승훈(1991). 패스티쉬의 미학. 『포스트모더니즘의 시론』(서울 : 세
   계사), p. 255.

③′ 꽃아. 아침마다 開闢하는 꽃아.　　　　　　<꽃밭의 獨白>

순이야. 영이야. 또 도라간 남아.　　　　　<密語>

밤이 깊으면 淑아 너를 생각한다. 달래마눌같이 쬐그만 淑아

　　　　　　　　　　　　　　<밤이 깊으면>

④′ 피가 잉잉거리던 病은 이제 다 낳았습니다.

　　　　　　　　　<娑蘇 두번째 편지 斷片>

　이 시의 창작 동기를 박상배 스스로는 "유독 서정주의 시들은 나의 애송시에 속했다. (중략) 아직도 내 의식의 주변부에 아무렇게나 깔려있는 이 추억물을 불시에 그냥 내뱉은 것이 <희시>가 된 것이다"[4]라고 밝힌 바 있다. 미당의 여러 편의 시들에서 일부씩을 가져와 한 편의 시를 만들고 있는 이 작품을 그렇다고 표절이나 도용이라고는 할 수는 없다. 그 이유는 이 시가 의도된 창작방법에서 비롯된 작품일 뿐만 아니라 시인 스스로 원텍스트의 모방인용 사실을 '서정주의 순아 난 잘 있다'라는 구절 등을 통해 작품 속에 전경화시켜 놓고 있기 때문이다.[5]

　패러디 텍스트는 ④의 '잉잉거리느냐'를 경계로 두 부분으로 나뉜다. 전반부가 미당의 여러 텍스트에 대한 기억의 파편들로 구성되어 있다면, 후반부는 화자의 현재 상황에 대한 아이러닉한 인식을 드러내 보이고 있다. 이 두 부분은 미당의 시를 외우던 '고등학교 시절'의 시적 화자와, 오공·육공 시절을 거친 중년의 시적 화자를 대비적으로

---

4) 박상배(1991). 표절의 미학, 『현대시사상』, 1991년 가을호, p. 98.
5) 시인은 이러한 창작방법에 대해, 같은 시집(『잠언집』)에 수록된 다른 시에서 "모창이 음악의 한 멋진 장르가 되듯이 표절·모방시도 예술이 될 만큼 잘만 운용한다면야 참 훌륭한 한 상위장르가 되지 않을까 하오<풀잎頌·7>"라고 말한 바 있다.

표현하고 있다. 이때 짜깁기된 원텍스트들은 시인의 과거와 과거에 대한 향수를 담고 있는 기억의 편린들이다. 물론 독자들에게도 그 원텍스트들은 5, 60년대의 삶의 풍경과 정서를 환기시키는 기능을 한다.

혼성모방적 짜깁기에 의한 이러한 패러디 텍스트는 원텍스트가 가지고 있는 해석적 권위나 근거 자체에 무관심하다. 따라서 원텍스트에 대한 계승이나 비판·풍자를 목표로 하지 않는다. 단지 역설적·반어적·유희적 어조에서 비롯되는 가벼운 희극성을 그 특징으로 한다. 이러한 특징은 페더만R. Federman이 창조성에 본질적인 의문을 제기하면서 표절에 유희성과 전략성을 첨가시켜 만든 '표절유희play-giarism'[6]와도 맥락을 같이한다. 후배시인은 선배시인의 영향권에서 완전히 벗어나지 못한 채 선행 텍스트들을 끊임없이 재사용하고 있는 데 초점을 맞춰, 박상배는 오히려 그 영향력을 가시화시키고 역이용하자는 전략을 세우고 있는 것이다. 이러한 시도는 시적 상실과 시적 성취라는 두 가지 국면을 동시에 드러낸다. 문학의 독창성·원본성은 물론 그 진정성까지를 회의케 한다는 점에서 시적 상실이라면, 기존의 시형식을 적극적으로 변용하고 활용함으로써 글쓰기의 자유로움과 해방의 가능성을 탐색하고 있다는 점에서는 또 다른 시적 성취가 되기도 한다.

자기반영적 글쓰기의 극단적인 형태는 시인 자신의 선행 텍스트들을 짜깁기하여 새로운 한 편의 시를 창작하는 방법에서도 찾아볼 수 있다.

> 인카네이션, 그들은
> 육화라고 하지만

---

6) 김성곤(1986), pp. 249-250. 참조.

① 하느님이 없는 나에게는
　　몸뚱어리도 없다는 것일까,
　　나이 겨우 스물둘인데
　　내 앞에는
② 늙은 산이 하나
　　대낮에 낮달을 안고
　　누워 있다.
③ 어릴 때는 귀로 듣고
　　커서는 책으로도 읽은
　　천사,
　　그네는 끝내 제 살을 나에게
　　보여 주지 않았다.
④ 맨발로 바다를 밟고 간 사람은
　　새가 되었다지만
　　그의 젖은 발바닥을 나는 아직 한 번도
　　본 일이 없다. (밑줄과 번호는 필자)

　　　　　　　　　　김춘수, <處容斷章 3−12> 전문

　　김춘수의 <처용단장> 연작시들이 처용 설화를 패러디하고 있다
는 것은 잘 알려진 사실이다. 이 점에 주목해보자면 이 시는 전통장
르에 대한 패러디의 극단적 형태로도 볼 수 있다. 그러나 자신의 선
행 텍스트의 부분들을 그대로 인용하고 재조합하고 있다는 점이 더
욱 새롭고 두드러진 패러디 방법이기 때문에 현대시에 대한, 특히
그 중에서도 자신의 선행 텍스트에 대한 자기반영적 측면을 중심으
로 살펴보고자 한다. 인용시에서 밑줄친 부분의 각 번호에 해당하는
원텍스트는 다음과 같다.[7]

①' 하나님은 이미/눈도 없어지고 코도 없어졌더라./흔적도 없더라

<해파리>

②' 네가 대낮에/낮달을 안고 누웠구나.　　　<낮달>

　늙은 산이 하나/낮달을 안고 누워 있고　　　<봄이 와서>

③' 다섯 살 때 나는/천사란 말을 처음 들었다.

<處容斷章 3-32>

④' 맨발로 바다를 밟고 간 사람은/새가 되었다고 한다./발바닥만 젖어 있었다고 한다.　　　　　　　　　<눈물>

시인은 패러디 텍스트 첫부분에서 "미국의 어느 문학 이론가가 모든 글읽기는 다 오독이다라고 한 글을 보고 나는 눈을 번쩍 떴다 <처용단장 3-1>"라고 고백하면서, 자신의 선행 텍스트를 본격적으로 '오독'하기 시작한다. 여기서 오독이란 원텍스트를 패러디 텍스트의 문맥 속으로 새롭게 끌어온다는 의미이다. 패러디 텍스트의 ① 과 ③은 원텍스트 ①', ③'의 문장을 다소 수정하여 인용하고 있으며, ②와 ④는 ②', ④'의 문장 그대로를 인용하고 있다. 무의미를 지향하는 원텍스트들의 난해한 이미지들은, 패러디 텍스트로 재조합됨으로써 오히려 그 난해함이나 무의미성의 강도가 약해지고 일정

---

7) 김두한은, 자신의 선행 텍스트를 연결·삭제·교체·삽입의 방법으로 차용하여 새로운 시를 만들어내는 김춘수의 시적 재구성 작업을 검토한 바 있다. 김두한 (1992). 『김춘수의 시세계』(대구·서울 : 문창사). 여기서 한 단계 나아가 이은 정은 김춘수의 선행 시편에 대한 패러디의 전거를 꼼꼼하게 밝히고 있다. 이은 정(1992). 김춘수와 김수영 시학의 대비적 연구. 이화여자대학교 박사학위논문, 미간행, pp. 48-61. 참조.

한 의미형성에 기여한다. 그 이유는 원텍스트 각각의 구절들이 이미 독자에게 익숙해진 탓도 있겠지만, 이 <처용단장> 형식 자체가 시인이 살아온 삶을 단편적으로 회상하는 형식을 취하고 있기 때문이기도 하다. 즉 '스물둘'의 절망과 불안을 이미지화한 것으로 읽혀질 수 있는 장치가 마련되고 있기 때문이다. '하느님'과 '천사', '맨발로 바다를 밟고 간 사람(새)'으로 이미지화된 스물두 살의 동경은 자신 앞에 누워있는 '늙은 산'이라는 현실 앞에서 부정될 수밖에 없다는 문맥을 제공하고 있는 것이다.

또한 패러디 텍스트는 원텍스트의 구절들을 설명적으로 풀어쓰거나 그것들을 부정하는 서술어를 삽입시켜 원텍스트의 무의미성과 난해성을 거부하기도 한다. 이를테면 ④와 같이, '맨발로 바다를 밟고 간 사람은/새가 되었다고 한다./발바닥만 젖어 있었다고 한다 <눈물>'라는 원텍스트의 구절을 그대로 인용한 후 '그의 젖은 발바닥을 나는 아직 한 번도 본 일이 없다'는 부정 서술을 덧붙임으로써 자신의 선행 텍스트를 부정한다. 유년 시절의 동경의 대상이자 이상이었던 천사가, 결국 '그네의 제 살' 즉, 그 실체를 '나에게/보여주지 않았다'라고 진술하는 ③도 마찬가지다.[8]

선행 텍스트들을 끌어모아 새로운 한 편의 시를 만드는 일련의 작업은 무의미시로 대표되었던 자신의 시들을 재의미화하면서 부정하는 이중의 효과를 노리고 있을 뿐만 아니라, 모든 것은 되풀이된다는 '나선형적 반복'에 입각한 창작태도를 반영하고 있다. 예기치 않은 병치와 이전 텍스트들의 성공적인 조합으로 선호되는 패러디 방법이다. 이러한 시적 방법에 대해 김춘수 스스로는, 모더니즘적 패러디나 포스트모더니즘적 패스티쉬와는 또 다른 '표절'이라고 명

---

8) 이은정(1992), p. 54.

명하고 있다.

나는 모더니즘 시대, 이를테면 T. S. 엘리엇에게서처럼 특별한 효과를 인정받고 있었던 패러디와 포스트모더니즘의 시대에 들어서서 특별히 그 당위성을 인정받고 있는 <u>패스티쉬와는 또 다른 표절</u>의 효용을 시도해 보았다. 내 자신의 시에서 따온 것들이다. 「처용단장」의 도처에 깔려 있다. <u>나의 과거를 현재에 재생코자 하는 방법</u>이다. 동시에 그것은 역사주의의 (유일회적) 세계관을 배척하는 <u>신화적·윤회적 세계관의 기교적 실천이요 놀이</u>이다.

위에 인용한 시는 (중략) 온통 표절로 되어 있다. 나의 정서적 과거가 서로 포개지면서 되풀이 되는 생의 나선형적 반복을 보여준다.[9]

(밑줄 필자)

자신의 선행 텍스트들에서 그대로 되풀이하여 인용하는 표절유희적 패러디는 사실 시작법상 늘 최첨단을 달렸던 그에게 이미 예견된 방법일 수도 있다. 이러한 '순환적' 패러디를 통해 그는 다시 한번 시적 출구를 모색하고자 하는 셈이다. 하지만 그의 패러디 텍스트에서 다시 한번 짚고 넘어가야 할 사실은 독자의 수준이다. 특히 위와 같은 표절적 차용으로 이루어진 패러디 텍스트를 읽을 때, 자신이 읽고 있는 텍스트가 선행 텍스트들의 재조합으로 이루어진 텍스트임을 감지하지 못할 경우 패러디스트의 의도는 물론 그 텍스트의 참된 진가는 간과될 수밖에 없기 때문이다. 자신의 선행 텍스트를 모방함으로써 자신의 글쓰기 과정을 패러디하고 있는 그의 시작업은, 어떻게 쓸 것인가 혹은 글쓰기란 무엇인가와 같은 글쓰기의

---

9) 김춘수(1994). 장편 연작시 「處容斷章」 시말서-1960년대 후반에서 1991년까지의 나의 詩作 주변, 『현대시사상』, 1991년 가을호, p. 66.

자의식적 과정을 그대로 드러내 보임으로써 시형식의 허구성을 폭로한다. 이러한 그의 작업은 분명 글쓰기에 대한 반성을 이끌어낼 수 있다는 장점을 지닌다. 그러나 다른 한편으로는 시인 자신의 자의식을 과잉 노출시킴으로써 오히려 텍스트 창조자로서의 주체와 언어에 대한 불신을 유발할 수도 있다.

2. 원텍스트 전체를 그대로 베끼는 방법

오늘날의 패러디는 점차 극단적으로 사용되고 있다. 원텍스트의 작품 전체를 그대로 차용한 후 재읽기를 시도한다거나, 원텍스트 그대로를 짜깁기하거나 원텍스트 전문 중 몇 단어만을 치환하는 경우가 여기에 해당한다. 이때 패러디스트는 원텍스트를 그대로 복사함으로써 원텍스트에 대해 논평을 하기도 하고 원텍스트에 의문을 던지기도 한다.[10] 패러디스트는 보다 전문적인 독자 혹은 비평가임을 보여주고 있는 것이다.

> 아빠, 나도 진짜 총 갖고 싶어
> 아빠 허리에 걸려 있는,
>
> 이 골목에서
> 한 놈만 죽일테야
>
> 늘 술래만 되려 하는
> 도망도 잘 못 치는
> 아빠 없는 돌이를 죽일 테야

---

10) Marget A. Rose(1979), p. 101. 참조.

그 눔 흠씬 패기만 해도
다들 설설 기는데,
아빠.

　[黄東奎, 「아이들 놀이」, 『나는 바퀴를 보면 굴리고 싶어진다』,
(서울, 文學과知性社, 1978)]

박남철, <묵상 : 예수와 술래> 전문[11]

　인용시는 황동규의 <아이들 놀이>를 글자 하나도 바꾸지 않고
그대로 인용한 뒤 제목만 <묵상 : 예수와 술래>로 바꾸고 있다. 물
론 하단의 [　]에 원텍스트를 분명하게 밝히고 있다. 원텍스트인 황
동규의 <아이들 놀이>는 쉽게 해독되지 않는다. 일차적으로 시인
은 살벌한 현실의 질서를 '아이들 놀이'라는 우화를 통해 드러낸다.
늘 술래만 되려 하고 도망도 잘 못 치는 아빠 없는 '돌이'는, 이 시대
의 힘없는 자 혹은 소외된 자를 대변하고 있으며 또 다른 측면에서
비굴한 자를 대변한다. '나'는 그 돌이를 제거함으로써, 연민의 대상
을 제거하고 나아가 자신보다 약한 자를 억압할 수 있는 강자가 되
고자 한다. 이렇듯 황동규는 인간 안에 내재해 있는 선과 악, 양심과
폭력, 진실과 억압간의 갈등을 아이의 목소리를 빌어 우회적으로 드
러내고 있다. 그런 점에서 원텍스트는 강한 자 : 약한 자, 지배자 :
피지배자, 위정자 : 민중들간의 권력 구조에 대한 알레고리로 읽혀
진다.
　원텍스트의 전문을 그대로 인용한 후 '묵상 : 예수와 술래'라고 제
목만 바꿔달고 있기 때문에 패러디 동기와 패러디 텍스트의 의미는
바로 이 제목에 있다. 첫째는 말없이 조용히 생각하거나 마음 속으

---

11) 박남철(1988). 『반시대적 고찰』(서울 : 한겨레).

로 기도를 드린다는 뜻의 '묵상'이라는 시어를 굳이 제목에 끌어들인 것으로 보아, 원텍스트에 대한 그의 특유의 비아냥거림 즉 '원텍스트의 의미가 너무 고차원적이라 나는 묵상중이다. 그러나 묵상만 할 뿐 그 의미는 모르겠다'라는 냉소적 의미를 내포한다. 둘째, 그의 다른 시에서도 하창수(1986)의 <전설·역사·삶>이라는 산문을 그대로 따온 후 <묵상 ; 예수와 아기장수>라고 제목을 붙이고 있는 것으로 보아, '묵상'이라는 단어는 선행 텍스트에 대한 '비평(적 고찰)'이라는 의미로 해석될 수 있다. 그러나 그 선행 텍스트에 대해 어떠한 언급도 하지 않는 데에는 '묵상'하듯 독자 스스로 원텍스트를 다시 읽어보라는 적극적인 요구가 담겨 있는 것으로 보인다.

셋째, '예수와 술래'라는 단어를 통해, 원텍스트의 '술래'와 수난의 대명사 '예수'가 상관관계가 있다는 것을 암시한다. 그러나 관점만을 제시할 뿐 그 결과는 고스란히 독자의 영역으로 남겨두고 있다. 숨은 아이들을 찾아내야 하는 술래가 되는 것은 누구나 싫어한다. 그러한 술래는 일면 희생자인 동시에 약속에 따라 고통을 받는 자이다. 박남철은 원텍스트의 '늘 술래만 되려 하는/도망도 잘 못 치는/아빠 없는 돌이'의 모습에서 바로 예수를 읽어낸다. 원텍스트의 일상적 혹은 정치적 알레고리는 패러디 텍스트에서 종교적 차원으로 확대되고 있다.

이상과 같은 기능을 담당하는 제목은 텍스트의 불확실한 기대지평을 환기함으로써 텍스트의 개방성과 미결정성에 기여하도록 한다. 반복이란 항상 본질적으로 위반이고, 예외이고, 특수한 것이다.[12] 그런 점에서 보자면 인용시와 같이 완전히 동일한 반복은 가장 위반적이다.

---

12) Gilles Deleuze(1968). *Différence et répétition*.(Paris:Presses Universitaires de France). Linda Hutcheon(1985), p. 165. 재인용.

선행 텍스트를 비평적 관점에서 다시 읽고 있는 그의 또 다른 패러디 텍스트를 보자.

           1
        절망한 자들은 대담해지는 법이다-니체

도마뱀의 짧은 다리가
날개 돋친 도마뱀을 태어나게 한다

[최승호, 「인식의 힘」, 『고슴도치의 마을』(文學과知性社, 1985)]

           2

'절망한 자들은 대담해지는 법이다'라는 니체의 경구를 에피그라프로 하고 있는 최승호의 2행시는 臨濟의 喝[할]의 그것처럼 힘이 있다.
  힘, 힘, 인식의 힘!

"사자가 한번 부르짖으니,
  여우의 머리골이 찢어지도다."

이건 『西翁演義 臨濟錄』(東西文化社, 1974) 중의 『到明化』에 대한 서옹 스님의 '着語'이다.
                              박남철, <인식의 힘> 전문[13]

─────────────
13) 박남철(1990). 『용의 모습으로』(서울 : 청하).

이 시는 1·2에 의해 두 부분으로 나뉜다. 전반부는 최승호의 시 <인식의 힘>을 전문 그대로 인용하고 있으며, 후반부는 서옹 스님의 착어(게송 등에 대하여 자기가 갖는 견해를 이르는 말)를 인용해 최승호 시에 대한 자신의 소감을 간접적으로 표현하고 있다. 그런데 최승호의 <인식의 힘>도 니체의 글을 제사로 인용하고 있는 패러디 시다. 절망한 자들이 대담해진다는 니체의 관념적 진술을 '도마뱀의 짧은 다리가/날개 돋친 도마뱀을 태어나게 한다'라고 구체화시키고 있는 것이다. 그러므로 최승호 시의 제목이 되고 있는 '인식의 힘'이란 절망을 비상(飛上)의 무기로 삼을 수 있는 초월의 힘이기도 하지만, 니체의 말을 패러디하고 있는 최승호의 시적 구체화의 힘이기도 하다. 그러니까 박남철은 패러디 텍스트를 또 다시 패러디하고 있는 셈이다.

후반부 첫연은, 최승호의 시구가 임제의 할(喝 ; 말로는 나타낼 수 없는 도리를 나타내 보일 때 내는 소리, 혹은 수행자의 망상이나 邪見을 꾸짖어 반성하는 소리)처럼 힘이 있다고 찬사를 보내고 있다. 그러나 둘째 연에서는 또 다른 텍스트, 즉 선문답과 같은 서옹 스님의 착어를 인용해 원텍스트를 비꼰다. 인식의 힘에 대한 원텍스트의 시적 구현을 사자의 부르짖음에 비유하고 해석자인 자신을 여우의 머리골로 비유하여, 자신은 원텍스트의 '인식의 힘'이라는 커다란 뜻을 이해하지 못하겠다고 한다. 박남철은 마치 이(齒)에는 이(齒)라는 식으로, 추상적 관념은 추상적 관념으로 무너뜨리고자 한다. 그의 시는 원텍스트에 대해 비아냥거림의 태도를 취하기도 한다는 점에서는 현대시를 대상으로 하는 비판적 패러디에 속하기도 한다. 그러나 원텍스트의 작품 전체가 그대로 인용되고 있으며, 패러디 동기 또한 또 다른 텍스트의 인용에 의해 드러내고 있다는 점에서 혼성모방적 패러디로도 볼 수 있을 것이다.

박남철의 창작적 근원은 선행 텍스트에 대한 독서로부터 비롯된다. 형식적으로 보자면 그는 자신이 읽은 책의 저자·책이름·간행연도·면수 등을 성실하게 밝힌다. 이러한 태도는 책(글)을 통해 세상을 읽어내고, 그 세상을 다시 책(글)으로 표현한다는 자신의 의도를 드러내기 위한 전략적인 전경화 장치이다. 달리 말해, 선행 텍스트에 대한 인용이 그의 시의 진솔한 모습이고 선행 텍스트에 대한 동의와 지각 사이에는 그의 야유와 풍자가 숨겨져 있는 것이다.[14] 이러한 패러디는 창작과 비평의 장르 구분을 모호하게 한다. 더 나아가 허구와 사실, 문학과 역사의 구분 또한 모호하게 한다.[15] 박남철 또한 자신의 시집 『용의 모습으로』를 '비평시집'이라고 명명하고 있다. 그런 의미에서 선행 텍스트에 대한 시쓰기인 그의 시는 전문독자로서의 패러디스트의 입장을 극대화하고 있을 뿐만 아니라, 텍스트의 공유화(共有化)를 실현하고 있는 시론시이자 시인론시, 즉 메타시이다.

텍스트의 의미가 다른 텍스트와의 관계 속에서 드러날 때 시는 허구적 구성물로 인식된다. 독자로 하여금 하나의 텍스트를 다른 텍스트와의 관계로 인식하게 하는 메타시가 되는 것이다. 이때 메타시는 기존의 절대적 의미를 가진 '시'의 권위에 도전한다.

박남철의 <인식의 힘>은 두 개의 인용 텍스트(최승호의 시와 서옹 스님의 착어)를 병치시켜 놓음으로써 발생하는 아이러닉한 효과에 역점을 두고 있다. 서로 무관한 몇 개의 텍스트들을 인용하여 새로운 문맥을 구축하는 박남철의 '비평시' 작법은 더욱 극단화되어, 선행 텍스트들을 그대로 차용하여 그것들을 조합하거나 철저히 주

---

14) 김현(1990). 방법적 인용의 시석 성과. 『젊은 시인들의 상상세계 / 말들의 풍경』 (서울 ; 민음사, 1992), p. 273. 참조.
15) 김욱동(1994), p. 373.

관적인 비평적 구절을 첨가하여 한 편의 작품을 만들어낸다. 그의 시가 주는 재미는 이와 같은 무차별한 인용에서 비롯되는 우연성과 임의성에 있다. 예를 들어 그의 시 <신서동요>와 같은 시는, 박상배의 시 <신서동요> 전문을 인용한 후, 시의 마지막 부분에서 《인용문헌》[16]으로 밝히고 있는 다섯 덩이의 원텍스트를 그대로 끼워넣는다. 미주(尾註) 형태로 인용문헌을 밝히는 이 양식 또한 기존의 시형식에서 크게 일탈된다. 그는 시인의 위치를, 선행 텍스트를 읽는 비평자 혹은 연구자의 위치로 바꾸어 놓고 있다.

패러디의 관점에서 볼 때 이와 같은 그의 시작법은 일정한 맥락에 구속되어 있는 원텍스트의 의미를 해방시켜 놓고 있다는 점, 이질적인 원텍스트를 이어붙임으로써 원래의 시문맥에 엉뚱한 의미를 결합시키는 효과를 얻을 수 있다는 점, 그 효과에 의해 원텍스트는 다양하고 복합적인 의미의 확장이나 겹침이 가능하게 된다는 점 등에서 의의가 있다. 그러나 한편으로 '사실 박남철의 많은 작품은 작품이라기보다 덮혀 있어야 할 재료단계이거나 시작과정의 일부다'[17]라는 지적은 그의 극단적인 패러디 방법이 지니고 있는 위험과 한계에 대한 경고인 셈이다.

---

16)　　　　　　　　　　《인용문헌》
　　1) 一然『三國遺事』「武王」條 중에서
　　2) 정과리, 「뒤집은 상징주의」(박상배 시집『모자 속의 詩들』서평),『현대시사상』
　　　(고려원, 1988), 153면 중에서.
　　3) 이윤택, 「反anti에서 사랑에 이르기까지」(박남철 시집『반시대적 고찰』서평), 위
　　　에 적은 책, 160~64면 중에서.
　　4) 정과리, 「사랑과 실존 ; 2 이윤택의 행동적 실존」(이윤택이 지은 산문집『해체, 실
　　　천, 그 이후』의 서평),『世界의文學』(1988년 가을호), 283~88면 중에서.
　　5) 黃東奎『악어를 조심하라고?』(文學과知性社, 1986)「風葬 8」중에서.
　　　　　　　　박남철, <新서동요> 중 <『용의 모습으로』(서울 : 청하, 1990)>
　　17) 김준오(1992), p. 167.

다음의 시는 자신의 선행 텍스트 중 시어 한두 개를 바꿈으로써 원텍스트와 다른 의미를 생산하고 있다.

안산 밖의 사람들이
안산 안의 사람들을 미워할 때
안산은 크지 않는 법

안산 안 안산 밖 사람들이
안산 밖 안산 안 사람들을
서로 서로 사랑할 때

우리 안산은 반월이 뜨고
별망성이 웃고 성포동 공원에서
마음 놓고 연애할 수 있는

큰 도시가 되는 법
풍성한 도시가 되는 법
아아아아 사랑의 안산 안팎
　　　　　　박상배, <戱詩·2-별망성 축제에 부쳐> 중[18]

인용시 <희시·2>의 원텍스트는 자신의 선행시 <안팎·6>에 해당한다. 지극히 평범한 진술 속에 담긴, 안팎의 경계 초월의 욕망과 반복적 언어유희가 독자의 관심을 끌고 있다. 또한 본인의 작품을 '자기표절'[19]한 것이라고 시인 스스로 밝히고 있듯, 인용시는 원텍스

---

18) 박상배(1988). 『모자 속의 詩들』(서울 : 문학과지성사).
19) 박상배(1991), p. 102.

트에서 중심이 되는 몇 단어만을 바꾸어 원텍스트와 다른 문맥을 구축한다. '부산'이라는 시어가 '안산'으로 치환되었고 그에 따라 4연만을 다소 변형시키고 있다. 원텍스트의 4, 5연은 다음과 같다.

우리 부산은 갈매기가 날고
자갈치가 웃고 용두산 공원에서
마음 놓고 연애할 수 있는

큰 도시가 되는 법
풍성한 도시가 되는 법
아아아아 사랑의 부산 안퐈   박상배, 〈안퐈·6〉 중

원텍스트가 구현하고 있는 부산의 명물인 갈매기·자갈치·용두산 공원이, 패러디 텍스트에는 안산의 반월·별망성·성포동 공원으로 치환되어 있다. 원텍스트는 부산이라는 공간을 중심으로 나뉘는 안과 밖의 경계에 초점을 맞추고 있다. 안과 밖의 경계는 모든 사물에 편재하는 존재양상이다. 안의 친화는 곧 밖의 배제를 전제로 한다. 관계란 하나의 대상에 대한 의미화를 전제로 성립되는 것이고, 그 관계는 다른 대상과의 배타적 분리 아래 의미화되고 지속되기 때문이다. 시인은 그러한 구분과 경계, 적대적 관계를 없애야 한다고 노래한다. 그 노래는 구체적이고 일상적인 모습을 띠고 있다.
'부산'이라는 단어가 '안산'으로 바뀐 것은 단순한 중심의 이동을 의미하지 않는다. 패러디 텍스트는 '부산'이라는 그 중심 자체를 부정한다. 즉 원텍스트에 내재되어 있던 중심으로서의 부산은 안산으로 혹은 그밖의 다른 공간으로 무수히 확대될 수 있는데, 중심을 다른 공간으로 이동함으로써 사실상 중심 자체를 와해시켜 버리는

것이다. 중심이 있는 한, 안팎의 경계는 결코 사라지지 않기 때문
이다. 따라서 원텍스트를 그대로 모방인용하면서 그 중심 공간을
바꾸어버릴 때 원텍스트의 경계 해체라는 의미는 더욱 심화될 수
있다. 그런 점에서 볼 때, <희시·2>의 패러디 이면에는 중심의
부정 혹은 절대적 권위나 신념의 거부라는 해체주의적 발상이 내
재되어 있다. 박상배의 중심 해체는 텍스트 밖의 세계에 대한 재현
을 통해서보다는, 오히려 텍스트 안에서 벌어지는 허구를 되풀이
함으로써 이루어지고 있는 것이다. 그러므로 '끝없는 자리바꿈'[20]을
계속하는 극단적인 반복적 패러디는 무한가능하다. 알레고리적 재
읽기에 의한 이와 같은 패러디는 바로 폴 드만Paul de Man이 지
적하고 있는 독서의 알레고리와 상통한다. 고유한 의미를 찾는 게
아니라 앞선 읽기가 무엇을 억압했는지를 밝히는, 읽기에 대한 읽
기, 즉 메타독서이고 메타픽션이라는 점에서 그렇다. 또한 친숙함
속의 새로움으로 과거의 어떤 형식이 기본틀을 유지하면서 다르게
되풀이되는 것이라는 점에서도 그렇다.

자기복제적 혼성모방과 패러디라는 이름으로 행해지는 무차별적
베끼기와 짜깁기는 오늘날 점점 더 일반화되고 있다. 종래의 시규범
으로 보자면 도저히 시라 칭할 수 없는 베끼기, 즉 완전히 파편화된
기존 텍스트의 어구적 나열[21]에 불과한 패러디 텍스트들, 게다가 한

---

20) Paul de Man(1979). *Allegories of Reading*(New Haven and London Yale
   University Press), p. 115.

21)

西海
한강
나비 같은, 아니아니, 빛 같은
눈물을 생각하며
나는 나를
처칠 동상
칼 마르크스에게

편의 텍스트로서의 문맥조차 파악되지 않는 패러디 텍스트들이 양산
되고 있다. 이러한 작업들에 대해 굳이 긍정적인 의미를 부여하자면,
극단적인 패러디의 부정적 모델을 제시함으로써 시창작에 있어 '창
조'의 개념 자체를 철저히 조롱하고 패러디의 역기능을 역설적으로
시사하고 있다고 볼 수 있다. 그렇지만, 가장 기본적인 시적 문맥조
차 이루어지지 않는 무차별한 베끼기로 이루어진 텍스트들마저도 넉
넉히 보아 넘길 때 시형식 나아가 패러디 형식의 존립기반은 상실될
것이 분명하다.

패러디의 이러한 역기능은, 창조적 인용과 도용, 자의적인 끌어쓰
기와 무차별적 베끼기, 패러디와 그밖의 유사형식간의 경계선을 허
물어버려 시양식 자체를 스스로 부정하게 하는 결과를 초래할 것임

"어느 쪽도 우리 자랑스런 길은 아직 아니다"
1984년의 편지
누구의 오아시스는 사막에만 있는 것인가

* 이 작품은 장영수 시집 『나비 같은, 아니아니, 빛 같은』의 8쪽에 있는 詩題 차례인데,
명기된 쪽 숫자를 생략하고 한 낱말, 즉 3행의 '레바논'을 '눈물'로 고치고, " " 부호
를 삽입한 것 외에 그대로 전재한 것이다. 이것은, 말하자면, 이 시집에 숨은 시로서
가장 비장영수적이다, 그럴 수밖에.

<표절 같은, 아니아니 인용 같은, 아니아니아니, 작품 같은> 중

인용시는 선배 시인의 시집 목차를 그대로 베꼈다는 점에서 표절로 볼 수 있
고, 베끼긴 했지만 시어 하나를 바꾸고 따옴표를 사용하고 시제목을 붙임으로써
원텍스트와 대화성을 지니게 되었다는 점에서 패러디로 볼 수도 있다. 또한 논
자에 따라서는 풍자적 충동 혹은 웃음을 찾아볼 수 없다는 점에서 패러디가 아
니라고 주장할 수도 있겠다. 그러나 제목과 주(註)를 통해 원텍스트를 전경화시
키고 있기 때문에 표절은 아닌 셈이고, 풍자와 조롱은 없다 하더라도 원텍스트
와 아이러닉한 거리를 유지하고 있기 때문에 넓은 의미의 패러디라 할 수 있다.
이 시가 패러디냐 아니냐 혹은 표절이냐 아니냐를 물음으로써, 표절이나 패러디
의 개념적 난립상을 보여주는 것은 패러디 논의에서 그다지 유용하지 않다. 이
시는 패러디의 더욱 본질적인 문제, 즉 이 텍스트가 문학적 가치 및 효과를 담
보하고 있는가에 대한 문제를 환기하고 있다는 점에서 문제가 된다.

이 분명하다. 그런 현상은 또한 문학에 대한 진정성과 함께 좋은 작품과 나쁜 작품의 구별을 모호하게 할 뿐만 아니라 끝없는 표절시비를 불러올 것이고, 언어·창작·시인의 존재에 대한 극단적인 회의와 부정으로 나아가게 될 것이다. 제임슨이 의미의 세계는 소멸되고 기호만이 부유하고 소비적이고 유희적인 언어를 무한 복제해낼 수 있는 메카니즘이 바로 현대의 패러디(패스티쉬)라고 비판하는 이유도 바로 이와 같은 우려 때문이다.

6

한국 현대시와 패러디

'현실모방'과 '창조'의 신화에 도전하는 글쓰기

오늘날 시인이란 거대한 문화의 적층 위에 앉아 현실과 대화하고 현실의 체험을 정리하는 자이다. 그러므로 시인의 글쓰기는 지금 여기에서, 과거에 대한 수직적 탐사를 통해 길어올려진다. 글쓰기에 대한 이러한 인식 속에는 '창조originality'란 문명사적으로 전수받은 개념이라는 의미가 담겨 있다. 과거와 현재, 모방과 창조, 선배시인과 후배시인, 상투성과 독창성간의 간극을 메꾸려는 다성적인 목소리가 섞이고 혼류하는 토론의 장이 바로 창조적 글쓰기라는 것이다. 또 다른 측면에서 창조적 글쓰기는 전통과 실험, 수용과 부정, 계승과 반항으로 변별되어 왔던, 한 시대를 관통하는 보편적 관습과 그 주된 흐름으로부터 벗어나려는 일탈의 상상력, 이 두 흐름은 하나의 실체에 공존하는 대립적 요소들로써 서로에게 필요불가결한 역동적 동인으로 작용한다. 문학에서도 마찬가지다. 문학이 발전적으로 진행되기 위해서는 과거의 것은 물론 동시대의 다른 것들을 수용하면서 새로운 영역을 개척해 나가는, 유연한 수용·계승의 정신과 첨예한 부정·실험의 정신이 요구된다 하겠다.

이와 같이 토론의 장으로서의 현대시사를 새롭게 인식하기 위한 척도가 바로 패러디다. 그러나 지금까지 패러디는 풍자성을 전제한 좁은 개념에 한정되거나 그렇지 않은 경우라면 포스트모더니즘의 관점에서 최근시를 대상으로 논의되었을 뿐, 모든 예술에 편재해왔던 주요한 창작 및 수용의 원리라는 넓은 의미에서의 접근은 없었다. 지금까지 이 책에서는 한국 현대시를 대상으로 후자의 넓은 의미의 패러디 관점을 선택하고 있다. 그리하여 자국의 전통문학과 외국문학, 그리고 비문학장르가 어떻게 다시 현대시에 수용되고 재창조되는가, 같은 언어로 씌어진 같은 장르간의 교류라는 측면에서 한국 현대시간에는 어떠한 상호관련성이 있는지를 검토하였다. 그 작업들을 토대로 이쯤해서 패러디가 갖는 문학사적 의의와 패러디의 관점에서 본 한국 현대시사에 대한 조감은 반드시 짚고 넘어가야 할 과제일 것이다.

패러디의 문학사적 의의는 여러 측면에서 논의될 수 있다. 이를테면 대화성, 자기반영성, 비평성, 문학사적 발전의 동인, 관계로서의 텍스트성, 독자(혹은 비평가) 중심의 수용적 특성, 혹은 유희성·대중성·예술성·전문성 등 다양한 관점에서 접근할 수 있다. 그러나 가장 본질적인 의의는 패러디가 가진 반재현주의anti-mimesis와, 창작 주체 혹은 창조성에 대한 회의라는 관점에서 제기될 수 있다.

먼저, 패러디가 가진 *반재현주의적 특성*을 보자. 패러디스트들이 비반영적unreflective 문학전통을 거부하고, 현실모방mimesis의 문제뿐 아니라 픽션과 리얼리티의 관계를 분석하기 위해서 패러디를 사용하여 왔다[1]는 로즈의 지적은 바로 패러디의 반재현성을 겨냥한

---

1) Marget A. Rose(1979), p. 67.

다. '시는 인간의 행동을 모방한다'는 아리스토텔레스적인 현실모방의 예술개념과 그 현실모방의 총체적 비전에 회의하는 패러디적 이념, 그 둘은 상호충돌한다. 패러디적 세계관에 따르면 예술은 더 이상 현실모방을 목표로 하지 않는다.

　예술 작품은 현실의 표현이지만 그것은 작품의 곁에 또는 작품의 앞에 존재하지 않고 바로 작품 내부에만 존재하는 현실도 또한 형성한다.[2]

패러디스트는, 야우스가 지적하고 있는 '작품 내부에만 존재하는' 또 다른 현실에 주목하는 자들이다. 그는 텍스트 밖의 세계를 재현하는 일보다는 오히려 텍스트 안에서 벌어지는 사건을 반영하는 일에 더 큰 관심을 갖는다. 바로 이 점에서 패러디는 현실을 모방하는 전통적 의미의 글쓰기가 아니다. 다른 글쓰기[3]를 대상으로 하는 글쓰기, 즉 글쓰기 과정에 대한 글쓰기로서 글쓰기 자체의 진실성과 허구성을 응시하는 자기반영적 입장을 취한다. '쓰기' 자체가 다른 '쓰기'를 전제로 이루어지고 나아가 그 다른 '쓰기'를 새롭게 지각하도록 한다는 점에서 패러디는 자연스럽게 미적이고 지적이고 유희적인 자의식의 형식을 띠게 된다.

패러디의 이러한 반재현성 혹은 자기반영성이 시니피에signifié (기의)와 시니피앙 signifiant(기표), 현실과 언어간의 결코 일치될 수 없는 간극에서 비롯된다는 것은 잘 알려진 사실이다. 패러디스트

---

2) Hans Robert Jau ß (1970). 문예학의 도전으로서의 문학사. 『도전으로서의 문학사』, 장영태(역)(서울 : 문학과지성사, 1983), p. 170.
3) 비문학장르를 대상으로 하는 패러디도 있다는 사실을 감안할 때 여기서의 글쓰기란 물론 언어 행위를 넘어선 모든 창작행위를 지칭한다.

들은 시니피에와 자의적 관계인 시니피앙의 독립성을 전략적으로 이용하는 자들이다. 그러기에 기표가 기표를, 문학이 문학을 반영하는 패러디는 무엇보다도 기표 혹은 문학이 현실모방의 기능을 가져야만 한다는 그 한계로부터 창작자를 자유롭게 해줄 수 있다. 오히려 최근의 패러디는 이러한 책임과 한계를 전략적으로 드러내고 또 그 과정을 창작의 대상으로 삼기도 한다. 예술작품을 세계와 동일시하거나 예술작품이 세계를 재현해야 한다는 소박한 미메시스에 대한 개념으로부터 자유로운 패러디는, 선행 텍스트를 빌어 재현의 한계와 선행 텍스트에 깃든 권력을 되돌아보게 하는 자기반성적 형식인 것이다. 현실과 유리된 언어적 유희나 빗대어 말하기, 현실 문맥의 차이에서 비롯되는 기대지평의 전환, 기존 시형식에 대한 파괴 등의 제반 양상은, 문학이 현실을 반영해내야 한다는 책무감으로부터 자유롭고자 하는 패러디스트의 작업에서 흔히 보이는 특성들이다. 이런 특성들을 통해 패러디스트는 문학이라는 허구의 공간 안에서 자유를 경험하고 새로운 창작에 활력을 부여한다.

그러나, 패러디의 반재현주의는, 문학형식 내부에 존재하는 그 허구적 공간을 매개로 '실제 현실을 들여다본다'는 점에서 현실을 완전히 배제하지 않는다. 패러디는 현실을 배제하기보다는 통합하면서 허구화할 뿐이다. 어떤 시대의 문학형식이든 그것은, 그 문학형식이 쓰여진 시대의 사회적·이념적 척도를 반영하고 있기 마련이다. 패러디가 그 사회에서 쓰여지는 언어를 반영하고 있으며 그 언어에는 그 사회의 특정한 관점이나 이념적 체계가 구현되어 있다[4]는 바흐친의 지적도 이와 같은 맥락에서 패러디의 현실비판성을 증

---

4) Mihkail Bakhtin. *The Dialogic Imagination* : Four Essays, Caryl Emerson and Michael Holquist(tr)(1981)(Austin : University of Texas Press). 『장편소설과 민중언어』, 전승희(공역)(서울 : 창작과비평사, 1988). 참조.

명해보이고 있다. 패러디가 가진 풍자성이나 아이러니 혹은 알레고리적 속성 또한 패러디의 현실모방적 요소 즉, 리얼리즘적 요소를 단적으로 대변해준다.

반재현적 특성과 비견되는 패러디의 또 다른 의의는 **'*창조*'의 *신화에 대한 도전*** 에서 찾아볼 수 있다. 패러디스트는 창작의 근원을 과거의 문학공간에서 찾는 자들이고, 문학이 반복되면서 재창조되어 왔다는 사실을 전략적으로 활용하는 자들이다. 따라서 패러디는 '창조성' 혹은 '독창성'이란 무엇이며, 어떤 종류의 작품을 두고 그렇게 평가할 수 있는가라는 회의로부터 출발한다. 가령, 선행 텍스트와 비교하여 구성·소재·세계관 등의 관점에서 그것과의 유사성이나 차이성의 정도에 따라 독창성 유무를 판단한다면 위험한 일이 아닐 수 없기 때문이다. 독창성이란 각양각색의 선행 텍스트에서 빌어온 모든 요소에 대한 새로운 해석이나 결합 방법에 대해서는 물론이고, 형식이나 내용상의 창조적 변용에 대해서도 적용될 수 있는 개념이다. 또한 독창성과 모방에 대한 기준이나 그 가치평가는 시대적 요구와도 관계가 깊다. 이를테면 고전주의 시대에 예찬되었던 모방은 낭만·초현실·반고전주의에 의해 전면적으로 배격되었으며, 외국문학을 적극적으로 받아들이고자 하는 시대나 사회에서는 외국 작품의 문체·소재·줄거리·사상 등에 대한 수용의 태도와 기교만을 평가할 뿐이지 모방이나 표절 여부는 생각하지 않는 경향이 있다.

패러디스트는 모방을 유사한 추종으로 보지 않고 오히려 새로운 창조에 필요한 원동력으로 받아들이는 자들이다. 그러므로 참다운 패러디스트에게 있어서 모방충동은 자기표현을 위한 필요성에서부터 생겨난다. 그는 의식적인 모방인용을 통하여 자신의 창조적 역량을 증대시키고 거기서 자신의 시적 운명을 발견한다. 따라서 패러디의 창조성이란 우연한 것이나 절대적인 것이 아니라 지극히 의도적이고 상대적인 개념 속에서 파악되어야 하며, 패러디 행위가 이루어진 창작 과정과 그 역사적·사회적 배경 및 필연성 속에서 고찰되어야 할 것이다. 그랬을 때 창조와 모방, 독창성과 진부함이 각각의 영역을 고집하기보다는 서로에게 길을 터주는 패러디적 글쓰기의 공간이 확보되고 나아가 '창조'의 신화로부터 해방되는 글쓰기가 될 것이다.

그렇다면, *패러디의 창조성은 어떻게 획득될 수 있는가.* 결론부터 말하자면, 텍스트의 동적 구조, 맥락성, 대화성, 패러디스트의 독자적인 가치 체계라는 네 가지의 관점에서 그 독창성은 확보될 수 있다. 첫번째 텍스트의 동적 구조부터 보자. 패러디란 말이 원텍스트가 없이는 성립될 수 없다는 것은 주지의 사실이다. 이럴 경우 흔히 패러디스트는 원작자에 종속되었다고 생각하기 쉬우나 실제로 패러디스트는 원작자와 동일한 창조적 독자로서 인식되어야 한다. 뿐만 아니라 패러디스트의 새로운 이해와 해석에 의해 원텍스트의 가치와 의미는 재창조된다는 점에서 패러디의 창조성은 인정되어야 한다. 언제나 '텍스트는 살아있'기 때문이다.

작품은 그것이 작용을 미치고 있는 한 살아 있다. 작품의 작용 안에서 무엇이 작품의 소비자나 작품 자체에서 수행되고 있는지가 파악된다. 작품과 더불어 발생하는 것은 작품이 무엇인지에 대한 표현이다. 작품은 해석을 요구하고, 많은 의미화를 통해서 작용하기 때문에 작품이며 바로 그 점에서 작품으로서 살아 있는 것이다.[5]

---

5) Hans Robert Jauß(1970), p. 171.

새로운 해석적 지평을 통해 선행 텍스트가 쌓아논 권위나 근거를 계승·비판·재조합하려는 패러디스트들은 여러가지 방식으로 선행 텍스트의 '의미를 좌절'시키고 '의미를 재건설'한다. 이처럼 끊임없는 재읽기 혹은 재해석을 근간으로 하는 패러디의 입지점은 선행 텍스트를 살아있는 유동체로 간주하는 데서 마련된다. 텍스트란 소진 불가능한 것이다. 따라서 텍스트의 의미는 고정될 수 없고 단지 독자들과의 끊임없는 대화 속에서 시간을 통해 변형될 뿐이다.[6] 이것이 바로 패러디가 갖는 텍스트성, 즉 텍스트의 보충성 supplement 이다. 이처럼 살아 있는 모습으로 늘 새롭게 수용되고 다시 재생되는 패러디의 텍스트성은 텍스트가 놓인 맥락성에서 비롯된다.

패러디가 가지고 있는 창조성의 두번째 관점은 패러디 텍스트를 둘러싼 '맥락context'[7]과 패러디 작품으로 실현되는 '독서과정의 구체화'를 통해서 마련된다. 이 맥락성과 구체화는 원텍스트의 의미를 새로운 의미로 전이시켜줄 뿐만 아니라 과거의 문제를 현재의 문제로 부상시킴으로써 원텍스트와 다른 패러디 텍스트만의 변별성을 강화시켜준다. 한 시대를 지배하는 모든 시대적 규범은 늘 변화하고 시간이 지남에 따라 서서히 주변화되기 때문에 당연히 재맥락화는 다른 맥락에서 행해지는 선행 텍스트의 부활이자 파괴를 수반한다. 그러므로 패러디 텍스트의 의미는 텍스트 내적인 것만으로 완성되지 않는다. 흔히 역사적 맥락 속에서 텍스트의 의미는 형성되고 읽혀지며 평가되고 보존되며 재구축되는 것이다. 이러한 특징은 결국 패러디의 독창적 의미는 작품과 수용자간의, 과거와 현재간의 해석

---

6) V. B. Leitch. *Deconstructive Criticism* : An Advanced Introduction. 『해체비평이란 무엇인가』. 권택영(역)(서울 : 문예출판사, 1988), p. 123.
7) 맥락은 우리로 하여금 한 작품을 심미적으로 관찰하고 평가할 수 있게 하며 평가의 변화를 가장 확실하게 찾아볼 수 있게 하는 총체적인 연관성을 포함한다. 차봉희(편저)(1985). 『수용미학』(서울 : 문학과지성사), p. 113.

학적 교량[8]에 의해 획득될 수 있는 것이고, 따라서 패러디의 정당성은 작품이 생산된 사회·문화적 조건 속에서 면밀히 고찰되어야 한다는 사실을 강력히 시사한다.

이 '교량'이라는 단어가 환기하는 패러디의 이중성은, 원텍스트의 일부를 패러디 텍스트의 한 요소로 만듦으로써 발생하는 동일성과 비동일성의 강조로도 설명될 수 있다. 과거와 현재, 익숙한 것과 낯선 것을 융합시키고 변별시키는 패러디의 '대화성'이야말로 패러디의 독창성을 결정하는 관건이 되기 때문이다. 이것이 바로 패러디 독창성의 세번째 관점이다. 모든 패러디 텍스트는 원텍스트에 의존적이고 그것을 모방·반복한다. 그러나 그 모방·반복이 차이와 갈등에 의한 위반이라는 점에서, 원텍스트와는 독립적으로 원텍스트를 재창조하고 그 문맥을 파괴한다. 사실 몇몇 시인들에게 있어서 패러디는 선배시인들의 언어를 모방함으로써 그들 스스로의 문체를 확립하는 첫걸음으로 활용될 수도 있다. 원텍스트를 모방 계승함으로써 그 권위와 근거를 확장시키거나 전환시킬 수 있는 것이다. 반면, 몇몇 시인들에게 있어서 패러디는 선배시인들의 언어를 풍자하거나 조롱함으로써 희극적으로 구체화시키는 수단이 되기도 한다. 때문에 패러디의 독창성이란, 시공간적으로 떨어져 있는 원텍스트의 해석적 지평을 패러디 텍스트의 현재적 지평으로 새롭게 확장하는 방법적 새로움이 구조적 필연성에서 찾아질 때 구축될 수 있다. 즉 서로 이질적인 과거의 경험과 현재의 경험을 매개하고자 하는 동기에서 찾아질 수 있는 것이다.

이러한 대화성은 근본적으로 '패러디스트의 독자적인 안목과 가치 체계'에서 비롯되는 경우가 많다. 패러디 창조성의 네번째 근거

---

8) 앞의 책, p. 143.

다. 글쓰기란 유일무이한 완벽한 의미의 '독창성'을 가진 것이거나 한 번만 존재하는 어떤 성취가 아니다. 시간과 공간을 넘어서 끊임없이 반복되는 시도이며 새로운 의도 아래 끊임없는 방법적 개발과 변화를 시도하는 역사적 행위이다. 패러디는 이처럼 '되풀이되는 창조 활동'을 전략적으로 드러내는 창작 방법이기 때문에, 과거의 것이 새롭게 수용되고 또 그것이 현재에 새로운 영향을 발휘하도록 할 수 있는 패러디스트의 독자적 안목과 가치는 패러디 창조성의 가장 중요한 근거가 된다. 따라서 패러디스트의 개성적인 안목과 가치 체계는 이전의 작품들에 대해 반복·모방의 형태를 취하면서도 반드시 이전의 작품들과는 다른 패러디 자아의 모습을 제공해야 하고 패러디 자아를 '확장하는 것'에 이바지해야 한다.[9] 뿐만 아니라 선배시인의 언어나 시정신을 계속 살아 움직이게 하고 다양한 시양식 발전에 기여하도록 하는 필연적인 특성인 셈이다.

최근 패러디·패스티쉬·모방·인유가 성행하는 데서 문학의 위기를 진단하는 담론들이 있는가 하면, 반대로 문학 위기를 극복할 대안으로서 그것들의 유용성을 시사하는 담론들도 있다. 특히 후자의 논점은, 문학적 리얼리즘의 고갈 즉, 문학이 더 이상 리얼리티의 묘사 능력을 가지지 못한 데서 문학이 위기에 처한 원인을 찾고 있기 때문에 그 위기를 극복하는 대안은 적극적으로 다른 문학을 다시 모방하는 것[10]이라고 주장한다. 패러디가 문학 위기의 원인이든 고갈의 결과이든 아니 그것들의 극복 방안이든 중요한 것은, 하나의 텍스트가 이전의 다른 텍스트를 모방하고 있다는 사실 자체는 패러디가 놓여 있는 존재상황일 뿐 패러디의 문학적 완성도나 그 질적 평가와는 별개의 문제라는 사실이다. 패러디가 문학적 형상화의 질

---

9) Marget A. Rose(1979), p. 82.
10) 김성곤(1985), p. 197. 참조.

적 수준을 저하시킨다거나, 패러디를 용인하다보면 자칫 베끼기나 표절조차도 어쩔 수 없는 필연적인 것이 된다거나, 패러디스트란 문자화된 텍스트를 구성하는 그 모든 흔적을 하나의 공간에 모아 놓은 사람일 뿐이다라는 식으로, 패러디 자체의 가치가 폄하되어서는 안된다는 말이다. 요컨대 어떤 텍스트와 어떠한 상호관련성을 갖느냐, 그 관련성은 어떤 효과가 있느냐의 판단에 따라 패러디 작품의 문학적 평가는 이루어져야 한다. 즉 패러디는 어떻게, 어떤 목적과 효과를 위해 사용하느냐에 따라서 그 유용성과 무용성은 평가되어야 한다. 따라서 진정한 예술로서의 참된 패러디와 거짓된 예술로서의 사이비 패러디를 식별하는 방법과 그 기준을 확립하는 것이야말로 패러디가 파급시키는 모든 부정적인 문제를 일소시키는 실제적 대안인 것이다.

패러디의 관점에서 본 한국 현대시사

정말로 아리스토텔레스 이후 모든 예술가들은 이미 알려진 것을 그가 몸담고 있는 시대에 맞게 재표현하고 있을 뿐인지 모른다. 단지 작품을 받아들이는 그 시대의, 정신적 수준이나 문화적 취향에 따라 선행 텍스트는 재인식되고 재평가될 뿐인지도 모른다. 그렇다면 문학의 역사란 선배시인의 언어에 의해 새로운 시인이 탄생되는 일련의 순환적·재생적 소통사로 읽을 수도 있을 것이다. 수용하는 독자, 검증하는 비평가 그리고 다시금 생산하는 작가를 통한 문학적 텍스트의 활성화 과정[1], 즉 독자·비평가·작가간의 상호작용을 통해 수행되는 심미적 수용과 생산의 한 과정으로서의 문학사를 제창했던 이는 야우스였다. 그가 주장한 바 있는 '도전으로서의 문학사'는 새로운 문학사 기술을 위한 패러다임의 전환을 시사한 선구적인 탁견이었다.

---

1) Hans Robert Jauß(1970), p. 181.

문학사의 혁신은 역사적 객관주의의 선입견을 헐어 버리고 전통적인 생산 미학과 서술 미학을 하나의 수용 미학 및 작용 미학 안에 기초할 것을 요청한다. 문학적 역사성은 事後的으로 해명된 '문학적 사실들'의 연관에 입각하는 것이 아니라, 독자를 통한 문학 작품의 선행적인 경험에 기인한다. 이러한 대화의 관계는 문학사에 있어서는 기초적인 所與이기도 하다.[2]

인용문에서 야우스는 '역사적 객관주의'에 입각해 '전통적 생산미학과 서술미학'을 중심으로 서술되었던 기존의 문학사를 부정하고, '독자를 통한 문학 작품의 선행적인 경험에 기인하는' 수용미학에 강조점을 둔 새로운 문학사 서술의 필요성을 역설하고 있다. 즉 문학 텍스트가 '소통'되는 과정으로 문학의 역사를 파악해야 한다는 것이다.

패러디가 '소통'으로서의 문학사 기술에 새로운 패러다임을 제공할 수 있는 첫째번 근거는, 그것이 과거와 현재, 원텍스트와 패러디 텍스트 사이를 의식적으로 중재할 뿐만 아니라 텍스트에 대한 해석학적 차이를 드러내준다는 데 있다. 모든 개체가 자신의 과거를 부정하고 넘어섬으로써 자신과는 다른 존재로 스스로를 재생하는 것처럼, 패러디스트는 과거를 부정하고 그것을 넘어섬으로써 스스로 시인이 되고 또 후배시인을 낳는다. 그런 의미에서 패러디스트는 자기 자신의 어머니이자 딸로서, 과거와 현재를 잇는 대화자이다. 따라서 선행 텍스트들이 후대에 어떤 영향을 끼쳤으며 후대에 어떠한 평가를 받았는가 하는 문제는 패러디에 의한 문학사를 통해 검증될 수 있다.

---

2) 앞의 책, p. 179.

두번째, 문학을 생산과 수용의 과정으로 파악한다는 점에서도 패러디는 '소통'으로서의 문학사 기술에 유효한 척도를 제공한다. 소통으로서의 문학사는, 규범화된 선행 텍스트의 의미가 패러디스트로부터 독자에게 새롭게 전달되는, 패러디의 맥락화된 생산과 수용의 전체행위가 고려되어야만 한다. 패러디스트의 원텍스트에 대한 정확한 이해와 패러디 동기에 의해, 그리고 사회적 문맥이나 독자의 패러디 수용능력에 의해 패러디 텍스트의 의미는 크게 좌우되기 때문이다. 이처럼 패러디는 예술작품의 창작과 해석과 인식의 과정 전체를 아우르는 역동적 행위에 관한 미학임에 틀림없다. 그러므로 패러디는, 작가로서의 독자와 당대의 실제 독자에 의한, 즉 생산과 수용의 변증법적 과정으로 기술되는 새로운 문학사 기술에 실제적인 역할을 담당할 수 있을 것이다.

패러디는 옛 형식과 새로운 형식의 끊임없는 소통에서 비롯되는, 규범화(자동화)와 주변화(비자동화)의 교체에 의한 문학의 역사적 전개과정을 설명하는 데 용이하다[3]는 데서 세번째 근거를 찾아볼 수 있다. 한 시대를 지배하는 문학적 규범 혹은 장르는 금방 익숙해지며 자동화되어버린다. 이때 상대적으로 주변부를 차지하던 비주류적 규범이나 장르가 부상하게 됨으로써 그 중심과 주변의 위치는 변화한다. 즉 규범이나 장르는 소멸하는 것이 아니라 부침(浮沈)을 반복할 뿐이다. 이 부침의 과정에서 패러디는 중요한 역할을 한다. 특히 패러디에 의한 주변화된 규범이나 장르의 부활은 곧 기존의 규범화된 규범과 장르에 대한 도전 혹은 전복의 의미를 갖는다.

이상과 같은 '소통'의 관점에서 과거(원텍스트)와 현재(패러디 텍

---

3) 티니아노프는 이러한 규범과 장르들간의 교체를 발전적 진화로 파악한 바 있다. Peter Steiner(1884), p. 120. 참조. 그러나 본고에서는 진화의 개념까지는 수용하지 않는다.

스트), 작가와 독자, 중심과 주변간의 관계성을 중심으로 살펴본 우리 현대시 전반에 걸친 패러디의 단면도는 새로운 시사(詩史) 기술의 가능성을 보여준다. 따라서 이러한 소통으로서의 패러디 시사는, 패러디 자체의 형식적 측면과 패러디스트의 의도와 독자의 인지라는 실용적 측면 외에도, 역사적 관점·사회적 문맥에서 한 시대의 이념성까지를 고려해야 할 것이다. 패러디는 작품이나 장르, 나아가 시인 혹은 시대마다 다르게 사용되기 때문이다. 이러한 관점에서 패러디 대상에 대한 패러디스트의 태도를 중심으로 살펴본 우리 현대시의 패러디 전개 양상을 간략히 정리해보자.

2, 30년대를 전후한 우리 현대시의 출발 과정에는 주로 *모방적 패러디군*이 성행했다. 이 유형은 3·1운동과 이듬해 공포된 일제의 문화정책을 시대적 기반으로 한다. 3·1 운동에 의한 민족적 동질성의 체험 이후 일제에 대한 문학적 응전 형태는 크게 두 가지로 변별되어 나타난다. 민족주의를 문학적 소명의 과제로 삼아 시조를 부흥시키고 민중시가로서의 민요·속요·가사 등을 부활시키고자 했던 반면, 자유·물질문명·계급을 토대로 하는 서구 문학을 적극적으로 수용하여 근대문학의 기틀을 세우고자 했다. 패러디의 측면에서도 그 양상은 마찬가지였다.

전통장르에 대한 패러디는 전통장르의 의식적인 계승과 재창조 작업으로 시도되었다. 이러한 배경 속에서 창작되었던 대표적인 양식이 이른바 '민요조 서정시'다. 그러나 이 민요조 서정시류 모두가 패러디 텍스트인 것은 아니다. 그것들이 패러디가 되기 위해서는 패러디의 기준(대화성·전경화 장치·사회적 문맥·기대지평의 전환)을 갖추어야 한다. 민요조 서정시들 중 패러디 기준을 갖춘 텍스트들은, 작품의 문학적 성과는 차치하고라도, 문화적 주체성이 부각되기 시작했던 그 당시로서는 시대적 요청의 문제였고 그러한 시대적 풍토 속에서 민족적·민중적 공감을 이룰 수 있는 장점이 있었다. 이러한 노력의 성과가 바로 김소월의 등장이었다.

김소월의 패러디 텍스트들은 주로 민요의 장르적 특성을 계승하고 있다. <항간애창명쥬짤기> <팔벼개 노래조>와 같은 작품들이 민요의 채록적 특성이 강한 패러디 텍스트라면, <접동새> <산유화>와 같은 작품들은 변형된 민요 형식을 근간으로 원텍스트와 대화성을 확보하고 있으며 문학적 완성도도 높다. 원텍스트에 대한 채록적 성격이 강할수록 패러디스트의 독자적인 안목이 배제되고 대화성도 미달되는 경우가 많아 패러디 텍스트로서의 효과는 떨어진다. 이러한 지적은 그 당시에 김억·김동환·주요한 등에 의해 창작되었던 이 유형의 많은 패러디 텍스트에 해당되는 문제점이기도 하다. 그들의 패러디 텍스트는 주로 단조로운 정형율과 관념적 현실인식의 한계를 노정하고 있으며, 패러디 고유의 특성인 원텍스트와의 대화성을 담보하지 못한 채 원텍스트를 기계적으로 차용하고 있다. 상대적으로 김소월의 경우는 원텍스트와의 대화성을 적절히 획득하고 있는 패러디 텍스트가 많아 시적 개성을 확보하고 있다. 따라서 그의 패러디 텍스트들은 우리 현대시에서 소멸해가는 전통장르를 재인식하여 현대시와 접목시키는 데 성공했다는 시사적 의의를 갖는다. 또한 전통장르 패러디는 <접동새>에서처럼 설화를 부차적으로 차용할 경우 시인이 몸담고 있던 현실에 대한 우회적 발화양식이 되기도 했는데 이때 패러디는 알레고리와 겹쳐진다.

또 다른 한편에서 이상(李箱)은, 비문학장르에 대한 패러디 작업을 선구적으로 시도하고 있었다. 그는 당시로서는 무척 낯설었던 최신의 수학·건축학과 같은 비문학장르를 실험적으로 차용하여, 현대시의 구조·기교·의미의 측변에서 새로움과 독특한 미적 특질을 형상화한 바 있다. <시제4호>나 <시제5호>는 숫자 배열과 도형이 만들어내는 다양한 상징성을, <이상한 가역반응>과 일련의 <선에 관한 각서> 연작시들은 기하학적 원리와 수식을 시 전체의 중심 구조로 차용한 작품들이다. 새로운 상상력을 향한 열망은 시인의 본질이다. 전혀 이질적인 장르를 패러디함으로써 발생하는 상상력의 진폭은 매우 크기 때문에 잘만 활용하면 시의 새로움에 기여할 수 있다. 이상(李箱)의 패러디 텍스트는 엄밀한 관점에서 접근하자면 어떤 패러디 유형에도 속하지 않으며, 반대로 해석 관점에 따라 또 모든 패러디 유형에 속할 수도 있다. 그 이유는 그의 문학 자체가 안고 있는 난해성과, 비문학장르와 문학장르 사이의 상이성 때문이다.

반면, 이 시기의 서구문학에 대한 패러디는 물질문명에 대한 동경을 기반으로 한다. 이러한 패러디는 언어의 벽을 전제로 하는 국가와 국가, 민족과 민족, 문화와 문화간의 대화의 장을 마련해준다는 의의를 갖는다. 무엇보다도 김기림의 패러디 텍스트는 우리 현대시 형성과정에 영향을 미쳤던 서구문학의 수용사적 일단면을 보여준다. 김기림의 <지혜에게 바치는 노래>와 박인환의 <열차>가 스펜더의 <급행열차The Express>의 중심 이미지와 구조·시정신까지를 모방인용하고 있고, 김기림의 장시 <기상도>도 엘리어트의 장시 <황무지The Waste Land>의 양식적 특성과 표현방법을 차용하고 있다. 그러나 원텍스트의 전경화 장치를 비롯해 원텍스트와의 대화성이 약하다는 점에서 패러디 텍스트로서의 미흡한 점이 있다. 여기서도 서구문학의 수용사적 측면에서 논의되고 있는 서구문학 지향적인 텍스트 모두가, 패러디 텍스트가 될 수 없음은 물론이다. 게다가 서구문학을 원텍스트로 하는 모방적 패러디의 경우 원텍스트의 전경화 장치가 내재화되어 있을 경우가 많은데, 이때 의역·오역·번안에 의한 텍스트는 패러디 텍스트와의 경계가 모호할 때도 있다. 이러한 특징은 우리 현대문학 초기의, 서구문학에 대한 수용사적 맥락 속에서 이해되어야 할 것이다. 이 모방적 패러디의 보다 분명한 모델은 70년대 구상(具常)의 돈키호테와 햄릿, 파우스트의 목소리를 빌어 당시의 정치상황을 간접화시킨 <상황>이라는 시에서 찾아볼 수 있다.

현대시 정립기에 해당하는 이 시기의 패러디 텍스트들은 채록이나 번안 혹은 영향의 성격이 짙다. 또한 패러디적 모방인용임을 두드러지게 하는 패러디의 전경화 장치도 미약하다. 전통장르 패러디의 경우는 비록 전경화 장치가 미약하더라도 문화적 전통과 사회적 문맥 속에서 원텍스트를 쉽게 인지할 수 있지만, 서구문학 패러디는 패러디의 전경화 장치가 암시적으로 숨겨져 있어 원텍스트를 인지하는 데 어려움이 있다. 이러한 현상은 패러디는 물론 패러디 전경화 장치에 대한 인식의 미약함을 반증할 뿐만 아니라, 전통계승이나 서구지향적 수용으로 특징지워지는 현대시 초기의 문학적 특성을 반영한다.

이렇게 원텍스트의 전경화 장치가 미약한 이유를 또 다른 측면에서 생각해보자면 당시만 해도 고전문학의 '용사'적 전통에 익숙했던 시인들이 많았기 때문인 것으로 보인다. 용사적 전통에서는 반드시 그 전거를 밝혀야 할 필요는 없었다. 한정된 글자 안에서 표현해야 하는 장르적 관습과 한시 자체가 최소한 사서삼경을 독파한 일정 수준의 이상의 작가와 독자를 전제로 했기 때문에 굳이 전거를 밝히지 않아도 상호텍스트적 관계를 알 수 있었다. 구비적 전통을 가진 장르는 특히 집단적 주체에 의해 창작·향유되었기 때문에 더더욱 전거를 밝힐 필요도, 전거를 알 수도 없었다. 당시의 시인들은 이러한 용사적 전통이나 구비적 전통에 익숙했기 때문에 굳이 원텍스트를 전경화하려는 동기를 갖지 못했던 것으로 진자된다.

5, 60년대를 기점으로 비로소 선보이기 시작한 *비판적 패러디군*

들은 4·19를 계기로 부상한 시민의식과 민족사에 대한 이해와 반
성을 시대적 분위기로 깔고 있다. 전후세대의 폐허의식을 기반으로
하는 이 시기는 한 마디로 '전(前)역사의 긴 문장과 또 하나 짧은 우
리 문장을 연결하는 접속사와 그 다음에 올 주어'[4]를 찾기 위해, 전
통에 대한 재평가와 서구문학에 대한 주체적 재인식을 근간으로 문
학적 모색이 이루어졌다. 이러한 주체적 자각은 특히 한국의 근대문
학이 전통과의 연속선상에서 성장한 것인가 그렇지 않으면 서구의
영향에 의존하여 성장한 것인가하는 비평적 논제로 이어지기도 했
다. 이 시기에 창작된 패러디 텍스트들은 패러디에 대한 전반적인
인식은 물론 패러디스트의 동기도 보다 분명하게 드러내고 있다. 따
라서 패러디의 전경화 장치를 외재화하는 다양한 방법도 개발되고
원텍스트에 대한 비판적 재해석의 강도도 높아진다.

　이 시기의 전통장르 패러디는 모방적 유형은 물론이고 비판적 유
형도 많이 창작되었다. 이렇듯 의식적으로건 무의식적으로건 원텍
스트를 고전에서 찾았던 이유는 고전을 재인식하고 5·16이후의 독
재체제에 저항하는, 일련의 민중지향적 시대 분위기에 부응한 민중
적 상상력을 구축하고자 하는 데 있다. 그러나 또 다른 이유는 첨예
한 시대 현실로부터 한발짝 물러선 우회적 대응에 용이했기 때문이
기도 하다. 설화의 공간을 독특한 구연 어법으로 재해석하고 있는
서정주의 패러디는, 패러디의 전경화 장치도 분명해지고 원텍스트
에 대한 인유적 재해석이 새로울 뿐만 아니라 원텍스트와 충분한
대화성을 확보하고 있어 패러디 효과 또한 높다. 그는 기존의 설화
를 차용하여 설화의 내용뿐 아니라 형식까지를 자신의 언어로 재창
조해낸다. 특이한 점은 이들 시에서 원텍스트에 대한 직접적인 비판

---

4) 이어녕(1959). 주어 없는 비극.『저항의 문학』(서울 : 경지사), p. 17.

보다는 재해석의 특성이 강하게 나타난다는 점이다. <걸궁배미>나 <눈들 영감의 마른 명태>가 구비전승의 설화공간을 패러디하고 있다면, <노인헌화가>나 <풍편의 소식>은 대표적인 문헌설화『삼국유사』를 패러디하고 있다. 다른 문헌설화로『삼국사기』,『대동운옥』,『고려사절요』,『연려실기술』 등도 차용하고 있다. 그 패러디의 중요한 방법적 장치는 바로 구연의 화자가 담당하고 있다. 화자의 입담은 구어체나 토속어에 과장·익살·너스레를 섞어가면서 자유자재로 원텍스트를 격상시키기도 하고 격하시키기도 한다. 여기서 발생하는 유머가 바로 서정주 패러디의 특징이 되고 있다.

비문학장르에 대한 패러디에서는 회화와 관련된 김춘수의 일련의 작업이 눈에 띈다. 회화작품을 원텍스트로 하고 있는 그의 패러디 텍스트는 시각예술과 언어예술의 매체적 차이에서 발생하는 독특한 시적 공간을 마련한다. 그는 원텍스트를 단순히 반복적·사실적으로 묘사하는 것이 아니라 철저하게 내면화·주관화시켜 새롭게 재현해낸다. <나르시스의 노래-살바도르 달리의 그림에>는 제목과 부제에서 암시하고 있듯이 달리의 그림을, <샤갈의 마을에 내리는 눈>은 샤갈의 그림을 원텍스트로 차용하여 시인의 언어로 재구성하고 있다. 또한 <루오 할아버지가 그린 유화 두 점>은 루오가 즐겨 그렸던 일련의 작품들을, <이중섭> 연작시에서는 이중섭의 그림들을 차용하여 시인의 삶을 투사시키고 있다. 회화를 패러디한 일련의 패러디 텍스트들은, 회화가 모든 이미지와 메시지를 캔버스 안에 동시적으로 제시하듯이, 언어의 인과적·계기적 요소를 배제함으로써 의미의 해체 혹은 의미의 복합성을 지향한다. 그런 점에서 비판적 유형적 특성을 지닌다. 이 책에서는 언급하지 않았지만 김춘수와 비슷한 시기에 음악이라는 다른 비문학장르를 적극적으로 차용하고 있는 김종삼의 시작업도 눈에 띈다.

서구문학에 대한 비판적 패러디 유형이 갖는 시사적 의의는 자못 크다. 일방적이었던 외국문학의 수용 태도에서 벗어나 주체적 수용 자세를 보이고 있기 때문이다. 그러나 이 유형의 패러디 텍스트는 우리 현대시에 그다지 많지 않다. 이는 우리 문학사에 축적된 서구 문학의 전통이 일천하며, 또한 우리 문학과의 관계 속에서 서구문학 을 어떻게 차용해야 하는지에 대한 비판적 점검 작업을 소홀히 한 데 그 원인이 있을 것이다. 서구문학에 대한 비판적 패러디란 원텍 스트가 놓여 있던 그리고 새롭게 놓여질 개인적·사회적 맥락에 대 한 완전한 이해는 물론이고, 우리 사회의 서구문학의 축적 위에서 가능하기 때문이다. 40년대 윤동주의 <팔복>이 성경을 비판적으로 패러디하고 있기는 하지만, 그 패러디 텍스트가 모방적 유형으로 해 석될 소지가 있고 그 시기에 다른 비판적 패러디가 눈에 띄지 않는 다는 점에서, 본격적인 서구문학에 대한 비판적 패러디는 김수영에 게서부터 시작된다고 볼 수 있다. 김수영은 주로 원텍스트를 어구적 차원에서 모방인용하여 자신의 패러디 텍스트 일부분으로 재맥락화 하는데, <이혼취소>는 블레이크 시의 한 구절을, <미스터 리에게> 는 휘트먼의 글을 직접 인용하고 있다. 오규원의 <바람은 바람의 마음으로-발레리>에 오면 발레리 시의 한 구절이, 박남철의 주기 도문 연작시에는 성경의 구절이 패러디 대상이 되고 있다. 원텍스트 에 대한 비판의 어조도 훨씬 강해진다.

이 시기의 가장 큰 성과는 패러디에 대한 인식이 확립된 점이다. 원텍스트를 전경화하는 제사나 부제, 각주, 간접인용법 혹은 직접인 용법 등의 제반 장치가 활발히 활용되었고 원텍스트와의 아이러닉 한 대화성도 충분히 확보되었다. 이러한 특성은 또한 현대시가 일정 궤도로 진입하여 우리 언어와 현실에 육화되었다는 사실과, 패러디 대상으로서의 문화적 유산이 축적되고 주체 확립의 시대정신이 활성화되고 있었다는 사실을 반영한다.

80년대를 기점으로 발아되기 시작한 **혼성모방적 패러디군**은 놀라운 파급력을 갖는다. 이 시기는 80년 오월광주를 시발로 5·6공화국의 출범과 올림픽 개최 및 보수대연합, 그리고 나라 밖으로는 사회주의의 붕괴와 동구권의 개방화 등을 배경으로 한다. 선행 텍스트의 과감한 발췌와 혼합을 특징으로 하는 이 시기의 패러디는 실험적이고 전위적인 성격을 띠고 있다. 이러한 특성은 현실모방의 거부를 전략적으로 표면화시키는 기능을 담당한다. 패러디의 범위와 영역도 무한히 넓어져 현실과 구별하기 어려운 기성품으로서의 온갖 대상들을 패러디함으로써, 반재현주의라는 패러디의 기본 이념이 흔들리고 '현실표절'이라는 단어까지 등장하기에 이른다. 패러디는 패스티쉬와 맞물려 있기 때문에 전경화 장치가 없을 경우 표절이나 도용과의 경계가 모호해지는 역기능도 간과할 수 없다. 모든 권위와 근거가 부정되는 경계해체·대중화·물화·양적 팽창의 시대정신을 배경으로 하는 이 시기의 패러디는 실험적이고 전위적인 성격을 띤다.

혼성모방적 유형에 속하는 전통장르 패러디에 관해서는 아직 그의 시사적 의의를 견지할 만한 작업이 진행되지 않았다. 김지하가 시도한 바 있는 새로운 시형식 담시와 대설 정도가 있을 뿐이다. 판소리(탈춤) 광대의 사설을 현대화한 이 양식들은 현대문학사에서 그 선례를 찾아보기 힘든 장르에 속한다는 점과, 온갖 구비전통 장르를 총동원하여 현실의 모순을 풍자하고 있다는 점에서 그 시사적 의의를 갖는다. 그러나 그와 같은 일련의 작업이 단절되었다는 점과 심지어 대설의 경우는 미완성으로 남아있다는 점에서 그의 작업은 시험적 성격이 강하다 하겠다.

혼성모방적 유형에서 가장 두드러진 특징은 비문학장르에 대한 패러디의 폭발적인 양적 증가에 있다. 정치적 이데올로기와 자본주의 세태에 대한 부정의 정신을 기반으로 하는 이 패러디군은 특히 8, 90년대의 시정신을 대표한다. 오규원·황지우·박남철·유하·장정일 등의 작업을 꼽을 수 있다. 영화라든가 설문 양식, 메뉴판, 공고문, 신문의 단편들, 광고문 등을 포함해 그들이 차용하고 있는 원텍스트의 범위는 무한하다. 그 원인은 언어매체의 퇴조와 대중매체의 부상으로 특징지워지는 문화적 특징에서 찾을 수 있을 것이다. 이와 같은 패러디 대상의 확대는 현실의 경계까지를 침범함으로써 패러디의 반재현주의를 무너뜨린다. 또한 장르를 넘나듦으로써 고급예술과 대중예술의 경계를 무너뜨리고 일상의 삶을 새롭게 바라볼 수 있는 다원주의적 인식유형을 제공한다. 시적 긴장감을 유지시켜주면서 신선한 감수성을 제공해준다는 점에서 패러디의 또 다른 가능성을 시사하고 있다. 그러나 감각적 유희와 재미를 추구하는 경박성과 요설적 특징을 갖는다는 점에서, 뿐만 아니라 그러한 시적 새로움은 시간이 지남에 따라 금방 상투화된다는 점에서 그 한계점을 노정한다.

전반적인 패러디의 활성화에 힘입어, 서구문학 패러디에 대한 혼성모방적 패러디 유형도 다양화되었다. 서구문학 전통이 일정 부분 우리 문화의 기저에 축적되었고, 서구문학 전반에 대한 소개와 이해가 전문화·세분화되었기 때문이다. 이 시기의 서구문학 패러디는 주로 정치적·사회적 풍자를 위한 간접화의 도구로 사용되고 있다는 점에서 알레고리적 특성이 강하다. 황지우의 <몬테비데오 1980년 겨울>이 불란서 시인의 문체적 특징을 차용함으로써, <아무도 미워하지 않는 자의 죽음>은 같은 제목의 독일 논픽션소설의 결말을 다시 씀으로써 당시의 정치상황을 아니러니컬하게 비판한다. 오규원은 여기서 한 단계 더 나아가 『돈키호테』의 한 구절을 그대로 인용하면서 한국판 <등기되지 않은 현실 또는 돈 키호테 약전>을 쓰고, 『데카메론』의 구조와 불란서 시인의 시 구절을 그대로 인용하여 <나의 데카메론>을 쓴다. 이 유형은 언어를 달리하는 원텍스트가 그대로 인용되고 있기 때문에, 특히 사회적 공인을 획득하고 있지 않은 원텍스트를 차용할 경우 반드시 원텍스트를 밝히는 전경화 장치가 필요하다.

또 다른 한편으로 **한국 현대시를 대상으로 한 패러디군**이 있다. 그들의 텍스트는 동시대 시인들의 앞선 텍스트를 수정, 보완한다. 모방적 유형은 선배시인을 보완하려는 경향이 강하고, 비판적 유형은 전복시키려는 경향이, 그리고 혼성모방적 유형은 그대로 복제하려는 경향이 강하다. 선배시인의 텍스트들이 축적될 수 있는 일정 기간을 필요로 했기 때문에 이 유형들은 다른 범주에 속하는 패러디 유형보다 시기적으로 다소 늦게 등장한다. 중심 시어나 이미지에서부터 시정신까지를 계승하고 있는 모방적 유형은 패러디의 전경화 장치가 미약하지만, 원텍스트가 동시대 시인들의 작품이고 게다가 사회적 공인을 획득한 유명한 텍스트일 경우가 많아 굳이 모방 인용의 사실을 전경화하지 않더라도 쉽게 원텍스트를 알 수 있다. 그러나 원텍스트의 권위와 근거에 압도되어 그 해석적 범위를 벗어나기 어렵다는 난점이 있다. 정지용의 <석류>는 신석정의 <석류>로 이어지고 있으며, 김소월의 <왕십리>는 오장환의 <붉은 산>과 박목월의 <왕십리>로 재창조되고 있다. 김수영의 <풀>이나 신동엽의 <껍데기는 가라>와 같은 시들은 문학적 입장과 세계관을 같이 하는 후배시인들에게 계속해서 차용되고 있다.

원텍스트와의 대화성이 공격과 조롱으로 나아가는 비판적 패러디 유형은 원작자와 패러디스트와의 세계관 대립에서 비롯되는 경우가 많다. 이때 패러디는 원작자의 이데올로기적 입장을 비판하거나 패러디스트의 이데올로기적 정당성을 입증하기 위한 전략적 장치로도 사용된다. 지난 세대의 유명한 텍스트일수록 또 인기있는 텍스트일수록 비판적으로 패러디되기 쉬운 속성이 있는데, 우리 현대시처럼 좌우 이데올로기의 갈등이 강하게 반영된 경우에는 특히 그러하다. 원텍스트가 가지고 있는 이데올로기적 속성을 신랄하게 공격함으로써 원텍스트의 권위와 근거를 무너뜨리고, 패러디스트의 이데올로기적 권위와 근거를 부각시키려 한다. 김춘수의 <꽃>, 서정주의 <무등을 보며> <내리는 눈발속에서는>, 박두진의 <해>, 정현종의 <섬>과 같은, 우리 현대시를 대표하는 작품들이 역시 후배시인들의 비판적 패러디의 대상으로 자주 차용된다.

끝으로 우리 현대시를 대상으로 하는 혼성모방적 패러디 유형은 유하, 박남철, 김춘수, 박상배와 같은 시인들을 중심으로 이루어지고 있다. 이들의 시는 선배시인의 텍스트뿐만 아니라 자신의 선행 텍스트까지를 그대로 베끼고 조합하는 자기복제적 특성을 갖는다. 이러한 창작법은 우연한 병치와 조합으로 인해 예기치 않은 의미를 얻을 수 있고, 시형식의 허구성을 폭로함으로써 글쓰기 과정에 대한 반성을 이끌어낼 수 있다는 장점을 지닌다. 특히 원텍스트가 동시대의, 같은 언어 및 같은 장르에 속하기 때문에 패러디의 효과가 높다. 그러나 문학의 진정성에 대한 의문을 불러일으키고 좋은 작품과 나쁜 작품의 구별을 모호하게 할 뿐만 아니라 끝없는 표절시비를 불러올지도 모른다는 점에서 패러디의 역기능을 노출한다.

이처럼 패러디는 하나의 텍스트가 생산될 때 그 텍스트는 선행 텍스트들을 어떻게 수용하고 있는가라는 '소통'으로서의 문학사에 유효한 척도를 제공한다. 우리 현대시사에 드러나는 현대시와 전통, 현대시와 비문학장르, 우리시와 외국문학, 선배시인과 후배시인간의 상호관계를 설명해줄 수 있는 것이다. 즉 우리 현대시에는 고전의 전통이 어떻게 계승되고 있으며 낡은 장르와 새로운 장르간의 부침이 어떻게 변동되고 있는가. 또한 이질적인 서구 문학이 어떻게 수용되고 있으며, 동시대의 선배시인의 텍스트가 후배시인의 텍스트에 어떻게 반영되고 있는지 설명해줄 수 있다. 뿐만 아니다. 패러디 텍스트의 창작 및 독서 과정은 곧 선행 텍스트가 패러디스트나 독자에게 어떻게 읽혀지고 해석되고 있는가에 대한 일련의 수용사로 설명될 수도 있다. 그리하여 패러디는 과정의 미학, 소통으로서의 현대시사를 조명한다. 텍스트의 제작과 해석과 인식에 이르는 역동적 행위에 초점을 둔 수용과 해석적 관점으로서의 새로운 문학사 서술을 가능하게 하는 적절한 척도가 되는 것이다.

특히 이러한 패러디가 20년대, 60년대, 80년대라는 정치적·사회적 변화를 요구하는 전환기 및 변환기에 많이 창작되었고 그때마다 새로운 패러디 유형이 등장하고 있다는 점은 주목을 요하는 부분이다. 패러디가 역사적 전환기의 시대적 징후를 문학적으로 적극 수용하고 민감하게 대처하는 데 유효한 특성을 지니고 있다는 사실을 간접적으로 증명해보이고 있기 때문이다. 이때 패러디스트가 선택한 선행 텍스트에 대한 지속과 도전에의 열망은 새로운 시대의 흐름을 대변한 것이고, 결과적으로 그가 생산한 패러디 텍스트는 현실에 대한 우회적 전략의 결과물이자 풍자와 공격의 수단이 된다. 앞서 살펴본 '현실모방'과 '창조'의 권위에 도전하고자 하는 패러디의 의의가 패러디스트의 내면적 패러디 동기에서 비롯된 것이라면, 이러한 시대적 징후로부터 촉발되는 문학적 수용과 재창조는 패러디의 대사회적·문화적·정치적 동기에서 비롯된 것이다.

일반적으로 알려진 패러디 개념에 가장 적합한 형태는 물론 비판적 유형에 속하는 패러디 작품군들일 것이다. 그러나 사적(史的) 전개의 과정에서 살펴보았듯, 원텍스트에 대한 비판적 재해석을 특징으로 하는 이 유형은 공격 대상으로서의 '권위 혹은 중심'이 인정된 사회구조 속에서 유효한 형식이다. 한 시대가 막을 내리고 이미 복잡해질대로 복잡해지고 절대적 권위 혹은 중심이 부정되고 있는 오늘날의 현실구조 속에서 '원텍스트에 대한 비판적 재해석'이라는 패러디스트의 태도는 현실적 응전력을 상실하고 만다. 그러므로 패러디를 가장 패러디답게 하는 본질적 요소는, 패러디가 문화적 기억의 지속성을 근간으로 하는 창작원리라는 가장 단순한 사실과 새로운 문학적 모델을 개발·실험하기 위해 과거를 재기능화한다는 사실을 기반으로, 그 시대마다 새롭게 모색되어야 한다. 그리고 그 기억을 지속시키고 재기능화하는 패러디의 작업은 언제나 또 하나의 세계를 암시하거나 제시해줄 수 있는 살아있는 행위여야 한다. 단순히 원텍스트를 표면적으로 차용하거나 단순하게 반복하는 행위가 아니라, 원텍스트가 속해 있던 세계와 원텍스트가 재구현하게 될 세계와의 관계를 지각하고, 생각하고, 기획하면서 차용하는 주체적 행위로서 패러디되어야 하는 것이다.

패러디 텍스트가 독자적으로 살아남기를 원한다면 원텍스트와 구별되는 새로운 어떤 것을 지녀야만 한다. 따라서 패러디한 현실적 동기와 패러디 텍스트의 성공적인 미적 가치의 구현은 패러디 텍스트의 새로움을 위한 선결조건이다. 이를테면 패러디와 표절을 구분하는 기준도 원텍스트와 똑같은 것이냐 아니냐, 인용의 정당한 절차를 거쳤느냐 아니냐하는 외형상·윤리상의 문제보다는 새로운 가치와 의미내용을 효율적으로 충족시키고 있느냐 하는 현실적·미학적 문제에 두어야 하는 것이다. 그런 의미에서 오늘날의 패러디는, 근본적인 변화와 전반적인 가치의 재평가가 이뤄지고 있는 세기말적 전환기의 제반 현실을 어떻게 이해하고 또 어떻게 수렴할 수 있는가 하는 관점에서 그 동기와 미적 가치가 새롭게 모색되어야 할 것이다.

참고문헌

<주요자료>

김기림(1988). 『김기림전집』. 김학동·김세환(편). 서울 : 심설당.

김소월(1995). 『원본 김소월전집』. 오하근(편). 서울 : 집문당.

김수영(1981). 『김수영전집 1 詩』. 서울 : 민음사.

김지하(1982·1984·1986). 『대설·남』. 서울 : 창작과비평사.

_____(1991). 『김지하 담시 전집 : 말뚝이 이빨이 팔만사천개』. 서울 :
　　　동광출판사.

김춘수(1994). 『김춘수 시전집』. 서울 : 민음사.

박목월(1984). 『박목월 시전집』. 서울 : 서문당.

박인환(1986). 『박인환전집』. 서울 : 문학세계사.

서정주(1983). 『미당 서정주 시전집』. 서울 : 민음사.

신석정(1990). 『시선집 : 그 먼 나라를 알으십니까』. 서울 : 창작과비평사.

오규원(1973). 『巡禮』. 서울 : 민음사.

_____(1978). 『왕자가 아닌 한 아이에게』. 서울 : 문학과지성사.

_____(1981). 『이 땅에 씌어지는 抒情詩』. 서울 : 문학과지성사.

_____(1987). 『가끔은 주목받는 生이고 싶다』. 서울 : 문학과지성사.

오장환(1989). 『오장환전집 1 詩』. 최두석(편). 서울 : 창작과비평사.

윤동주(1984 : 개정판). 『윤동주시전집 : 하늘과 바람과 별과 시』. 서울
　　　: 정음사.

이상(1989).『李箱문학전집 1 詩』. 이승훈(편). 서울 : 문학사상사.

황지우(1983).『새들도 세상을 뜨는구나』. 서울 : 문학과지성사.

_____(1985).『겨울-나무로부터 봄-나무에로』. 서울 : 민음사.

<국내논저>

- 단행본 -

권택영(1990).『포스트모더니즘이란 무엇인가』. 서울 : 민음사.

_____(1991).『후기구조주의 문학이론』. 서울 : 민음사.

김대행(1980).『한국시의 전통 연구』. 서울 : 개문사.

김두한(1992).『김춘수의 시세계』. 대구・서울 : 문창사.

김병철(1975).『한국근대번역문학사연구』. 서울 : 을유문화사.

김상태(1982).『문체의 이론과 해석』. 서울 : 새문사.

김성곤(1986).『미로 속의 언어』. 서울 : 민음사.

김수영(1981).『김수영 전집 2 산문』. 서울 : 민음사.

김열규(1992).『향가문학론』. 서울 : 새문사.

김열규・신동욱(편)(1982).『삼국유사의 문예적 연구』. 서울 : 새문사.

김용직(1983).『한국근대시사 1』. 서울 : 새문사.

_____(외)(1991).『한국 현대시사의 쟁점』. 서울 : 시와시학사.

김우창(1977).『궁핍한 시대의 시인』. 서울 : 민음사.

김욱동(1992).『포스트모더니즘의 이론』. 서울 : 민음사.

_____(편)(1990).『바흐친과 대화주의』. 서울 : 나남.

김윤식(1975).『한국시론비판』. 서울 : 일지사.

_____(1975).『한국현대시론비판』. 서울 : 일지사.

김재홍(1988).『현대시와 역사의식』. 서울 : 인하대학교출판부.

김준오(1990).『한국현대장르비평론』. 서울 : 문학과지성사.

_____(1992).『도시시와 해체시』. 서울 : 문학과비평사.

_____(편)(1996).『한국 현대시와 패러디』. 서울 : 현대미학사.

김춘수(1959).『한국현대시형태론』. 서울 : 해동문화사.

김춘수연구간행위원회(1982).『김춘수연구 － 시인김춘수송수기념평론집』.
　　　서울 : 형설출판사.

김치수(1980).『구조주의와 문학비평』. 서울 : 홍성사.

김현(1990).『미셸푸코의 문학비평』. 서울 : 문학과지성사.

____(편)(1987).『장르의 이론』. 서울 : 문학과지성사.

김현실(외)(1997).『한국 패러디소설 연구』. 서울 : 국학자료원.

김현자(1982).『시와 상상력의 구조』. 서울 : 문학과지성사.

_____(1989).『한국 현대시 작품 연구』. 서울 : 민음사.

문덕수(1981).『한국 모더니즘시 연구』. 서울 : 시문학사.

박찬국(외)(1995).『현대미술의 기초개념』. 서울 : 재원.

박찬기(공저)(1992).『수용미학』. 서울 : 고려원.

서정주(외)(1986).『시와 시인의 말』. 서울 : 창우사.

서준섭(1988).『한국 모더니즘 문학 연구』. 서울 : 일지사.

송욱(1963).『시학평전』. 서울 : 일조각.

송하춘・이남호(편)(1994).『1950년대의 시인들』. 서울 : 나남.

신동욱(편)(1982).『김소월연구』. 서울 : 새문사.

오세영(1983).『현대시와 실천비평』. 서울 : 이우출판사.

_____(외)(1992).『한국 현대 시론사』. 한국현대문학연구회. 서울 : 모
　　　음사.

유종호(1989).『문학이란 무엇인가』. 서울 : 민음사.

_____(1995).『시란 무엇인가』. 서울 : 민음사.

윤호병(1994).『비교문학』. 서울 : 민음사.

이건청(편저)(1981).『나의 별에도 봄이 오면』. 서울 : 문학세계사.

이동하(편저)(1986).『박인환 평전 : 목마와 숙녀와 별과 사랑』. 서울 :
　　문학세계사.

이병기・백철(1957).『국문학전사』. 서울 : 신구문화사.

이병한(1985).『증보 한시비평의 실례연구』. 서울 : 통문관.

_____(편저)(1992).『중국고전시학의 이해』. 서울 : 문학과지성사.

이승훈(1987).『한국시의 구조분석』. 서울 : 종로서적.

_____(1991).『포스트모더니즘 시론』. 서울 : 세계사.

_____(1995).『모더니즘 시론』. 서울 : 문예출판사.

이어녕(1959).『저항의 문학』. 서울 : 경지사.

_____(1986).『장미밭의 전쟁』. 서울 : 기린원.

임동권(1961・1974・1975・1979・1980・1981・1992).『한국민요집 1
　　・2・3・4・5・6・7』. 서울 : 집문당.

임헌영・윤구병(외)(1985).『김지하-그의 문학과 사상』. 서울 : 세계.

정순진(1991).『김기림문학연구』. 서울 : 국학자료원.

정정호(편)(1991).『포스트모더니즘과 한국문학』. 서울 : 도서출판 글.

조동일(1982・1983・1984・1986・1989).『한국문학통사 1・2・3・4・
　　5』. 서울 : 지식산업사.

조동일・김흥규(1978).『판소리의 이해』. 서울 : 창작과비평사.

조연현(공저)(1975).『서정주연구』. 서울 : 동화출판공사.

차봉희(편저)(1985).『수용미학』. 서울 : 문학과지성사.

_____(1993).『독자반응비평』. 서울 : 고려원.

최동호(1989).『한국현대시의 의식현상학적 연구』. 서울 : 고려대학교출
　　판부.

최철(1992).『한국민요학』. 서울 : 연세대학교출판부.

최혜실(1994).『한국현대소설의 이론』. 서울 : 국학자료원.

허창운(1989).『현대문예학의 이해』. 서울 : 창작과비평사.

황동규(편)(1983). 『김수영의 문학』. 서울 : 민음사.

황지우(1986). 『사람과 사람 사이의 신호』. 서울 : 한마당.

- 논문 -

고석봉(1994). 패러디 시가 나아갈 방향. 『오늘의 문예비평』, 1994년 봄호.

고지문(1988). Metafiction의 수용과 의의. 『영어영문학』, 34권 3호.

고현철(1995). 한국현대시의 장르 패로디 연구-담론 양상을 중심으로.
    부산대학교 대학원 박사학위논문, 미간행.

권택영(1992). 패러디, 패스티쉬 그리고 독창성. 『현대시사상』, 1992년
    겨울호.

김경복(1993). 자기반영성, 혹은 새로운 문학 형식의 예고-90년대 시의
    패로디/패스티쉬를 중심으로. 『오늘의 문예비평』, 1993년 여름호.

김도연(1984). 장르의 확산을 위하여. 『민중문학론』. 서울 : 문학과지성
    사.

김동원(1988). 물신 시대에서 살아남기 위하여-오규원의 '상품광고'시.
    『문학과 사회』, 1988년 겨울호.

김미정(1983). 詩에 의한 그림의 轉移-姜世晃, W. C. Williams, 蘇軾.
    『비교문학』, 13집.

김병국(1979). 판소리의 문학적 진술방식. 『국어교육』, 34집. 한국국어
    교육연구회.

김상구(1994). 신 없는 세계에서의 글쓰기-블라디미르 나보코프 소설
    에 나타난 패러디를 중심으로. 『문학사상』, 1994년 10월호.

김성곤(1996). 메타픽션의 이론과 실제. 『현대시사상』, 1996년 여름호.

김수정(1993). '海歌'의 패러디적 성격 연구. 성균관대학교 교육대학원
    석사학위논문, 미간행.

김열규(1985). 시가 만든 책략의 장난기. 『문학사상』, 1985년 12월호.

김영무(1982). 시에 있어서의 두겹의 시각.『세계문학』, 1982년 봄호.

김영숙(1982). 「산유화가」의 양상과 변모.『민족문화논총』, 제2·3집. 영남대학교 민족문화연구소.

김영철(1986). 한국 개화기 시가장르의 형성과정 연구. 서울대학교 박사 학위논문, 미간행.

김용운(1973). 이상문학에 있어서의 수학.『신동아』, 1973년 2월호.

_____(1973). 이상의 난해성-이상과 파스칼의 대비적 조명.『문학사 상』, 1973년 11월호.

_____(1985). 자학이냐 위장이냐.『문학사상』, 1985년 12월호.

김용직(1993). 모색과 충돌, 실험지상주의-이상론.『모더니즘 연구』, 김용직(편). 서울 : 자유세계.

김우창(1985). 인용에 대하여-문화전통의 이어짐에 대한 명상.『김우 창 전집 3-시인의 보석』(1993). 서울 : 민음사.

김욱동(1990). 포스트모더니즘과 상호텍스트성.『서강영문학』, 제2집. 서울 : 서강영문학회.

_____(1994). 다시, 문학이란 무엇인가 4.『상상』, 1994년 겨울호.

김원중(1994). 용사고-『문심조룡』을 중심으로.『중국어문학』, 제23집. 영남중국어문학회.

김윤식(1974). 한국모더니즘 시운동에 대하여.『시문학』, 1974년 11월호.

_____(1975). 개화기시가고.『한국현대시론비판』. 서울 : 일지사.

_____(1992). 유클리드 기하학과 광속(光速)의 변주(變奏)-이상문학 의 기호체계 분석.『문학사상』, 1992년 9월호.

김인환(1993). 구조와 실천.『상상력과 원근법』. 서울 : 문학과지성사.

김재홍(1989). 반역의 정신과 인간해방의 사상.『작가세계』, 1989년 가 을호.

김종길(1974). 한국현대시에 미친 T. S. 엘리어트의 영향.『진실과 언어』. 서울 : 일지사.

김주연(1988). 풍자의 제의를 넘어서-황지우의 시에 관하여.『문학과
　　사회』, 1988년 봄호.

김준오(1994). 현대시의 자기반영성과 환유원리-오규원의 근작시.『작
　　가세계』, 1994년 겨울호.

_____(1996). 메타비평의 이론과 실제-한국 비평의 반성과 가능성.
　　『현대시사상』, 1996년 여름호.

김지하(1970). 풍자냐 자살이냐.『시인』, 1970년 8월호.

김진석(1993). 패러디냐 자살이냐.『문학과 사회』, 1993년 가을호.

김춘수(1987). <이중섭>의 연작시에 대하여.『시집 이중섭』. 서울 : 탑
　　출판사.

김치수(1978). 김수영의 풀.『한국대표시평설』, 정한모(편). 서울 : 문학
　　세계사.

김현(1970). 신화적 인물의 시적 변용.『문학과 지성』, 1970년 12월호.

____(1990). 방법적 인용의 시적 성과,『현대시세계』, 1990년 가을호.

김현자(1984). 박목월 시의 감각과 시적 거리.『문학사상』, 1984년 9월호.

_____(1984). 청록파 시의 의성·의태어 연구.『이화어문논집』 7집. 이
　　화여자대학교 어문학연구소.

_____(1987). 한국 현대시의 구조와 청자의 반응에 관한 연구.『논총』
　　52집. 이화여자대학교 한국문화연구원.

김홍규(1978). 김수영론을 위한 메모.『심상』, 1978년 1월호.

도정일(1992). 시뮬레이션 미학, 또는 조립문학의 문제와 전망.『문학사
　　상』, 1992년 7월호.

류철균(1993). 1920년대 민요조 서정시 연구-서도 잡가와의 비교를 중
　　심으로. 서울대학교 석사학위논문, 비간행.

문선영(1993). 현대문학의 정체성 재고-표절/패러디/패스티쉬의 문예

학적 고찰을 중심으로. 『오늘의 문예비평』, 1993년 여름호.

박봉희(1989). 포스트모더니즘과 아이러니. 『현대시사상』, 1989년 여름호.

박상배(1991). 표절의 미학, 『현대시사상』, 1991년 가을호.

박엽(1988). 메타픽션의 이론과 실제. 『영어영문학』, 34권 4호.

박철희(1980). 현대 한국시와 그 서구적 잔영. 『한국시사연구』. 서울 : 일조각.

박혜숙(1987). 한국 민요시의 전개양상 연구. 건국대학교 박사학위논문, 미간행.

방민호(1994). 거리를 통한 의미의 재창조, 패러디. 『심상』, 1994년 5월호.

서준섭(1995). 모더니즘의 반성과 재출발. 『현대시사상』, 1995년 가을호.

성민엽(1985). 총체성의 양식. 『지성과 실천』. 서울 : 문학과지성사.

송재소(1985). 한시 용사의 견유적 기능. 『한국한문학연구』, 제8집. 한국 한문학회.

신은경(1990). 평시조를 패로디화한 사설시조 연구. 『국어국문학』, 104호.

심영희(1985). 독자/청중의 사회학을 위하여. 『예술과 비평』, 1985년 봄호.

심혜련(1992). 서정주 시의 화자 청자 연구. 이화여자대학교 석사학위논문, 미간행.

염무웅(1982). 서사시의 가능성과 문제점. 『한국문학의 현단계 1』. 서울 : 창작과비평사.

오세영(1991). <후반기> 동인의 시사적 위치. 『20세기한국시연구』. 서울 : 새문사.

_____(1991). 장르실험과 전통장르─김지하론. 『상상력과 논리』. 서울 : 민음사.

유종호(1994). 소리지향과 산문지향─미당 시의 일면. 『작가세계』, 1994년 봄호.

윤호병(1992). 텍스트, 텍스트성, 상호텍스트성. 『현대시사상』, 1992년 여름호.

이가원(1965). 「산유화」소고.『아세아연구』, 8호. 고대아세아문제연구소.

이경호(1988). 새, 나무, 낯선 시형식의 관계—황지우론.『문학과 비평』, 1988년 가을호.

이사라(1987). 윤동주 시의 기호론적 연구. 이화여자대학교 박사학위논문, 미간행.

이상섭(1985). 문학과 도덕적 함양—독자반응이론의 새로운 국면.『예술과 비평』, 1985년 가을호.

이성호(1992). 영향과 수용의 상호소통—볼프강 이저의 독자반응 비평이론.『문학사상』, 1992년 3월호.

이승훈(1992). 처용의 수난과 통사의 해체—김춘수<처용단장> 3부와 4부를 중심으로.『현대시사상』, 1992년 봄호.

이어녕(1956). 나르시스의 학살—이상의 시와 그 난해성.『신세계』, 1956년 10월호.

_____(1957). 이상시와 그 난해성.『자유문학』, 1957년 7월호.

_____(1986). 문학공간의 기호론적 연구—청마의 시를 모형으로 한 이론과 분석. 단국대학교 박사학위논문, 미간행.

_____(1988). 병렬법의 시학.『문학사상』, 1988년 8월호.

이은정(1992). 김춘수와 김수영 시학의 대비적 연구. 이화여자대학교 박사학위논문, 미간행.

이재룡(1992). 파라텍스트의 세계. 창작과 명명.『작가세계』, 1992년 여름호.

이진우(1992). 문학매체의 이동현상.『문학정신』, 1992년 11월호.

이창배(1981). 영미시가 한국의 현대시에 미친 영향.『한국문화연구』, 제3집. 동국대학교 한국문화연구소.

이형식(1993). 이질적 장르의 합성과 패러디.『문학과 사회』, 1993년 가을호.

_____(1996). 메타드라마의 이론과 실제-자신을 비추는 거울.『현대 시사상』, 1996년 여름호.

임영택(1976). 18,9세기 이야기꾼과 소설의 발달.『고전문학을 찾아서』. 서울 : 문학과지성사.

임진택(1981). 이야기와 판소리-판소리에 관한 몇가지 추론.『실천문 학』, 2권,

_____(1983). 살아있는 판소리.『한국문학의 현단계 2』. 서울 : 창작과 비평사.

장경렬(1993). 작가의 죽음과 독자의 탄생.『문학과 사회』, 1993년 가을호.

장동범(1993). 한국 현대시에 나타난 패러디 연구-80~90년대 시를 중 심으로. 부산외국어 대학교 교육대학원 석사학위논문, 미간행.

정끝별(1992). 비교문학적 관점에서 본 패러디 시학.『연구논집』, 23호. 이화여자대학교 대학원.

_____(1993). 시적 전략으로서의 패로디 시학.『연구논집』, 24호. 이화 여자대학교 대학원.

_____(1994). 서늘한 패러디스트의 절망과 모색.『동아일보』, 1994년 1 월 8일~1월 26일.

_____(1996). 한국 현대시의 패러디 구조 연구. 이화여자대학교 박사학 위논문, 미간행.

조지훈(1973). 한국현대시사의 관점.『조지훈전집 3』. 서울 : 일지사.

주옥(1982). 서정주 시의 설화 수용양상 연구. 서강대학교 석사학위논 문, 미간행.

진형준(1985). 관념과 언어, 그 이중의 싸움-오규원의 시.『깊이의 시 학』(1986). 서울 : 문학과지성사.

최미정(1979). 한시의 典據修辭에 대한 고찰-려말·선초의 시화를 중

심으로.『국어국문학연구』, 제47집. 국어국문학회.

최신호(1971). 초기시화에 나타난 용사이론의 양상.『고전문학연구』, 제1집. 한국고전문학연구회.

최원규(1982). 한국현대시에 대한 미(영)시의 영향에 관한 연구.『어문연구』, 제11집. 어문연구회.

최원식(1981). 채만식의 고전소설 패러디에 대하여.『한국고전산문연구』, 장덕순(외). 서울 : 동화문화사.

최종렬(1992). 광고와 시적 대응의 세가지 양상.『문학정신』, 1992년 11월호.

최혜실(1992). 소설 양식의 해체과정과 20C-형식을 거부하는 포스트모더니즘.『문학사상』, 1992년 7월호.

_____(1992). 이상문학과 건축-언어예술과 시각예술간의 갈등.『문학사상』, 1992년 8월호.

하강진(1994). 용사론과 신의론의 실체.『어문교육논집』, 13 · 14합집, 부산대학교 국어교육학과.

하태환(1992). 미디어에 의한 시뮬라시옹이 소설에 미치는 영향.『문학정신』, 1992년 11월호.

홍윤희(1993). 한국 현대시에 나타난 패러디 양상 연구. 부산대학교 석사학위논문, 미간행.

홍정선(1989). 김지하 연구의 현주소.『작가세계』, 1989년 가을호.

황순재(1993). 90년대 소설의 표절과 패스티쉬의 양상.『오늘의 문예비평』, 1993년 여름호.

황지우(1992). 끔찍한 근대성.『문학과 사회』, 1992년 겨울호.

(특별좌담) 새로운 현실의 문학적 조건-패러디, 패스티쉬, 키취.『오늘의 시』, 1992년. 서울 : 현암사.

(좌담). 메타시, 새로운 시대의 글쓰기.『현대시사상』, 1996년 여름호.

<국외논저 및 번역서>

周振甫(1979). 『詩詞例話』. 北京 : 中國靑年出版社.

유약우(1977). 『中國詩學』(臺灣 : 幼獅文化公司), 이장우(역)(1984). 서
　　울 : 동화출판공사.

Bakhtin, Mihkail. *The Dialogic Imagination* : Four Essays. Caryl
　　Emerson and Michael Holquist(tr)(1981). Austin : University
　　of Texas Press. 『장편소설과 민중언어』, 전승희 · 서경희 · 박유
　　미(역)(1988). 서울 : 창작과비평사.

_____. 『바흐찐의 소설미학』, 이득재(편역)(1988). 서울 : 열린책들.

_____. *Problems of Dostoevsky's Poetics*. Edited and translated by
　　Caryl Emerson(1984). Minneapolis : University of Minnesota
　　Press. 『도스토예프스키 시학』, 김근식(역)(1988). 서울 : 정음사.

_____. *The Formal Method in Literary Scholarship*. Albert J.
　　Wehrle(tr)(1985). Cambridge : Harvard University Press. 『문
　　예학의 형식적 방법』, 이득재(역)(1992). 서울 : 문예출판사.

Barthes, Roland (1968). 저자의 죽음. 『미셸푸코의 문학비평』, 김현
　　(1990). 서울 : 문학과지성사.

_____(1973). *Le plaisir du texte.* 『텍스트의 즐거움』, 김명복(역)
　　(1990). 서울 : 연세대학교출판부.

Baudrillard, Jean(1981). *Simulacres et Simulation.* Galilée(ed). 『시뮬
　　라시옹-포스트모던 사회문화론』, 하태환(역)(1992). 서울 : 민음사.

Black, Joel D.(1983). Allegory Unveiled. *Poetics Today.* vol.4, No.1.

Bloom, Harold (1973). *The Anxiety of Influence,* 『시적 영향에 대한
　　불안』, 윤호병(편역)(1991). 서울 : 고려원.

Booth, Wayne C.(1961). *A Rhetoric of Fiction.* Chicago : University of Chicago Press.

Brooks, C.(1975). *The Well Wwrought Urn*(San Diego : Harcourt Brace Jovanovich). 『잘 빚은 항아리』, 이경수(역)(1983). 서울 : 홍성사.

Bürger, Peter(1974). *Theorie der Avantgarde*. Suhrkamp(ed). Frankurt. 『전위예술의 새로운 이해』, 최성만(역)(1986). 서울 : 심설당.

Calinescu, Matei(1987). *Five Face of Modernity* : Modernism, Avant-Garde, Decadance, Kitsch, Postmodernism. Durham, North Carolina : Duke University Press. 『모더니티의 다섯 얼굴』, 이영욱(공역)(1993). 서울 : 시각과언어.

Culler, Jonathan(1983). *On Deconstruction*. London : Routledge & Kegan Paul.

De Man, Paul(1979). *Allegories of Reading*. New Haven and London : Yale University Press.

Erlich, Victor(1955), *Russian Formalism* : History, Doctrine. 『러시아 형식주의』, 박거용(역)(1983). 서울 : 문학과지성사.

Finnegan, Ruth(1977). *Oral poetry* : It's nature, significance and social context. New York : Cambridge University Press.

Foster, Hal(ed)(1983). *The Anti-Aesthetic* : Essays on Postmodern Culture. 『반미학 : 포스트모던 문화론』, 윤호병(역)(1993). 서울 : 현대미학사.

Gennette, Gerard(1982). *Palimpsestes* : la litterature au second degree. Paris : Seuil.

Hagstrum, Jean H.(1958). *The Sister Art* · The Tradition of Literary Pictorialism and English Poetry Dryden to Gray. London &

Chicago : The University of Chicago.

Handelman, Susan(1988). Parodic Play and Prophetic Reason. *Poetics Today*. vol. 9, No. 2.

Hannoosh, Michele(1989). *Parody and Decadence* : Laforgue's Moralites Legendaires. Columbus : Ohio State University Press.

Hassan, Ihab Habib. 『포스트모더니즘 개론 : 현대문화와 문학이론』, 정정호 · 이소영(편역)(1991). 서울 : 한신문화사.

Hernardi, Paul(1972). *Beyond Genre* : new direction in library classification. Ithaca : Cornell University Press. 『장르론』, 김준오(역)(1983). 서울 : 문장사.

Hoffman, Katherine(ed.)(1989). *Collage* : Critical Views. Ann Arbor & London : UMI Research Press.

Holub, Robert C.(1984). *Reception Theory* : A Critical Introduction (London and New York : Methuen). 『수용이론』, 최상규(역)(1985). 서울 : 삼지원.

Huizinga, John(1938). *Homo-Rudens*. 『놀이하는 인간』, 권영빈(역)(1989). 서울 : 기린원.

Hutcheon, Linda(1985). *Theory of Parody*. London : Methuen. 『패러디 이론』, 김상구 · 윤여복(역)(1992). 서울 : 문예출판사.

_____(1984). *Narcissistic Narrative* : The metafictional paradox. New York : Methuen.

_____(1988). *A Poetics Of Postmodernism* : History, Theory, Fiction. New York : Routledge.

_____(1995). *Irony's Edge* : The Theory and Politics of Irony. London & New York : Routledge.

Iser, Wolfgang(1974). *The Implied Reader*. Baltimore & London : The John Hopkins University Press.

_____(1974). *The Act of Reading*. Baltimore & London : The John Hopkins University Press. 『독서행위』, 이유선(역)(1993). 서울 : 신원문화사.

Jakobson, Roman. 『문학 속의 언어학』, 신문수(편역)(1989). 서울 : 문학과지성사.

Jameson, Fredric(1991). *Postmodernism on the Cultural Logic of Late capitalism*. Duke University, 『포스트모더니즘-후기자본주의 문화논리』, 강내희 · 정정호(역)(1989). 서울 : 터.

Jau ß, Hans Robert(1967). Literaturgrschichte als Provokation. 도전으로서의 문학사, 장영태(역)(1983). 『도전으로서의 문학사』. 서울 : 문학과지성사.

Kaplan, E. Ann(ed.)(1988). *Postmodernism and Its Discontents* : Theories, Practices. London · New York : Verso.

Kostelanetz, Richard(ed.)(1979). *Visual Literature Criticism* : A New Collection. Southern Illinois University Press.

Lamping, Dieter(1993). *Das lyrische Gedicht* : Definitionen zu Theorie und Geschichte der Gattung. Goettingen : Vanden-hoeck & Ruprecht. 『서정시 : 이론과 역사』, 장영태(역)(1994). 서울 : 문학과지성사.

Leferve, Henry(1968). *La vie quotidienne dans le monde moderne*. 『현대 세계의 일상성』, 박정자(역)(1990). 서울 : 세계일보사.

Leitch, Vincent B. *Deconstructive Criticism* : An Advanced Introduction. 『해체비평이란 무엇인가』, 권태영(역)(1988). 서울 : 문예출판사.

Lotman, Jurij(1971). *The structure of the Artistic Text*, Michigan : the University of Michigan Press. 『예술 텍스트의 구조』, 유재천(역)(1991). 서울 : 고려원.

Mchale, Brian(1979). Modernist Reading, Post-Modern Text. *Poetics Today.* vol. 4, No, 1-2.

MacQueen, John(1970). *Allegory.* London : Methuen. 『알레고리』, 송낙헌(역)(1987). 서울 : 서울대출판부.

Moles, Abraham(1971). *Psychologie du Kitsch* : L'Art du Bonheur. 프랑스 : 데노엘/공티에 출판사. 『키치란 무엇인가?』, 엄광현(역)(1994). 서울 : 시각과언어.

Muecke, D. C.(1970). *Irony.* London : Methuen. 『아이러니』, 문상득(역)(1980). 서울 : 서울대출판부.

Nataf, Georges(1981). *Symboles Signes et Marques.* Paris : Berg International 『상징 · 기호 · 표지』, 김정란(역)(1987). 서울 : 열화당.

Ong, Walter J.(1982). *Orality and Literacy* : The Technology of the Word. London : Methuen. 『구술문화와 문자문화』, 이기우 · 임명진(역)(1995). 서울 : 문예출판사.

Owens, Craig(1980). The Allegorical Impulse : Toward a Theory of Postmodernism. *October* 13. Summer 1980. 알레고리적 충동, 이삼출(역). 『포스트모더니즘과 문화』, 권택영(편)(1991). 서울 : 문예출판사.

Paulson, Ronald(1972). *The Fiction of Satire.* 『풍자문학론』, 김옥수(역)(1992). 서울 : 지평.

Pollad, Arthur(1970). *Satire.* London : Methuen. 『풍자』, 송낙헌(역)(1982). 서울 : 서울대출판부.

Read, H.(1954). *Phases of English poetry.* London : Faber.

Richard, I. A.(1976). *Principles of Literary Criticism.* London : Routledge & Kegan Paul. 『문예비평의 이론』, 김영수(역) (1977). 서울 : 현암사.

Riffaterre, M.(1980). *Semiotics of Poetry.* London : Methuen. 『詩의 기호학』, 유재천(역)(1989). 서울 : 민음사.

Rose, Marget A.(1979). *Parody/Metafiction* : an Analysis of Parody as a Critical Mirror to the Writing and Reception of Fiction. London : Croom Helm.

_____(1993). *Parody* : ancient,modern and post-modern. New York : Cambridge University Press.

Smith, Barbara Herrnstein(1968). *Poetic closure* : A Study of How Poems End. Chicago : The University of Chicago Press.

Steiner, Peter(1884). *Russian Formalism* : A Metapoetics. London : Cornell University Press.

Susanne K. Langer(1953). *Feeling and Form* : A theory of Art. London : Methuen. 『예술이란 무엇인가』, 이승훈(역)(1982). 서울 : 고려원.

Todorov, Tzvetan(1981). *Mikhail Bakhtine* : le principe dialogique, suivi de Ecrits du Cercle de Bakhtin. Édisions du Seuil. 『바흐찐 : 문학사회학과 대화이론』, 최현무(역)(1987). 서울 : 까치.

Watson, Robert N.(1987). *Ben Jonson's parodic strategy* : literary imperialism in the comedies. Cambridge Mass : Harvard University Press.

Walker, John(1983). *Art in the age of Mass Media.* 『대중매체시대의 예술』, 정진국(역)(1987). 시울 : 열화당.

Waugh, Patricia(1984). *Metafiction* : The Theory and Practice of

Self-Conscious Fiction. London & New York : Methuen. 『메타픽션』, 김상구(역)(1989). 서울 : 열음사.

Weisstein, Ulrich. 『비교문학론』, 이유영(역)(1988). 서울 : 홍성사.

Wilde, Alan(1987). *Horizons of Assent* : Modernism, Postmodernism, and the Ironic Imagination. Philadelphia : University of Pennsylvania Press./Baltimore : The Hopkins University Press (1981)

Zima, Peter, V.(1980). *Textsoziologie.* 『텍스트사회학』, 허창운(역) (1991). 서울 : 민음사.

정끝별

•

이화여자대학교 국어국문학과 및 동대학원 졸업.
1988년 ≪문학사상≫ 신인발굴에 시 당선,
1994년 ≪동아일보≫ 신춘문예 평론 당선 이후
시작(詩作)과 평론 활동을 하고 있음.
시집 『자작나무 내 인생』과 『흰 책』,
평론집 『천 개의 혀를 가진 시의 언어』와 『오륙의 노래』,
시선평론집 『행복』이 있음.

문학세계 연구논총 · 10
패러디 시학

•

초판 1쇄 발행일   1997년 6월 20일
2쇄 발행일   2002년 9월 2일

•

지은이 · 정끝별
펴낸이 · 김종해
펴낸곳 · 문학세계사

•

주소 · 서울시 마포구 신수동 345-5(121-110)
전화 · 702-1800, 702-7031~3
팩시밀리 · 702-0084
이메일 · mail@msp21.co.kr
www.msp21.co.kr
출판등록 · 제21-108호(1979.5.16)

•

값 10,000원

ISBN 89-7075-107-6   03810
ⓒ정끝별, 1997